T0244025

Los prisioneros de Colditz

Ben Macintyre

Los prisioneros de Colditz

Supervivencia y fuga de la más inexpugnable
fortaleza nazi

Traducción castellana de
Efrén del Valle

CRÍTICA

Obra editada en colaboración con Editorial Planeta - España

Título original: *Colditz. Prisoners of the Castle*

© 2022, Ben Macintyre

© 2023, Traducción: Efrén del Valle

© 2023, Editorial Planeta, S. A. - Barcelona, España

Derechos reservados

© 2023, Ediciones Culturales Paidós, S.A. de C.V.
Bajo el sello editorial CRÍTICA M.R.
Avenida Presidente Masarik núm. 111,
Piso 2, Polanco V Sección, Miguel Hidalgo
C.P. 11560, Ciudad de México
www.planetadelibros.com.mx
www.paidos.com.mx

Primera edición impresa en España: febrero de 2023
ISBN: 978-84-9199-490-9

Primera edición impresa en México: junio de 2023
ISBN: 978-607-569-469-6

Impreso en los talleres de Impregráfica Digital, S.A. de C.V.
Av. Coyoacán 100-D, Valle Norte, Benito Juárez
Ciudad De Mexico, C.P. 03103
Impreso en México – *Printed in Mexico*

En las letales garras de las circunstancias
no me he retorcido ni he gritado.
Tras los golpes del azar,
llevo la cabeza ensangrentada, pero erguida.

WILLIAM ERNEST HENLEY
(1849-1903), «Invictus»

Lista de ilustraciones y créditos
de las fotografías

Se ha hecho todo lo posible por contactar con todos los propietarios de los derechos. Los editores corregirán en futuras ediciones cualquier error u omisión que les sea notificado.

Todas las imágenes acreditadas a Johannes Lange, el fotógrafo oficial de Colditz, se han reproducido a partir de un libro de recortes inédito perteneciente a una colección privada.

1. Prisioneros de guerra británicos en Dieppe, 1942 (picture alliance / TopFoto)
2. Colditz, 1910 (SLUB Dresden / Deutsche Fotothek / Brück und Sohn neg.df_bs_0011262)
3. Pat Reid (Imperial War Museum © IWM HU 49547)
4. Peter Allan y Hauptmann Paul Priem, 1941 (Johannes Lange)
5. Prisioneros siendo trasladados a Colditz (Australian War Memorial P01608.001)
6. Hauptmann Reinhold Eggers (Johannes Lange)
7. Vista aérea de Colditz, 1932 (SLUB Dresden / Deutsche Fotothek / Junkers Luftbild df_hauptkatalog_0020060)
8. Pierre Mairesse-Lebrun (Johannes Lange)
9. Alain Le Ray (Johannes Lange)
10. Frédéric Guigues, retrato de John Watton (© Estate of John Watton)
11. Airey Neave con uniforme alemán falso (Johannes Lange)

33. Fugitivos belgas devueltos al castillo a punta de pistola (Staatliche Schlösser, Burgen und Gärten Sachsen gGmbH, Schloss Colditz)
34. «Otros rangos» (Staatliche Schlösser, Burgen und Gärten Sachsen gGmbH, Schloss Colditz)
35. Douglas Bader y Alex Ross, 1942 (Australian War Memorial P07203.024)
36. Menú para una cena anglo-francesa, 1943 (*Illustrated London News Ltd* / Mary Evans)
37. El castillo a la luz de la luna (Staatliche Schlösser, Burgen und Gärten Sachsen gGmbH, Schloss Colditz)
38. Guardia durante servicio nocturno (Staatliche Schlösser, Burgen und Gärten Sachsen gGmbH, Schloss Colditz)
39. Día de Navidad de 1943 (Australian War Memorial P07203.032)
40. Provisiones de Cruz Roja requisadas (Staatliche Schlösser, Burgen und Gärten Sachsen gGmbH, Schloss Colditz)
41. Reconstrucción alemana de una fuga polaca, 1941 (Staatliche Schlösser, Burgen und Gärten Sachsen gGmbH, Schloss Colditz)
42. Salida del «túnel de la cantina» (Staatliche Schlösser, Burgen und Gärten Sachsen gGmbH, Schloss Colditz)
43. El Museo de Colditz (Staatliche Schlösser, Burgen und Gärten Sachsen gGmbH, Schloss Colditz)
44. Christopher Clayton Hutton (de Clayton Hutton, *Official Secret*, 1960, portada)
45. Tablero de ajedrez con tarjeta de identificación oculta (Johannes Lange)
46. Brújula escondida en una nuez (Staatliche Schlösser, Burgen und Gärten Sachsen gGmbH, Schloss Colditz)
47. Sello nazi falsificado (Imperial War Museum © IWM EPH 608)
48. Pase falso de Michael Sinclair (Johannes Lange)
49. Dinero oculto en discos de gramófono (Staatliche Schlösser, Burgen und Gärten Sachsen gGmbH, Schloss Colditz)

12

69. General Tadeusz Bór-Komorowski (de J. M. Green, *From Colditz in Code*, 1971)
70. Soldados polacos abandonando Colditz (Staatliche Schlösser, Burgen und Gärten Sachsen gGmbH, Schloss Colditz)
71. Dependencias polacas (Staatliche Schlösser, Burgen und Gärten Sachsen gGmbH, Schloss Colditz)
72. David Stirling, 1942 (Imperial War Museum © IWM E21340)
73. Planos para el «Gallo de Colditz» (Staatliche Schlösser, Burgen und Gärten Sachsen gGmbH, Schloss Colditz)
74. El planeador, fotografía de Lee Carson (Staatliche Schlösser, Burgen und Gärten Sachsen gGmbH, Schloss Colditz)
75. Soldados estadounidenses en el puente de Colditz (Cortesía de los National Archives, Still Pictures Division, Signal Corps Series, foto n.º 111-SC-231481)
76. Lee Carson, 1944 (Getty Images)
77. Coronel Florimond Duke, 1945 (Cortesía de L. Tom Perry Special Collections, Harold B. Lee Library, Brigham Young University, Provo, UT 84602)
78. Obergruppenführer Gottlob Berger (Mary Evans / SZ Photo / Scherl)
79. Coronel Friedrich Meurer de las SS, fotografiado en Núremberg (Wikimedia Commons)
80. Los *Prominente* llegan a las líneas estadounidenses (fotógrafo desconocido, reproducida con permiso de Henry Chancellor)
81. Lista de traslado de prisioneros de Buchenwald al campo de trabajo de Colditz (ITS Digital Archive, Arolsen Archives, 1.1.5.1/5316757)
82. Esclavos judíos húngaros liberados, mayo de 1945, fotografía de Joseph W. Lapine (United States Holocaust Memorial Museum, cortesía de National Archives and Records Administration, College Park)
83. Steingutfabrik Colditz, postal (SLUB Dresden / Deutsches Fotothek df_bs_0017517)

Mapas

Europa 1937-1942

Mar del Norte

DINAMARCA

● Copenhague

PAÍSES BAJOS

● Amsterdam

ALEMANIA

● Hamburgo

□ Marlag und Milag Nord

Elba

Weser

✖ Sachsenhausen

● Berlín

Óder

BÉLGICA

● Bruselas

Rin

● Berrendorf
● Eschweiler

● Kassel

● Halle
● Leipzig

Mulde —

Colditz ●
✖
Buchenwald

Leisnig
● Dresde

□ Sagan

● Penig
Zwickau ● Chemnitz □ Königstein

BOHEMIA

● Praga

FRANCIA

□ Weinsberg

● Núremberg

● Ratisbona

□ Eichstätt

● Estrasburgo

Ulm

Dachau
✖ ● Múnich

Danubio

Vie

Singen
(saliente de Ramsen)

Basilea

□ Tittmoning

Laufen □ ● Salzburgo

● Berchtesgaden

● Dôle

SUIZA

● Berna

● Innsbruck

● Markt Pongau

AUSTRIA

● Ginebra

ITALIA

0   50   100   150 millas
0   100   200 km

Mar
Báltico

REICHSKOMMISSARIAT
OSTLAND

PRUSIA
ORIENTAL

Danzig

Bialystok

Thorn

Poznań

Varsovia

REICHSKOMMISSARIAT
UKRAINE

Vístula

GOBIERNO
GENERAL
DE POLONIA

Auschwitz

Lemberg
(Lviv)

MORAVIA

ESLOVAQUIA

RUMANÍA

Budapest

HUNGRÍA

-··— Frontera alemana, 1937
-·— Otra frontera 1937
——— Frontera del territorio alemán, 1942
- - - Otra frontera de 1942
☐ Campo de prisioneros de guerra
✕ Campo de concentración

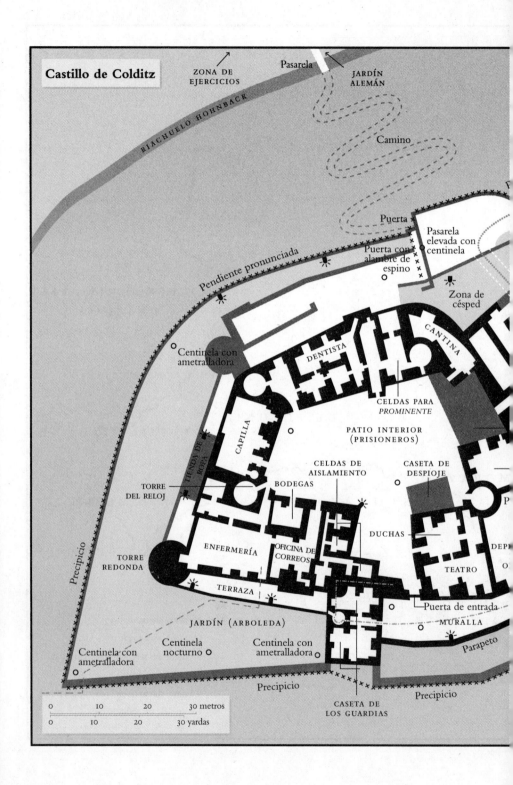

Castillo de Colditz

ZONA DE EJERCICIOS

Pasarela

JARDÍN ALEMÁN

RIACHUELO HOHNBACK

Camino

Puerta

Pasarela elevada con centinela

Puerta con alambre de espino

Zona de césped

Pendiente pronunciada

Centinela con ametralladora

DENTISTA

CANTINA

CELDAS PARA PROMINENTE

CAPILLA

PATIO INTERIOR (PRISIONEROS)

Precipicio

TIENDA DE ROPA

TORRE DEL RELOJ

BODEGAS

CELDAS DE AISLAMIENTO

CASETA DE DESPIOJE

DUCHAS

TORRE REDONDA

ENFERMERÍA

OFICINA DE CORREOS

DEP

TEATRO

TERRAZA

Puerta de entrada

MURALLA

JARDÍN (ARBOLEDA)

Parapeto

Centinela con ametralladora

Centinela nocturno

Centinela con ametralladora

Precipicio

Precipicio

CASETA DE LOS GUARDIAS

0	10	20	30 metros
0	10	20	30 yardas

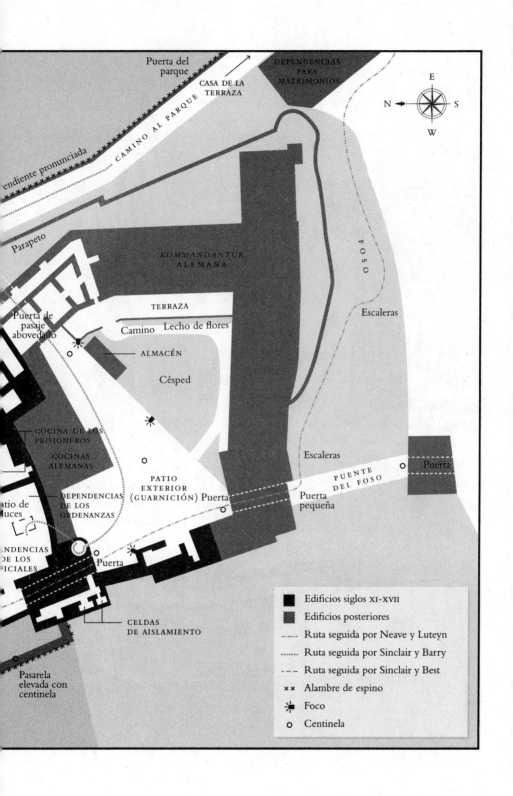

Puerta del
parque

DEPENDENCIAS
PARA
MATRIMONIOS

CASA DE LA
TERRAZA

CAMINO AL PARQUE

endiente pronunciada

Parapeto

FOSO

KOMMANDANTUR
ALEMANA

Escaleras

TERRAZA

Lecho de flores

Puerta de
pasaje
abovedado

Camino

ALMACÉN

Césped

COCINA DE LOS
PRISIONEROS

COCINAS
ALEMANAS

Escaleras

Puerta

atio de
luces

PATIO
EXTERIOR
(GUARNICIÓN)

PUENTE
DEL FOSO

Puerta
pequeña

Puerta

DEPENDENCIAS
DE LOS
ORDENANZAS

NDENCIAS
DE LOS
ICIALES

Puerta

CELDAS
DE AISLAMIENTO

Pasarela
elevada con
centinela

■ Edificios siglos XI-XVII

■ Edificios posteriores

–·–·– Ruta seguida por Neave y Luteyn

········ Ruta seguida por Sinclair y Barry

– – – Ruta seguida por Sinclair y Best

×× Alambre de espino

☀ Foco

○ Centinela

N E
W S

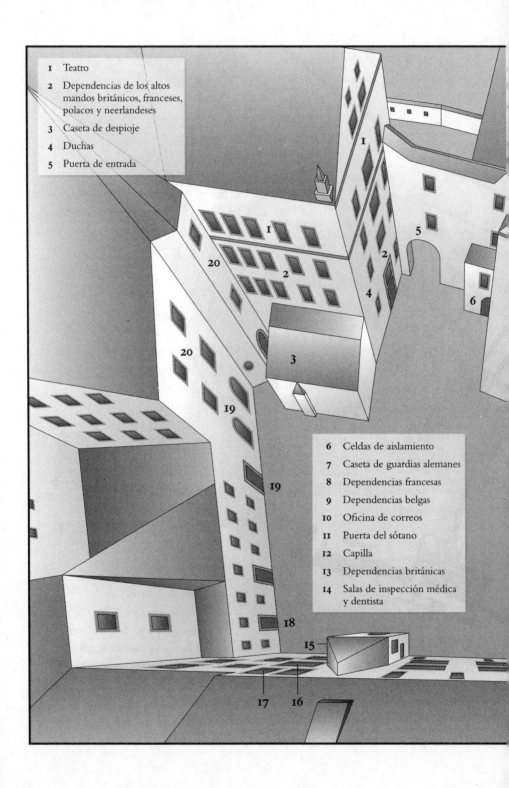

1   Teatro

2   Dependencias de los altos mandos británicos, franceses, polacos y neerlandeses

3   Caseta de despioje

4   Duchas

5   Puerta de entrada

6   Celdas de aislamiento

7   Caseta de guardias alemanes

8   Dependencias francesas

9   Dependencias belgas

10   Oficina de correos

11   Puerta del sótano

12   Capilla

13   Dependencias británicas

14   Salas de inspección médica y dentista

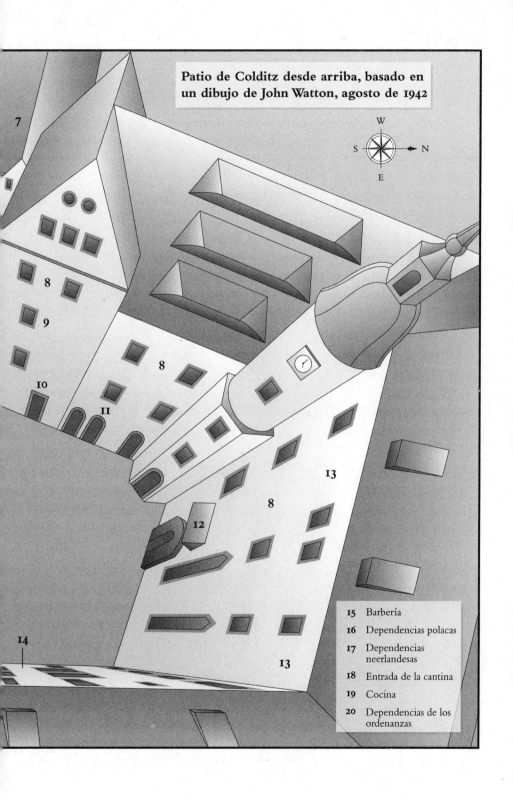

Patio de Colditz desde arriba, basado en un dibujo de John Watton, agosto de 1942

W
S — N
E

15 Barbería
16 Dependencias polacas
17 Dependencias neerlandesas
18 Entrada de la cantina
19 Cocina
20 Dependencias de los ordenanzas

Prefacio

El mito de Colditz ha permanecido inalterado e incuestionable durante más de setenta años: prisioneros de guerra bigotudos y estoicos desafiando a los nazis al cavar un túnel para escapar de un sombrío castillo gótico situado en lo alto de una montaña alemana y librando la guerra por otros medios. Pero, como todas las leyendas, esa historia solo contiene parte de la verdad.

Los soldados-prisioneros de Colditz fueron valientes, resistentes y asombrosamente imaginativos al intentar salir del campo de máxima seguridad que retenía a los cautivos más problemáticos del Tercer Reich. Hubo más intentos de fuga en Colditz que en ningún otro campo. Pero la vida allí era algo más que escapar, igual que los reclusos eran más complejos y mucho más interesantes que los santos de cartón que retrata la cultura popular.

Colditz era una réplica en miniatura de la sociedad de preguerra, pero más extraña. Era una pequeña sociedad intensamente dividida por cuestiones de clase, política, sexualidad y raza. Además de guerreros valerosos, los participantes del drama de Colditz incluían a comunistas, científicos, homosexuales, mujeres, estetas e ignorantes, aristócratas, espías, obreros, poetas y traidores. Hasta el momento, muchos han sido excluidos de la historia porque no encajaban en el molde tradicional del oficial aliado blanco y varón empeñado en huir. Asimismo, alrededor de la mitad de la población de Colditz era alemana. Los guardias y sus superiores normalmente han sido descritos de manera uniforme, pero ese grupo también contenía una rica variedad de personajes, incluyendo a algunos hombres con una cultura y una humanidad que distaban mucho del brutal estereotipo nazi.

La historia interna de Colditz es un relato sobre el espíritu humano indómito y mucho más: acoso, espionaje, aburrimiento, locura, tragedia y farsa. El castillo de Colditz era una prisión aterradora, pero también frecuentemente absurda, un lugar de sufrimiento y también de alta comedia, un crisol idiosincrásico y excéntrico que desarrollaba su propia cultura, cocina, deporte, teatro e incluso un lenguaje interno característico. Pero aquella jaula fuertemente vigilada, rodeada de alambre de espino y aislada del resto del mundo cambió a todos los que entraron en ella a medida que se desarrollaba la vida dentro del castillo y la guerra seguía adelante. Algunos prisioneros eran heroicos, pero también humanos: duros y vulnerables, valientes pero aterrados, a veces alegres y otras decididos o desesperados.

Esta es la esencia de la verdadera historia de Colditz: cómo respondieron personas corrientes de ambos bandos a unas circunstancias dramáticas y exigentes que no eran responsabilidad suya. Ello plantea un sencillo interrogante: ¿qué habrías hecho tú?

Prólogo

Cada noche, el sargento primero Gustav Rothenberger inspeccionaba el perímetro del castillo, comprobando que los centinelas estuvieran en sus puestos y esperando descubrir a alguno echando una cabezada. Rothenberger era un obseso de la rutina y la última parada de sus rondas siempre era el flanco este del edificio, donde una estrecha pasarela con una pronunciada pendiente a un lado y la imponente muralla del castillo al otro conducía a una valla con alambre de espino. Al otro lado se encontraban el parque y el bosque. En la terraza había guardias con ametralladoras apostados a intervalos de diez metros. Otros dos centinelas custodiaban la puerta y uno patrullaba una pasarela metálica elevada desde la cual tenía una clara línea de disparo hacia la terraza.

Una cálida noche de septiembre de 1943, poco antes de las doce, el Stabsfeldwebel (sargento primero) apareció como de costumbre en la terraza, acompañado de dos soldados con rifles al hombro. Los prisioneros habían sido encerrados en sus estancias dos horas antes y Colditz estaba en silencio. Unos potentes focos proyectaban las siluetas distorsionadas de los guardias sobre la fachada de granito del castillo.

Rothenberger era una figura inconfundible. Nacido en Sajonia, había recibido la Cruz de Hierro en la primera guerra mundial y se rumoreaba que dormía con las medallas puestas. Era temido y admirado por sus hombres del pelotón número 3 de la compañía de guardias. Los prisioneros aprovechaban cualquier oportunidad para burlarse de sus captores, pero trataban a aquel feroz sargento con respeto, como a un soldado de otra época con heridas de guerra, disciplinado y extravagantemente peludo. Lo más llamativo de Rothenberger era su plumaje facial, una espectacular combinación de bigote y patillas pobladas. El viejo soldado estaba inmensamente orgulloso de su enorme bigote rojizo, que cepillaba, recortaba y enceraba para dejarlo puntiagudo, como si estuviera acicalando a una mascota exótica. Los prisioneros británicos lo llamaban «Franz Josef» [sic] por el emperador austro-húngaro con el bigote francés, pero nunca se lo decían a la cara.

Rothenberger se acercó a paso ligero al primer guardia de la terraza y le dijo: «Se está produciendo un intento de fuga en el flanco oeste. Informe a la caseta de los centinelas inmediatamente». Sorprendido, el guardia saludó, hizo chocar los tacones y dio media vuelta. El sargento ordenó a los otros dos que se fueran. Los dos centinelas que vigilaban la puerta se extrañaron al ver a Rothenberger doblando la esquina seguido de dos hombres de reemplazo. Todavía les quedaban dos horas de turno. «Os van a relevar antes de hora», anunció el sargento bigotudo. «Dadme la llave.» Aquella noche, Rothenberger estaba especialmente irritable, pero las apariencias engañan.

Una inspección atenta al vello facial de Rothenberger habría desvelado que estaba hecho con pelos de brocha de afeitar teñidos de rojo y gris con acuarelas del economato de la cárcel y unidos con pegamento. Su uniforme, igual que el de sus escoltas, había sido cosido utilizando sábanas de la prisión y teñido del tono correcto de gris de campaña alemán. La Cruz de Hierro que llevaba en el pecho estaba hecha con zinc del tejado del castillo y moldeada con un cuchillo de cocina caliente. El tocado lo habían hecho a partir de una gorra con visera de la RAF utilizando fieltro y cuerda. La funda de la pistola era de cartón, bruñida con abrillantador para botas, y de ella asomaba un trozo de madera pintado que parecía la culata de una Walther P38 de 9 mm. Los dos soldados con abrigo llevaban rifles falsos con un cañón de madera pulido con minas de lápiz, unos rayos hechos con trozos de somier y gatillos de latón que en realidad eran cubiertos metálicos.

El sargento primero era una réplica de Rothenberger, un Franz Josef falso. Se llamaba Michael Sinclair, un teniente británico de veinticinco años que ya había escapado dos veces de Colditz, pero había sido apresado de nuevo. Sinclair hablaba alemán con fluidez y era un talentoso actor *amateur* y una persona obsesiva. Solo pensaba en huir y no hablaba de otra cosa. «Voy a salir de aquí», decía siempre. No estaba manifestando una esperanza, sino una creencia. Para otros prisioneros, aquella obsesión era un incordio. La determinación de Sinclair tenía algo de desesperación. Durante cuatro meses había estudiado los andares, las posturas, el acento, la rutina y las particularidades de Rothenberger, y también los insultos que profería cuando estaba enojado, cosa que ocurría a menudo.

Por encima de la terraza esperaban otros treinta y cinco altos mandos británicos envueltos en la oscuridad. Ya habían serrado los barrotes de las ventanas del sexto piso y todos llevaban ropa civil hecha a mano. Además, disponían de salvoconductos falsificados con una máquina de escribir de madera y alambre y una fotografía tomada con una cámara hecha con una caja de puros y unas gafas, todo ello autorizado con el sello oficial del águila, tallado con una cuchilla en el tacón de un zapato. «Funcionará», susurró alguien mientras se alejaba el primer guardia. «Esto va a funcionar.»

El plan era sencillo: cuando los centinelas se hubieran ido, un primer grupo de veinte hombres descendería por el lateral del edificio utilizando sábanas anudadas, Sinclair abriría la puerta del parque y bajarían la pendiente en dirección al bosque. Si lo conseguían, el resto los seguirían minutos después. Cuando llegaran a los árboles, se dividirían por parejas y se dispersarían por el campo para luego dirigirse a las fronteras alemanas siguiendo una serie de rutas previamente acordadas. El «plan Franz Josef» dependía de los arraigados hábitos alemanes de obediencia militar, de la preparación, de la elección del momento oportuno, de la suerte y de la credibilidad del bigote postizo de Sinclair. Los fugitivos calculaban que los guardias tardarían cuatro minutos y medio en llegar a la caseta y encontrar al auténtico Rothenberger. En ese momento se desataría el caos. Muchos de los prisioneros agazapados en la oscuridad llevaban casi tres años cautivos. En ese tiempo habían intentado huir en numerosas ocasiones, pero pocas con éxito. En la guerra interna cada vez más enconada entre vigilados y vigilantes se palpaba una gran victoria. Si salía bien, sería la primera fuga masiva en la historia de Colditz.

Recientemente, el Kommandant (comandante) de Colditz había ordenado que, sin excepciones, todo aquel que entrara o saliera del castillo debía mostrar un pase cuyo color cambiaba cada día. El centinela que vigilaba la puerta estaba cumpliendo las normas. Más tarde afirmaría que el bigote que tenía delante «no se curvaba adecuadamente»; en realidad se limitaba a obedecer órdenes, aunque era Rothenberger quien había dictado esas órdenes y, al parecer, ahora le estaba pidiendo que las incumpliera. La voz del centinela se oía desde las ventanas de los pisos superiores: «*Nein, Herr Stabsfeldwebel. Nein!*». Sinclair lo reprendió por su insolencia: «¿Tú eres tonto? ¿No conoces a tu sargento?». Pero finalmente se metió la mano en el bolsillo y sacó un pase de salida, o *Ausweis*, fechado, firmado y sellado.

Era una copia de un pase auténtico proporcionado por un guardia alemán al que habían sobornado, un duplicado perfecto en todos los sentidos, excepto el color. El pase era gris cuando supuestamente debía ser amarillo.

El guardia lo examinó unos instantes y miró de nuevo a «Franz Josef» Rothenberger. Entonces alzó lentamente el rifle.

1940

1

Los originales

La tarde del 10 de noviembre de 1940, el capitán Pat Reid contempló el castillo situado en lo alto de la colina y sintió la mezcla de admiración y ansiedad que sus constructores tenían en mente. «Más arriba vimos alzarse imponente nuestra futura prisión», escribía después. «Hermosa, serena, majestuosa y, sin embargo, lo bastante amenazadora como para que nos sintiéramos desolados [...] una imagen que acobardaba a los más valerosos.»

Acobardarse no era algo innato en Pat Reid. De hecho, veía cualquier muestra de cobardía como un fracaso moral y se negaba a consentirla en él mismo o en cualquiera. Como oficial del Cuerpo de Servicio del Ejército Real, había sido capturado en mayo junto a miles de soldados que no habían podido escapar tras la caída de Francia. Al principio fue encerrado en el castillo de Laufen, en Bavaria, y supervisó inmediatamente la construcción de un túnel desde el sótano hasta una pequeña caseta situada fuera de los muros de la cárcel. Después se dirigió a la frontera yugoslava con otros cinco oficiales. Estuvieron fugados cinco días antes de ser apresados y enviados a Colditz, un nuevo campo para prisioneros incorregibles y, por tanto, un lugar para el que Reid estaba sobradamente cualificado.

Nacido en la India, de padre irlandés, a sus veintinueve años Reid era un rebelde y un exhibicionista nato, un aliado sumamente fiable y, como oponente, obstinado e insufrible. En una ocasión había trepado por los postes de una portería de rugby durante un partido entre Inglaterra e Irlanda disputado en Twickenham para dejar unos tréboles en lo alto. Descrito por otro preso como un «hombre rechoncho con el pelo ondulado y una mirada pícara», Reid hablaba y escribía utilizando exclusivamente el argot de *Boy's Own Paper*, la revista británica para niños dedicada a hazañas heroicas en las escuelas públicas. En todo momento hacía gala de un optimismo inagotable y alegre. Con una idea clara del lugar que ocupaba en el drama, Reid se convertiría en el primer y más prolífico cronista de Colditz. Odió aquel lugar nada más verlo y se pasó el resto de su vida pensando y escribiendo sobre él.

Los oficiales británicos, más tarde conocidos como los «Seis de Laufen», cruzaron el foso y recorrieron un segundo pasaje abovedado de piedra «cuyas puertas de roble se cerraron ominosamente con un estrépito de pesados barrotes de hierro al más puro estilo medieval». En tiempos de paz, Reid había sido ingeniero civil y escrutó las almenas con mirada profesional. Por debajo de unas terrazas con alambre de espino, el terreno formaba un precipicio escarpado por tres lados. Cuando anochecía, el resplandor de los focos iluminaba los muros del castillo. La ciudad más próxima era Leipzig, situada treinta y siete kilómetros al noroeste. La frontera más cercana con un país que no estuviera bajo control nazi se encontraba a seiscientos cincuenta kilómetros. «Huir sería una empresa formidable», reflexionó Reid. El pequeño grupo pasó por debajo de otro arco y llegó al patio interior, donde solo rompía el silencio el repiqueteo de sus botas sobre los adoquines. Era, según escribió Reid, «un lugar absolutamente espeluznante».

El castillo de Colditz se encuentra en la cima de una colina, cuarenta y cinco metros por encima del río Mulde, un afluente del Elba que fluye por el este de la Alemania actual. Antes de convertirse en una provincia alemana en el siglo x, los eslavos serbios que habitaban la zona la bautizaron *Koldyese*, que significa «bosque oscuro». La primera piedra de la que sería una imponente fortaleza se colocó hacia 1043, y durante el milenio posterior fue ampliada, modificada, destruida y reconstruida repetidamente por las grandes dinastías que pugnaban por el poder y el protagonismo en la región. El fuego, la guerra y la peste alteraron la forma del castillo a lo largo de los siglos, pero sus propósitos fueron siempre los mismos: impresionar y oprimir a los súbditos del gobernador, demostrar su poder, amedrentar a sus enemigos y encarcelar a sus cautivos.

Los gobernantes hereditarios de la región, el electorado de Sajonia, lo transformaron en un pabellón de caza con capilla y sala de banquetes y, en 1523, la zona verde colindante se convirtió en un coto de caza rodeado de altos muros de piedra. En un recinto especial del parque, o *Tiergarten*, criaban ciervos blancos que luego ponían en libertad y cazaban. Los electores retenían a sus viudas, a sus parientes turbulentos y a sus hijas solteras dentro de los muros del castillo. A principios del siglo XVIII, bajo el mandato de Augusto II, elector de Sajonia, rey de Polonia y gran duque de Lituania, el *Schloss* fue ampliado con más fortificaciones, zonas de esparcimiento y un teatro. «Augusto el Fuerte» era un hombre con una energía física inmensa al que se le daba bien el deporte del lanzamiento de zorro (que era exactamente tan cruel como suena) y un mujeriego prodigioso que, según decían, tenía entre trescientos sesenta y cinco y trescientos ochenta y dos hijos. El castillo fue ampliado a setecientas habitaciones para darles cabida.

En el siglo XIX, los príncipes sajones habían puesto la mirada en otros lugares y el castillo de la colina se convirtió en un hospicio, en un centro de menores y más tarde en un hospital para «locos incurables». Colditz, el manicomio más caro de Alemania, era un vertedero para miembros mentalmente trastornados de familias ricas y notables, entre ellos Ludwig, el hijo del compositor Robert Schumann, que llegó perturbado cuando tenía veinte años y nunca salió. En el siglo XX se había convertido en un lugar de muerte, un gran mausoleo de gélidos suelos de piedra, pasillos ventosos y miseria oculta. Durante la primera guerra mundial albergaba a enfermos de tuberculosis y pacientes psiquiátricos, de los cuales novecientos doce murieron de desnutrición. Antes de la guerra, los nazis lo utilizaban como campo de concentración para comunistas, socialdemócratas y otros oponentes políticos de Hitler. Más de dos mil de esos «indeseables» fueron encarcelados allí en un solo año. Algunos fueron torturados en sus húmedas celdas. Tras un breve período como campo para trabajadores de las Juventudes Hitlerianas, en 1938 volvió a convertirse en manicomio, pero esta vez letal: dejaron morir de hambre a ochenta y cuatro personas con discapacidad física y mental, un campo de pruebas para el gran programa de eutanasia de Hitler.

Pero en 1939 devino aquello por lo que siempre será recordado: un campo de prisioneros de guerra. El *Oberkommando der Wehrmacht* (OKW), o alto mando del ejército alemán, transformó Colditz en un campo especial (*Sonderlager*) para una variedad particular de oficiales enemigos: prisioneros que habían intentado escapar de otros campos o mostrado una actitud marcadamente negativa hacia Alemania. Eran calificados de *deutschfeindlich*, u «hostiles hacia Alemania», un término que no tiene paralelismos en ningún otro idioma y es prácticamente intraducible. En la Alemania nazi, no ser lo bastante amigable era delito. Ser *deutschfeindlich* merecía una etiqueta roja en el historial de un prisionero, lo cual constituía una marca de demérito para los alemanes, pero una distinción para los prisioneros de guerra. A partir de entonces, el castillo fue un campo para oficiales capturados, un *Offizierslager* con el nombre de Oflag IV-C.

A lo largo de los siglos, los habitantes del castillo de Colditz han sido muchos y variados, pero casi todos tenían algo en común: no estaban allí por decisión propia. Las viudas, los lunáticos, los judíos, las vírgenes, los pacientes de tuberculosis, los prisioneros de guerra y los ciervos blancos del parque habían sido encerrados en el castillo por otras personas y no podían salir. Incluso la progenie bastarda de Augusto el Fuerte estaba atrapada en aquel enorme complejo de la colina. Supuestamente, el extenso castillo había sido construido para proteger a la gente, pero siempre fue un símbolo de poder, un gran gigante almenado que dominaba el horizonte, erigido para asombrar a quienes vivían debajo y mantener encerrados a sus ocupantes. Dependiendo del lado del muro en el que te encontraras, era magnífico o monstruoso.

El edificio consistía en dos patios adyacentes. El espacio interior y más antiguo, no más grande que una pista de tenis, tenía suelo de adoquines y estaba rodeado por cuatro muros de veintisiete metros de altura. En la cara norte estaban la capilla y la torre del reloj; en la oeste, la *Saalhaus*, o gran sala, con el teatro, la oficina de correos y las dependencias de los altos mandos arriba; en el ala sur se encontraba la cocina de los prisioneros, contigua al cuartel alemán; la cara este era la *Fürstenhaus*, o casa del príncipe, que alojaría a los prisioneros británicos. El sol penetraba en el patio interior solo unas horas hacia el mediodía. Una única puerta conducía al patio exterior, este más amplio, que solo contaba con dos salidas, una por encima del foso seco que llevaba al pueblo de Colditz, situado en el valle, y otra al final de un túnel bajo los barracones, descendiendo hacia el parque y los bosques que antaño habían sido los jardines y terrenos de caza de los poderosos electores. Los prisioneros ocupaban el patio interior y los guardias alemanes, pertenecientes al 395º Batallón de Defensa, el exterior, el cuartel general de la guarnición conocido como *Kommandantur*.

El castillo de Colditz parecía tan resistente y firme como la roca sobre la cual descansaba, pero en realidad estaba salpicado de agujeros. El colosal laberinto de piedra se había construido en capas superpuestas. Hombres que llevaban siglos muertos habían ampliado habitaciones, abierto o tapiado ventanas, bloqueado pasadizos y desviado desagües y cavado otros nuevos. El lugar estaba lleno de compartimentos ocultos, buhardillas abandonadas, puertas cerradas con candados medievales y fisuras olvidadas hacía largo tiempo. En los cuatro años posteriores, Reid y los otros habitantes del patio interior trataron de aprovechar esas aberturas mientras los ocupantes del patio exterior ponían el mismo empeño en intentar taparlas.

Un oficial alemán alto y de rasgos marcados saludó fugazmente cuando los prisioneros entraron en el patio. «Buenas noches, mis amigos británicos», dijo en un inglés impecable. «Deben de estar cansados después de un día tan largo.»

El teniente Reinhold Eggers era la antítesis de Pat Reid en todos los sentidos imaginables. Eggers era formal, disciplinado, carente de sentido del humor y tan patriota como Reid era *deutschfeindlich*. Ambos se detestaron desde el primer momento y su encuentro supuso el comienzo de una prolongada y amarga competición.

Hijo de un herrero de Brunswick, Eggers había combatido en Ypres y el Somme y, después de «cincuenta y un meses espantosos», acabó la guerra con una Cruz de Hierro y una herida de bala en la pierna. Eggers se describía a sí mismo como un «patriota alemán» devoto de su país. Pero no era nazi, y antes de la guerra había tenido problemas con el partido por no demostrar suficiente entusiasmo por el nacionalsocialismo. Cuando estalló la segunda guerra mundial tenía ya cuarenta y nueve años, pero fue llamado a filas y, como muchos otros soldados, destinado al sistema de prisiones militares como lugarteniente del oficial superior de Oflag IV-C. Más tarde se convertiría en jefe supremo de seguridad en Colditz.

Formado como profesor, Eggers conservaba todos los atributos de un anticuado maestro prusiano, un hombre organizado, quisquilloso y autoritario, frágil y recto como un trozo de tiza, pero salomónico, impávido y persistente en cuanto a los buenos modales. Creía que su experiencia como educador de niños desobedientes era idónea para controlar a los prisioneros de guerra más alborotadores de Alemania, y aplicaba sus normas de enseñanza a la gestión del campo: «Nunca muestres tus emociones; sonríe pase lo que pase; castiga enérgicamente la desobediencia». Era un hombre de principios que desaprobaba el uso de la violencia contra los prisioneros si no era en defensa propia. Su diario y otros escritos ofrecen una extraordinaria panorámica de Colditz desde la perspectiva alemana.

Eggers también era un ardiente anglófilo, un entusiasmo peligroso en la Alemania nazi. No ocultaba su admiración por el paisaje, la cortesía, el idioma, la comida y la deportividad británicos. La disertación para su diplomatura de magisterio se titulaba *Teoría y práctica de la reforma escolar en Inglaterra desde la época victoriana hasta la actualidad.* En 1932 había organizado un intercambio entre el Johann-Gottfried-Herder-Gymnasium de Halle y el Instituto Cheltenham. Mientras el nazismo cobraba impulso en Alemania, había pasado unos espléndidos meses en la ciudad balneario de Gloucestershire, donde se empapó de cultura británica y cerveza inglesa. Pero la experiencia le dejó una percepción sesgada de Inglaterra y creía que todos los británicos eran como los que había conocido en Cheltenham: educados, interesados en Alemania e incapaces de jugar sucio. Estaba a punto de llevarse una desagradable sorpresa.

Incluso antes de que llegaran los primeros reclusos, Eggers había detectado dos importantes defectos en el plan de la Wehrmacht para crear una supercárcel para prisioneros problemáticos de la cual fuera imposible escapar. El primero era el propio edificio: era imponente, desde luego, pero la enorme complejidad de su trazado medieval dificultaba sobremanera las labores de seguridad. «Era inexpugnable», escribió Eggers, «pero probablemente no se volverá a elegir nunca un lugar tan inadecuado para retener a prisioneros.» El segundo era la naturaleza de los reclusos: *deutschfeindlich*, «los tipos malos», en palabras de Eggers, «indeseables [con] fama de alterar la paz». Eliminar a los problemáticos tal vez facilitaba la gestión de los otros campos, pero el profesor Eggers era muy consciente de que si juntas a los niños más traviesos bajo un mismo techo, acaban compartiendo resistencia, se animan unos a otros y tu aula pronto está en llamas.

Todas las escuelas y cárceles necesitan un reglamento y, para Eggers, este era la Convención de Ginebra para los prisioneros de guerra, firmada por Alemania y otras treinta y seis naciones en 1929. En ella se estipulaban las regulaciones que atañían a la alimentación, el alojamiento y el castigo de los prisioneros de guerra. El bienestar de estos últimos era supervisado por un «poder protector» neutral, al principio Estados Unidos y más tarde Suiza. De acuerdo con la Convención, los altos mandos capturados gozaban de ciertos privilegios, entre ellos ser «tratados con el debido respeto a su rango». A diferencia de los prisioneros de «otros rangos», que eran retenidos en un campo de trabajo conocido como *Stammlager*, o Stalag, a los oficiales encarcelados durante la segunda guerra mundial no podían obligarlos a trabajar para el Reich. El militar de más alto rango era reconocido como el intermediario oficial entre las autoridades del campo y los prisioneros. Puede que los reclusos de Colditz hubieran perdido la libertad, pero conocían sus derechos legales, y los alemanes también. Las SS, el grupo paramilitar, dirigían los campos de concentración con un desprecio inhumano hacia la ley internacional, pero, en los campos de prisioneros de guerra controlados por el ejército, la mayoría de los oficiales alemanes veían el respeto a la Convención como una cuestión de orgullo militar y se ofendían ante cualquier insinuación de que no estuvieran cumpliéndola. En medio de una guerra cada vez más brutal, los guardias militares alemanes seguían acatando las normas, al menos por el momento. «No hacen gala de una tiranía mezquina», escribía un preso británico, «sino que, una vez que han adoptado todas las precauciones para impedir fugas, nos tratan como caballeros que conocen el significado del honor y poseen dignidad.»

Al observar el patio por primera vez, Pat Reid tuvo la sensación de haber entrado en unas «ruinas fantasmagóricas» y, cuando sus ojos se habituaron a la oscuridad, aparecieron unos rostros inquietantemente pálidos en las ventanas superiores. Una semana antes había llegado un contingente de ciento cuarenta oficiales polacos, que dieron la bienvenida a los nuevos prisioneros con un cántico que fue elevándose poco a poco: *«Anglicy, Anglicy...».* Los ingleses, los ingleses...

Como prisioneros de guerra, los polacos ocupaban una posición anómala. Unos 420.000 soldados polacos fueron capturados por los alemanes en 1939 y Alemania y la Unión Soviética se repartieron su país. Para sus captores, no estaban protegidos por la Convención. «Polonia ya no existe», les dijeron a los oficiales polacos a su llegada a Colditz. «Solo gracias a la magnanimidad del Führer os beneficiaréis temporalmente de los privilegios otorgados a los prisioneros de guerra de las otras potencias beligerantes. Deberíais estar agradecidos.» Pero los polacos no se sentían así. La mayoría solo abrigaban un desprecio visceral hacia los alemanes que apenas se molestaban en disimular. El contingente de los oficiales polacos estaba liderado por el general Tadeusz Piskor, que había sido enviado a Colditz por negarse a estrecharle la mano a un Kommandant de campo. «Los polacos nos odiaban profundamente», escribió Eggers.

Reid y sus cinco compañeros fueron conducidos por una angosta escalera y encerrados en una buhardilla, donde encontraron a tres presos más, oficiales canadienses de la RAF que fueron abatidos el mes de abril anterior cuando sobrevolaban Alemania. Habían huido de otro campo, pero fueron capturados al poco tiempo, golpeados brutalmente y trasladados a Colditz.

Los británicos estaban instalándose en sus nuevos aposentos cuando oyeron ruido en la puerta, y al abrirse asomaron cuatro polacos sonrientes con varias botellas grandes de cerveza. Los oficiales polacos habían tardado menos de una semana en descubrir que los viejos candados de las puertas internas del castillo podían abrirse fácilmente utilizando «un par de instrumentos que parecían abotonadores». A continuación celebraron una pequeña fiesta en la que se comunicaron en un inglés rudimentario mezclado con francés y alemán, la ceremonia fundacional de una duradera alianza anglo-polaca en Colditz. Antes de quedarse dormido en un colchón relleno de paja colocado sobre una estrecha litera de madera, Reid cayó en la cuenta de que los polacos tuvieron que abrir al menos cinco candados para llegar allí desde sus habitaciones, situadas al otro lado del patio: «Si ellos pueden ir de un lado a otro aunque haya puertas cerradas, nosotros también».

Las primeras semanas en Colditz parecieron otra falsa guerra, similar al período de calma tensa justo después de que se declarara oficialmente el conflicto, mientras las diferentes nacionalidades, los guardias y los prisioneros se escrutaban unos a otros y su nuevo hogar compartido. En comparación con algunos de los campos anteriores, el castillo casi parecía cómodo a pesar de las paredes descascarilladas y el penetrante olor a moho. Uno de los recién llegados tuvo la sensación de haber ingresado en «una especie de club». El contingente británico y canadiense fue trasladado a unas dependencias permanentes en el ala este que contaban con inodoros, duchas, agua caliente de manera intermitente, luz eléctrica, un hornillo y un gran salón utilizado para las comidas y el entretenimiento. Durante el día podían pasear por el patio, pero el acceso al resto del enorme castillo estaba estrictamente prohibido. Lo que salía de la cocina alemana del patio era poco apetitoso —sucedáneo de café de bellota, sopas aguadas y pan negro—, pero comestible. Como oficiales, los prisioneros teóricamente tenían derecho a pagar con «dinero del campo» que podían gastar en la tienda o la cantina en tabaco, cuchillas de afeitar, mantas y, al menos al principio, cerveza de baja graduación. Debían personarse tres veces al día en el patio para un recuento, o *Appell.* Tras formar filas por naciones, eran contabilizados dos veces y, si había algo que mereciera la pena decir, los alemanes se dirigían a ellos y luego les ordenaban que rompieran filas. El primer recuento era a las ocho de la mañana y el último a las nueve de la noche, poco antes de que se interrumpiera el suministro eléctrico y se cerraran las escaleras y el patio. La guardia alemana, formada por más de doscientos hombres, superaba numéricamente a los prisioneros, pero, en las primeras semanas, los números de estos últimos no dejaron de aumentar: más oficiales británicos y polacos, unos cuantos belgas y un grupo cada vez mayor de franceses. A cada nación le asignaron alojamientos independientes.

Al principio, los reclusos de distintas naciones permanecían separados a la fuerza, pero los alemanes no tardaron en darse cuenta de que sería imposible, así que se mezclaban en el patio durante el día y a escondidas por la noche. Para muchos, era su primera exposición prolongada a personas de otras nacionalidades y culturas. Las rivalidades nacionales persistían, pero algunos se sorprendieron bastante al descubrir lo mucho que tenían en común. «Los polacos y los franceses son excelentes compañeros», observaba un prisionero británico. «Todos son difíciles, pero los prisioneros difíciles son compañeros de cárcel interesantes.»

Las invasiones *Blitzkrieg* de Polonia y Europa Occidental fueron tan rápidas y triunfales que ocasionaron un problema imprevisto a la maquinaria de guerra alemana: un numeroso ejército de prisioneros a los que dar alojamiento y comida y, en el caso de los «otros rangos», a los que poner a trabajar al servicio del Reich de Hitler. Más de 1,8 millones de franceses fueron capturados durante la batalla de Francia entre mayo y junio de 1940, alrededor de un diez por ciento de toda la población masculina adulta. La operación de rescate de Dunkerque había trasladado a 300.000 soldados de la arrinconada Fuerza Expedicionaria Británica al otro lado del Canal, pero por cada siete hombres que huyeron, uno fue hecho prisionero. Miles más serían capturados en junio después de que el contingente anglo-francés se rindiera en Saint-Valery. A finales de 1940, unos dos mil oficiales británicos y al menos 39.000 soldados de otros rangos habían sido apresados, entre ellos muchos provenientes de dominios británicos: Canadá, Australia, Nueva Zelanda y Sudáfrica. A medida que avanzara la guerra, se sumarían a ellos otros prisioneros derribados o capturados en combate.

Los primeros cautivos de Colditz eran la flor y nata de las fuerzas armadas profesionales de sus respectivas naciones, recién licenciados de Sandhurst y la École Militaire de Saint-Cyr, así como veteranos de la primera guerra mundial. Al irse a la guerra en 1939 les dijeron que la victoria sería rápida. Ninguno de ellos había barajado seriamente la posibilidad de ser capturado y menos aún trasladado a Alemania y encerrado indefinidamente en una lúgubre fortaleza. Una cosa era dar la vida por su rey y su país y otra bien distinta arriesgar y perder su libertad, y la mayoría no estaban preparados para el cautiverio.

La Navidad de 1940 fue un período extraño e inusualmente calmado. Aislados del mundo exterior, los prisioneros desconocían los progresos de la guerra. No llegaban cartas de casa ni órdenes del alto mando y no podían hacerse una idea de cuál sería su futuro. Encerrados entre paredes medievales, se dieron cuenta de que su percepción del tiempo empezaba a dilatarse. La guerra podía acabar al día siguiente o nunca. Podían vivir allí durante años. Podían envejecer o morir en aquel lugar. Después de la adrenalina del combate, el trauma de la captura y la incertidumbre de ser transferidos allí desde otros campos, Colditz parecía un lugar diferente y casi surrealista, «un castillo de cuento de hadas que flota por encima del pueblo». Los optimistas pronosticaban su pronta liberación, los más inquietos se negaban a esperar una puesta en libertad que tal vez no llegaría nunca y los realistas sabían que pasarían mucho tiempo allí. Los húmedos pasillos rezumaban un «olor a deterioro mohoso». Por la noche oían a las ratas corretear por los tablones de madera de las buhardillas. Gran parte del castillo estaba vacía y cerrada a cal y canto, ocupada únicamente por fantasmas de antiguos prisioneros. «Parecía que las paredes tuvieran viruela.» Pero en las noches despejadas, cuando los campos nevados se extendían hacia la lejanía y el repiqueteo de las campanas de la iglesia se elevaba desde el pueblo, el lugar era tranquilo y casi hermoso.

Los polacos prepararon una especie de cena de Navidad y una representación de *Blancanieves y los siete enanitos* con marionetas que, a diferencia de la versión tradicional del cuento, terminaba con la gloriosa restauración de la nación polaca y una emotiva versión del himno del país. Los alemanes repartieron vino y cerveza entre los prisioneros y Eggers se alegró al descubrir que sus raciones navideñas incluían medio kilo de café en grano, el último que vería en años, según escribió.

Mientras saboreaba el café navideño, el Leutnant (teniente) Eggers redactó sus informes como si estuviera evaluando a la última hornada de alumnos al principio de un nuevo curso: «Aunque llevaban más de quince meses en nuestras manos, a finales de 1940 los oficiales polacos tenían la moral muy alta. Los franceses conservaban la solemnidad tras la derrota y los británicos estaban haciéndose al lugar».

También estaban investigando cómo salir de él.

1941

2

La huida de Le Ray

Pat Reid consideraba que fugarse de un campo de prisioneros de guerra era un «deber declarado de todos los oficiales». Lo creía con apasionada intensidad y despreciaba a quienes no compartían esa convicción. Pero se equivocaba.

En realidad, dicha obligación no correspondía a quienes eran capturados. La mayoría de los presos de Colditz estaban allí porque ya habían intentado escapar de otros lugares y, como cabría esperar, muchos llegaban decididos a probarlo de nuevo. Para algunos, huir se convirtió en una obsesión y en el tema dominante de conversación. Pero no todo el mundo tenía tantas ganas de escapar. Algunos estaban dispuestos a esperar a que acabara la guerra y llevar, como expresaba un fugitivo con desdén, «una existencia vegetativa» en cautividad. En determinadas circunstancias, los oficiales daban su palabra de honor de que no intentarían escapar. Por ejemplo, podían tomar prestadas herramientas para construir un escenario bajo la solemne promesa de que no las utilizarían para fugarse. En ocasiones, a los oficiales no combatientes, entre ellos médicos y clérigos, les permitían dar paseos vigilados por los campos que rodeaban el castillo, siempre bajo la estricta premisa de que no abusarían de ese privilegio escapando. Ningún prisionero ofreció jamás esa garantía para luego incumplir su palabra.

Escapar no solo era difícil, sino también peligroso. Conforme a la Convención de Ginebra, un prisionero de guerra apresado tras darse a la fuga podía recibir un castigo máximo de un mes en régimen de aislamiento. Pero no todos los oficiales alemanes eran tan puntillosos con la normativa como Eggers. Los centinelas llevaban armas y estaban dispuestos a utilizarlas, y la decisión de cuándo emplear la fuerza a menudo quedaba en manos de cada oficial o guardia. Todo aquel que fuera descubierto fuera del campo con ropa civil o, peor aún, enfundado en un uniforme alemán, corría el riesgo de ser ejecutado por espionaje. Si un fugado era entregado a las autoridades militares de la Wehrmacht, normalmente era enviado de vuelta a Colditz y encerrado en las celdas de aislamiento. Pero si caía en las garras de la Gestapo o las SS, su destino era mucho más incierto: podía ser torturado, enviado a un campo de concentración o incluso ejecutado allí mismo. A medida que se intensificaban los bombardeos sobre ciudades alemanas, los enfurecidos civiles eran cada vez más proclives a administrar un castigo sumario a los prisioneros apresados cuando se disponían a huir.

E igual que fugarse no era un deber, tampoco era un derecho. Había un tipo de prisionero que nunca escapaba de Colditz y al que no se animaba a hacerlo: la clase baja.

El corazón de Colditz estaba surcado por una amplia y casi insalvable división social. Era un campo para oficiales capturados, pero también contenía a una población fluctuante de ordenanzas, prisioneros-soldado rasos de los «otros rangos» que los alemanes utilizaban para tareas menores y como sirvientes para sus altos mandos: cocinar, ordenar, limpiar, pulir botas y otras labores. En la Navidad de 1940, en Colditz había diecisiete oficiales y ocho ordenanzas británicos, una proporción que en general se mantendría constante durante toda la guerra. Cada alto mando tenía un sirviente personal o asistente, mientras que los oficiales de menor rango compartían un ordenanza, normalmente uno por grupo. Algunos llegaban desde otros campos y eran trasladados a otro lugar al cabo de seis meses, pero también los hubo que permanecieron en Colditz durante toda la guerra. Recibían las mismas raciones que los oficiales, incluyendo provisiones de la Cruz Roja, pero ocupaban alojamientos diferentes.

Los ordenanzas no eran invitados a participar en los intentos de fuga y tampoco se esperaba que ayudaran en ellos (aunque algunos lo hacían). Una vez por semana los llevaban a pasear, siempre supervisados, por los campos que rodeaban el castillo. Ninguno intentó escapar, y por buenos motivos. Un oficial al que capturaran normalmente regresaba al castillo ileso, mientras que los soldados rasos podían sufrir el castigo más draconiano. «Si un ordenanza era apresado tras escapar, no recibía el mismo trato que un oficial», explicaba uno de ellos. «Probablemente le dispararían.» Como soldados rasos, el escalafón más bajo de la jerarquía militar, les exigían obedecer las órdenes de los alemanes y las de sus propios mandos sin cuestionarlas. Comían, dormían y vivían totalmente separados. Con menos educación formal que los oficiales, los ordenanzas no escribieron memorias después de la guerra y, por tanto, sus experiencias prácticamente han sido omitidas de la historia de Colditz.

Hoy se antoja extraño e injusto que un prisionero tuviera que servir a otro, que a un hombre le permitieran buscar la libertad y a otro se lo prohibieran por una cuestión de rango y clase. Pero, según la Convención de Ginebra, todos los oficiales capturados tenían derecho a recibir la ayuda de un ordenanza igual que si fueran libres. En la estricta jerarquía militar de la época, un oficial era más valioso que un soldado raso y, por ende, más útil para la campaña bélica si lograba escapar y volver a Gran Bretaña. A un oficial no le estaba permitido trabajar, pero a un soldado raso le obligaban a hacerlo. Así pues, uno servía al otro.

Al principio, la mayoría de los ordenanzas se sentían razonablemente satisfechos de estar en Colditz, donde el trabajo no era demasiado oneroso y la comida era mejor que en otros campos. Pulir la hebilla de un oficial era infinitamente preferible al trabajo forzado. «Después de las minas de cobre, Colditz era un campamento de verano», observaba un ordenanza.

Sidney Goldman era el ayudante de Guy German, el primer oficial superior británico de Colditz. El teniente coronel German había sido capturado durante la campaña noruega y enviado a Colditz por quemar en público ejemplares de un periódico propagandístico nazi; su sirviente lo acompañó. Solly Goldman era un *cockney* judío del East End londinense con un «humor ágil», en palabras de Reid. Eggers lo llamaba «el as de los ordenanzas», porque, aunque Goldman era insolente y divertido, también era obediente. «A menudo veías a Solly Goldman cruzando el patio adoquinado a primera hora de la mañana con una jarra humeante de sucedáneo de café en dirección a las estancias de los altos mandos.» En su vida civil, el coronel German era agricultor y tenía unos modales toscos y un vocabulario sencillo. Cuando al nuevo oficial superior británico lo informaron de que los prisioneros de su país debían ponerse más elegantes para los recuentos, German respondió con una grosería que podría traducirse como: «Los alemanes van a tener que joderse». Según decían, era «fiel» a Goldman, su sirviente, pero nunca hubo ninguna duda de sus respectivas posiciones en el orden jerárquico de la prisión.

Según el mito de Colditz, todos sus prisioneros intentaban escapar por principios y con un espíritu de cooperación mientras los sádicos y estúpidos guardias alemanes intentaban impedírselo. La realidad era más complicada. En efecto, muchos prisioneros intentaron escapar, pero muchos otros no lo hicieron, ya fuera porque se suponía que no debían hacerlo, como los ordenanzas, o porque no querían. Con algunas excepciones, la mayoría de los guardias alemanes no eran brutos, y algunos, como Eggers, ni siquiera eran nazis. Había honor en ambos bandos.

El pensamiento militar alemán tendía hacia las ideas absolutas: guerra total, victoria total y, en este caso, un campo de prisioneros totalmente a prueba de fugas. De acuerdo con la Convención de Ginebra, las autoridades podían adoptar medidas especiales para retener a prisioneros especialmente difíciles. Pat Reid las enumeraba: «Más recuentos, más registros, más centinelas, menos espacio para practicar ejercicio, menos privacidad, menos privilegios...». Desde el principio, los prisioneros de Colditz no solo fueron custodiados exhaustivamente, sino sometidos a vigilancia las veinticuatro horas del día. Un prisionero que se diera a la fuga primero tenía que salir del patio interior, una enorme caja de piedra con unos muros de dos metros de grosor y veintisiete de altura y barrotes en todas las ventanas. Para salir por donde había venido, es decir, por la puerta principal, un prisionero tenía que cruzar el patio de la guarnición alemana. Al oeste del valle estaba el pueblo de Colditz, con una estación de trenes tentadoramente visible; al este se encontraba el parque, con unos atractivos bosques al fondo. Pero, para salir, el fugitivo tendría que recorrer terrazas plagadas de alambre de espino o descender las pronunciadas colinas que había en tres lados de la fortaleza. Una vez superado el perímetro del castillo, el fugado se encontraba con obstáculos aún más grandes: Colditz era una ciudad cuartel y sus seis mil habitantes civiles ya estaban alerta con respecto a posibles prisioneros huidos. En cuanto un fugitivo era descubierto, el Kommandant del castillo lanzaba una alerta con la palabra clave «trampa para ratones» a estaciones ferroviarias y comisarías de policía en un radio de cuarenta kilómetros. En pocas horas, todos los trabajadores ferroviarios, propietarios de cafeterías, guardas forestales y policías lo estarían buscando. Incluso las Juventudes Hitlerianas, la organización para jóvenes del Partido Nazi, eran movilizadas para dar caza a los fugitivos. Equipos de búsqueda recorrían los bosques y los campos a pie y montados en bicicletas y había centinelas en cada intersección. Si el fugitivo llegaba a una frontera, debía superar controles más estrictos que en cualquier otro momento de la odisea. Salir de Alemania era mucho más difícil que salir de Colditz.

Es difícil escapar cuando te mueres de hambre. El estómago vacío inunda la mente de pensamientos sobre el origen de la próxima comida, a veces hasta el punto de la obsesión. Los prisioneros de Colditz todavía no estaban hambrientos, pero el contenido calórico de la bazofia que servía la cocina era muy inferior al necesario para mantenerlos sanos y activos.

El primer gran empujón a la moral de los prisioneros no fue una fuga exitosa, sino quince cajas de cartón rectangulares que pesaban cinco kilos cada una. El día de San Esteban de 1940 llegó a Colditz un envío de paquetes de comida, el goteo inicial de una gran oleada de suministros que complementarían la exigua alimentación de la cárcel y sustentarían a los prisioneros, tanto corporal como mentalmente, durante casi toda la guerra. Tras las privaciones de los meses anteriores, los paquetes eran como maná del cielo o, más concretamente, de la Cruz Roja Internacional, una organización benéfica con sede en Suiza. El contenido incluía té, cacao, carne enlatada, mantequilla, huevos encurtidos, sirope y tabaco. Durante meses, los prisioneros, desconectados del mundo exterior, habían sobrevivido con las escasas raciones de las cocinas alemanas; aquella era una prueba tangible y comestible de que no se habían olvidado de ellos. En campos de prisioneros de toda Alemania, la llegada de esos primeros paquetes de la Cruz Roja fue un momento de emoción que los prisioneros saborearon para siempre, «a medida que aparecía un tesoro tras otro y babeaban, toqueteaban y cataban». Al principio, las entregas eran impredecibles y había que prolongar las existencias durante meses. Pero, en la primavera de 1941, los prisioneros recibían entregas periódicas, a veces hasta un paquete a la semana. Había tabaco inglés en lugar de las variedades alemanas o polacas, que les destrozaban los pulmones. «Encendí un cigarrillo y di una honda calada», recordaba un fumador. «Casi me desmayo de placer.» Con el tiempo, la Cruz Roja suministraría además medicamentos limitados y ropa esencial. Los prisioneros también habían empezado a recibir cartas y paquetes personales de amigos y familiares. Los envíos eran sometidos a concienzudos registros para evitar el contrabando y después entregados al destinatario en la oficina de correos. Les estaba permitido escribir hasta cuatro postales y dos cartas al mes, y entre el envío y la entrega solo transcurrían seis semanas.

Aquella era una guerra bárbara, pero la provisión de comida, cartas, libros, material deportivo, medicamentos y ropa para los prisioneros de ambos bandos era un símbolo de comportamiento civilizado en medio de la carnicería, un hecho poco reconocido y de un valor incalculable. En Alemania habrían perecido muchos más prisioneros sin los paquetes de la Cruz Roja, y su impacto fue inmediato: «La actitud abatida de los andrajosos y los hambrientos desapareció [...]. Tenían la cara más rellena».

La llegada de suministros limitados del exterior también brindaba oportunidades para almacenar, acaparar y comerciar. Así, la asignación de leche condensada podía intercambiarse por el excedente de té de otro recluso. Los cigarrillos se convirtieron en una divisa que se podía cambiar por dinero real con los guardias, lo cual era básico para cualquier intento de fuga en Alemania. Los vigilantes de la prisión se enfrentaban a graves castigos si eran descubiertos comerciando o aceptando sobornos, pero incluso el centinela más escrupuloso se mostraba cooperador ante quinientos gramos de chocolate y cien cigarrillos.

En la primavera hubo llegadas constantes: más oficiales y ordenanzas británicos (entre ellos el coronel German y su ayudante, Solly Goldman), varias docenas de polacos, dos aviadores yugoslavos que se habían incorporado a la RAF como voluntarios y habían sido abatidos cuando sobrevolaban Francia, unos cuantos belgas y más de doscientos franceses. Algunos habían tratado de escapar de otros campos, pero veinte oficiales franceses no tenían ni idea de por qué los habían trasladado a Colditz y, por tanto, se hacían llamar «*Les Innocents*». Dos de los belgas fueron clasificados como *deutschfeindlich* porque habían cocinado un gato en su anterior campo, una comida que describieron como «deliciosa, igual que el conejo». El contingente francés incluía a unos sesenta altos mandos judíos.

«Era una Europa en miniatura», decía un preso, y, al igual que Europa, la población de Colditz supuestamente estaba unida; sin embargo, había claras divisiones internas y tensiones raciales. A los franceses les molestaba que los polacos se llevaran mejor con los británicos; los polacos creían que los franceses no habían opuesto suficiente resistencia a la invasión nazi; a los belgas no les gustaba que los consideraran más o menos franceses; y los británicos admiraban y desconfiaban a la vez de los franceses, pues sabían que muchos seguían siendo leales al régimen marioneta de Vichy en la Francia no ocupada. Un prisionero veía la tensión entre ingleses y franceses como «el choque inevitable entre la curiosidad francesa y la flema indolente de los británicos». A todo el mundo le caían bien los yugoslavos. Había fuertes amistades entre nacionalidades —y muchos formaban pareja para aprender idiomas—, pero existía una tendencia ineludible a caer en los estereotipos. Entonces, como ahora, las diferentes nacionalidades europeas vivían y trabajaban en armonía, excepto cuando no lo hacían.

Los británicos recién llegados incluían a tres capellanes, entre ellos el ministro metodista Joseph Ellison Platt, que había sido capturado cerca de Dunkerque. El padre «Jock» Platt llevó un diario durante toda su estancia en Colditz, una crónica detallada de la vida cotidiana en la prisión, pero también un extenso sermón, ya que era un cristiano de férrea convencionalidad que observaba el mundo severamente a través de unas gruesas gafas de pasta y encontraba instrucción moral allá donde mirara. Poseía una «certeza y esperanza radiantes que nada podía destruir», según el Directorio de Ministros Metodistas Primitivos. Era una manera cristiana y educada de decir que mostraba una fe absoluta en su propia rectitud y nunca dudaba en corregir a quien discrepara de él. No debería haber estado en Colditz. En su anterior campo habían encontrado en su taquilla un misterioso instrumento metálico que supuestamente pretendía utilizar para fugarse y fue trasladado al castillo. En realidad era un alambre para apoyar la tapa de su vieja maleta. El pastor ni se planteaba escapar. Tenía un rebaño cautivo y quería cerciorarse de que, fueran cuales fuesen los escollos que deparara el futuro, no se apartaban del camino de la virtud. En la jerarquía escolar que estaba aflorando en Colditz, el coronel German era el representante de los alumnos, Reid el capitán del 1.er Regimiento y Platt el capellán.

El contingente francés, cada vez más numeroso, incluía a algunas personalidades incontrolables, hombres considerados demasiado desafiantes como para permanecer recluidos en un campo normal, de los cuales el más indómito, así como el más enigmático, era Alain Le Ray, un teniente de los Chasseurs Alpins, el cuerpo de infantería alpina. Le Ray había sido herido y capturado durante la batalla de Francia y más tarde internado en un campo del estuario del Óder. El teniente, un montañero experimentado con grandes aptitudes para la supervivencia, había huido en pleno invierno báltico y había puesto rumbo a Francia, escondiéndose en una «tumba de nieve» durante el día y viajando en trenes de mercancías por la noche. Se encontraba a menos de cien kilómetros de la frontera francesa cuando fue apresado y enviado a Colditz.

Desde la llegada de Le Ray, Pat Reid detectó algo singular en aquel «joven atractivo y caballeroso de pelo negro», una intensidad que lo distinguía del resto de los franceses. Le Ray formó equipo con un oficial británico para mejorar su inglés y relataba con agrado sus aventuras, pero rara vez participaba en las conversaciones sobre fugas a pesar de su manifiesta voluntad de salir de allí. «Algunos aspirantes a fugitivos eran solitarios», escribió Reid, que consideraba al francés una persona secretista y esquiva a la vez que interesante y perturbadora. Reid era un cooperador nato, un entusiasta que insistía en que los demás participaran en cualquier plan que estuviera pergeñando. Le Ray era todo lo contrario. Flexible y ágil como un gato, hacía gala de un desapego y una independencia felinos. Le Ray tenía un plan y no pensaba contárselo a nadie, en especial al parlanchín Pat Reid.

Dado que el exterior de Colditz estaba tan fuertemente vigilado, la manera más lógica de intentar salir sin ser visto era bajo tierra. Cavar un túnel requeriría paciencia, planificación y mano de obra, lo cual abundaba en aquel lugar. En la primavera de 1941, los británicos, los polacos y los franceses estaban trabajando en túneles independientes en distintas zonas del campo sin informarse unos a otros. Debajo de Colditz estaba librándose una competición secreta y no declarada.

Un equipo de excavadores franceses que incluía a Le Ray llegó a la torre del reloj, situada en la esquina noroeste del patio; a principios de febrero habían cavado un hueco que penetraba tres metros en el sótano y desde allí empezaron a abrir un túnel horizontal hacia el exterior, turnándose para trabajar de noche, utilizando fragmentos de un somier metálico y esparciendo los escombros en las buhardillas. Entre tanto, los polacos estaban trabajando en un túnel situado al otro lado del patio para conectar con el alcantarillado del castillo.

A Pat Reid se le ocurrió algo parecido. «Me sentía atraído por las alcantarillas», escribió. En la cantina de la planta baja, donde los prisioneros formaban cola para comprar los pocos productos que ofrecía, había una gran tapa de alcantarilla. Una tarde, aprovechando una distracción del sargento alemán, Reid y otro oficial levantaron la tapa e hicieron un reconocimiento rápido: en una dirección, la alcantarilla conducía al patio y conectaba con otra poza, pero hacia el oeste describía una curva de algo más de cinco metros en dirección al muro exterior, donde quedaba bloqueada por una pared de piedra. Detrás había un triángulo de césped con una balaustrada a un lado y una caída de nueve metros hasta la carretera que salía del parque. Siguiendo el ejemplo polaco, los británicos ya habían fabricado una llave que abría el anticuado cierre de palanca de la puerta que llevaba de sus alojamientos al patio, situada a los pies de la escalera. Si podían entrar en la cantina sin ser vistos, pensó Reid, tal vez podrían hacer un agujero en la pared situada al final de la cloaca, construir un túnel horizontal debajo del pequeño césped y luego otro vertical hasta atravesar la hierba. Después, los fugitivos podrían descolgarse por el parapeto utilizando sábanas, pasar junto a las dependencias de los alemanes, trepar el muro de cuatro metros que había en el parque y dirigirse al bosque. Si ocultaban la abertura del túnel con una trampilla de madera desmontable cubierta de hierba, los alemanes quizá no encontrarían la salida tras la primera fuga y podría utilizarse de nuevo. Si un equipo de excavadores lograba entrar de noche y cerrar la puerta de la cantina, podrían trabajar hasta el amanecer sin interrupciones. La pereza es la madre de todos los vicios, y el padre Platt llegó a la conclusión de que el túnel de Reid era una actividad saludable que merecía su bendición: «Les llevará un par de meses trabajando dos o tres horas cuando se hayan apagado las luces».

Aprovechando un descuido del guardia de la cantina, «tomaron prestada» su llave del cajón de la mesa, la hundieron en una pastilla de jabón y volvieron a dejarla en su sitio. Solo tardaron unos días en hacer un duplicado con un trozo de somier metálico. Unos compinches estaban observando desde las plantas superiores poco después de la medianoche cuando de la escalera británica salieron cuatro hombres, atravesaron los diez metros de patio sin ser vistos y entraron en la cantina. Fue necesaria una semana de excavación nocturna para perforar el muro de algo más de un metro situado al final de la alcantarilla. Al otro lado, el terreno consistía en una arcilla pegajosa de color amarillo.

Entonces estuvo a punto de sobrevenir una calamidad, la prueba de que un intento de fuga podía dar fácilmente al traste con otro. A mediados de marzo, dos polacos entraron en la cantina sin conocimiento del túnel que estaban construyendo los británicos bajo sus pies y empezaron a serrar los barrotes de las ventanas que daban al tramo de hierba. El ruido atrajo a un centinela y fueron descubiertos. Más tarde, los alemanes instalaron un gran foco orientado hacia el césped. En adelante, aquel rincón oscuro del castillo se iluminaría cada noche como el escenario de un teatro.

Cavar un túnel manualmente es una tarea ardua y agotadora que requiere enormes reservas de perseverancia, una cualidad que, como muchas otras, estaba repartida de forma desigual entre los prisioneros. «Cavar túneles no estaba hecho para mí», reconocía Alain Le Ray, el francés inconformista. «Me impacientaba demasiado. Yo quería algo rápido que pudiera ejecutar solo.»

El patio donde paseaban los prisioneros durante el día estaba demasiado abarrotado para hacer ejercicio. Sin embargo, la Convención de Ginebra estipulaba que los reclusos debían disponer de «instalaciones para practicar ejercicio físico y estar al aire libre», así que los alemanes erigieron dos recintos en el parque rodeados por vallas de dos metros: uno grande para correr y caminar y una jaula más pequeña para jugar al fútbol o rugby. Dos o tres veces por semana se autorizaba el «paseo por el parque», cuando los prisioneros que querían ejercitarse (y no todos lo hacían) se reunían en el patio y eran contabilizados concienzudamente antes de pasar por delante de la *Kommandantur*, enfilar un camino zigzagueante, cruzar el riachuelo y entrar en los recintos del parque. El paseo por el parque era «un acto formal con un toque de amenaza», pero «marcha» es una palabra demasiado ordenada para una situación que a menudo era caótica, lo cual empeoró a medida que crecía la población de Colditz. El recuento de prisioneros se efectuaba dentro y fuera del patio, a su llegada y a su salida del parque, un procedimiento laborioso que los prisioneros más indisciplinados hacían todo lo posible por alterar. Los presos nunca llevaban la misma ropa, no formaban filas ordenadas y se negaban a caminar en línea recta, «dispersándose en las esquinas, dándose empujones en la entrada, señalando, gritándose unos a otros y tirando cosas al suelo». El proceso era una ofensa para el sentido del orden de Eggers y brindó a Alain Le Ray su oportunidad.

Al final del camino que conducía al parque había un edificio ruinoso conocido como la caseta de la terraza, que se utilizaba para guardar material. Poco antes de Semana Santa, durante el paseo por el parque, Le Ray se percató de que la puerta había quedado entreabierta. Tras confiárselo únicamente a otros dos oficiales, reunió material para la fuga: ropa civil, un mapa del sistema ferroviario alemán y unos cuantos Reichsmarks que obtuvo intercambiando tabaco con un guardia.

El día de Viernes Santo, Le Ray se puso un abrigo por encima de unas prendas civiles hechas a mano y se unió a la multitud que se dirigía al parque para ver un partido de fútbol. A su regreso, cuando doblaron la esquina situada junto a la caseta de la terraza, el hombre que llevaba detrás le quitó el abrigo a Le Ray mientras este trepaba la ladera y salía por la puerta. Después se tumbó en el suelo, jadeando e intentando oír si lo estaban siguiendo, pero solo había silencio: «Ni gritos, ni persecuciones ni perros». En el castillo, dos cómplices simularon una pelea. Debido a la confusión, los alemanes erraron el recuento y la ausencia de Le Ray pasó desapercibida. Al caer la noche, el francés echó a correr en dirección al muro exterior. Al aire libre se sentía peligrosamente desprotegido: «El parque era como un gran ojo que me observaba». Le Ray trepó el muro y se adentró en la arboleda.

Después de caminar ocho kilómetros llegó a la ciudad de Rochlitz, donde subió a un tren rumbo a la cercana Penig y gastó el dinero que le quedaba en un billete a Zwickau, situada ochenta kilómetros más al sur. Allí se escondió en la furgoneta del guardia del siguiente tren que partiría de la estación. Veinticuatro horas después de escapar de Colditz se encontraba en Núremberg, donde el Partido Nazi había organizado mítines multitudinarios para celebrar el ascenso de Hitler al poder. Le Ray no tenía un centavo y estaba congelado, hambriento y en el mismísimo corazón del Reich. Aquella noche esperó en un callejón. Al ver a un hombre solitario, salió de entre las sombras, le asestó dos puñetazos que lo dejaron inconsciente, le quitó el abrigo y la cartera y volvió a desvanecerse en la oscuridad. Según reconocía, fue «un robo brutal contra un civil», que justificó como «autodefensa en una situación de guerra». El robo también aumentó la presión: si era apresado, se enfrentaría a la pena de muerte.

El dinero robado le sirvió para comprar un billete de tren a Stuttgart y luego otro hasta la frontera suiza, situada más al sur. Como alpinista, Le Ray tenía intención de entrar en Suiza escalando la parte oriental de los Alpes, pero, tras cinco días huyendo, empezaba a flaquear. En lugar de eso, se dirigió a Singen, donde la frontera era extensa y llana. Al salir de la estación y poner rumbo a la frontera atravesando un bosque denso fue visto por una patrulla alemana. Tras una persecución frenética, Le Ray logró darles esquinazo subiéndose a un árbol. Consciente de que los guardias fronterizos estarían en alerta máxima, volvió a la estación de Gottmadingen, la última parada alemana antes de que el tren pisara territorio suizo. Comprar otro billete era inviable, así que Le Ray se escondió entre la maleza que había al final del andén. El tren de las 23.30 procedente de Singen se detuvo a solo tres metros de donde permanecía oculto. El guardia miró a un lado y otro del andén desierto, hizo sonar el silbato y se dio la vuelta. En ese instante, Le Ray cruzó las vías por delante de la locomotora, subió a la parte delantera, se hizo un ovillo entre los faros y se agarró con fuerza.

«El maquinista aceleró y el tren inició la marcha en medio del aire fresco de aquella noche de primavera», escribió Le Ray, que se sentó en el enganche de los parachoques con los pies colgando a solo unos centímetros de los raíles. Ahora que había olvidado el miedo y el agotamiento, el francés sintió una intensa oleada de «esperanza y orgullo» mientras el tren ganaba velocidad. «Dejamos atrás las luces rojas del puesto de guardia enemigo, pasamos por debajo del puente y entramos en Suiza.» Le Ray solo había estado cuarenta y seis días en Colditz.

La fuga de Le Ray provocó una gran alegría entre los prisioneros y la correspondiente avalancha de recriminaciones e investigaciones por parte de las autoridades alemanas. Aquello era una prueba de que huir, hasta el momento una posibilidad teórica, era un objetivo real y factible. Los alemanes habían construido una prisión a prueba de fugas y un francés había escapado a las siete semanas de su llegada. El Kommandant impartió a sus oficiales una feroz reprimenda: «Un solo prisionero nos ha dejado en evidencia». Berlín quería respuestas y, como todas las tiranías, alguien a quien culpar. «¿Quién era el responsable? ¿Había recibido su castigo?» Llevaron perros rastreadores, pero no sirvió de nada. Eggers llegó a la errónea conclusión de que el alpinista francés había trepado por los tejados y bajado por un pararrayos de treinta metros. Los alemanes colocaron más alambre de espino alrededor de las chimeneas, apostaron guardias en el patio interior las veinticuatro horas del día e instalaron focos más potentes. Le Ray, ya a salvo en Suiza, describió su huida al cónsul francés. Este informó a los británicos, que dieron parte a Londres. El Directorado de Prisioneros de Guerra, perteneciente al Departamento de Guerra, empezó a interesarse más por el campo de máxima seguridad de Oflag IV-C.

La huida de Le Ray había sido una iniciativa en solitario que sus superiores ignoraban por completo y solo conocían otros dos presos. No solo había individuos planificando fugas, sino que las distintas nacionalidades estaban trazando planes que se solapaban, entraban en conflicto y podían ser mutuamente contraproducentes. Los diferentes planes para cavar túneles se debilitaban unos a otros. Una noche, mientras los británicos trabajaban en su túnel, los alemanes organizaron un recuento sorpresa, una de las nuevas medidas de seguridad impuestas por el Kommandant, y descubrieron que faltaban cuatro hombres. Para el *Appell* matinal, los excavadores de la cantina habían reaparecido, lo cual desconcertó y enfureció a los alemanes, que iniciaron un registro intensivo del castillo y descubrieron el túnel que estaban construyendo los franceses en la base de la torre del reloj. El intento de fuga de los polacos en la cantina ya corría peligro por culpa del túnel británico, que a finales de marzo se estaba aproximando al centro del césped. Entonces llegó un nuevo revés. Otros dos oficiales, franceses en esta ocasión, fueron descubiertos cuando intentaban salir por la ventana de la cantina. Ahora Eggers estaba al acecho: «No nos fiábamos de esa cantina». Los alemanes levantaron la tapa de la alcantarilla, pero no encontraron nada sospechoso, ya que los excavadores habían construido un falso muro con escombros argamasados con barro que parecían reales. Eggers ordenó asegurar la tapa con cierres nuevos (que los prisioneros aflojaron antes de que se afianzaran), cambió el candado de la puerta de la cantina y, lo peor de todo, puso vigilancia permanente en el césped que había frente a la ventana, precisamente donde debían abrir la salida del túnel. Las excavaciones quedaron suspendidas.

Los intentos de huida solapados y la competencia por los túneles demostraron la clara necesidad de un grado mínimo de coordinación y colaboración. Se creó un comité internacional de fugas con una serie de principios fundamentales: los individuos tendrían que obtener permiso de su superior antes de intentar escapar y, posteriormente, los altos mandos de cada nacionalidad se informarían entre sí. Como muchas iniciativas de enlace internacional, sobre el papel era buena idea, pero en la práctica resultaba problemática. El secretismo era el pilar esencial de cualquier huida. Obviamente, había que impedir que los alemanes tuvieran conocimiento de ello, pero también los competidores, que podían intentar robar una idea, y posibles espías y soplones que podían acechar entre la población de la cárcel. «La mayoría de los fugitivos no querían compartir su idea hasta el último momento», escribió Reid. En cualquier caso, la psicología francesa se rebeló contra esa conformidad. «Éramos demasiado individualistas para aceptar ese sistema», recordaba un oficial francés. «Lo hacíamos entre nosotros y no nos gustaba contarle nada a nadie.» Siempre que surgía un nuevo plan, los polacos, que llevaban más tiempo en el castillo que ningún otro grupo, insistían en que se les había ocurrido a ellos primero. Pero, con el tiempo, los lazos de confianza y familiaridad se fortalecieron entre los distintos grupos nacionales y dentro de ellos, lo cual generó una mayor disposición a ayudar en los planes de fuga de los demás siempre que ello no obstaculizara los propios. Igual que los aliados en la guerra, los prisioneros estaban unidos aun siendo rivales y competían entre ellos al tiempo que libraban una batalla contra un enemigo común.

En los confines íntimos de Colditz, ese enemigo resultaba cada vez más familiar. En un campo de batalla, el oponente es anónimo. En una prisión tiene rostro, nombre y personalidad. En lo más alto de la cadena de mando alemana se encontraba el Kommandant, el Oberstleutnant (teniente coronel) Max Schmidt, un veterano del ejército que respetaba las normas y raras veces se inmiscuía en la vida de los prisioneros. Schmidt dejaba la gestión diaria del castillo a sus subalternos. Llevaba una existencia doméstica con su esposa en un apartamento privado situado dentro de la *Kommandantur* y solo salía para hacer declaraciones formales o imponer castigos. Eggers lo describía como una «figura imponente» con «unos ojos grises y fríos» y una «forma austera de ejercer su autoridad, un estilo incómodo pero efectivo».

El jefe inmediato de Eggers, el oficial superior del campo, era el Hauptmann (capitán) Paul Priem, también exprofesor, aunque muy distinto. Priem era un borracho considerado por los prisioneros «el único alemán con sentido del humor», aunque de una variedad punzantemente sutil. Eggers veía a su superior como una persona «demasiado relajada», pero aun así le agradaba: «Un compañero simpático y un personaje animado con querencia por la batalla, por la vida y por la botella...». Como muchos alcohólicos, Priem podía pasar en un instante de la jovialidad a la furia desbocada.

Priem era un «seguidor beligerante de Hitler», mientras que Eggers y otros oficiales alemanes no sentían el menor interés por el fascismo, incluido el Kommandant Schmidt, que disuadía el debate político y nunca hacía el saludo nazi. Esas diferencias de opinión política se reflejaban en las distintas actitudes hacia los prisioneros: los más intransigentes mantenían que los intentos de fuga debían castigarse con la fuerza, letal si era necesario; otros querían cultivar buenas relaciones con los presos porque eran soldados igual que ellos. La brecha ideológica en la guarnición alemana entre nazis y no fascistas, entre quienes se ceñían a las normas y quienes se decantaban por la indulgencia, persistiría durante toda la vida del campo. «No éramos un equipo armonioso», señalaba Eggers.

Los suboficiales alemanes, que habían ascendido en las filas de los reclutas, eran los principales contactos entre prisioneros y guardias y recibían motes que con el tiempo serían permanentes y conocidos por sus propietarios. Los dos brigadas eran «Franz Josef» Rothenberger y «Mussolini», quien, como Il Duce, era gordo y fascista. El Unteroffizier (sargento) Martin Schädlich, un detective infatigable, era conocido como *«La Fouine»* (la comadreja) entre los franceses y como «Dixon Hawke» entre los británicos, una referencia al popular sabueso de ficción de la época. Los sagaces diarios de Schädlich ofrecen otra perspectiva a menudo ignorada sobre Colditz, el punto de vista de los suboficiales alemanes.

Los apodos eran un indicativo de familiaridad que podía ser cruel, afectuoso, jocoso, descriptivo o totalmente arbitrario. Adjudicar sobrenombres a los carceleros disminuía su poder y los convertía en seres humanos a menudo ridículos. Los apodos para los guardias de Colditz, conocidos colectivamente como «fisgones», incluían Culogordo, Flojo, Bobo, Carapastel, Tigre, Queso, Cotilla, Hiawatha, Huevos, Tía y Cabrón.

Eggers era con diferencia el oficial alemán más formidable. Mucho antes de que los prisioneros empezaran a intentar salir del castillo, él estaba buscando maneras de mantenerlos encerrados con un planteamiento sistemático, científico y extremadamente eficaz. Los británicos le temían y desconfiaban de él, en especial Pat Reid, que lo consideraba «astuto, competente y demasiado afable». Por la noche, a Eggers le gustaba entrar en las estancias británicas para hablar inglés y recordar sus tiempos en Cheltenham; pero detrás de aquella sonrisa estaba buscando pistas. La animosidad hacia Eggers se alternaba con un fastidioso respeto. «Para nosotros suponía un incordio porque era muy bueno en su trabajo», decía Kenneth Lockwood, uno de los «Seis de Laufen». «Creía entender cómo funcionaba la mentalidad británica y era bastante obsequioso en ese sentido.» Los franceses lo llamaban «Tartufo» por el personaje de la obra de Molière, el hipócrita más famoso de la literatura francesa. Eggers creía que el nombre obedecía a su «costumbre de reprimir cualquier reacción hostil o desagradable con una sonrisa un poco forzada y vacilante». Se tomaba el apodo como un cumplido.

Además de su inteligencia y disciplina, Eggers había desarrollado un temperamento sereno tras años de provocaciones por parte de sus alumnos. Poco después de la llegada de los británicos hizo una observación a Guy German, el oficial superior británico, que parecía un desafío: «Caballeros, jamás les concederé el honor de ponerme nervioso». Esa resolución se vio sacudida a diario durante los cuatro años posteriores, y el oficial alemán era objeto de burlas despiadadas. Si huir era el principal motivo de rivalidad en el campo, intentar que Eggers perdiera los estribos lo seguía de cerca.

Cuando empezó a hacer más calor a finales de la primavera, Eggers notó que la expectación iba en aumento, una inquietud que presagiaba más fugas. Pero sentía cierto orgullo justificado: hasta el momento solo había huido un prisionero y los alemanes habían logrado frustrar varios intentos de fuga. La seguridad mejoraba continuamente. Entre los prisioneros había fugitivos experimentados, y cada semana llegaban más desde otros campos, pero Eggers rezumaba confianza: «Los expertos tenían que crear obras maestras absolutas para vencernos».

3

El campo de los chicos malos

El primer recluso británico que rebasó los muros del castillo no lo consiguió por su destreza, sino porque era excepcionalmente pequeño. El 10 de mayo llegó del pueblo un grupo de prisioneros franceses de otros rangos para sacar viejos colchones de la buhardilla y cargarlos en la parte trasera de un camión estacionado en el patio. Tras una negociación apresurada, los británicos convencieron a los trabajadores de que sumaran al teniente Peter Allan al cargamento.

Allan era uno de los «Seis de Laufen» y había llegado a Colditz en noviembre de 1940 con Pat Reid. Era un escocés alegre al que raras veces se veía sin su falda de cuadros y, con su metro sesenta y tres, era uno de los prisioneros más bajos de Colditz y, por tanto, uno de los más portátiles. Lo metieron en un colchón lleno de paja putrefacta que luego cosieron y cargaron en el camión con otros dos jergones encima. Su material para la huida consistía en un billete de cincuenta Reichsmarks, un par de calcetines blancos y unos pantalones cortos con los que recordaba a un miembro de las Juventudes Hitlerianas.

Cuando el vehículo franqueó la puerta, Allan tuvo que contener un fuerte estornudo en su polvoriento escondite. Los jergones y el pequeño escocés fueron descargados con poco esmero en un establo del pueblo. Allan bajó del camión, se desempolvó y puso rumbo a la estación intentando parecer un joven nazi que había salido a dar un paseo. Todavía faltaba una hora para el recuento nocturno. Allan, que hablaba un alemán pasable, compró un billete a Viena, donde sabía que había un consulado estadou-

63

nidense. «No tenía documentación ni mapas, pero pensé que, si iba a ver a los estadounidenses, que no participaban en la guerra, podrían ayudarme.» Aquella noche, mientras se acomodaba para dormir en los baños de la estación de Ratisbona, los alemanes iniciaron una búsqueda a gran escala. En el establo encontraron la funda del jergón y una ventana abierta.

Eggers admitió la derrota en su mejor inglés idiomático: «El pájaro ha volado».

A medida que pasaban los días sin noticias de la captura de Allan, la euforia en la sección británica se tiñó de orgullo nacional por haber igualado el marcador con los franceses. Allan había consumado una fuga improvisada sin preparación alguna. ¿Qué podría conseguirse con una planificación adecuada?

Dos semanas después, los británicos seguían celebrándolo discretamente cuando llegó un nuevo prisionero que se convertiría en uno de los más famosos de Colditz, un joven oficial con un agujero de bala en el costado y la furia de la ambición frustrada en su corazón.

Airey Neave era ferozmente competitivo y, como ocurre a menudo con esa clase de personas, bastante inseguro. A la postre, su ambición lo llevaría a la cumbre de la política británica y a una muerte prematura en un atentado terrorista. Aunque parecía más joven, Neave tenía veinticinco años, unos ojos azules penetrantes y una risa contagiosa, pero estaba más enfadado de lo que parecía. La guerra no estaba yendo como él esperaba y eso le molestaba mucho. Tras su paso por Eton y Oxford, se había alistado con la expectativa del honor militar, o al menos una muerte heroica y temprana, pero acabó en un batallón poco glamuroso en el que iluminaba con focos el cielo nocturno de Londres, un efecto que los oficiales de los regimientos de combate tachaban de «bastante navideño». Meses después, durante la batalla de Calais, en Francia, una bala perdida (probablemente británica) rebotó en el asfalto y le alcanzó en el pecho: «Noté sangre cayéndome por la barriga debajo de la ropa». Lo que sintió en aquel momento fue una irritación extrema. La bala no le había atravesado el corazón por un centímetro. Después de arrastrarse unos metros perdió el conocimiento. Al cabo de una hora, «un hombre corpulento con uniforme alemán y un brazalete de la Cruz Roja» lo depositó cuidadosamente en una camilla. Neave fue hecho prisionero tras haber disparado una sola bala a un avión de observación y errar el blanco.

Después de intentar escapar del campo de prisioneros de Thorn, en Polonia, fue trasladado a Colditz. «El gran dominio de los principitos estaba fuertemente custodiado», escribió. «Los parapetos estaban llenos de alambre de espino y ametralladoras [...]. Sentía como si las almenas me rodearan y engulleran.»

Aquel campo distaba bastante de los que Neave había conocido hasta el momento. Para empezar, el oficial que lo recibió llevaba un polo naranja, unos pantalones cortos harapientos y unos zuecos de madera. «Tuve la sensación de haber entrado en un colegio para niños abandonados y descarriados», escribió, habitado por «hombres excéntricos e inusuales.» Sentado en el largo comedor degustando un «banquete Tudor» a base de pan negro y estofado servido en cuencos de hojalata, su estado de ánimo mejoró al ver que las conversaciones giraban en torno a la huida. Estimulado por «un sentido de la injusticia [que] cicatriza el espíritu» y lo que él describía como su «impaciencia histérica», Neave oscilaba entre el entusiasmo y el mal humor. Escribió con honda emoción sobre la tristeza que a veces amenazaba con devorarlo. «Para sí mismo, el prisionero de guerra es digno de compasión», aseguraba. «Cree haber sido olvidado, medita sobre las causas de su captura y no tarda en convertirse en un aburrimiento para él mismo y para sus amigos, relatando incansablemente la historia de su última resistencia.» Allí se encontraba entre almas gemelas inquietas y sabía que planificar una fuga sería el antídoto para la depresión que acechaba bajo sus fanfarronadas.

Neave llegó justo cuando revivía el túnel de la cantina gracias a una nueva arma en el arsenal de los reclusos: los sobornos. Algunos guardias de la prisión estaban dispuestos a intercambiar huevos y café por chocolate y tabaco de los prisioneros, y uno en particular había demostrado ser un comerciante entusiasta con voluntad de ir un paso más allá. Algunas noches, el centinela ocupaba el pequeño césped situado frente a la ventana de la cantina, donde supuestamente debía estar la salida del túnel, así que llegaron a un acuerdo: a cambio de setecientos Reichsmarks, después del recuento nocturno, a las 21.50 en punto, «miraría hacia otro lado» durante diez minutos.

Ya de por sí una suma considerable, en Colditz, donde el dinero real era infrecuente, representaba una pequeña fortuna. Pero si el gasto permitía sacar a una docena de hombres de una tacada, estaría justificado. El plan sería comunal: un equipo de falsificadores y sastres empezó a fabricar ropa civil, pases falsos y mapas para los doce fugitivos designados (diez británicos y dos polacos, que hablaban mejor alemán). El equipo estaría liderado por el coronel Guy German, pero Reid era el principal impulsor y financiero y recaudó dinero de donde podía: traído por los recién llegados, oculto en paquetes enviados desde casa u obtenido mediante trueques. La mitad del soborno se le abonaría al centinela corrupto por adelantado y el resto se lanzaría por una ventana tras la huida.

Neave aceptó vigilar desde una ventana de los pisos superiores, y el 29 de mayo a las 21.30 estaba en su puesto observando al centinela corrupto recorrer el césped bajo la luz de los focos. El guardia parecía extrañamente relajado, pensó Neave, «indiferente a la tensión de aquella noche silenciosa». No podía decirse lo mismo de los fugitivos, doce hombres sudorosos e intranquilos preparándose para una huida masiva en el túnel.

Eggers y su cuadrilla de guardias armados también estaban nerviosos, acechando justo detrás de un contrafuerte y «tan agitados como los prisioneros». Otros diez vigilantes estaban preparados en la caseta. El centinela aparentemente corruptible tenía todos los motivos para estar tranquilo, ya que había informado a Eggers de la propuesta británica en cuanto se la hicieron. El Kommandant Schmidt ordenó que, en lugar de cerrar el túnel, se atrapara a los fugitivos in fraganti. Era una emboscada.

«La tensión entre nosotros era increíble», escribió Eggers, a quien le preocupaba que un guardia de gatillo fácil abriera fuego. Aun así, estaba disfrutando y describía los hechos posteriores con el deleite de un profesor que va un paso por delante de sus revoltosos alumnos: «El escenario estaba preparado y esperamos a los actores entre bastidores. Pestañeábamos ante cualquier sonido. Se nos humedecían los ojos a causa de la tensión. De repente hubo un movimiento en la hierba y distinguimos una línea, una grieta, y se levantó un trozo de tierra [...]. Luego aparecieron unas manos que empujaban el césped y la estructura y vimos al capitán Reid». Eggers apuntó con la linterna a los ojos de Reid y le ordenó que levantara las manos. El británico gritó a los hombres que tenía detrás que dieran media vuelta, pero los guardias ya habían irrumpido en la cantina armas en ristre.

«Al salir empezamos a reírnos a carcajadas», afirmaba Reid más tarde. Neave, que estaba observando desde la ventana, no recordaba así el desenlace: «Los alicaídos fugitivos fueron llevados a las celdas de aislamiento». Cuatro meses de cuidadosa planificación, duras excavaciones y crecientes esperanzas no habían servido de nada, por no hablar de la pérdida de trescientos cincuenta Reichsmarks. El engañoso guardia alemán fue recompensado con una medalla, un ascenso y una semana de permiso. También le permitieron quedarse con el dinero que ya le habían pagado. «Fue nuestro primer gran triunfo», alardeaba Eggers, «debido únicamente a la lealtad de uno de nuestros hombres.» Eggers fue ascendido a Hauptmann (capitán).

Al cabo de dos días y después de tres semanas a la fuga, Peter Allan entró renqueante en Colditz, luciendo todavía los pantalones con los que había escapado, ahora de un tono gris mugriento. Apenas podía hablar a causa del agotamiento.

Al llegar a Viena, el pequeño escocés se había presentado, andrajoso y muerto de hambre, en el consulado estadounidense. «Soy un oficial británico huido», anunció al asombrado funcionario. «He escapado de Colditz. Tengo los pies maltrechos y estoy hambriento. No quiero un pasaporte. Solo quiero un billete de veinte marcos para comprar comida, cerveza y un billete de tren hasta la frontera húngara. Ayúdeme, por favor.»

Estados Unidos aún no había entrado en guerra, pero muchos estadounidenses ya apoyaban a los Aliados y, a pesar de los riesgos, algunos diplomáticos estaban dispuestos a prestar ayuda. Aquel no era uno de ellos.

«No, ha cometido usted un error. Salga de aquí y olvide que ha venido. Este consulado existe gracias a privilegios diplomáticos del gobierno alemán.» Luego añadió en un tono desagradable: «Al final le darán caza. Siempre lo hacen». Allan salió del consulado, durmió una hora en un banco del parque y fue tambaleándose a una comisaría de policía para entregarse.

Teniendo en cuenta que se había ido sin documentos, compañeros, material o un plan realista, fue todo un logro que Allan anduviera libre veintitrés días y llegara hasta Viena. En Colditz, pudriéndose durante el confinamiento en solitario, se sentía avergonzado: «Al no conseguirlo decepcioné a otros fugitivos». Un objetivo común podía ser una carga adicional, pero también un consuelo. Peter Allan tardaría otros cuatro años en poner un pie fuera del castillo.

Aquel año hubo una ola de calor impropia de la temporada. Como dicta la tradición, los británicos salieron corriendo a disfrutar del sol y se arrepintieron al instante. «A diario, el patio estaba lleno de cuerpos relucientes y sudorosos en varias fases de rojez, irritación y bronceado.» Las quemaduras contribuyeron al mal humor. Estar encarcelado era difícil en invierno, pero aún más en verano, cuando el sol centelleaba en el Mulde y el calor azotaba el frondoso bosque que tenían debajo. Dos días después del ignominioso regreso de Allan se produjo la desaparición de un segundo oficial francés, que se había escondido durante el paseo por el parque y había trepado el muro. Los polacos, en cambio, estaban teniendo tan poca suerte como los británicos. Durante los primeros seis meses de 1941, una docena de oficiales polacos emprendieron al menos siete intentos de huida, entre ellos uno desde las celdas de aislamiento. Todo quedó en nada, aunque un alto mando consiguió llegar a la Polonia ocupada por los nazis para ser capturado nuevamente.

El 25 de junio, al volver del parque, una hilera de oficiales británicos se cruzó con una mujer que llevaba una blusa a cuadros. No solía haber mujeres en Colditz, pero, en ocasiones, las esposas de los altos mandos alemanes salían de los alojamientos para matrimonios (un edificio aparte situado fuera de la *Kommandantur*) para visitarlos. Además, algunas mujeres de la zona trabajaban en la lavandería y las cocinas. Aquella mujer era de mediana edad, baja y fornida y llevaba un sombrero de ala ancha y unos zapatos recatados. Pero al menos era una mujer y, por tanto, fue recibida con silbidos de admiración, que ella ignoró sin inmutarse. Al dejar atrás al grupo, se le cayó un reloj de pulsera y un oficial de la RAF lo recogió: «Señorita, se le ha caído esto». La mujer no pareció oírlo y siguió caminando hasta doblar la esquina. A continuación, el oficial se lo entregó a un guardia, que salió corriendo tras ella, le dio el reloj y la miró fijamente. Al observarla más de cerca vio que la *Fräulein* era el teniente Émile Boulé, un oficial francés calvo de cuarenta y cinco años con peluca y falda. A los británicos les pareció un ejemplo de valentía desafortunada y el episodio les resultó divertido. A los franceses no.

Colditz reflejaba, y en algunos aspectos exacerbaba, las características de la sociedad británica. Muchos prisioneros seguían respetando las arraigadas distinciones de estatus, rango y clase que imperaban en su país. Algunos altos mandos, como Airey Neave, el exalumno de Eton, habían estudiado en colegios privados importantes y miraban por encima del hombro a sus homólogos de escuelas menores, mientras que otros no habían asistido a colegios privados y, por tanto, eran tratados con condescendencia por quienes sí lo habían hecho. La mayoría de las veces, la solidaridad nacional ocultaba pequeñas gradaciones de nacimiento y educación, pero a medida que fueron llegando más oficiales británicos, los clubes informales se volvieron más exclusivos y el esnobismo y los resentimientos más marcados. Francis Flinn, inevitablemente apodado «Errol», por el actor de Hollywood, era un oficial de la RAF que había ascendido en la jerarquía y observaba esas divisiones de clase con una mirada irónica: «Había cierto lenguaje típico de la escuela privada: "Ese es *wykehamista*, ese es un hombre de rugby"». El padre Platt afirmaba que en Colditz no había nadie que se considerara «de una pasta diferente al resto», pero cuando la prisión fue llenándose, empezaron a aflorar los diferentes estratos de la clase británica de manera cada vez más clara.

La mayor división social en la prisión —y la única de una importancia real— era entre altos mandos y ordenanzas: los hombres de rango forzados a la ociosidad por las normas de confinamiento en tiempos de guerra y quienes trabajaban para ellos. El cuerpo de oficiales de Colditz era predominantemente de clase media-alta o alta; casi todos los ordenanzas eran hombres de clase obrera con poco aprendizaje formal. En las circunstancias normales de la vida militar, el contacto entre soldados rasos y altos mandos estaba estrictamente regulado por la tradición, el rango y la obediencia. Los oficiales dictaban órdenes, que eran transmitidas a las tropas por los suboficiales y luego obedecidas. Un ordenanza podía servir a un oficial durante años sin que ambos llegaran a conocerse. Pero en un campo de prisioneros, la distancia entre los oficiales y otros rangos era menos estructurada; ahora vivían todos juntos, aunque en dependencias separadas, una experiencia desconocida e inquietante para ambos. La informalidad de Colditz contribuyó a la erosión de la deferencia tradicional. Saludar se antojaba extraño cuando alguien llevaba bata y zuecos. Para complicar aún más las cosas, los ordenanzas oficialmente trabajaban para los alemanes, no para los británicos, y tenían que obedecer a ambas partes. Pero, como en el resto de la sociedad, los viejos hábitos de obediencia empezaban a erosionarse: a algunos ordenanzas no les gustaba trabajar para otros prisioneros, con independencia de su superioridad de rango y estatus. La guerra de clases británica estaba enconándose y, en verano de 1941, degeneró en un conflicto abierto.

Las quejas empezaron con un irlandés llamado Doherty, «un rebelde que intentó agitar a los demás ordenanzas», según John Wilkins, un tripulante de submarino que se negó a participar en la campaña. Liderados por Doherty, los ordenanzas protestaron por tener que limpiar lo que dejaban unos oficiales desordenados y exigentes. Por su parte, los oficiales consideraban que no estaban tratándolos con el debido respeto. Al padre Platt lo indignó especialmente aquella amenaza al orden establecido y se quejó de que los ordenanzas monopolizaban los lavamanos e inodoros. A Reid también le molestaba la sedición entre los otros rangos: «Las habitaciones estaban sucias, las insolencias eran frecuentes y, a menudo, dos de ellos hablaban en voz alta de "revolución" y "parásitos"». Cuando arreció el calor, la rebelión empezó a cocerse a fuego lento y acabó hirviendo. A mediados de junio, los ordenanzas se declararon en huelga, con la excepción de Solly Goldman, que estaba en la enfermería y jamás habría participado en semejante rebelión, Wilkins y dos más. Guy German seguía en aislamiento tras la huida frustrada en el túnel de la cantina, así que la tarea de reprimir el «motín» recayó en el siguiente oficial de mayor rango, un pomposo comandante naval que reunió de inmediato a los ordenanzas alborotadores y se dirigió a ellos «como si hablara desde el puente con el almirante detrás de él». Los ordenanzas declararon que «solo aceptarían órdenes de los alemanes» y se fueron. A Doherty le prohibieron entrar en los aposentos de los oficiales, cosa que se negaba a hacer de todos modos. Fue un enfrentamiento extraño, un desafío directo a la relación tradicional entre señores y sirvientes, entre oficiales y otros rangos, que obligó a los contrariados altos mandos a turnarse para «poner y quitar mesas, barrer suelos y demás». Doherty, el líder rebelde, se enfrentó al fiel Wilkins. «Tenía a un par que lo apoyaban», recordaba Wilkins más tarde, «y decían que por qué tenían que trabajar para los oficiales cuando eran prisioneros igual que ellos. Estuvimos a punto de llegar a las manos.» A la postre, el motín se apagó. Algunos ordenanzas volvieron al trabajo y otros, incluido el cabecilla, fueron enviados a Stalags y llegaron sustitutos, pero quedó un residuo de desconfianza. Para Eggers, el incidente brindó una nueva perspectiva sobre el sistema de clases británico y una oportunidad que podía aprovechar.

Los franceses eran casi igual de conscientes de las distinciones de clase, pero con divisiones añadidas en relación con la política y la raza. A finales de junio, el continente judeo-francés consistía en unos ochenta oficiales, que incluían a Robert Blum, un pianista de música clásica e hijo del ex y futuro primer ministro francés Léon Blum, y a Elie de Rothschild, un oficial de caballería y descendiente de la dinastía bancaria. Algunos judíos franceses estaban confinados en Colditz porque eran de buena cuna, pero, como señalaba Pat Reid, «la mayoría de los judíos estaban allí por el mero hecho de ser judíos», lo cual convertía lo acaecido después en algo aún más repugnante. Algunos altos mandos franceses exigieron que sus compatriotas judíos fueran segregados de los gentiles y retenidos en otra zona del castillo. Intuyendo un posible golpe propagandístico, los alemanes aceptaron de buen grado y los judíos franceses fueron trasladados a una buhardilla abarrotada que inmediatamente fue bautizada como «el gueto». Muchos británicos se mostraron consternados al descubrir que algunos franceses compartían el antisemitismo de los alemanes. Igual que su país, los franceses ya estaban divididos entre quienes ansiaban unirse a Charles de Gaulle y luchar contra los nazis y los oficiales que apoyaban al régimen colaboracionista de Vichy. En julio, las relaciones anglo-francesas se agriaron aún más por la noticia del ataque británico a la flota de Vichy en Mers-el-Kébir, en la costa de Argelia. Los partidarios de Vichy colgaron un gran cartel de Pétain en sus habitaciones.

A Airey Neave lo enfureció especialmente el destierro de los judíos franceses. «El comportamiento de los demás oficiales en un campo de prisioneros fascista me pareció indignante», escribió. «Entre los que fueron señalados por los oficiales franceses de origen ario para someterlos a una persecución especial estaba el hijo de Léon Blum.» Para demostrar solidaridad con los judíos, los británicos los invitaron a cenar en su comedor. Allí, Neave pronunció el primer discurso político de su vida ante los prisioneros judíos del gueto y denunció la discriminación racial. El discurso del futuro político fue «recibido con aplausos» y, a partir de entonces, cada semana asistía a «cenas espléndidas preparadas por un cocinero judío experimentado». Había sido un episodio desagradable. Incluso a Eggers lo avergonzaba el trato a los judíos, pero afirmaba, de manera poco convincente, que «preferían estar todos juntos».

La gran discusión por los judíos seguía latente cuando se añadió un ingrediente importante a la mezcla internacional con la llegada de sesenta y ocho neerlandeses, en su mayoría oficiales de las fuerzas coloniales de las Indias Orientales Neerlandesas que entraron en Colditz en perfecto orden regimental. Unos quince mil soldados neerlandeses fueron capturados durante la invasión alemana de los Países Bajos, pero casi todos habían sido puestos en libertad tras firmar la promesa de no participar más en la guerra. Los recién llegados se habían negado a hacerlo.

Los neerlandeses eran el tipo de reclusos favoritos de Eggers. «Eran prisioneros modélicos. No tenían ordenanzas, pero limpiaban sus habitaciones ellos mismos. Su disciplina era impecable y su comportamiento en los recuentos ejemplar. Siempre iban vestidos elegantemente.» En resumen, los neerlandeses se comportaban como deberían hacerlo los británicos. Pero, como no tardó en descubrir Eggers, eran igual de *deutschfeindlich* y deseaban fugarse tanto como los otros prisioneros. Asimismo, eran muy organizados y especialmente hábiles abriendo cerraduras. Muchos hablaban alemán. Sus uniformes eran casi idénticos en forma y diseño a los de la Wehrmacht, una similitud que resultaría excepcionalmente útil. La cortesía era una tapadera. «Los alemanes nunca sabían si ocurría algo con los neerlandeses», escribía Pat Reid con admiración. «Su comportamiento siempre era el mismo.» Al cabo de unos días, el contingente neerlandés estaba planificando su primera fuga bajo el liderazgo del capitán Machiel van den Heuvel, un hombre de aspecto imperturbable con un talento especial para parecer aburrido e inocuo a la vez que planificaba espectaculares argucias. Reid veía en «Vandy» a un alma gemela.

Una noche de finales de junio, el jefe de estación de la cercana Grossbothen llamó a la centralita de Colditz para preguntar si faltaba un prisionero. Una hora antes había llegado un hombre y había intentado comprar un billete para Leipzig con un billete de cincuenta Reichsmarks obsoleto. Llevaba un elegante traje civil y monóculo. «No puede ser alemán», dijo el jefe de estación.

Pierre Marie Jean-Baptiste Mairesse-Lebrun, oficial de la caballería francesa, aristócrata, jinete olímpico, campeón de polo y poseedor de la Légion d'honneur y la Croix de Guerre, era con diferencia el prisionero más elegante de Colditz. El francés, una figura exquisita con unos ojos penetrantes, el cabello peinado hacia atrás y un uniforme siempre impecable, «daba la impresión de sentirse especialmente cómodo en el Bois de Boulogne y los Champs Elysées», escribió Platt. El atractivo Mairesse-Lebrun también se sentía fuera de lugar en Colditz y no tenía intención de quedarse allí ni un momento más de lo que fuera necesario. Se había hecho el traje civil con un caro pijama de franela enviado desde París. El pañuelo de cuello era Givenchy. En un gesto de arrogancia, el francés se negaba a explicar cómo había escapado del castillo (se había escondido en las vigas de otro edificio del parque que estaba vacío) y fue condenado a veintiún días en aislamiento.

Dos semanas después, Mairesse-Lebrun y otros oficiales que se encontraban en las celdas de aislamiento fueron conducidos al recinto del parque para realizar su ejercicio diario escoltados por tres centinelas alemanes, un alto mando y un suboficial. El oficial de caballería deslumbraba incluso con ropa de deporte: pantalones de correr, camiseta de manga corta con unos pliegues perfectos, una coqueta cazadora de cuero sin mangas, guantes y zapatillas con gruesas suelas de goma. Debajo de la camiseta llevaba envueltos en un pañuelo treinta Reichsmarks, un paquete de azúcar, chocolate, jabón y una cuchilla. El teniente Mairesse-Lebrun no pensaba darse a la fuga sin afeitarse antes.

Durante una hora, Mairesse-Lebrun y sus compatriotas jugaron a la pídola, o *saute-mouton* (el salto de la oveja). Luego, el teniente Pierre Odry fue hacia la zanja situada junto a la valla para orinar, se dio la vuelta, apoyó la espalda y ahuecó las manos. Mairesse-Lebrun fue corriendo hacia él y puso el pie en el estribo, Odry lo impulsó y el francés saltó elegantemente, como un purasangre enfrentándose al último obstáculo en la Gran Carrera de París. Agachado y avanzando en zigzag, fue corriendo hacia el muro del parque mientras los centinelas abrían fuego. Mairesse-Lebrun calculaba que los guardias solo tenían tres balas cada uno, así que eran nueve en total. Cuando llegó al muro, se puso a correr de un lado para otro «como un conejo» mientras los guardias disparaban a una distancia de setenta metros y las balas rebotaban en la mampostería. Cuando los guardias pararon para recargar, Mairesse-Lebrun trepó el muro de piedra y echó a correr hacia el bosque. Caminando tres días bajo la lluvia llegó a la ciudad de Zwickau, situada a ciento diez kilómetros. Allí robó una bicicleta y recorrió la amplia *Autobahn* en dirección a la frontera suiza, «con el torso desnudo bajo el sol, como un alemán de vacaciones». Por el otro lado de la autopista, las tropas se dirigían al frente oriental. Operación Barbarroja, la invasión alemana de la Unión Soviética, había comenzado. Después de cinco días pedaleando, los últimos ochenta kilómetros solo con las llantas, ya que los neumáticos se habían derretido, Mairesse-Lebrun llegó a Singer, cerca del lugar en el que, tres meses antes, Le Ray había entrado en Suiza a bordo de un tren. Un policía alemán le dio el alto y entabló conversación, que Mairesse-Lebrun zanjó dejándolo inconsciente con el bombín de la bicicleta y corriendo hacia el bosque. Totalmente desorientado, deambuló entre los árboles hasta que en un claro vio a una chica que se dirigía a una casa con un cubo de leche en la mano.

—No temas —le dijo—. Soy oficial francés. ¿Estoy en Suiza o en Alemania?

La lechera sonrió.

—Pero *monsieur*, soy suiza. Está usted en Suiza.

En la celda de Mairesse-Lebrun en Colditz, los alemanes encontraron su equipaje preparado y una etiqueta: «Si lo consigo, les agradecería que me hicieran llegar mis posesiones personales a la siguiente dirección [...]. ¡Que Dios me asista!». En un gesto extraordinario de cortesía en tiempos de guerra, los alemanes satisficieron su petición: el elegante ropero de Mairesse-Lebrun llegó a Orange poco después que él.

Eggers estaba impresionado: «Por su absoluta locura y su osadía calculada, creo que la huida triunfal del teniente de caballería francés Pierre Mairesse-Lebrun nunca se verá superada». Los alemanes añadieron un metro más de alambre de espino a la parte superior de la valla que rodeaba la jaula de ejercicio.

La noticia de la exitosa fuga de Mairesse-Lebrun fue motivo de alegría en la sección francesa. Ya habían escapado tres franceses en solitario, cada uno de ellos siguiendo un plan propio cuya existencia no conocía casi nadie. Ese patrón no se le pasó por alto a Airey Neave.

Su conclusión fue que la principal debilidad del castillo no era arquitectónica, sino humana. Cada uno a su manera, los franceses que lograron escapar habían engañado a sus carceleros. No habían intentado perforar una roca sólida. «Los fugitivos», afirmaba, «deben aunar su ingenio contra un elemento más frágil: los propios alemanes.»

Todos los que entraban en el patio interior de Colditz, tanto soldados como trabajadores alemanes, recibían un disco numerado de latón que devolvían al salir. Neave pensó que, si obtenía ese rudimentario pase y fabricaba un uniforme alemán suficientemente creíble, podría salir por la puerta sin problemas. Una vez superado el patio interior había tres centinelas más: en la entrada del patio exterior, debajo de la torre del reloj y en una última puerta que daba acceso al puente del foso. Después tendría que llegar a la frontera suiza, situada a seiscientos cincuenta kilómetros. Neave empezó a crear su equipo de fuga.

A finales de julio, la población de la cárcel superaba los quinientos oficiales, de los cuales en torno a la mitad eran franceses, además de ciento cincuenta polacos, sesenta y ocho neerlandeses y más o menos el mismo número de británicos. Más de la mitad del campo estaba ocupada y exudaba energía contenida. Aquel verano, los intentos de fuga alcanzaron su clímax. «Apenas pasaba un día sin algún incidente», escribió Reid. El oficial de fugas británico comparaba su papel con el de un entrenador deportivo que organizaba a sus jugadores en una competición que requería un entrenamiento riguroso, el material adecuado y una dedicación absoluta. Disputar ese partido estaba muy bien y Reid nunca permitía que decayeran los ánimos, pero también sabía que, a menos que los británicos cosecharan una victoria, y pronto, la moral del equipo podía desmoronarse por completo.

Los alemanes descubrieron un túnel polaco en la capilla y otro de dos metros de profundidad que salía de las celdas de los franceses. Según Eggers, en los cuatro años posteriores encontrarían al menos veinte túneles en construcción. Dos oficiales, uno francés y otro polaco, fueron descubiertos intentando esconderse en un refugio antiaéreo situado en el sótano de la caseta de la terraza al volver del parque. Dos franceses estaban a punto de llegar a la estación de Leisnig cuando fueron interceptados: se habían colado por la rejilla de un conducto de aire, habían descendido cuatro pisos utilizando sábanas atadas, se habían puesto brazaletes amarillos como los que llevaban los trabajadores y habían salido por la puerta del parque. Un capitán polaco serró los barrotes de su celda de aislamiento, situada junto a los arcos del patio, se descolgó con una sábana, cayó seis metros y se rompió el tobillo. Después fue cojeando hasta la frontera suiza, donde fue apresado. Dos oficiales británicos intentaron salir del parque poniéndose los chalecos con esvásticas que solían lucir los miembros de las Juventudes Hitlerianas, pero fueron descubiertos al no pronunciar «*Heil Hitler*» de manera convincente.

Los británicos centraron sus esfuerzos en lo que vendría en llamarse el túnel del retrete. La Sala Larga, donde comían muchos oficiales británicos, daba a los lavabos del segundo piso de la guarnición alemana. Por la noche, el único soldado de servicio en aquella zona de la *Kommandantur* era un telefonista que llevaba auriculares. Si los excavadores perforaban la pared de cuarenta y cinco centímetros, podrían entrar en las dependencias alemanas vestidos de peones y luego salir. Aunque lo consideraba inútil, Neave participó en la construcción del túnel «para evitar un tedio que podía llevarte a la locura». El 31 de julio a la hora del almuerzo, doce fugitivos se reunieron en la Sala Larga con monos de trabajo hechos con mantas y se introdujeron en la abertura.

Una vez más, los alemanes estaban esperando. El plan estuvo condenado desde el principio, ya que el telefonista fue al lavabo y oyó ruidos. «Dejadlos que caven», ordenó el Hauptmann Priem. «Eso los mantendrá ocupados y felices.» Los alemanes hicieron un agujero en la puerta situada frente al lavabo y apostaron a un centinela (que llevaba unas silenciosas pantuflas).

Frank «Errol» Flinn fue el primero en salir del túnel. Se encaramó a la cisterna, abrió la puerta del lavabo y dobló la esquina. «Cuando quise darme cuenta tenía una pistola en la espalda.» «*Hände hoch!*», le ordenó un sonriente Priem. «Por aquí, caballeros.» Los doce fueron llevados a las celdas de aislamiento y les confiscaron abundante material para la fuga: documentación falsa, mapas, brújulas, comida, dinero y ropa civil. Los prisioneros aunaban sus aptitudes especializadas dentro de los grupos nacionales y, en menor medida, entre ellos: cómo abrir candados, falsificar documentos y tejer ropa civil y uniformes militares creíbles. Pat Reid diseñó «equipos de fuga» individuales para los oficiales británicos que incluían mapas trazados a partir de originales y un poco de dinero alemán. «Los oficiales tenían sus especialidades y proporcionaban gran cantidad de artículos», escribió Reid. Pero los alemanes también compartían todo cuanto averiguaban.

Reinhold Eggers, un obseso de la pedagogía que siempre daba instrucciones con una pizarra metafórica, trataba la prevención de fugas como una rama de la lógica: por cada huida, exitosa o no, había una contramedida; cada brecha en la seguridad del castillo podía corregirse *a posteriori* hasta que el lugar fuera inexpugnable; cada material de fuga que descubrían, ya fuera fabricado dentro del castillo o introducido clandestinamente, ofrecía otra pista sobre los métodos de la prisión. Con pedante precisión, Eggers reunió todos los artículos confiscados en una habitación cerrada e hizo llamar a Johannes Lange, el fotógrafo del pueblo, para que creara un archivo visual de las distintas técnicas de fuga. Algunos prisioneros incluso aceptaron ser fotografiados reinterpretando sus tentativas. Eggers creó mapas de las rutas de los túneles y recopiló un álbum de recortes con anotaciones. Era el «Museo de Colditz», el centro educativo de lo que Eggers denominaba la «Academia de Fugas». También era una herramienta de propaganda utilizada para impresionar a los dignatarios alemanes que visitaban el campo con los éxitos de la guarnición a la hora de mantener confinados a los prisioneros más difíciles.

Volvieron a extremarse las medidas de seguridad con más centinelas en la zona de ejercicio, que los alemanes llamaban «el redil», y un escuadrón de perros guardianes alsacianos alojados en casetas en la parte sur del foso. Los prisioneros que salían a pasear por el parque debían hacerlo con los abrigos desabrochados para que no pudieran ocultar material para fugas. En el muro del parque se instaló una puerta que permitía a los guardias salir rápido si alguien intentaba escapar en aquella dirección. Se efectuaban más registros y de manera más irregular. Había un equipo de despliegue rápido, o «comando antidisturbios», que podía actuar inmediatamente en cualquier parte del campo en caso de problemas.

Eggers leía con avidez las páginas de *Das Abwehrblatt* (Noticias de seguridad), una revista interna para los guardias alemanes que describía los intentos de fuga y las últimas medidas para impedirlos. «Era una lectura fascinante», escribió Eggers, que se convirtió en uno de los colaboradores habituales de la revista. Estudiando la psicología de las fugas, llegó a la conclusión de que los prisioneros también estaban formulando una metodología. Por ejemplo, al elegir los disfraces, intentaban «ser visibles de una manera normal en lugar de intentar pasar desapercibidos mostrándose nerviosos». Obviamente, apresar a alguien que pareciera «normalmente visible» sería complicado. Pero ¿adónde era más probable que se dirigieran los prisioneros huidos? Leipzig era la ciudad grande más próxima y tenía enlaces ferroviarios en todas direcciones. La comisaría de policía de la ciudad recibió una lista completa de prisioneros con números de identificación y fotografías. Las celdas de aislamiento del castillo estaban llenas de fugitivos capturados, así que requisaron más espacio en la cárcel del pueblo. La frecuencia de las fugas iba en aumento, pero no así su éxito. «Éramos los mandamases», alardeaba Eggers en el verano de 1941.

En la guerra, el arma más valiosa es el conocimiento, y en la batalla cada vez más intensa entre prisioneros y guardias, los neerlandeses introdujeron el equivalente a un arma secreta: cómo cruzar la frontera alemana hasta Suiza.

El teniente Hans Larive había sido capturado en Ámsterdam y encarcelado por rehusar someterse al mandato alemán. A finales de 1940 escapó de un campo provisional y fue apresado de nuevo en un tren cerca de Singen, en la frontera suiza. Larive, sospechoso de espionaje, fue trasladado al cuartel local de la Gestapo e interrogado por un furioso oficial de las SS que parecía un «toro enorme» y amenazó con pegarle un tiro. Larive insistió en que no era espía, sino un oficial de la armada neerlandesa protegido por la Convención de Ginebra. En ese momento, la actitud del «toro» cambió abruptamente. En su día había trabajado de cocinero en un hotel de Ámsterdam. Le caían bien los neerlandeses y empezó a darle conversación. ¿Por qué Larive había intentado cruzar la frontera en tren en lugar de a pie?

—No sabía cómo cruzar la línea defensiva —repuso Larive, que no era espía, pero se le daba bien arrancar información a los incautos.

—¿Línea defensiva? —dijo el «toro» con desdén—. Vaya tontería. Podría haber pasado sin problemas.

El oficial de las SS, que se había soltado de la lengua, desplegó un mapa. De todos modos, Alemania habría ganado la guerra en Navidad y aquel neerlandés no intentaría fugarse más. ¿Qué daño podía hacer demostrar la superioridad de sus conocimientos geográficos?

Con un dedo grueso, el oficial señaló un punto en el que Suiza se adentraba trescientos metros en territorio alemán, el denominado saliente de Ramsen. El lugar era fácil de encontrar, explicó, porque había una casa cerca del final del bosque y una curva cerrada más allá. En la carretera, cuatrocientos metros más adelante, había un camino a la izquierda que llevaba directamente a Suiza. «No hay ninguna defensa.»

Larive transmitió tan inestimable información al oficial de fugas neerlandés, el capitán Machiel van den Heuvel. Con espíritu de solidaridad, «Vandy» compartió el secreto con el comité internacional de fugas. El descubrimiento accidental que había hecho Larive gracias a un oficial estúpidamente parlanchín de las SS sería el material de fuga más valioso en Colditz, una puerta trasera desprotegida en Suiza.

En gran medida, huir dependía del engaño. Si podían ocultar a los alemanes una fuga exitosa, aunque fuera solo unas horas, los fugitivos tendrían más posibilidades de salir. Si, por otro lado, los prisioneros podían esconderse dentro del castillo, los alemanes acabarían dando por hecho que esos individuos habían escapado, lo cual les daría tiempo para huir más tarde sin causar alarmas. Se dedicaba un enorme ingenio a convencer a los alemanes de que unos prisioneros no habían escapado cuando sí lo habían hecho y a hacerles creer que se había producido una fuga cuando no era así. El recuento podía distorsionarse de varias maneras: un oficial que había sido contabilizado en un extremo de la fila podía pasar por detrás de sus compañeros y aparecer al otro lado; por el contrario, un oficial pequeño podía esconderse sobre los hombros de otro tapado con un abrigo, con lo cual faltaría una persona en el recuento. Los polacos habían instalado un panel deslizante entre dos habitaciones de sus dependencias; si informaban de que tenían a cuatro hombres enfermos en cama y no podían asistir al recuento, se enviaba a un guardia alemán a comprobarlo. El guardia vería a dos hombres en una habitación y a otros dos en la contigua, sin darse cuenta de que eran los mismos, que se habían colado por la medianera «como conejos» y se habían echado las sábanas por encima de la cabeza mientras el alemán iba de una habitación a la otra. Esas artimañas no siempre funcionaban, pero a menudo servían para confundir a los alemanes, lo cual prolongaba el recuento y brindaba un tiempo muy preciado a los fugitivos. Los neerlandeses incluso crearon dos réplicas de prisioneros con cabeza de arcilla, capas largas y botas colgantes que podían mantenerse erguidas entre dos oficiales durante los recuentos. Los maniquíes fueron bautizados «Max» y «Moritz» por los chicos desobedientes de la historia alemana en verso escrita por Wilhelm Busch. Un oficial británico comentó que los neerlandeses se alineaban como «músicos en una caja de juguetes», y el propio Eggers señalaba que «en los recuentos estaban quietos como maniquíes». A veces, ello obedecía a que, en efecto, dos de los neerlandeses lo eran.

La tarde del 16 de agosto, un oficial neerlandés llamado Gerrit Dames estaba apoyado en la valla de la jaula de ejercicio viendo a sus compatriotas jugar a una versión del rugby en la que se formaban muchas melés. Tranquilamente, hizo un agujero en el alambre, pasó al otro lado y echó a andar hacia los árboles. Cuando había recorrido la mitad de la pendiente, los centinelas lo vieron, hicieron sonar los silbatos y se descolgaron los rifles del hombro. «¡Corred, corred!», gritó Dames en dirección al bosque y levantó las manos. Los alemanes les ordenaron que formaran una fila y los llevaron de vuelta al castillo, donde un recuento desveló que faltaban dos: probablemente habían escapado antes que Dames y habían llegado al bosque sin ser vistos.

En aquel momento, los dos desaparecidos estaban temblando semidesnudos, hundidos hasta el cuello en el agua estancada de una alcantarilla situada en medio de la jaula de ejercicio. Eran Hans Larive, que había descubierto la ruta de Singen para entrar en Suiza, y Francis Steinmetz, otro oficial de la armada neerlandesa.

Durante las sesiones de ejercicio, Van den Heuvel, el oficial de fugas neerlandés, había visto en medio de la jaula una gran tapa de madera cerrada con dos pernos. El neerlandés organizó una lectura de la Biblia alrededor de la alcantarilla, quitó los pernos y la abrió. El agujero no llevaba a ninguna parte y el olor era repulsivo, pero tenía tres metros de profundidad y espacio para dos hombres. Las tuercas y los tornillos fueron medidos cuidadosamente y reproducidos con cristal pintado. El 16 de agosto, los jugadores de rugby neerlandeses formaron una melé encima de la alcantarilla, quitaron la tapa, bajaron a Larive y Steinmetz y volvieron a cerrarla con las tuercas y los tornillos falsos. En la húmeda oscuridad, ambos oyeron los silbatos y los gritos ahogados mientras Dames llevaba a cabo la maniobra de distracción. Siete horas después, cuando ya había oscurecido, salieron. «Levantamos la tapa de madera y rompimos el falso perno de cristal, recogimos los fragmentos e insertamos el de verdad. Dejamos la tapa preparada para volver a utilizarla.» Al amanecer llegaron a la estación de Leisnig y compraron billetes para Dresde.

En el castillo, el pánico invadió a la guarnición alemana. Larive y Steinmetz se habían esfumado junto a otros cinco oficiales neerlandeses. Dos ya se habían escondido en la alcantarilla cuarenta y ocho horas antes de la fuga sin que nadie hubiera reparado en su ausencia y otros tres permanecían ocultos dentro del castillo. Los alemanes emprendieron otra cacería.

Desde Dresde, Larive y Steinmetz viajaron a Núremberg haciéndose pasar por trabajadores inmigrantes. El momento más complicado llegó cuando se escondieron en un cementerio y descubrieron que era popular entre los jóvenes para mantener encuentros amorosos, así que decidieron unirse, «emitiendo fuertes ruidos para imitar besos apasionados». Dos días después cruzaron la frontera suiza por el punto que el «toro» de las SS había revelado a Larive. Al cabo de cuatro meses fueron interrogados por el espionaje británico en Londres y, para su asombro, les presentaron a la reina exiliada Guillermina de los Países Bajos, una «mujer de sesenta y un años menuda, rechoncha y mal vestida», pero la viva imagen de la resistencia neerlandesa al dominio nazi. «Le transmitimos un mensaje de lealtad de los oficiales que estaban en Colditz», escribió Steinmetz. «Después de la audiencia, nos metimos en el bar de al lado y pedimos una bebida fuerte.»

Los dos neerlandeses que habían utilizado la misma ruta de salida dos días antes fueron descubiertos, al igual que los tres que seguían escondidos en el castillo, pero otros dos lograron escapar por la alcantarilla un mes después. «Nos enfrentábamos a una brecha desconocida en nuestras defensas», escribió Eggers, cuya confianza se vio gravemente dañada. Tardaron cuatro meses en descubrir el agujero. «Uno de nuestros centinelas más observadores vio a una multitud de prisioneros concentrada sin motivo aparente alrededor de una tapa de alcantarilla del redil.» Dentro había un polaco y un oficial británico, ya que los neerlandeses habían compartido generosamente la ruta con las otras naciones. El agujero fue cerrado permanentemente con cemento, pero los neerlandeses lideraban el marcador de fugas. «Habían escapado cuatro oficiales neerlandeses en seis semanas», escribió Eggers, decepcionado por que el contingente neerlandés, en apariencia tan pulcro y cortés, estuviera tan decidido a escapar como el resto de sus cautivos. Siguiendo el tradicional mantra del profesor, lo habían decepcionado, habían decepcionado a la escuela, pero, sobre todo, se habían decepcionado a sí mismos.

4

Burlas

Airey Neave, un joven con muchísima prisa, dio los últimos retoques a su disfraz. A cambio de una ración mensual de chocolate de la Cruz Roja, había conseguido una guerrera polaca de color caqui, bastante parecida a un uniforme alemán y pintada con pintura para decorados originalmente destinada al fondo de árboles de una producción teatral. Un servicial sastre polaco le cosió unas charreteras de tela verde oscuro y una insignia de estaño plateada para el bolsillo delantero. Neave añadió unos pantalones de la RAF, una gorra checa teñida de verde, ribetes blancos y un águila y una esvástica de cartón. Completó el conjunto con unas botas militares compradas a un ordenanza polaco y una vaina de bayoneta hecha de madera y prendida a un cinturón de cartón.

Neave se estaba precipitando. No parecía un soldado alemán, sino un extra del coro de una ópera cómica de Gilbert y Sullivan.

El uniforme casero era más verde guisante que gris de campaña, y bajo la luz emitía un brillo un tanto excesivo. A Pat Reid, el oficial de fugas, no le impresionó el atuendo, pero dio permiso para que la huida siguiera adelante. Un trabajador alemán fue sobornado con tabaco para que entregara su disco identificativo de latón. Neave consiguió un mapa de la frontera suiza hecho de seda, una tarjeta de identificación falsa, un poco de dinero y una pequeña brújula que guardó en un objeto que no sabía especificar pero que describió como «un misterioso envase con forma de caja de puros de unos seis centímetros de longitud» que cabía justo en el recto del futuro parlamentario conservador de Abingdon. El artilugio se convertiría en un elemento indispensable de los equipos de fuga, una manera de esconder objetos valiosos en los cacheos, salvo los más intrusivos, y una fuente inagotable de humor escatológico.

El 23 de agosto, Neave asistió al caluroso recuento nocturno llevando un abrigo británico por encima del disfraz y una considerable cantidad de material de fuga en el trasero. En cuanto terminó, un compañero le quitó el abrigo y Neave se caló la gorra, se situó detrás de los guardias alemanes y fue hacia la puerta de manera tan briosa y militar como permitía la situación.

«Tengo un mensaje del Hauptmann Priem para el Kommandant», dijo antes de mostrar el disco identificativo de latón. El guardia le permitió salir del patio interior. Neave siguió caminando, pero cuando hubo dado apenas veinte pasos, alguien gritó: «*Halt!*». Neave se dio la vuelta. A la luz de los arcos voltaicos, la gorra «brillaba como una esmeralda» y segundos después estaba rodeado de guardias. El oficial al mando se puso furioso: «Esto es un insulto al ejército alemán. Será ejecutado». Los alemanes no parecían tan ofendidos por el intento de fuga como por el disfraz absurdo que había utilizado y que «al parecer consideraban una afrenta al uniforme». Momentos después llegó el Kommandant Schmidt, observó a aquella figura de «pantomima navideña» enfundada en un «uniforme alemán de cabaré» y resopló. «Qué impertinencia. Lleváoslo a las celdas», ordenó.

Seguramente por primera vez en su vida, Neave fue objeto de escarnio. Llamaron a Lange para que fuera desde el pueblo a fotografiar a aquel extraño elfo militar con su uniforme verde. Los guardias iban a reírse y mirarlo «como si fuera un animal recién capturado». El uniforme fue incluido en el museo. En el recuento nocturno, un Hauptmann Priem de lo más divertido hizo una broma que fue traducida al francés, el polaco y el neerlandés: «El Gefreiter [cabo] Neave será enviado al frente ruso». Neave pudo oír las carcajadas desde su celda.

El episodio avergonzó a Neave. La batalla de Colditz en parte era una cuestión de estatus y dignidad, y él había regalado una victoria fácil a los alemanes, que con tanta frecuencia eran objeto de mofas. «Reduje la fuga a una farsa ridícula, a una escena de vodevil», reflexionaba. Y, sin embargo, durante los veinte segundos transcurridos desde que salió del patio hasta el grito del centinela, había experimentado un «exquisito alivio del alma», una oleada de «intenso placer» y un momento transitorio de libertad pura y sincera. «Era como una droga, y muy adictivo», escribió más tarde. Neave estaba enganchado.

Al recordar después de la guerra, los prisioneros de Colditz sentían la obligación colectiva de hacer que la experiencia del encarcelamiento pareciera emocionante e incluso divertida. Sin duda hubo episodios de gran euforia y momentos de humor, como la fuga absurdamente fallida de Neave. Pero, en gran parte, la vida de un prisionero de Colditz era espectacular, desmoralizadora y casi insoportablemente aburrida. A diferencia de los prisioneros de otros rangos, los oficiales ni siquiera podían trabajar para olvidarse de la cautividad. No había nada que hacer, lo cual significaba que la mayoría hacían muy poco. Algunos leían libros o intentaban mejorar o entretenerse de otras maneras, por ejemplo, con producciones teatrales y conciertos. Algunos, como Reid y Neave, se pasaban las veinticuatro horas del día formulando y perfeccionando planes mientras otros jugaban a las cartas, escribían a sus seres queridos, soñaban con su hogar, se masturbaban a escondidas y cocinaban nuevas recetas utilizando las provisiones de la Cruz Roja.

Un porcentaje desproporcionado del tiempo lo pasaban pensando en comida, uno de los pocos aspectos de su vida susceptibles a la adaptación y la invención. Las cocinas alemanas de Colditz ofrecían el grueso de la nutrición de la cárcel, muy variable en cuanto a cantidad y calidad: una quinta parte de una barra de pan negro (*Roggenbrot*) al día, o cinco rebanadas finas, pequeñas cantidades de azúcar, margarina y grasa, que algunos creían que provenía de los caballos, sopa aguada a mediodía y una ración estrictamente limitada de patatas. Todo ello se complementaba con paquetes de alimentos que brindaban posibilidades culinarias más imaginativas. La mayoría comían juntos en «comedores» seleccionados por ellos. Planificar y preparar la cena se convirtió en una gran preocupación y en una distracción importante. Los ordenanzas cocinaban para los altos mandos, pero los de menor rango se turnaban para cocinarse unos a otros. Al final, los paquetes de la Cruz Roja incluían exquisiteces como mantequilla de cacahuete, pudín de arroz, chocolate, salchichas, carne uruguaya en conserva de la marca inglesa Fray Bentos, leche en lata y queso. Pero casi todas las provisiones eran básicas. Una cena típica podía consistir en una loncha de jamón u otra carne enlatada con puré de patatas, aderezada con un cubo Marmite y galletas trituradas, y preparada en una cacerola de latón. «Las raciones alemanas eran bastante inadecuadas por sí solas y las provisiones de la Cruz Roja cubrían las carencias nutricionales. Desde luego, nos salvaron de la desnutrición», decía un exprisionero. En fases posteriores de la guerra, los presos de Colditz estarían mucho mejor alimentados que sus captores.

La frustración del encarcelamiento hallaba expresión de varias maneras, de las cuales la más obvia era llevar a los captores alemanes al borde de la histeria. El objetivo de aquellas tomaduras de pelo era que los guardias se sintieran incómodos y desconcertados y, por tanto, que parecieran tontos. Si un alemán perdía los estribos o el honor, los prisioneros se anotaban una pequeña pero valiosa victoria moral. Eggers sabía que los prisioneros intentaban molestarlos de todas las formas posibles. No obstante, si lo llevaban demasiado lejos, un guardia podía recurrir a la violencia.

Cada nación tenía métodos diferentes para irritar a los guardias. Los polacos simplemente fingían que los alemanes no estaban allí y, si los tocaba sin querer un vigilante, iniciaban un elaborado proceso de limpieza, como si los hubiera rozado un leproso. Los franceses desarrollaron una manera de cantar durante los recuentos, a contrapunto y sin mover los labios:

Où sont les Allemands?
Dans la merde!
Qu'on les y enfonce?
Jusqu'aux oreilles!

¿Dónde están los alemanes?
¡En la mierda!
¿Los hundimos?
¡Hasta las orejas!

Pero los británicos elevaron las burlas a la categoría de arte. Muchos oficiales habían asistido a escuelas privadas y estaban muy versados en una competición de superioridad psicológica que era a un tiempo sumamente sofisticada y absolutamente pueril. Las mofas competitivas a menudo se producían durante los recuentos y podían consistir en abucheos, silbidos, pedos, hablar en un inglés que los alemanes no pudieran entender e interrumpir el recuento deliberadamente para que tuviera que repetirse. Algunas técnicas más extremas incluían tejer mientras desfilaban, hacerse cortes de pelo raros y quedarse mirando los botones de la bragueta de un oficial alemán hasta que este se incomodaba y se sentía obligado a comprobar que estuvieran abrochados. Las ventanas altas que daban al patio ofrecían oportunidades para lanzar cosas a los guardias y esconderse sin ser visto: bombas de agua, bolas de nieve, periódicos en llamas y, en ocasiones, paquetes de excrementos. Los enfrentamientos normalmente eran jocosos, pero a veces deliberadamente amenazadores. La insubordinación podía degenerar en sabotajes. La comida que les sobraba a los prisioneros se utilizaba para alimentar a los cerdos del pueblo. En una ocasión, descubrieron que contenía cuchillas.

Otra técnica era adoptar comportamientos extraños, por ejemplo, jugar al billar inglés imaginario o pasear a un perro inexistente. En una broma célebre, los prisioneros empujaron pequeños guijarros con la nariz por el patio de la cárcel. El juego no tenía otro objeto que desestabilizar a los guardias y lograr que prohibieran una actividad totalmente absurda y benigna, cosa que hicieron.

La ropa era otra manera de expresar resistencia. Eggers se indignaba por el atuendo de los oficiales británicos para el *Appell* matinal: «En pijama, sin afeitar, con zuecos y pantuflas, fumando, leyendo libros o poniéndose lo primero que encontraban cuando salían de la cama». Muchos aún llevaban los restos de los uniformes con los que habían sido capturados. Los escoceses llevaban falda. Por el contrario, en fechas señaladas como el cumpleaños del rey, los prisioneros procuraban lucir uniformes «irreconociblemente elegantes» con botones y hebillas relucientes.

«La indisciplina estaba a la orden del día y a menudo se traducía en insolencia personal o, cuando menos, en estudiada tosquedad», escribió Eggers, que nunca superó el contraste entre la educación de los ciudadanos de Cheltenham y la extrema grosería de sus compatriotas en Colditz. «No creo que esa actitud hacia nosotros tuviera otro propósito que permitir a los prisioneros dar rienda suelta a sus represiones.»

La mayoría de los altos mandos británicos toleraban las tomaduras de pelo porque las consideraban travesuras y una manera de desahogarse, pero algunos, incluido el padre Platt, las veían como un comportamiento degradante e infantil que reforzaba la sensación de superioridad de los alemanes y daba a las autoridades una excusa fácil para imponer castigos colectivos, como suspender los privilegios deportivos. Las burlas a los guardias eran tremendamente absurdas, pero también un apoyo psicológico que permitía a unos hombres indefensos humillar y provocar a sus captores. Los guardias solían ser más mayores y, gracias a ello, los jóvenes prisioneros imaginaban que estaban mofándose de los profesores del internado. Esas mofas aliviaban la tensión, ya que la ansiedad aumentaba por momentos en los confines de Colditz y estaban apareciendo grietas en ámbitos como la nacionalidad, la raza y la clase social.

Los prisioneros reaccionaban al trauma mental y físico de la cautividad de maneras muy diferentes: ira, resistencia y valentía, pero también abatimiento, culpabilidad y conformidad. Algunos encontraban formas de divertirse y educarse, otros mantenían la calma, seguían adelante y descubrían una especie de paz bajo custodia enemiga y otros se ponían histéricos o perdían la cabeza.

Uno de los numerosos mecanismos de defensa era comportarse como si estar encerrado en un sombrío castillo medieval con cientos de hombres aburridos, casi todos de clase media, no tuviera nada de raro. Por supuesto, en realidad no había nada ni remotamente normal en Colditz, un lugar aislado sin mujeres, trabajo, niños, noticias, dinero, libertad o un futuro predecible. Tras menos de un año de existencia, Oflag IV-C ya era uno de los lugares más extraños del mundo, impregnado de una tristeza singular que los hombres trataban de ignorar. Algunas noches se oía un escalofriante aullido de lobo desde las habitaciones de los franceses, un lamento sin palabras que repetía una voz tras otra, proyectando su eco por las ventanas y reverberando en los muros del castillo. «Después de aquellos exabruptos, los franceses decían sentirse mucho mejor.» El siempre positivo Pat Reid afirmaba que la máxima del campo debía ser: «Ni un solo instante de aburrimiento». Pero eso decía más de él que de Colditz. Un lema más acertado habría sido: «Extremadamente tedioso, pero puntuado por momentos de emoción extrema y miedo paralizador».

En agosto de 1941, los polacos organizaron los primeros «Juegos Olímpicos de Colditz». Los hombres podían sobrevivir sin mujeres, pubs o libertad, al menos por un tiempo, pero no sin deporte, un elemento fundamental de la identidad masculina entonces y ahora, una manera de mantenerse en forma, pero también de competir, exteriorizar sentimientos y establecer lazos. Había partidos de rugby, hockey, críquet, una forma viril de *netball* y combates de boxeo. El fútbol era el deporte más popular, y la competición era feroz. Según escribió un prisionero, el deporte «era un bálsamo contra el aburrimiento absoluto»: disputado con dureza, observado con avidez y comentado hasta la saciedad. Con independencia de si los prisioneros eran participantes o espectadores, el deporte ayudaba a que el tiempo pasara más rápido. La Asociación Cristiana de Jóvenes envió material a través de la Cruz Roja, incluyendo bates y pelotas. En los Juegos Olímpicos, las diferentes naciones organizaban competiciones de fútbol, boxeo e incluso ajedrez, y ofrecían otro reflejo del carácter nacional: «Los polacos eran muy serios, los franceses entusiastas y los neerlandeses solemnes. Los belgas seguían el ejemplo de los franceses y los británicos se lo tomaban a risa». Normalmente, los británicos animaban más a los peores participantes y quedaban los últimos en todas las competiciones.

91

El patio interior de Colditz, oscuro, estrecho y adoquinado, no era apto para ningún tipo de deporte existente, así que inventaron uno nuevo. Eton creó el «*wall game*», el rugby se inventó en Rugby y, en el extraño ambiente de colegio privado que reinaba en el campo, los prisioneros idearon el «*stoolball*», un deporte extremadamente violento dictado por la arquitectura y la atmósfera de Colditz y practicado allí y en ningún otro lugar. El *stoolball*, un cruce de rugby y artes marciales mixtas, consistía en lo siguiente: un hombre de cada equipo se sentaba en un taburete en un extremo del patio y los equipos, con hasta treinta jugadores cada uno, competían por derribarlo mientras llevaban la pelota utilizando todos los medios posibles. No estaba permitido morder ni propinar patadas, pero casi todo lo demás sí. Las protecciones eran opcionales. «Había una media parte cuando todos estaban demasiado cansados para continuar.» Aquello no era tanto un deporte como un ejercicio de liberación de testosterona: «Si querías pegarle a alguien, jugabas contra él a *stoolball*». Los dos equipos peleaban por todo el patio bajo la perpleja mirada de los guardias, resbalando y golpeándose contra las irregulares piedras, a menudo con el resultado de lesiones bastante graves. «Los alemanes estaban convencidos de que los jugadores eran unos locos.»

En septiembre llegó al campo una nueva remesa de prisioneros, entre ellos dos que no se parecían en nada a los demás y serían tratados de maneras diferentes por razones totalmente distintas: uno era el sobrino comunista de Winston Churchill y el otro era indio.

Birendranath Mazumdar era médico, y muy bueno. Hijo de un distinguido cirujano de la ciudad de Gaya, en el noreste de la India, era un brahmán nacido en el apogeo del Raj británico, muy culto, con unos modales elegantes y unos gustos exigentes. Con la cara redonda y una voz suave, Mazumdar hablaba un refinado inglés, además de bengalí, hindi, urdu, francés y alemán. Nunca fumaba sin ponerse guantes. Escribía con tinta verde en un grueso papel de carta azul celeste. Su familia era propietaria de una extensa granja en Ranchi y una farmacia. De niño, su devota madre insistió en que se sometiera a la *Upanayana*, la ceremonia hindú del «cordón sagrado», un rito de iniciación que exigía ayuno y aislamiento. Su padre, más anglicanizado y cuyos pacientes incluían a oficiales de la Compañía Británica de las Indias Orientales, animaba al joven Biren a leer en voz alta *The Times* cada noche. El chico se educó en escuelas de élite que imitaban el sistema educativo inglés y se crio respetando un código de honor con un tono victoriano. «Deber, lealtad, moralidad y sinceridad: cíñete a esos principios y no errarás», le había dicho su padre. Los Mazumdar habían prosperado con el Raj, pero Biren acabaría convirtiéndose en un fervoroso nacionalista indio que se oponía al gobierno británico en la India: «En mi país había visto la superioridad de los británicos, la opresión». Era seguidor de Mahatma Gandhi, el líder del movimiento de independencia india, y del nacionalista radical Subhas Chandra Bose.

Mazumdar sonaba y se comportaba como un inglés, pero a muchos ingleses no se lo parecía. Entre los indios era una figura digna de respeto, e incluso de grandeza, un hindú culto de casta alta perteneciente a una familia rica. Pero para la mayoría de los hombres blancos era un indio más. En 1931 abandonó Gaya y puso rumbo a Londres con la intención de ingresar en el Real Colegio de Cirujanos. «Para triunfar tendrás que ser un diez por ciento mejor que el resto», le dijo Gordon Gordon-Taylor, el pionero de la cirugía. El joven doctor indio era orgulloso, divertido, ambicioso, a veces alborotador, solemne y ambivalente, producto de dos culturas distintas, entrelazadas, solapadas y cada vez más incompatibles.

A pesar de su oposición al Imperio británico, cuando se declaró la guerra, Birendranath Mazumdar salió en su defensa. Unos dos millones y medio de indios sirvieron en el bando aliado durante el conflicto, en su mayoría como soldados uniformados del ejército indio británico. Sin embargo, Mazumdar, que vivía en Londres y recibió su instrucción en Gran Bretaña, se unió al ejército británico, que en aquel momento aún era casi totalmente blanco. En septiembre de 1939 se presentó voluntario al Cuerpo Médico, hizo un juramento de fidelidad al rey Jorge VI y fue enviado a Francia con el rango de capitán, el único oficial no blanco del cuerpo y el único alto mando indio del ejército británico. Fue destinado al 17.º Hospital de Étaples como oficial médico general. En mayo de 1940, con las fuerzas alemanas aproximándose, Mazumdar lideró un convoy de cuarenta ambulancias que trasladaban a quinientos soldados heridos a Boulogne para intentar unirse a la evacuación. A las afueras del pueblo de Neufchâtel, el camino estaba bloqueado por veinte Panzers que abrieron fuego y alcanzaron a dos ambulancias. Mazumdar ayudó a sacar a los supervivientes de los vehículos en llamas, ató un pañuelo caqui a su bastón, lo sostuvo por encima de la cabeza y fue hacia los tanques alemanes. El comandante era de lo más educado y hablaba inglés a la perfección: «Lo siento, pero me temo que no podrán llegar a Boulogne. Y, por favor, no intenten escapar». Eran unas palabras que Mazumdar oiría repetidamente en años posteriores.

Los prisioneros recorrieron ciento cincuenta kilómetros hasta Nijmegen, en la frontera neerlandesa con Alemania, y luego fueron hacinados en una flotilla de mugrientas barcazas de carbón con centenares de cautivos más. Durante dos días surcaron lentamente los canales hasta llegar a Alemania mientras los excrementos humanos se acumulaban a sus pies. Muchos de los cautivos estaban infestados de piojos y sufrían disentería. Otra marcha de dos días los llevó hasta el campo de prisioneros de Kassel, donde a Mazumdar le confiscaron sus pertenencias, entre ellas una pitillera y un encendedor de oro, una pluma Parker, un lápiz, una bolsa médica y una máquina de escribir. Un oficial alemán le ordenó que se afeitara la cabeza antes del despioje, pero Mazumdar se negó, aduciendo que en la cultura hindú «solo te afeitas la cabeza cuando fallece tu padre o tu madre. No me afeitaré la cabeza bajo ninguna circunstancia». Ambos intercambiaron gritos y Mazumdar acabó siendo arrastrado al barbero y más tarde a las celdas de aislamiento.

A Mazumdar no lo acobardó en absoluto aquella experiencia y durante el año siguiente mantuvo conflictos permanentes con sus captores alemanes: se quejaba de unos suministros médicos inadecuados y de insuficiente comida, exigía leche fresca y verduras para sus pacientes y denunció que los prisioneros llevaban ropa inapropiada, con «pantalones rotos y botas sin suelas». La tuberculosis estaba por todas partes. «Eres indio», le dijeron los alemanes. «¿Qué más te da que mueran unos cuantos británicos?» Pero Mazumdar persistió y «las relaciones con las autoridades alemanas fueron de mal en peor». Fue trasladado de un campo a otro, más de una docena en total. Era una persona difícil y una anomalía. La minuciosa atención médica de Mazumdar y su voluntad de enfrentarse a los alemanes deberían haberle granjeado el aprecio de los otros prisioneros, pero siempre fue una criatura aparte, tratada con desconfianza y a veces con absoluta discriminación. «Era el único indio en todos los campos a los que iba», escribió. «El resto de los prisioneros eran ingleses o neerlandeses. Había leído muchos libros sobre la primera guerra mundial y la camaradería, que allí era del todo inexistente.» Cuando llegaban los paquetes de la Cruz Roja, Mazumdar no se beneficiaba de ellos. «Tenían comida, pero no la compartían. Supuestamente eran gente que había recibido una educación. No podía creerme lo que estaba viendo.» Los otros prisioneros lo llamaban «Jumbo», un apodo que detestaba, pero que no pudo cambiar. Probablemente era una referencia a Jumbo, el elefante de circo victoriano que antaño había sido la atracción estrella del zoo de Londres. Es posible que los prisioneros dieran por hecho que Jumbo era un elefante indio y, por tanto, le pusieron su nombre al único prisionero de ese país. En realidad, Jumbo era africano, pero para ciertas personas blancas, los elefantes, como los indios, eran todos iguales.

En la ideología nazi, quienes no eran de raza blanca eran *Untermenschen*, infrahumanos, pero, por razones políticas, los indios ocupaban una posición anómala en la jerarquía racial fascista: había que tolerarlos, e incluso cortejarlos, si ayudaban a la causa nazi. El pujante movimiento nacionalista de la India representaba una amenaza directa para el poder británico. Desde el punto de vista alemán, Mazumdar no solo era una rareza, sino una oportunidad. Varios miles de soldados del ejército indio británico fueron capturados durante los combates en el norte de África. Si se podía convencer a esos prisioneros y otros indios residentes en

Alemania de que colaboraran con los nazis, ello debilitaría al gobierno británico en la India, daría un empujón a las fuerzas militares alemanas y supondría una importante victoria propagandística. Mazumdar no ocultaba sus simpatías nacionalistas, así que los alemanes se propusieron convencer al único oficial indio del ejército británico de que cambiara de bando.

Poco después de su llegada al campo de Kassel, Mazumdar fue citado en la oficina del Kommandant, donde lo esperaban un alto mando alemán «totalmente calvo» y un joven indio. El alemán fue directo al grano y pidió a Mazumdar que realizara una emisión radiofónica animando a otros indios a alistarse a una nueva unidad militar para combatir a los británicos y acelerar el final del Raj: «Puede llevar una buena vida si se une a nosotros y a sus compatriotas». El fascista William Joyce, conocido como «Lord Haw-Haw», ya estaba emitiendo periódicamente desde Berlín, prediciendo la victoria nazi y llamando a los británicos a rendirse. Aquel indio bienhablado podía desempeñar un papel similar en la India alentando a sus compatriotas a alzarse contra los británicos. Mazumdar se negó en redondo: «No puedo hacerlo».

Entonces intervino el joven indio, que extendió sobre la mesa unas fotos de Londres destruida por las bombas. «La guerra casi ha terminado», dijo. «Alemania ha ganado y es una estupidez que sufra las penurias de un campo de prisioneros cuando podría estar viviendo cómodamente y en libertad. Solo debe emitir para los alemanes.» Mazumdar se negó nuevamente y se lo llevaron de la oficina del Kommandant.

En verano de 1941 fue entrevistado en el campo de Marienberg por un joven oficial alemán. «¿Ha cambiado de parecer?», le preguntó. «¿Hablará por radio?» Mazumdar volvió a negarse. «¿Al menos irá a Berlín?» Mazumdar negó con la cabeza. «Pues irá de todos modos.» Mazumdar repuso astutamente que, si se veía obligado a viajar, como oficial debía disponer de un ordenanza que cargara con su maleta. Forzado a llevar su propio equipaje «a punta de pistola», lo subieron a un tren y lo escoltaron a un edificio de oficinas en Berlín, donde lo esperaba el oficial con otro militar de mayor rango:

—¿Ha cambiado de idea sobre la retransmisión?

—No, y es más, me están atribuyendo una importancia que no poseo y ni siquiera reclamo.

El oficial cambió de táctica:

—¿Cuándo fue la última vez que estuvo con una mujer?

Aquello indignó a Mazumdar:

—Si cree que puede comprar mi honor con una mujer, está muy equivocado.

Entonces intervino el otro oficial:

—Este hombre es *deutschfeindlich*.

—Son ustedes quienes mejor pueden juzgar eso —le espetó Mazumdar.

De vuelta en el campo, un furioso oficial alemán le dijo: «Nos ha causado problemas y molestias allá donde ha ido. Es usted un traidor a su país». Cuando Mazumdar se disponía a protestar, el oficial le asestó un puñetazo en la cara. En su expediente añadieron la etiqueta roja que denotaba una actitud antialemana y Mazumdar fue enviado a Colditz.

La noche del 26 de septiembre, el médico indio llegó al castillo, bañado en la luz de los focos reflectores, una visión que «encajaría a la perfección en las páginas de una novela de Bram Stoker». Mazumdar se volvió hacia el centinela y le preguntó en alemán: «¿Dónde estoy?» El hombre se limitó a llevarse un dedo a los labios.

Birendranath Mazumdar fue conducido a una habitación vacía y lo encerraron allí. «No sabía dónde estaba. Solo oí el ruido de la llave cuando se cerró la puerta. Me sentía cuando menos abatido y perdido.»

Unos días antes, otro prisionero singular, un hombre de corta estatura y cabello oscuro de unos veinticinco años, había llegado en coche a Colditz escoltado por dos oficiales alemanes.

Giles Romilly era un civil, periodista y comunista que había sido capturado mientras cubría la desastrosa campaña noruega para el *Daily Express*. Romilly fue encerrado en Colditz por una sola razón: su madre era la hermana menor de Clementine Churchill, la mujer de Winston Churchill. Para los alemanes, ese vínculo familiar lo convertía en un prisionero de especial relevancia y en un activo potencialmente valioso. Si no hubiera sido sobrino de Churchill, Romilly probablemente habría sido repatriado a Gran Bretaña. En cambio, fue retenido como una prenda útil, no tanto un prisionero como un rehén que podía ser intercambiado, entregado por un rescate o utilizado para obtener concesiones del primer ministro británico.

Ese cálculo se basaba en una premisa falsa. Churchill apenas conocía a Romilly, a quien se refería vagamente como «el chico de Nelly», y lo que sabía de él difícilmente le despertaría afecto. Giles y su hermano Esmond, igual de rebelde que él, habían repartido panfletos comunistas cuando estudiaban en Wellington y fundaron un periódico radical «para defender a las fuerzas del progreso ante las fuerzas reaccionarias en todos los frentes». Giles se declaró pacifista y se negó a ingresar en el Cuerpo de Instrucción de Oficiales. En 1934, el *Daily Mail* publicó un artículo sobre los hermanos comunistas con el titular: «¡Amenaza roja en los colegios privados! Moscú intenta corromper a los chicos». Giles informó desde España durante la guerra civil mientras su hermano luchaba en las Brigadas Internacionales contra los nacionalistas de Franco. En 1937, Válter Krivitski, un oficial de espionaje soviético, desertó a Gran Bretaña y desveló al MI5 que los soviéticos habían reclutado como espía a un joven aristócrata británico. Krivitski no recordaba su nombre, pero sabía que había sido enviado a España por sus jefes rusos haciéndose pasar por periodista y con órdenes de asesinar al general Franco. El servicio de seguridad británico estaba convencido de que aquel comunista educado en colegios privados y aspirante a asesino era Giles Romilly y lo sometió a vigilancia. La corazonada del MI5 era errónea: el hombre reclutado por el espionaje soviético era Kim Philby, que acabaría convirtiéndose en el espía más impopular de la historia británica.

Romilly era un comunista acérrimo, sospechoso de ser agente soviético y una vergüenza para su aristocrática familia. Pero, aunque no hubiera sido ninguna de esas cosas, Winston Churchill jamás habría otorgado un valor especial a un prisionero por el mero hecho de ser familia política. El primer ministro era demasiado astuto para esos favoritismos. Los alemanes ignoraban eso y seguían convencidos de que ciertos prisioneros de alta cuna o bien conectados poseían más valor que otros y, por tanto, debían ser vigilados más de cerca.

Romilly fue el primer miembro de un grupo al que los alemanes denominaban *Prominente* —importantes—, individuos que, ya fuera por nacimiento o por posición social, fueron reunidos en Colditz y sometidos a las medidas de seguridad más estrictas. Los nazis veían a esos prisioneros VIP igual que un secuestrador a un cautivo: objetos valiosos que pedían ser intercambiados o por los que se podía pedir un rescate, a los que había que salvaguardar y, si ya no resultaban útiles, despachar. Eran la mejor baza entre los prisioneros y no podían escapar bajo ningún concepto.

Los otros reclusos presenciaron la llegada de Romilly, un hombre «con cara de niño y ojos azul claro que era lo menos parecido a su ilustre tío que cupiera imaginar». Fue confinado en una celda al fondo de un largo pasillo de piedra en el lado opuesto al patio con respecto a los británicos. «La sensación de encierro era abrumadora», escribió. En el patio, «un grupo heterogéneo paseaba sobre los adoquines como figuras en un dibujo de un psiquiátrico creado por Van Gogh». La ventana tenía barrotes y el marco exterior estaba pintado de blanco para que los guardias pudieran identificar de inmediato cuál contenía al prisionero más preciado de Colditz. Era sometido a vigilancia las veinticuatro horas del día. Aunque a Romilly le permitían mezclarse con otros prisioneros durante el día, su paradero era verificado y anotado cada hora y por las noches permanecía encerrado con centinelas apostados permanentemente en el pasillo en turnos de dos horas. Los guardias lo vigilaban por una mirilla de la puerta y no le permitían salir del patio interior para dar el paseo por el parque. «Desde el principio, esas precauciones me parecieron mala señal», escribió.

Aquellas medidas de seguridad extremas estaban motivadas por el miedo. Las órdenes del alto mando de la Wehrmacht eran explícitas: «El Kommandant y el oficial de seguridad» responderían «del bienestar de Romilly con su cabeza» y debían adoptar «cualquier medida excepcional» para garantizar que no escapara. Eggers creía que la orden provenía del mismísimo Hitler. Romilly era otro «dolor de cabeza» y suponía una amenaza directa para los propios carceleros. Colgaron una foto suya en la sala de guardias y todos los centinelas debían conocer su aspecto. Los guardias vivían con el miedo a que escapara cuando ellos estaban de servicio, así que, cada noche, el vigilante entraba en su celda dos o tres veces para apartar la manta y comprobar que no se había esfumado por arte de magia. Romilly, un preciado espécimen en una jaula personalizada, era el único prisionero de Colditz que merecía un nombre en clave propio: «Emil». El centinela que custodiaba su puerta era conocido como *Emil-Beobachter*, o vigilante de Emil.

Al principio, Romilly reaccionaba con furia a aquella singular forma de encarcelamiento, arrojaba sus botas contra la puerta y tapaba la mirilla con papel. Pero poco a poco fue adaptándose. Recibía mejor comida que el resto de los prisioneros y le permitían tener un gramófono. De noche podía oírse la sinfonía Haffner de Mozart desde su celda mientras una figura menuda y solitaria con una vieja bata observaba desde detrás de los barrotes. El padre Platt percibió un cambio de actitud en Romilly con el paso de los meses: «Tiene una mirada inquieta y una mueca de descontento en la comisura de los labios». Romilly disfrutaba de una existencia más cómoda que los otros prisioneros, pero para él también era una «pesadilla privilegiada». A aquel miembro fundador de un club de élite acabarían uniéndose otros *Prominente*, a los que se concedió una forma exclusiva de encarcelamiento porque, en palabras de Romilly, habían sido «señalados como "especialmente especiales"». También eran singularmente vulnerables y recibirían protección solo mientras fueran valiosos. Esos hombres eran moneda de cambio y en algún momento serían utilizados.

5

Ballet absurdo

Quien no haya experimentado un encarcelamiento podría suponer que la inactividad y la falta de responsabilidades, a diferencia de la guerra, son relajantes, pero lo opuesto se acerca más a la verdad. Las cárceles siempre son lugares de agudo nerviosismo y en Colditz, con su peculiar mezcla de hombres de acción consignados a una vida de inacción, la presión interna era más acusada que en cualquier otro campo. Romilly sentía esa «poderosa tensión irresoluta del espíritu agresivo y extrovertido cuando saltaba hacia fuera, no hallaba espacio y volvía a saltar hacia dentro [...]. A veces, la tensión era tan poderosa que parecía que fuera a agrietar los muros del castillo».

Cada noticia llegada del mundo exterior era devorada con avidez y diseccionada minuciosamente. Los prisioneros anhelaban diversión, estímulo intelectual y, sobre todo, entretenimiento, así que se lo fabricaban ellos mismos. Uno de los subproductos más extravagantes de los campos de prisioneros de guerra fue el florecimiento del talento teatral y un sentido del humor singularmente oscuro y grosero: Denholm Elliott (*Indiana Jones y la última cruzada* y *Defence of the Realm*), Clive Dunn (*Dad's Army*) y Donald Pleasence (Blofeld en la película de James Bond *Solo se vive dos veces*) fueron prisioneros de guerra. Talbot Rothwell, un alto mando de la RAF derribado en 1941 y encerrado en el Stalag Luft III, escribiría veinte películas de la franquicia *Carry On*.

En Colditz, el teatro era el epicentro del entretenimiento, un marco para actuaciones de toda índole, entre ellas conciertos, obras y pantomimas. Proliferaban los grupos musicales, que tocaban instrumentos proporcionados por las autoridades alemanas, además de un coro polaco, una banda hawaiana neerlandesa, un combo de jazz británico, un grupo de cámara francés y una orquesta internacional. El teatro, una sala amplia y ornamentada situada en la tercera planta de la *Saalhaus*, junto a la entrada principal, era un lugar majestuoso venido a menos y con pretensiones artísticas incongruentes. Construido en 1876, contaba con un suelo acolchado, un escenario en un extremo y un piano de cola. Las paredes manchadas de humo estaban decoradas con los nombres de grandes escritores alemanes, además de Shakespeare y Rossini, rodeados de esponjosas nubes para representar a unos genios elevados a los cielos. Los alemanes consideraban que el uso del teatro por parte de los prisioneros era un privilegio, no un derecho, y podían retirárselo a modo de castigo. Aun así, no solo toleraban los entretenimientos teatrales y musicales, sino que los alentaban y con frecuencia asistían a ellos. A los productores les permitían encargar maquillaje y pintura a Berlín y tomar prestadas herramientas para construir los decorados, ya que habían dado su palabra «solemne» de que no las utilizarían para escapar. Dicha promesa nunca fue incumplida a pesar de que los prisioneros robaban todo aquello que tuvieran a su alcance.

Durante sus años de existencia, Colditz presenció una amplia gama de espectáculos: Shakespeare, teatro de variedades, obras de Noël Coward y George Bernard Shaw y piezas escritas por los propios prisioneros. Se invertían enormes esfuerzos en producciones que solo duraban unos días. Algunas eran verdaderamente terribles y casi todas enormemente populares. «Es posible que los prisioneros de guerra sean más fáciles de complacer que otros públicos teatrales», observaba Giles Romilly tras ver una representación de *La importancia de llamarse Ernesto*, de Oscar Wilde. «Con la ayuda de una más que convincente lady Bracknell, la obra se representó dos días, lo cual era mucho, y tuvo casi ciento cincuenta asistentes.»

A finales de 1941, la comunidad teatral británica de Colditz decidió organizar un espectáculo navideño, una obra de variedades titulada *Ballet absurdo* consistente en una serie de escenas

102

cómicas, sátiras y números musicales acompañados por la banda de Colditz, liderada por Jimmy Yule, un experimentado músico de jazz. El espectáculo era una síntesis perfecta del humor británico *amateur*, un popurrí de chistes obscenos, juegos de palabras, comedia escatológica, astracanadas, sátiras y farsas. Una escena estaba ambientada en el pub Rose and Crown y otra en una escuela. El plato fuerte era una coreografía del *corps de ballet*, liderado por la primera bailarina Pat Reid, en la que «los oficiales más bigotudos, duros y corpulentos obraban milagros de enérgica gracilidad y elegancia poco sofisticada envueltos en ornamentado papel crepé, tutús y corpiños». Según observaba una de las «señoritas protagonistas», «el único problema de los personajes femeninos era que los vestidos estaban hechos de papel y en invierno hacía un frío terrible». Mientras pisoteaban y hacían piruetas sobre los tablones del teatro de Colditz, la *troupe* cantaba enérgicamente:

> *Ballet absurdo, ballet absurdo.*
> *Hoy todo es una locura.*
> *Ballet absurdo, ballet absurdo.*
> *Todo saldrá bien...*

Airey Neave, un hombre que hasta el momento no destacaba por su interés en el teatro, decidió participar en los preparativos de *Ballet absurdo* y aportó un número titulado «El misterio de Wombat College», protagonizado por un desagradable director llamado doctor Calomel (el *calomel*, o calomelano, es una forma de cloruro mercuroso que se utilizaba para aliviar el estreñimiento). Neave eligió el papel de Calomel, con birrete, un bigote pintado al estilo de Groucho Marx y unas bromas que solo tenían sentido si habías estudiado en Eton. Incluso Neave reconoció que era una «piececita penosa». De hecho, consideraba que las iniciativas teatrales eran «patéticas», un ejercicio para distraer a los prisioneros de su triste realidad. «El ingenio no es capaz de ocultar su futilidad», escribió. Pero lo cierto es que no veía el espectáculo navideño como algo inútil y ensayó su papel con entusiasmo. Jimmy Yule describió *Ballet absurdo* como «escapismo». Y escapar era precisamente lo que Neave tenía en mente.

De camino a las celdas de aislamiento del pueblo tras su humillante huida frustrada, Neave había visto una pequeña puerta en el puente que llevaba al foso y los bosques del otro lado del parque. Ese descubrimiento coincidió con otro: observando la pared de la *Saalhaus*, junto a la entrada principal, Pat Reid vio una ventana justo por debajo del nivel del suelo del teatro para la que no parecía haber una sala correspondiente. La ventana, pensó, debía de conectar con el denominado paseo de las brujas, un pasillo que recorría la parte superior de la puerta principal y conectaba con la buhardilla de la caseta de los centinelas alemanes. Como cabía esperar, al levantar los tablones del escenario y atravesar el techo que había debajo, Reid accedió a un angosto pasadizo con una puerta cerrada al fondo. Cuando forzó la cerradura, encontró la pasarela, desde la cual descendía una escalera de caracol hasta la caseta de los guardias. Reid y Neave elaboraron un sencillo plan de fuga: dos prisioneros vestidos de oficiales alemanes cruzarían tranquilamente la caseta, saldrían por la puerta y se adentrarían en el bosque. En su último intento, a Neave le habían dado el alto al salir del patio de prisioneros; en esta ocasión saldría de la caseta de los guardias vestido de oficial alemán.

Aquella sería una operación anglo-neerlandesa: los fugitivos se irían de dos en dos en noches sucesivas, un inglés emparejado con un neerlandés. El primer intento tendría lugar la última noche de *Ballet absurdo*, inmediatamente después de que bajara el telón. Neave estaba entusiasmado: «La idea de desaparecer debajo del escenario vestido de doctor Calomel y reaparecer con uniforme alemán delante de la caseta de los guardias me encantaba». Su compañero sería Tony Luteyn, un teniente del Real Ejército de las Indias Orientales Neerlandesas que hablaba alemán a la perfección.

Neave no pensaba cometer dos veces el mismo error. En esta ocasión, el disfraz sería el mejor que pudiera fabricar Colditz. Modificaron dos abrigos neerlandeses, que se parecían mucho en forma y color a los de la Wehrmacht, con cuellos verdes hechos con

104

tapetes, insignias, botones pintados de gris, hebillas hechas con tuberías de plomo fundidas, charreteras de linóleo cortado del suelo del baño y cinturones y fundas de pistola de cartón pulido. Dos gorras británicas fueron remodeladas al estilo alemán, con viseras relucientes hechas de papel negro barnizado. Una vez fuera, se harían pasar por trabajadores inmigrantes neerlandeses; debajo del disfraz llevarían monos de obrero. Luteyn tenía pasaporte neerlandés, pero Neave necesitaba papeles falsos. Una noche entró en la sala de interrogatorios, donde se almacenaba la documentación de la prisión. Allí, utilizando la máquina de escribir alemana, redactó un *Ausweis* (permiso de viaje) que autorizaba al electricista neerlandés «De Never» a ir de Leipzig a Ulm para instalar un sistema eléctrico en una fábrica. También rellenó un pasaporte utilizando como modelo el de Luteyn, con una foto que cogió de los archivos alemanes.

La noche del estreno, los elaborados preparativos seguían incompletos y hubo que posponer la fuga.

En la primera representación de *Ballet absurdo* el teatro estaba abarrotado. Reinhold Eggers asistió con oficiales del Estado Mayor alemán y declaró: «La pantomima fue un gran éxito [...]. La guinda fue el discurso de un profesor alemán a sus alumnos sobre el tema del nazismo». Eggers nunca llegó a entender el sentido del humor británico: no tenía ni idea de que el ridículo maestro interpretado por Neave era una parodia del propio Eggers como un Hitler caricaturizado. El Hauptmann Priem permitió que se alargara la obra una noche más y asistió a la última representación.

La única voz discrepante entre tantos elogios fue la de Jock Platt. Siempre atento al pecado, el padre metodista había detectado el pálpito ilícito de la sexualidad en el escenario, entre bambalinas y en el público. Los hombres vestidos de mujer solo podían incitar pensamientos sexuales, que a su vez alentarían la masturbación o, peor aún, la homosexualidad. *Ballet absurdo* era teatro amanerado. «Era básicamente una producción de unos jóvenes viriles hambrientos de sexo cuya mente se inclinaba hacia el insulto como antídoto», escribió Platt en su diario. El padre temía que el número de Calomel interpretado por Neave «evocara el perverso interés de un maestro por los niños pequeños». Por gruesos que fueran sus bigotes, el espectáculo de unos hombres con tutú solo podía incitar deseos impuros entre unos prisioneros «pervertidos de anhelo en una batalla que ningún joven debería tener que librar». Aunque algunos de los que ocupaban el escenario eran hombres vestidos de mujer de manera poco plausible, otros habían hecho esfuerzos considerables por lograr un simulacro de feminidad. «Las protagonistas eran increíblemente convincentes» e inevitablemente se convirtieron en objetos de deseo imaginario, a veces confuso y en ocasiones ingenuo. «Era muy difícil no tocarlas», comentó Luteyn, que tocaba el ukelele con la banda.

Las actitudes británicas hacia el sexo nunca han estado claras, pero en Colditz alcanzaron una complejidad singularmente tortuosa.

Los prisioneros se enfrentaban a los deseos sexuales reprimidos de maneras obvias y también imaginativas. Un inventor frustrado ideó el «lascivoscopio», un telescopio casero que podía utilizarse para observar a las jóvenes de la ciudad, algunas de las cuales, servicialmente y tal vez a sabiendas, se desnudaban delante de la ventana o tomaban el sol al aire libre. Un médico de Colditz incluso recetó un tratamiento para las ansias heterosexuales: «Si alguien acusaba la ausencia de compañía femenina, siempre había dos o tres franceses que estaban dispuestos a ofrecer un relato gráfico sobre los placeres de un burdel de lujo en París». Otra fuente de estimulación afloró accidentalmente cuando un oficial, en un momento de ocio, escribió a la estrella de cine estadounidense Ginger Rogers. Su carta fue reproducida en la portada del *Observer* de Los Ángeles, lo cual propició una avalancha de respuestas de aspirantes a actrices de Hollywood para los prisioneros de Colditz. El padre Platt se percató de que las misivas de las estrellas en ciernes siempre incluían «una bonita fotografía en la que aparecían con un traje de baño devastadoramente atractivo». Aquellas fotos cubrían las paredes de las habitaciones británicas.

Los prisioneros intentaban restar importancia a sus frustraciones sexuales burlándose de ellas o fingiendo que no existían.

Sin embargo, el celibato forzado era una crueldad añadida, más oneroso aún por ser un tema tabú. Peter Storie-Pugh, que antes de la guerra estudiaba medicina, trabajaba en la enfermería y vio que muchos hombres sufrían los efectos prolongados de la represión sexual. Pero, con el tiempo, los anhelos sexuales tendían a disminuir, sobre todo en épocas de hambre. «Si podías elegir entre la mujer más hermosa del mundo y un bollo con queso, te quedabas con el bollo con queso», afirmaba un ordenanza. El dolor de pensar qué estarían haciendo sus mujeres y novias se veía exacerbado por una ansiedad más profunda: en secreto, algunos se preguntaban si el encarcelamiento los volvería impotentes, si serían castrados por Colditz.

Como en otros campos, se celebraban bailes formales en los que los hombres, inevitable y exclusivamente, bailaban con otros hombres. El teniente Jimmy Atkinson, un soldado escocés del campo de Laufen, incluso inventó un *reel* de las Tierras Altas con contacto corporal mínimo en el que los hombres bailaban cogiéndose de la mano a una distancia apropiadamente casta. Una carta enviada por Atkinson a su madre en la que describía el «*reel* de la 51.ª División de las Tierras Altas» fue interceptada por la Abwehr, el servicio de espionaje militar alemán, que se pasó el resto de la guerra intentando descifrar lo que suponía que era un mensaje secreto oculto en sus complejas instrucciones.

El 7 de octubre de 1941 se celebró la primera y única boda en la prisión de Colditz. Poco después de ser capturado, Elie de Rothschild, descendiente de la dinastía de banqueros franceses, le escribió a su amor de infancia, Liliane Fould-Springer, cuya respuesta fue alentadora. Él le pidió matrimonio por carta, ella aceptó (a pesar de las dudas de su madre sobre adoptar el apellido Rothschild en la Francia ocupada por los nazis) y se casaron a distancia. Él hizo sus votos en la buhardilla judía de Colditz. Ella hizo los suyos el mes de abril siguiente, en Cannes, a 1.900 kilómetros de distancia, con una fotografía del novio en una mesa situada frente a ella y una silla vacía a su lado. El matrimonio no se consumó hasta 1945.

Dado que no había mujeres disponibles como parejas sexuales, solo quedaban los hombres.

La atracción sexual entre hombres era un tema inmencionable en Colditz que los británicos afrontaron con el viejo método de no hablar de ella. La proporción de hombres que pueden participar en actividades homosexuales aumenta de manera considerable cuando no hay alternativas. Durante el día, el castillo estaba tan abarrotado de prisioneros que, como observaba uno de ellos, «sería más fácil mantener una relación homosexual en un vagón de metro». Pero la noche, cuando se podía acceder a los rincones ocultos de Colditz, era distinta. Algunos oficiales franceses no ocultaban sus inclinaciones. «*Quels sont les garçons?*», preguntaban algunos al llegar. ¿Cuáles son los chicos? Los guardianes morales del contingente británico no compartían esa actitud relajada.

Para el padre Platt, la desviación sexual no solo era un problema disciplinario, sino una condena eterna. La primera vez que se alarmó fue en la primavera de 1941. «Desde principios de marzo, la homosexualidad ocupa un lugar cada vez más destacado en el humor contemporáneo de la prisión», comentaba con ansiedad. Los prisioneros se pasaban a escondidas libros de Oscar Wilde y Frank Harris, proveedores de «sexualidad perversa». Siempre atento a tendencias onanistas entre su rebaño cautivo, el padre afirmaba que «las referencias jocosas a la masturbación» eran «más libres de lo habitual entre adultos mentalmente sanos». Dos oficiales fueron descubiertos hablando del gusto de la antigua Grecia por el sexo con chicos jóvenes. «Se veían a sí mismos como los fundadores de una secta platónica.» Platt sabía que Platón era el callejón sin salida clásico hacia el vicio poco natural. Empezaron a aparecer pintadas coquetas en las paredes: «Don Donaldson besará a Hugh Bruce si está aquí por su próximo cumpleaños». Poco después de Navidad, el padre oyó rumores de que «un pequeño grupo de masturbación mutua celebra las que esperan que sean sesiones secretas». En abril documentó la llegada de un joven oficial que podía despertar el interés de los presos «susceptibles a inclinaciones homosexuales». Platt no explicó cómo sabía que aquel hombre anónimo podía tener ese efecto, lo cual plantea la posibilidad de que el padre no fuera inmune a dichas inclinaciones. Quienes se preguntaban si el interés del padre por el tema podía ser algo más que pastoral señalaban que era uno de los pocos que habría podido disfrutar de una «relación sin interrupciones», ya que solo compartía su habitación, conocida como el Agujero de los Sacerdotes, con otro capellán. Fueran cuales fuesen sus inclinaciones, Platt llegó a la conclusión de que su deber religioso era intervenir. Según reconocía, decirles a hombres adultos que no se tocaran a sí mismos o entre ellos era la tarea más difícil con la que se había encontrado. Creía que el grupo le diría: «¡Métete en tus asuntos! ¡Pero es que este es mi asunto!». Es un misterio si el padre Platt se inmiscuyó alguna vez en tan delicada cuestión. En su diario no volvió a mencionar directamente al grupo de masturbación mutua, lo cual llevó a algunos a pensar que había cesado milagrosamente tras la intervención del representante de Dios.

Simplemente era más fácil fingir que las relaciones entre personas del mismo sexo no existían, o a lo sumo reconocer, como hacía un alto mando, que «probablemente había algún sentimiento homosexual pero no llegaba a materializarse». Por supuesto, eso es absurdo. Los hombres de Colditz probablemente practicaban tanto o más de lo que cabría esperar, pero, igual que en el mundo exterior, donde la homosexualidad seguía siendo ilegal, lo hacían en secreto, en armarios y con el miedo perpetuo a ser descubiertos.

Cuando el otoño dio paso al invierno y empezó a caer la nieve sobre Colditz, Reinhold Eggers vio que algo se estaba gestando de nuevo. En octubre se confirmaron sus sospechas cuando una viga agrietada en los aposentos franceses llevó a un descubrimiento alarmante: el suelo de la buhardilla se estaba combando bajo el peso de los escombros recién excavados, incluyendo «ladrillos, sillares, argamasa e incluso fragmentos de pórfido virgen». No cabía duda de que los franceses estaban cavando, y en el tejido mismo de los cimientos del castillo, «no solo un largo túnel, sino un túnel que llevaban mucho tiempo construyendo». Apostar a un guardia permanente en las dependencias de los franceses iba contra las normas de la prisión y habría alertado inmediatamente a los fugitivos de sus sospechas. Como todo buen cazador, Eggers esperó y observó, cruzando los dedos para que el techo no cediera antes de descubrir el origen de los escombros.

La guerra estaba en la balanza. La invasión de Rusia, iniciada por Hitler en junio de 1941, había incorporado a la Unión Soviética al bando aliado. En diciembre llegó la noticia del ataque japonés en Pearl Harbor y la guerra entre Estados Unidos y las potencias del Eje. Pero las fuerzas de Rommel seguían avanzando en el norte de África y las escuadras de submarinos atacaban salvajemente a los barcos aliados. Eggers estaba convencido de la victoria, pero observó que, por primera vez, las raciones alemanas se habían visto reducidas mientras seguían llegando paquetes de la Cruz Roja: «En algunos aspectos, los suministros de los prisioneros eran mejores que los nuestros». Los polacos habían destilado una potente variedad de vodka a partir de uvas y ciruelas pasas. «¿De dónde sacaron la levadura?», se preguntaba Eggers. «De nuestros centinelas, obviamente.» En Nochevieja, como concesión especial, permitieron a los reclusos quedarse despiertos hasta la una y media de la madrugada. Cantaron *Auld Lang Syne* en el patio, lanzaron bolas de nieve y luego interpretaron himnos nacionales hasta que muchos derramaron lágrimas patrióticas, en especial los polacos. Después, doscientos prisioneros organizaron una gran conga y desfilaron por la nieve, subiendo y bajando las escaleras «en un recorrido por todas las dependencias del *Schloss*». Las festividades, de una alegría frenética, amenazaban con descontrolarse, pero, en lugar de llamar al comando antidisturbios, Eggers observó sonriente desde un umbral y dijo pausadamente: «Ahora que han cantado sus canciones, ha llegado el momento de volver a las habitaciones». Los prisioneros subieron obedientemente las escaleras, cansados y un tanto decepcionados, como nos ocurre a casi todos en Año Nuevo. Incluso Pat Reid, que despreciaba a Eggers, se vio obligado a reconocer que había manejado una situación potencialmente desagradable con un «tacto admirable».

Aquella Navidad, Eggers tenía muchas cosas en la cabeza, entre ellas un túnel por descubrir, menguantes raciones alemanas, centinelas corruptibles y una guerra todavía por ganar. Pero el oficial alemán hizo un recuento de fugas con cierta satisfacción. Un total de ciento cuatro prisioneros habían tratado de huir en cuarenta y nueve intentos, pero solo lo habían logrado quince. Los franceses iban en cabeza con diez triunfos, seguidos de los neerlandeses con cuatro y los polacos con uno. Los británicos y los belgas eran los últimos, ya que no habían logrado una sola fuga. Unos treinta y cinco prisioneros británicos habían intentado escapar, pero solo dos habían rebasado los muros del castillo y ninguno había conseguido salir.

El 5 de enero de 1942, la orquesta de Colditz tocó la Sinfonía n.º 1 de Beethoven ante un público integrado por prisioneros y guardias, una producción en general más relajante y digna que *Ballet absurdo*. Tony Luteyn tocó el contrabajo y Airey Neave esperó entre bastidores. Cuando la multitud desapareció en la fría noche, en el escenario se reunió un grupo mucho más reducido y levantó los tablones del suelo. Después, dos miembros de la compañía disfrazados, uno británico y otro neerlandés, obraron un doble truco de desaparición sin público.

1942

6

Le Métro

La chica rubia lo miró largo rato, coqueta pero desconfiada. Era media mañana en el parque nevado de Leipzig, y la joven se había sentado junto a él en el banco. Desde donde se encontraba podía tocarla; era la primera mujer a la que veía de cerca en más de un año. Airey Neave intentó devolverle una mirada neutral y hundió la barbilla en el cuello de la chaqueta de obrero, una prenda de un oficial francés adaptada y sin la insignia. Era evidente que la chica era pobre, tenía unos dieciocho años y llevaba un abrigo harapiento y una falda corta ajustada que apenas le tapaba las rodillas. Seguía mirándolo intensamente. «Había cierta crueldad en sus llamativos ojos azules.» A Neave le latía el corazón con fuerza. A su lado, notó que Tony Luteyn estaba cada vez más tenso.

—*Guten Morgen* —dijo la chica con aire inquisitivo.

Neave no respondió. Su alemán era demasiado rudimentario como para arriesgarse a entablar conversación. El silencio se congeló entre ambos y la chica puso cara de irritación. Luteyn se levantó y echó a andar con estudiada indiferencia. Neave se puso en pie.

—Qué poco sociable, amigo —dijo la chica con brusquedad.

De nuevo, la dejó con la palabra en la boca y se dio la vuelta. «Notaba sus ojos azules clavados en mí, llenos de desconfianza e ira.»

Neave contuvo el impulso de salir corriendo y notó la habitual punzada de «desaliento y vergüenza». En las doce horas anteriores había habido muchos momentos que rozaron el desastre y ahora estaban a punto de cazarlo y enviarlo de vuelta a Colditz porque una joven hermosa había intentado coquetear con él en un parque.

La primera fase de la huida desde el teatro había sido extrañamente sencilla. Con sus uniformes falsos, Neave y Luteyn bajaron por la escalera de caracol, pasaron frente al comedor de oficiales y entraron en el pasillo de la sala de guardias. Por una puerta entreabierta, Neave vio uniformes alemanes y oyó una radio en la que sonaba música de órgano. Cuando salieron de la caseta del guardia, la blancura de la nieve los cegó momentáneamente. Al pasar por debajo del arco que daba al patio exterior, el centinela saludó con aire ausente. Ambos siguieron caminando hasta rebasar el segundo arco. De la *Kommandantur* salieron dos sargentos alemanes y se situaron detrás de ellos. Tratando de parecer relajado, Neave entrecruzó los dedos a la espalda, una postura que adoptaban los oficiales británicos, pero nunca los alemanes. «Camina con las manos a los lados, idiota», le susurró Luteyn.

En el puente, Luteyn le abrió la portezuela al oficial superior. Los sargentos pasaron junto a ellos y siguieron caminando por el puente. Al otro lado del foso seco, el camino llevaba a las estancias para matrimonios y después al valle. En dirección opuesta vieron a un cabo, que pareció lanzarles una mirada de perplejidad al cruzarse con ellos. «¿Por qué no saluda a su superior?», le espetó Luteyn con un impoluto alemán de plaza de armas. Sorprendido, el soldado levantó la mano y balbuceó una disculpa. Nevaba mucho cuando llegaron al muro del parque, de cuatro metros de altura y cubierto de un manto blanco. «Tardamos treinta y cinco minutos en escalarlo», recordaba Neave. El sonido de unos ladridos flotaba por encima de la nieve. «En el parque había una patrulla canina.» Finalmente, Luteyn consiguió encaramarse al muro y tiró de Neave. Ambos cayeron con fuerza al otro lado. «Estaba amoratado, nervioso y asustado», escribió Neave. Pero había salido de Colditz.

Después de una larga y fría caminata en la oscuridad, llegaron a Leisnig antes de que amaneciera, compraron dos billetes de peón para Leipzig y se montaron en el tren de las 5.45 con una multitud de trabajadores. Sus disfraces de civiles consistían en pantalones de la RAF, viejas chaquetas francesas y gorros de esquí hechos con mantas. Para alimentarse tenían chocolate, pasas, comprimidos de vitaminas y cubos de carne. Cada uno llevaba sesenta Reichsmarks. Neave dormitó en el aire viciado del compartimento de tercera clase hasta que lo despertó Luteyn con una brusca patada en la espinilla. Estaba murmurando en inglés mientras dormía. Luteyn era un «personaje fuerte y optimista» y excepcionalmente disciplinado. Al neerlandés, el estilo chapucero de Neave le resultaba bastante difícil.

En Leipzig entraron en el vestíbulo. El tren a Ulm no salía hasta las diez y media. Neave estudió discretamente a los otros viajeros. Parecían «harapientos y cansados», e intuyó los duros estragos de la guerra en sus caras arrugadas. De repente, a Neave le entró el hambre, abrió una tableta de chocolate y le dio un bocado. «Una mujer con unos ojos feroces e histéricos se quedó mirando el chocolate como si hubiera visto un fantasma.» Enojada, le dio un codazo al hombre que tenía a su lado y se puso a señalar. Semejante exquisitez era prácticamente desconocida en la Alemania de las raciones de guerra, y más aún las gruesas tabletas que ofrecía la Cruz Roja. Luteyn también estaba observando a Neave con consternación. «Había cometido un terrible error.» Neave se guardó demasiado rápido la tableta en el bolsillo. Luego se levantaron y salieron con nerviosismo del vestíbulo, perseguidos por las miradas de los demás pasajeros.

Durante horas deambularon por las viejas calles de Leipzig, antaño un gran centro de comercio y cultura que albergaba a una próspera comunidad judía antes del ascenso de Hitler. Los judíos habían sido expulsados y muchas tiendas estaban tapiadas con tablones de madera. En un pequeño parque, unas cuantas personas caminaban entre costrosos lechos de flores. Hacía un frío espantoso. Neave se desplomó en un banco y se rodeó el torso con los brazos mientras lo invadía la ansiedad de la noche. «Era un espectador distante.» Al principio no se percató de que a su lado había una niña observándolo con unos ojos azules penetrantes.

Con el corazón en un puño, Neave siguió a Luteyn hasta la salida del parque y luego echaron a correr.

Las veinticuatro horas posteriores fueron una sucesión de escenas incongruentes. Refugiados en un cine sofocante en el que vieron noticiarios de las victorias de Rommel en África y después cantaron *Estamos marchando sobre Inglaterra* con el público; el oficial de las SS con uniforme impoluto en el tren nocturno, que los hizo ir a su vagón y les preguntó: «¿Sois judíos?». «Desde luego que no», respondió Luteyn. «Somos neerlandeses»; el cambio de trenes en Ratisbona, donde en el vestíbulo en el que vendían los billetes tenían cerca a «un hombre y una niña que olían a salchichas especiadas y ajo y se fundieron en un abrazo»; y los campos bávaros cubiertos de nieve que veían por la ventana empañada al dirigirse hacia el sur.

Cuando Luteyn pidió dos billetes de ida a Singen, la mujer de la taquilla de Ulm llamó a un policía ferroviario, vestido de uniforme azul, que inspeccionó su documentación, se encogió de hombros y los envió a registrarse en la Oficina de Trabajo local. Los acompañó otro policía con un revólver y los hizo entrar en el edificio. «Segunda planta», dijo. «Sala veintidós.» Él estaría esperando. Era imposible saber si el policía sospechaba algo o simplemente estaba pasando el rato. Intentando aparentar serenidad, subieron a la planta superior, bajaron corriendo hasta el sótano, atravesaron el almacén de carbón, salieron al jardín trasero y saltaron una pequeña valla. Neave y Luteyn corrieron hacia la frontera suiza, que aún se encontraba ciento cincuenta kilómetros más al sur.

En Colditz habían descubierto la ausencia de cuatro oficiales. Otros dos escaparon por el teatro la noche siguiente. En público, Eggers se mostraba calmado, pero en privado estaba furioso. Los petulantes británicos y los herméticos neerlandeses ni siquiera intentaron ocultar la identidad de los fugitivos. «Estaban condenadamente seguros de sí mismos y de su misterioso escondite», protestó Eggers. La policía ferroviaria de Ulm informó de que habían aparecido dos electricistas neerlandeses en tren y luego se habían esfumado. Cuando llegaron otros dos siguiendo la misma ruta, la segunda pareja anglo-neerlandesa, fueron arrestados de inmediato. «Recuperamos un punto», escribió Eggers. Pero Neave y Luteyn no habían sido encontrados y, lo que era más importante, tenían su ruta de huida. Los alemanes empezaron a desmantelar sistemáticamente el castillo.

La noche del 8 de enero, tres días después de su huida, Neave y Luteyn se encontraban en la carretera de Singen, a solo cinco kilómetros de la frontera suiza, armados con palas. Les impedían el paso dos adolescentes de las Juventudes Hitlerianas empuñando sus porras. «¿Cómo os llamáis y dónde vais?», les dijeron.

Más tarde, Neave preguntó a Luteyn qué se le pasó por la cabeza en ese momento.

—Matar yo a uno con la pala y tú al otro —respondió el neerlandés—. ¿Qué pretendías hacer tú?

—Exactamente lo mismo.

Aquel día habían encontrado en el bosque la cabaña de un apicultor. «Las condiciones climatológicas eran terribles y estábamos a diecisiete grados bajo cero», escribió Neave. Agotado y hambriento, Neave empezaba a alucinar y a sufrir episodios de ceguera de la nieve. Una hora antes les había dado el alto un grupo de leñadores suspicaces, pero salieron corriendo y lograron dejarlos atrás. Luego se desplomaron. Neave empezaba a flaquear: «Me costaba respirar y la cabeza me daba vueltas. No podía mirar a la blancura que me rodeaba sin sentir dolor». El sonido de unos ladridos lejanos confirmó que los leñadores habían alertado a las autoridades fronterizas. «Nos perseguían perros», escribió Neave. Durmieron hasta que oscureció, se comieron las pocas pasas que les quedaban y reanudaron la marcha tras coger las palas del apicultor y unas chaquetas blancas a modo de disfraz rudimentario.

Pero ahora, los dos miembros uniformados de las Juventudes Hitlerianas se interponían amenazadoramente entre ellos y la libertad:

—Nos han dicho que busquemos a dos prisioneros británicos que han escapado y se cree que intentarán cruzar la frontera esta noche.

—No llegarán lejos —repuso Luteyn—. Hace demasiado frío para los prisioneros de guerra.

Por suerte para los jóvenes, aquella observación totalmente ilógica pareció aliviar sus sospechas. Ambos se fueron en bicicleta tras estar a punto de ser golpeados en la cabeza con una pala por dos hombres desesperados.

Hacia las tres de la madrugada, Neave y Luteyn cruzaron las vías del tren y se adentraron en el bosque rumbo al sudoeste con la esperanza de estar dirigiéndose al saliente de Ramsen. Oyeron voces al este y, a través de un claro, vieron las casetas de la frontera. A lo largo de cincuenta metros, la carretera discurría en paralelo a la frontera y había un puesto de guardia a cada lado. Agachados en la cuneta, contuvieron la respiración cuando pasó un centinela alemán. Al oeste de la carretera se extendía un campo totalmente cubierto de nieve. La temperatura estaba descendiendo con rapidez y dejaron de oír los pasos del centinela.

—¿Estás de acuerdo en cruzar ahora? —susurró Luteyn.

—Este es el momento.

Cruzaron la carretera y se hundieron en el campo nevado. «Seguimos reptando con las manos y las rodillas hundidas en la nieve. Los abrigos blancos nos servían de camuflaje. Después de lo que pareció una eternidad, nos pusimos de pie y salimos corriendo hacia Suiza.» O eso esperaban. Tras doscientos metros vadeando bancos de nieve ambos estaban totalmente desorientados y al borde del desmayo. Incluso el impasible Luteyn empezó a murmurar para sus adentros en neerlandés. Al este brillaba una sola luz y Neave también empezó a «decaer, indefenso y afligido». La nieve blanca que pisaban sus botas congeladas dio paso a la superficie dura de una carretera asfaltada. El reloj de una iglesia marcó las cinco y vieron una hilera de pequeñas granjas y luego la silueta de una torre del reloj se elevó en medio de la oscuridad. «Solo nos torturaba una pregunta: ¿Estábamos en Suiza?» La calle estaba vacía. El lugar parecía desierto. Pero entonces apareció una figura solitaria con una escopeta al hombro. «Me latía tan rápido el corazón que casi no podía respirar», escribió Neave. El guardia nocturno los vio y se descolgó el rifle. Llevaba un abrigo verde, una gorra con visera y, según pudo comprobar

Neave con profundo alivio, una amplia sonrisa. «Con gritos de alegría, nos abalanzamos sobre él.»

Los tres se agarraron y bailaron en la nieve, «haciendo piruetas primero hacia un lado y después hacia el otro. El guardia gritó de alegría, como si fuera el hombre más feliz del mundo». En el gélido amanecer de una calle vacía de Suiza, dos presos fugados, hambrientos, agotados y medio ciegos y un guardia autóctono al que habían encontrado treinta segundos antes interpretaron una extraña danza de la libertad.

En las dependencias británicas, la moral se elevó «como un globo de hidrógeno», en palabras del padre Platt. A medida que pasaban los días y quedaba claro que Neave y Luteyn habían conseguido escapar, una oleada de optimismo casi espiritual se apoderó del resto de los prisioneros británicos, «como la paloma liberada del arca que ha encontrado tierra», una rama de olivo llena de esperanza.

Eggers tardó menos de una semana en descubrir cómo habían escapado las palomas. Desde hacía tiempo sospechaba que el teatro podía ser un «punto débil» y que allí estaba ocurriendo algo que nada tenía que ver con el entretenimiento. Un tablón de las escaleras que conducían al escenario estaba levantado. Un pequeño soldado alemán se metió debajo y encontró las sábanas atadas que habían utilizado para descender. Los alemanes suspendieron el acceso al teatro, llenaron el agujero de cemento, pusieron un doble cerrojo en la puerta que daba a la escalera de caracol y el Kommandant regaló a Eggers una botella de champán a modo de felicitación.

Pero Eggers estaba demasiado ansioso para disfrutar de su recompensa. La ruta utilizada por Neave y Luteyn era ingeniosa, pero era una subtrama menor en comparación con lo que estaban fraguando los franceses. Al inspeccionar los escombros que combaban las vigas de la buhardilla encontraron barro fresco, lo cual indicaba que los excavadores habían perforado la tierra fuera o debajo del castillo. De noche se oían claramente los sonidos de una excavación en la cara noroeste del patio, pero reiteradas búsquedas no lograron identificar de dónde provenían. Asimismo, estaban desapareciendo materiales claramente destinados a la construcción de un gran túnel: somieres metálicos, cables eléctricos y trescientos tablones de camas almacenadas en una buhardilla. «Algo se está cociendo», escribió el Unteroffizier Schädlich en su diario después de que alguien arrancara un gran soporte de hierro de la pared de la *Saalhaus*. «Están desapareciendo muchas cosas.» El túnel no descubierto era el tema de conversación en la sala de guardias alemana y a Eggers le tomaban el pelo los demás oficiales. «No encuentra el agujero, ¿eh?», bromeaban. «¿Es el túnel del canal de la Mancha?» Para empeorar las cosas, se había dado parte a Berlín, y las autoridades estaban cada vez más nerviosas por que aquel túnel pudiera ser utilizado para sacar al prisionero más importante del campo. Empezaron a llamar en mitad de la noche: «¿Está Romilly ahí?». Asimismo, llegaron varios expertos en seguridad de la Gestapo para ofrecer consejos sobre la búsqueda, una intrusión que molestó a Eggers. «Aquel era nuestro mundo», escribió. «Lo conocíamos mejor que nadie. Había que hacer algo al respecto.» Bajo sus pies estaban cavando un agujero gigantesco. A menos que lo encontraran, y rápido, docenas o incluso cientos de prisioneros podían escapar, y eso, como bien sabían Eggers y su Kommandant, significaría un billete al frente oriental, muy probablemente solo de ida.

El gran túnel francés, o Le Métro, como se dio a conocer, era el proyecto de construcción más ambicioso que habían emprendido los reclusos de Colditz hasta la fecha. Empezó en marzo de 1941 en lo alto de la torre del reloj, veinticinco metros por encima del patio. Diez meses y quince metros de excavación subterránea más tarde, el túnel se encontraba a solo unos pasos del pronunciado barranco que había en la cara norte del castillo. Los mecanismos del reloj, que no daba la hora hacía mucho tiempo, se guardaban en una pequeña sala de la parte superior de la torre. Desde allí, dos huecos de tan solo cuarenta centímetros de ancho que originalmente albergaban las pesas y las cuerdas que hacían funcionar el mecanismo descendían hasta el nivel del suelo. Primero, un grupo de nueve oficiales franceses que se hacían llamar

La Société Anonyme du Tunnel (La Sociedad Anónima del Túnel) entró en la buhardilla situada encima del reloj y descendió por los huecos, piso por piso, utilizando unas escaleras improvisadas. Desde abajo, perforaron un techo arqueado de ladrillo hasta llegar a la *Kellerhaus* del sótano, utilizando los ejes de acero del mecanismo del reloj como taladro después de templar y endurecer los extremos en una forja casera. El excavador principal era un musculoso miembro de la Legión Extranjera llamado Bernard Cazaumayou y apodado «La Taupe», o topo. Después de penetrar en la bodega en agosto de 1941, empezaron a cavar a través de los cimientos de la medianera de la capilla, donde esperaban encontrar una cripta con una salida al exterior. El agujero fue tapado cuidadosamente con las piedras originales y cubierto de polvo, ya que los alemanes seguían utilizando la bodega, un hecho que no impedía a los excavadores refrescarse en ocasiones con su contenido para luego rellenar las botellas con agua y volver a ponerles el tapón. «No quedaba el menor rastro de que hubiéramos bebido», recordaba Cazaumayou. «Incluso el número de botellas seguía siendo el mismo.» Algunas piedras eran tan grandes que había que romperlas, calentándolas con grandes lámparas y luego vertiendo agua fría encima. Frank «Errol» Flinn consiguió robarle una voluminosa palanca a un trabajador alemán, que luego ofreció a los excavadores franceses, lo cual les facilitó considerablemente el trabajo y a él le garantizó una plaza en el equipo de fuga. El suelo de debajo de la capilla era de roca sólida y los tablones se sostenían sobre vigas medievales de roble, cada una de ellas con más de treinta centímetros de grosor. Las cortaron una a una utilizando sierras en miniatura hechas con cuchillos de cocina. «Era un trabajo oscuro, agobiante e infernal», aseguraba Cazaumayou. «Si hubiera sabido lo difícil que sería, no habría empezado.» Más arriba, el coro francés cantaba a pleno pulmón para amortiguar el ruido. Un elaborado sistema de vigías alertaba de la presencia de un guardia. El capellán francés fingió confesar a tres oficiales mientras pasaban una instalación eléctrica hasta el túnel desviando cables de la caja de fusibles de la sacristía. Los franceses habían exigido que la capilla permaneciera abierta porque «necesitaban el consuelo espiritual de la práctica coral y la instrucción religiosa». El sentido del juego limpio de Eggers se vio traicionado cuando más tarde descubrió que era una artimaña para trabajar en el túnel. Fue «el mayor abuso a nuestras concesiones a la cultura y la devoción religiosa», dijo.

Los escombros eran subidos laboriosamente por los huecos en sacos hechos con fundas de colchón atadas con cable eléctrico, unos mil doscientos metros cúbicos de tierra, piedras y trozos de madera repartidos por las buhardillas. En septiembre habían serrado doce vigas. No sabían si los techos se derrumbarían bajo el peso de los escombros antes de que cediera el suelo de la capilla. Finalmente, Cazaumayou y sus excavadores llegaron al muro exterior del castillo, con dos metros de grosor e impenetrable sin un taladro eléctrico o explosivos. No había más opción que pasar por debajo de los cimientos, una tarea que requeriría mucha más mano de obra. La sociedad limitada se amplió para incluir a treinta y un oficiales franceses y un solo inglés que trabajaban en tres turnos y cavaron un túnel de cinco metros por debajo del muro antes de retomar su trayectoria horizontal. A mediados de enero de 1942, el túnel, recubierto con tablones de madera arrancados del castillo, pasaba por debajo de la pasarela de la terraza, al otro lado de la valla, y solo lo separaban de la ladera unos metros de tierra blanda.

Entonces, la sociedad limitada optó por salir a la superficie. Acordaron que escaparían todos los prisioneros, primero los excavadores en un orden de preferencia que se echaría a suertes, seguidos media hora después por el resto, formando parejas y equipados con ropa civil, dinero, mapas y documentación falsa. Uno a uno, el pequeño ejército de fugitivos descendería por el precipicio utilizando sábanas anudadas, cruzaría el riachuelo y se dispersaría. La fuga masiva estaba prevista para el 17 de enero.

Eggers estaba frenético y buscó el túnel oculto como si le fuera la vida en ello, cosa que probablemente era cierta. Como buen burócrata, creó el «Comité Privado de Búsqueda» para analizar el problema desde todos los ángulos. Los otros miembros de su comité secreto eran dos suboficiales de confianza, el Unteroffizier y diarista Martin «Dixon Hawke» Schädlich y el Stabsfeldwebel Ernst «Mussolini» Gephard, los mejores sabuesos de

124

la guarnición. Eggers no notificó a sus superiores lo que se traía entre manos. «El Kommandant y el oficial de seguridad estaban aterrados» y no tenía sentido alimentar su paranoia, concluyó. De hecho, Eggers sospechaba que algunos de sus compañeros querían que el túnel fuera un éxito y pedir así un régimen más draconiano. Igual que los prisioneros contaban con un comité de fugas, los alemanes ahora tenían una junta secreta antifugas.

El comité privado de Eggers trazó un plan: centrarse en zonas desocupadas del castillo, recopilar cualquier comentario relevante de los prisioneros, «por informal que fuese», y explorar «todos los lugares en los que pudieran haber construido una salida».

Los cazadores alemanes nunca habían estado más ocupados. A mediados de enero habían registrado meticulosamente los sótanos, las buhardillas, la capilla y el teatro. «El túnel no aparecía», comentaba un aterrado Eggers. «Nuestra mente divagaba por las habitaciones, los suelos, los descansillos, los pasillos, los contrafuertes y las entradas que tan bien conocíamos. De repente, pensé en la torre del reloj.» La mañana del 15 de enero, el Stabsfeldwebel Gephard, acompañado de Willi Pönert, el electricista del campo, enfocó los estrechos huecos con su linterna. Luego dejó caer una piedra, que emitió un ruido sordo peculiar. Gephard cogió una de las antiguas pesas metálicas del reloj, de dieciocho kilos, y la soltó. Cuando la pieza atravesó los tablones que habían colocado los franceses para ocultar la entrada del túnel provocó un gran estruendo. «Habíamos descubierto algo», recordaba Gephard. Demasiado corpulento para meterse en el hueco, llamó al aprendiz del electricista, un adolescente delgaducho, le ató una manguera a la cintura y lo bajó lentamente. Cuando había descendido unos doce metros, el aprendiz apareció sobre las cabezas de tres sorprendidos oficiales franceses que estaban cosiendo sacos de escombros cuando impactó la pesa del reloj. «¡Aquí hay alguien!», gritó el chico, a quien subieron rápidamente. «Parecía bastante alterado», escribió Gephard. Después hicieron llamar a Eggers y los antidisturbios, y los tres franceses arrinconados tomaron medidas evasivas: utilizando como ariete una viga de madera del suelo de la capilla, hicieron un agujero en una pared que daba a un lavabo del segundo piso.

El conde Philippe de Liedekerke, aristócrata y comandante del ejército descendiente de los reyes de Bélgica, estaba leyendo tranquilamente en el baño cuando un ladrillo de la pared salió disparado y le cayó en la barriga. «Hicieron el agujero con barras de hierro.» El conde apenas tuvo tiempo de levantarse y coger la toalla antes de que tres cuerpos atravesaran el hueco. Liedekerke era un hombre extremadamente valeroso, un miembro de la resistencia belga que acabaría escapando, uniéndose a la Dirección de Operaciones Especiales británica y saltando tres veces en paracaídas sobre la Bélgica ocupada por los nazis. Pero, como efecto sorpresa, nada era comparable a que tres franceses sudorosos, cubiertos de polvo y semidesnudos interrumpieran su baño matinal.

Eggers estaba asombrado y sumamente impresionado por el hito de ingeniería que acababa de descubrir: un túnel que se extendía cuarenta y cuatro metros desde lo alto del castillo hasta solo unos pasos de la quebrada e incluía un sistema eléctrico de alerta temprana con luces parpadeantes, ventilación utilizando latas unidas como si fueran conductos y una vía y un carro para retirar escombros. «Repté hasta la superficie de trabajo y más arriba podía oír a los centinelas desfilando de un lado a otro. Llegamos justo a tiempo.» Los miembros del Comité Privado de Búsqueda fueron recompensados con un permiso adicional y Eggers lo celebró: «Estábamos todos contentísimos». Al día siguiente, el Gauleiter Martin Mutschmann, el potentado nazi de Sajonia, visitó el castillo y un triunfal Kommandant Schmidt le enseñó el túnel. Hubo que sacar de las buhardillas unos mil doscientos metros cúbicos de escombros, piedras y tierra.

«Logramos construir un túnel de cuarenta y cuatro metros de longitud en doscientos cincuenta días», dijo Cazaumayou. «Un esfuerzo sobrehumano frustrado en el último momento.» Los franceses, sumidos en la tristeza, sospechaban que habían sido traicionados. ¿Cómo sabían los alemanes dónde buscar solo dos días antes de la fuga? Más tarde, Eggers insistiría en que el descubrimiento del túnel obedeció a un trabajo metódico, a la intuición y a la buena fortuna, «uno de esos golpes de suerte que se producen a veces si uno sigue unos principios firmes el tiempo suficiente». Negaba haber recibido un chivatazo. Pero el momento del descubrimiento parecía demasiado oportuno. La «repentina» decisión de mirar en el lugar adecuado olía a traición.

Todos los profesores necesitan un chivato. Desde el principio, Eggers anduvo en busca de esa variedad de espía especialmente despreciable que acepta facilitar información mientras se hace pasar por un miembro leal de su comunidad. En la cúspide del enfrentamiento entre los oficiales británicos y sus ordenanzas, Eggers descubrió que, en las cartas que enviaba a casa, un soldado raso se quejaba amargamente de que estaba «harto de ser un sirviente de los oficiales». Un día que no había nadie alrededor, Eggers se acercó a él.

—Podría sacarte de aquí —dijo—, pero a cambio querría cierta información.

La respuesta fue tajante:

—Capitán Eggers, puede que no me guste estar aquí, pero sigo siendo británico.

Ese sistema fracasó, pero otros tuvieron más éxito. A Eggers le gustaba considerarse un hombre de honor, y en sus memorias restaba importancia a la tarea moralmente dudosa de reclutar topos. «Solo hubo dos traidores», insistía, «y se ofrecieron ellos. Proporcionaron información voluntariamente.» No identificó a los traidores por su nombre y aseguraba que «los intentos por obtener información de los prisioneros rara vez funcionaban». Eggers escribió después de la guerra, en un momento en el que desvelar la identidad de sus espías le habría servido de poco y a ellos les habría ocasionado un gran perjuicio. Las traiciones internas no encajaban en la mitología de posguerra sobre Colditz y, por tanto, fueron pasadas por alto, pero aun así las hubo, y en todas las naciones: prisioneros dispuestos a facilitar información a cambio de ganancias materiales, para obtener la libertad o por motivos ideológicos, u oportunistas que querían un seguro de vida por si la guerra acababa con victoria alemana. Las familias de los prisioneros polacos vivían bajo una ocupación nazi brutal y la cooperación podía garantizar su seguridad. Algunos polacos eran *Volksdeutsche*, alemanes étnicos de origen, y, por ende, considerados más pro alemanes que el resto. El contingente francés, profundamente dividido entre los partidarios del gobierno pro alemán de Vichy y los de De Gaulle, era perfecto para infiltraciones. Según Airey Neave, «fueron introducidos varios franceses con conocimientos sobre propaganda alemana, pero tuvieron que apartarlos, ya que los amenazaron con linchamientos y en algunos casos incluso sufrieron lesiones. Se sospechaba que algunos fugitivos fueron delatados por informantes franceses». Incluso el ejército británico incluía a algunos simpatizantes nazis. Encontrar a esa gente y sobornarla o chantajearla para que traicionara a sus compañeros era el aspecto del trabajo que menos le gustaba a Eggers, pero se le daba extremadamente bien.

Los polacos empezaron a sospechar que había un traidor en abril de 1941, un momento en el que sus intentos de fuga estaban fracasando uno tras otro. Cuatro oficiales polacos habían pergeñado un plan para escapar por la cantina, pero al final solo tres lo habían intentado, ya que uno cayó enfermo en el último momento. «¿Solo tres?», dijo uno de los guardias, que descubrió a los fugitivos incluso antes de que salieran del patio interior. «¿Dónde está el cuarto?» Los franceses ya habían condenado al ostracismo a un oficial al que consideraban un topo, y fue trasladado con discreción por los alemanes. En el grupo francés, algunos estaban convencidos de que el secreto de Le Métro había llegado a Eggers como un acto de traición deliberada o inadvertidamente a causa de «comentarios incautos». Las sospechas se centraban en un grupo de oficiales que había llegado recientemente a Colditz desde otro campo. La desconfianza es contagiosa. Los británicos no podían señalar ningún incidente concreto que denotara una traición, aunque varios de sus túneles también habían sido descubiertos con notable facilidad. Las sospechas empezaron a girar como un fino miasma venenoso en torno a un recluso con visiones políticas poco convencionales, mal carácter y una piel que no era blanca.

Birendranath Mazumdar nunca se adaptó porque nunca se lo permitieron. Dos días después de su llegada, Guy German, el oficial superior británico, hizo llamar al médico indio.

—Usted sigue perteneciendo al ejército del rey —le espetó el coronel.

Presa de la confusión, Mazumdar había olvidado saludar. La actitud de German era poco amigable.

—¿Dónde ha estado y qué ha hecho desde su captura?

Mazumdar estaba consternado.

—¿Que qué he hecho? Querrá decir qué me han hecho a mí.

El oficial superior pronunció un discurso, o una advertencia, para indicar a Mazumdar que bajo ningún concepto confraternizara con los alemanes. El mensaje obvio era que, como nacionalista indio, sentiría la tentación de hacer causa común con sus captores. Mazumdar tuvo que esforzarse para controlar la ira. «No me impresionó. Me cayó mal desde el primer momento.»

A Mazumdar le asignaron la litera superior de la parte trasera de la buhardilla más alta de las dependencias británicas, lo cual significaba que, si tenía que orinar de noche, solía despertar a sus compañeros haciendo ruido con los zuecos en el suelo de madera y tenía que soportar una retahíla de insultos. «¿Qué coño te pasa, Mazumdar?» Como indio, se daba por hecho que «Jumbo» sabría cocinar curri, aunque apenas había preparado una comida en toda su vida. Una vez añadió por error una lata con la etiqueta «Mincemeat» pensando que era carne picada en lugar del relleno dulce de fruta que se utiliza en pastelería. El mejunje resultante era incomestible y fue recibido con sonoras carcajadas. A Mazumdar nunca le permitieron olvidar su «tarta de carne picada al curri». Pronto se corrió la voz de que, si bien el médico indio «podía ser antialemán», como lo eran todos en aquel momento, «se oponía al Raj británico». Por naturaleza, se sintió atraído por la única persona de color que había en el castillo, un oficial medio indonesio del ejército de las Indias Orientales Neerlandesas llamado Eduard Engles. Esa alianza de marginados solo hizo que acrecentar su impopularidad entre algunos oficiales británicos.

Mazumdar fue excluido del principal tema de conversación del campo. «Supe que había planes de fuga por los franceses y los neerlandeses, pero no por los británicos», recordaba. Cuando el médico indio le dijo al coronel German que le gustaría ser tomado en cuenta para futuros intentos de huida, la propuesta fue recibida «con escarnio». «¿Tú? ¿Escapar de aquí con esa piel marrón?» Si ya era difícil evitar ser capturado en Alemania teniendo la tez blanca, dijo el oficial superior británico, sería aún peor con una llamativa piel marrón. Probablemente era cierto, pero también muy discriminatorio, otro indicativo de su alienación. Aunque era mejor profesional que el médico alemán del campo, como oficial no le estaba permitido trabajar. Al impedirle ejercer la medicina, sin nadie que respondiera por él y sin apenas amigos, Mazumdar se aisló, lo cual le hacía parecer más raro y sospechoso para quienes estaban decididos a ver indicios de traición. «Me sentía perdido y era reservado», recordaba. «Colditz parecía un lugar inconexo. Todo el mundo miraba por su propio bien.» Un día, un oficial francés lo llevó aparte: «¿Sabes que los oficiales británicos dicen que eres espía? Nos han pedido que no nos acerquemos a ti». Mazumdar estaba desolado. El indio de casta alta se había convertido en un paria.

7

Clutty, del MI9

A finales de 1940, Dodo Barry recibió una carta sumamente extraña de su marido Rupert, uno de los primeros oficiales británicos enviados a Colditz. La primera frase decía: «Me alegra mucho saber que vas a comprar un cachorrito. El primer perro de cada una de las tres camadas será el mejor». Dodo no pensaba comprar un perrito, y menos tres de camadas distintas. Al principio imaginó que su marido había enloquecido en cautividad. ¿De qué estaba hablando? Ni siquiera le gustaban los perros. En cambio, sí le gustaban los crucigramas y, al leer con más atención, comprendió que Rupert estaba utilizando un sencillo lenguaje en clave: «Lee una de cada tres palabras». Aquella carta no tenía nada que ver con perros.

Porque, además de chivatos, reales e imaginarios, el castillo albergaba a otro tipo de espías más loables, de los que recaban información secreta y la envían a Gran Bretaña. Puede que los prisioneros estuvieran aislados del mundo, pero, como cautivos en territorio enemigo, tenían acceso a información importante (o al menos interesante) y, con la llegada continua de nuevos reclusos, oficiales recién capturados u hombres trasladados desde otros campos, la reserva de conocimientos útiles no dejaba de crecer: observaciones sobre movimientos de tropas alemanas, capacidades defensivas, daños ocasionados por las bombas, ubicación de posibles objetivos, estado de ánimo de los civiles y los prisioneros, provisión de alimentos y demás. Para pasar esa información, los prisioneros necesitaban una manera de comunicarse con Londres sin que los alemanes lo supieran. Las cartas que entraban y salían del castillo eran escrutadas en busca de mensajes secretos y fuertemente censuradas. Las referencias a nombres y lugares se borraban de forma sistemática. Las cartas debían estar escritas a lápiz y en papel brillante para evitar el uso de tinta invisible. La única manera de enviar secretos a Londres era mediante lenguaje en clave y, si podía pactarse dicho lenguaje cifrado, Londres podría responder.

Una vez que hubo detectado el código, Dodo solo tuvo que leer unas pocas veces el mensaje de Rupert Barry: «Consigue de Oficina de Guerra pasaporte estadounidense visado Suecia». Dodo fue rápidamente a Londres y explicó a un funcionario que su marido planeaba escapar por Escandinavia y quería un pasaporte estadounidense falso con un visado para Suecia. No lo consiguió. Pero, semanas después, Barry recibió dos cartas de Christine Silverman, una tía soltera que vivía en Leeds y de la que no sabía nada desde hacía años. Utilizando el mismo código de la tercera palabra, las misivas indicaban que en breve llegarían a Colditz dos paquetes del Fondo de Bienestar de los Presos que contenían un juego de pañuelos y una bolsa de almendras azucaradas de diferentes colores. Siguiendo las instrucciones de su «tía», Barry disolvió las almendras amarillas en agua y luego sumergió el pañuelo con ribete verde: ante sus ojos aparecieron, como si fuera una fotografía revelándose, los detalles del «HK» o «código 5-6-O», las claves para las comunicaciones de los presos británicos. El código era a la vez simple y difícil de descifrar (véase el Apéndice), y nadie lo consiguió durante la guerra. Parte de la información proporcionada por los prisioneros de guerra ya estaba caduca cuando llegaba, pero el valor psicológico de ese vínculo entre la Oficina de Guerra y los campos era inmenso. Por medio de cartas en clave, los prisioneros podían enviar información, hacer peticiones y recibir órdenes de maneras que los alemanes sospechaban, pero nunca descubrieron. Con una forma de comunicación fiable, la distancia entre Colditz y Londres ya no parecía tan grande y la impotencia del encarcelamiento resultaba menos opresiva. Puede que los hombres estuvieran presos y desarmados, pero seguían librando la guerra. En Londres, la Oficina de Guerra había empezado a ver de otra manera a la población de prisioneros: ya no eran combatientes irrelevantes para el conflicto, sino posibles activos militares.

La tía Christine de Leeds formaba parte en realidad de una nueva rama del espionaje británico dedicada a ayudar a los prisioneros de guerra y a los militares derribados o perdidos en territorio enemigo. Actuaba con varios nombres tapadera, por ejemplo: Fondo de Libros de Lisboa, Asociación Providente Galesa, Asociación Deportiva de Proveedores de Alimentos, Asociación de Comodidades de las Damas Británicas y Club del Crucigrama. Pero su nombre oficial era MI9, la más reciente incorporación a la familia del espionaje militar, que ya incluía al MI5 y el MI6. Alojada originalmente en una habitación del hotel Metropole de Londres, la nueva unidad secreta creció con rapidez, y a principios de 1942 reclutó a la única persona de Gran Bretaña que sabía lo que era fugarse de Colditz.

Airey Neave fue iniciado en los estrambóticos rituales del mundo secreto en cuanto llegó a Suiza. En el consulado británico de Berna le dijeron que el MI9 había preguntado por él (era la primera vez que oía ese nombre) y le pidieron que viajara a Ginebra, donde un hombre estaría esperándolo en el puesto de libros de la estación leyendo el *Journal de Genève*. En efecto, un «inglés esbelto con traje de raya diplomática» se presentó como «Robert». Era Nicholas Elliott, del MI6, un veterano del espionaje y aficionado al absurdo que gestionaba rutas para salir de Suiza. Elliott llevó a Neave a un hotel-prostíbulo donde se celebraba una fiesta y allí le entregó documentación falsa que lo identificaba como un refugiado checo, una elección extraña, ya que Neave ni siquiera sabía pronunciar el nombre de su tarjeta de identificación. Después de cruzar la frontera francesa, él y otro fugitivo británico fueron recibidos por un anciano que llevaba mono de trabajo y estaba fumando una pipa de arcilla. «Buenos días, caballeros», dijo el francés. «Soy Louis Simon. Antes trabajaba en el hotel Ritz de Londres.» El excamarero les presentó a una «joven francesa de cara triste» que los llevó con un contrabandista de Marsella. Este los entregó a la «Línea Pat», una ruta de huida que cruzaba los Pirineos y era gestionada por Pat O'Leary, un médico que, a pesar de su nombre, era belga.

Desde la España neutral, Neave viajó a Gibraltar con otros veinticinco soldados fugitivos de todas las naciones aliadas. Allí embarcaron en un buque de transporte de tropas rumbo a Gran Bretaña.

Dos semanas después estaba comiendo en el restaurante Rules de Covent Garden con un hombre de mediana edad que llevaba unos pantalones de tartán. Se trataba del comandante Norman Crockatt, exdirectivo de la bolsa de valores de Londres y a la sazón jefe del MI9, que tenía una filosofía sencilla: entrenando al personal militar para que evitara ser capturado y ayudar en las fugas de los campos, el MI9 consumiría recursos enemigos, levantaría el ánimo de prisioneros y civiles y daría un empujón a la campaña bélica. Los soldados, los marineros y los aviadores debían cultivar una «mentalidad de fugitivos» y considerar una obligación patriota el evitar ser apresados o escapar si ocurría. Cada prisionero en libertad era otro hombre que volvía a vestir de uniforme. Crockatt fue directo al grano: ¿Neave se uniría a su equipo del MI9? «Es usted uno de los pocos que posee esa experiencia.» Neave aceptó sin titubeos: «Me he acostumbrado a la atmósfera de las fugas y haría cualquier cosa por ayudar a esa gente».

El MI9 era uno de los rincones más pequeños y secretistas del espionaje británico, y también uno de los más extraños. Su director era Crockatt, pero el auténtico genio era Christopher Clayton Hutton, el inventor de material de fugas más prodigioso de la historia. La guerra siempre consigue encontrar empleos útiles a personas que en tiempos de paz serían tachadas de raras e inadaptadas. «Clutty» era una de ellas. Calvo, con gafas y violentamente alérgico a la disciplina militar, ayudó más a la campaña bélica que la mayoría de los generales y trabajaba en un gran búnker subterráneo en mitad del campo para evitar molestias. Su fascinación con las fugas empezó en 1913, cuando, a la edad de diecinueve años y empleado en el aserradero de su tío en Birmingham, conoció a Harry Houdini. Hutton se apostó con el ilusionista estadounidense que no era capaz de escapar de una caja de madera cerrada. Houdini ganó la apuesta, pero solo porque había sobornado a los trabajadores del aserradero para que cerraran la caja con clavos falsos. Aquel fue un momento revelador para el joven Clutty, pero le llevaría otros veintisiete años, dos guerras mundiales y varios fracasos como periodista, publicista cinematográfico y soldado descubrir su vocación: inventar dispositivos de fuga y evasión para el MI9, una labor que desempeñaba con una energía e ingenio bastante asombrosos.

Clutty empezó creando equipos de fuga para aviadores que habían sido abatidos y más tarde emprendió la tarea, aún más compleja, de introducir artilugios en campos de prisioneros aprovechando cada rincón de su cerebro excepcionalmente fértil.

Los mapas del territorio enemigo eran la máxima prioridad de Clutty, que fue responsable de auténticas innovaciones: mapas impresos en seda con tinta permanente que podían doblarse e introducirse en una pieza de ajedrez o en el tacón de una bota; mapas en papel tisú comestible hechos con hojas de morera que no crujían cuando un prisionero era cacheado, que podían mojarse sin desintegrarse y con los cuales se podía formar una bola y volver a aplanarlos sin que perdieran su forma; mapas cosidos en forros de uniformes y ocultos en libros, discos de gramófono, latas de tabaco y naipes. Inventó una brújula fabricada con una cuchilla magnetizada; al colgarla de un hilo, la G de Gilette señalaba el norte. Escondía brújulas en miniatura dentro de la comida, en latas, pastillas de jabón, gemelos, puntas de lápiz y botones que se desenroscaban al revés (basándose en la impecable teoría de que la mente lógica alemana nunca imaginaría que algo podía desenroscarse en el sentido contrario a las agujas del reloj). Ideó métodos para ocultar dinero en juegos de mesa, cuchillas de sierra en cordeles de embalaje, un taladro en el mango de un bate de críquet y peines con compartimentos secretos para esconder dinero y otros materiales de contrabando. La parte superior e inferior de las latas de comida era perforada por los alemanes, que inspeccionaban su contenido antes de entregarlas. Clutty inventó una lata de doble piel, un delgado compartimento entre las capas interior y exterior para ocultar mapas, dinero e incluso planos de aviones enemigos por si un piloto fugado lograba robar uno. Sus inventos para aviadores derribados incluían zapatos con tacones falsos que contenían provisiones de emergencia, entre ellas comida y pastillas de bencedrina (un tipo de anfetamina para combatir la fatiga), botas que se convertían en zapatos de civil y una cálida chaqueta de cuero cuando se desprendían las medias. Algunos prisioneros ya llegaban a Colditz pertrechados con material para salir de nuevo.

Los disfraces eran esenciales, así que Clutty utilizó su peculiar mente para crear algunos. Los prisioneros de guerra tenían derecho a recibir uniformes nuevos, así que diseñó uno reversible con forro oscuro. Al darle la vuelta, parecía una americana civil corriente. Tras consultar a la Asociación de Productores de Lana para encontrar el material adecuado, dibujó marcas de corte con tinta invisible en lo que parecían mantas normales. Al recibirlas, un sastre de la comunidad de presidiarios revelaba la tinta, realizaba los cortes y tejía una réplica del uniforme de la Wehrmacht o la Luftwaffe. Aplicando tintes enviados por separado, eran prácticamente indistinguibles de los auténticos.

Crockatt daba a Clutty libertad para experimentar, lo cual estaba bien porque el inventor era bastante incapaz de hacer lo que le decían. «Este oficial es excéntrico», observaba Crockatt con orgullo. «No podemos esperar que cumpla con la disciplina militar habitual.» Eso solía causarle problemas. Una cerbatana para que los combatientes de la resistencia francesa dispararan agujas de gramófono envenenadas a la cara de los oficiales de las SS fue rechazada por ser extremadamente antideportiva. Fue detenido en Ilkley Moor mientras probaba una radio en miniatura oculta en una cajetilla de tabaco. Su manera de conducir era tan errática que le asignaron un chófer, a quien antes de aceptar el trabajo le advirtieron que su pasajero estaba loco.

El actor Desmond Llewelyn estaba preso en el campo de oficiales de Laufen y, sin duda, hizo entrega de algunos de esos artilugios extraordinarios. Llewelyn acabaría interpretando a Q, el irascible inventor del MI6, en diecisiete películas de James Bond, una versión dramatizada del propio Clutty.

Nunca se utilizaban paquetes de la Cruz Roja para introducir material de fugas, ya que ello habría incumplido la neutralidad del sistema y habría puesto en peligro una fuente de raciones vital para el bienestar de los presos. Por el contrario, el MI9 ocultaba esos materiales en paquetes enviados por familiares u organizaciones benéficas inexistentes con direcciones falsas. Esos paquetes eran conocidos como «impostores», «explosivos» o «traviesos». Los alemanes incluso autorizaban el envío de recibos firmados por esos paquetes, lo cual permitía al MI9 averiguar qué material ilícito estaba llegando. Las cartas en clave se utilizaban para alertar a los prisioneros de qué llegaría, cuándo y cómo, aunque el sistema era imperfecto: tras descubrir un mapa oculto en un disco de gramófono, los británicos destruyeron gran parte de su colección musical antes de enterarse de que los discos que contenían material de contrabando tenían un punto en un lugar concreto de la etiqueta.

Clutty presionaba incansablemente a empresas británicas para que lo ayudaran. John Waddington, de Leeds, permitió que se incluyeran billetes reales con el dinero de los juegos de Monopoly que se enviaban a los prisioneros; Wills, la tabacalera de Bristol, aceptó producir latas personalizadas a fin de esconder material para fugas; John Bartholomew and Sons, los fabricantes de mapas con sede en Edimburgo, imprimieron cartas microscópicas sobre varias superficies. La productividad del MI9 era prodigiosa. En un momento dado, Blunt Brothers, una pequeña fábrica de instrumental sita en Old Kent Road, Londres, estaba produciendo cinco mil minibrújulas por semana. De los 35.000 soldados aliados que lograron escapar tras permanecer cautivos o haber sido derribados, alrededor de la mitad llevaban un mapa de Hutton.

Los estrambóticos logros de Christopher Clayton Hutton demuestran que la guerra no se reduce a bombas, balas y valentía en el campo de batalla; también sirven para descubrir cómo se esconde una brújula dentro de una nuez.

El mapa más importante no fue obra de una empresa británica, sino alemana. El comité de fugas dedujo que, en sus siglos de existencia, los constructores de Colditz debían de haber trazado un mapa del castillo habitación por habitación y piso por piso. Enviaron una carta codificada a Londres solicitando la búsqueda de dicho mapa, ya que podía desvelar «viejos alcantarillados y posibles cavidades tapiadas con ladrillos en los enormes muros».

El MI9 recorrió las bibliotecas de la nación y finalmente encontró en las tripas del British Museum la descripción que hizo del castillo Cornelius Gurlitt en el siglo xix, incluyendo una planta detallada basada en un inventario de 1696 y creada durante el reinado de Augusto el Fuerte. En ella aparecían todas las habitaciones, escaleras, ventanas, armarios y palomares del siglo xvii, muchos de los cuales habían sido cerrados desde entonces. El mapa fue copiado y enviado a Colditz en un paquete que no solo era «travieso», sino de un valor incalculable.

Los paquetes enviados desde Gran Bretaña a veces incluían lujos inesperados. Pat Reid se emocionó al recibir dos cajas de puros Upmann Havana de unos amigos de la universidad. Cada uno de los cincuenta puros se mantenía fresco gracias a un tubo de aluminio con un tapón de rosca. El tubo era perfecto para introducírselo por el recto, mucho más duradero que las fundas de cartón para cepillos de dientes que utilizaban hasta el momento y lo bastante espacioso para alojar, en palabras de Reid, «una brújula de botón, cien Reichsmarks en varias denominaciones, un mapa de la ruta entre Colditz y Singen, un pase de trabajador y un permiso en papel folio». Había justicia poética en la marca elegida: Hermann y Albert Upmann habían utilizado H. Upmann Cigars Ltd.* como tapadera para dirigir una red de espionaje alemana en Cuba durante la última guerra.

Es imposible cuantificar el material de contrabando que logró entrar en Colditz y a cuántos fugitivos ayudó la imaginación de Clutty, pero al principio de la guerra se filtraba dinero, mapas y artilugios prácticamente sin ser detectados. Antes de ser entregados a sus destinatarios en la oficina de correos del patio interior, los paquetes enviados desde el extranjero eran inspeccionados, pero no rigurosamente, y en los campos dirigidos por el ejército rara vez se cacheaba a los nuevos prisioneros.

Pero, a principios de 1942, el infatigable Eggers empezó a sospechar. Teniendo en cuenta la escasez mundial de papel, algunos libros de tapa dura enviados a los reclusos parecían extra-

---

* La verdadera pista estaba en el nombre, ya que «up man» era precisamente su destino previsto. Este era el tipo de broma que le gustaba a Clutty.

138

ñamente gruesos. Los provenientes del Fondo de Ocio para Prisioneros, con sede en Lisboa, eran especialmente abultados. Al rajar las cubiertas, los alemanes encontraron billetes de cien marcos y mapas de las fronteras suiza, neerlandesa, belga y yugoslava y, en un libro especialmente voluminoso, una sierra. «Descubrimos un poco tarde lo que estaba sucediendo delante de nuestras narices», escribió Eggers, que no tardó en recuperar el tiempo perdido. Los libros de tapa dura fueron prohibidos. Abrían los paquetes de comida antes de entregarlos y vaciaban el contenido de las latas en cuencos para poder escudriñar el interior. Los objetos que llegaban eran examinados minuciosamente, cosa que propició hallazgos sorprendentes. «Un billete de veinte marcos alemanes dentro de una ciruela pasa» maravilló al Unteroffizier Schädlich. A su llegada, todos los prisioneros eran desnudados y registrados y su ropa y sus posesiones despiezadas. Un nuevo prisionero llevaba un juego de ajedrez, que, según descubrió Eggers, contenía «mil Reichsmarks, tres brújulas y siete mapas». Todos los paquetes que no procedían de la Cruz Roja eran registrados exhaustivamente antes de su entrega. A la postre instalaron en la oficina de correos una máquina de rayos X procedente de Leipzig. «Sometíamos todos los objetos a su mirada penetrante», escribió Eggers, lo cual dio resultados inmediatos: un juego de raquetas de bádminton con empuñaduras vacías que contenían hojas de sierra, mapas y dinero. Los métodos de ocultación de Clutty eran cada vez más ingeniosos.

Ese segundo invierno en Colditz fue frío, con temperaturas que llegaron a treinta grados bajo cero. A finales de enero, la escasez de carbón interrumpió el suministro de agua caliente durante dos semanas. Congelados y sucios, los prisioneros sufrían cambios de humor, a veces abruptos, que oscilaban entre el desafío y la resignación. La alegría por la exitosa fuga británica pronto se vio eclipsada por el descubrimiento del túnel francés: «Todo el campo sintió la pérdida e interiormente estábamos furiosos». La ira se recrudeció cuando el Kommandant Schmidt anunció que el coste de las reparaciones del suelo de la capilla saldría de los salarios de los oficiales. El Hauptmann Priem, cada vez más alcoholizado y errático, fue «ascendido» al papel insignificante de subcomandante y Eggers ocupó su puesto como oficial superior. «Desde aquel momento tuve que responsabilizarme de gran parte de los contactos con los "chicos malos"», escribió. Siempre que Eggers entraba en el patio interior, era recibido con «abucheos y pitadas» y cosas peores. Para ser un representante de la raza superior, Eggers tenía la piel muy fina. «Naturalmente, me molestaba despertar tanto odio, pero como era producto de mi trabajo, me lo tomaba como una medida de mi éxito.» Eggers hizo instalar micrófonos a intervalos de diez metros por todas las dependencias de la prisión. A los guardias les facilitaron zapatos con suela de goma para que pudieran deambular silenciosamente por las noches. El uso de la capilla quedó suspendido y el paseo por el parque limitado. A finales de enero, Guy German fue trasladado a otro campo, acusado de estar «totalmente consagrado a la fuga de oficiales y a las conspiraciones con prácticas disruptivas y no cooperadoras entre los prisioneros de guerra». German fue reemplazado como oficial superior por el coronel David Stayner, una figura más diplomática y seria de cabello gris. Para los prisioneros, esas medidas de seguridad más estrictas eran castigos insignificantes, regulaciones humillantes impuestas por rencor, de las cuales ninguna era más irritante que la norma del saludo.

Según la Convención de Ginebra, los prisioneros estaban obligados a saludar a los altos mandos alemanes. El médico bávaro del campo insistía especialmente en esa formalidad y las celdas de aislamiento estaban atestadas de prisioneros que se habían negado a saludarlo o lo habían hecho de manera insolente. Una noche de finales de enero, durante el recuento, el teniente Verkest, un oficial belga de veintidós años, pasó con las manos metidas en los bolsillos. Eggers le ordenó que saludara y Verkest se negó. En el consejo de guerra resultante, el belga fue hallado culpable de desobedecer una orden directa, pero cuando en su testimonio trascendió que había organizado al contingente belga, que entonces contaba con treinta y tres miembros, para que se negara masivamente a saludar, la acusación fue elevada a motín, lo cual conllevaba la pena de muerte. Un acto espontáneo de insolencia se había convertido en un enfrentamiento letal. Toda la comunidad de prisioneros se unió para protestar. Cuando el médico apareció en el patio poco después fue recibido con un coro de abucheos insultantes y gritos de «*Tierarzt!*» (veterinario). Entonces llegaron los antidisturbios con las bayonetas calzadas y despejaron el patio. Más tarde, la pena de muerte fue conmutada por el propio Hitler con una nota lacónica en el expediente de Verkest —«Sentencia suficiente»—, pero la denominada «guerra de los saludos» era un indicador de lo mucho que estaba enconándose la situación en ambos bandos.

Las revueltas eran esporádicas y, como las fugas, parcialmente estacionales, más feroces en verano que en invierno. En ocasiones, la planificación de fugas y las burlas a los guardias se evaporaban, sustituidas por una amarga conformidad.

El espectro de la depresión asolaba Colditz. Casi nunca se hablaba de ella, pero siempre estaba presente. El estado de ánimo fluctuaba dependiendo de las noticias sobre la guerra, de un intento de fuga, del último entretenimiento teatral o simplemente de una victoria de *stoolball*. Los prisioneros podían animarse con la llegada de un paquete de la Cruz Roja y volver a hundirse cuando faltaba agua caliente o fracasaba una fuga; eran tan volubles como el clima. Los que tenían esposa o novia anhelaban el contacto, pero temían la llegada de una carta en la que se rompiera la relación. Los prisioneros de guerra se preguntaban e imaginaban qué estaría sucediendo en casa. Pero, a diferencia de los prisioneros civiles, su condena no tenía un final visible y, por más que marcaran cada día que pasaba, la liberación no estaría más cerca. Los civiles, reflexionaba un prisionero, «no podían imaginar lo que es levantarse por la mañana para enfrentarse a un día largo y vacío sin nada que hacer excepto lo que te hagas a ti mismo». Hacinados en un laberinto de pequeñas habitaciones, los prisioneros casi nunca estaban a más de unos metros de los demás. Olía a humedad y las conversaciones eran viciadas. Pequeñas discrepancias podían degenerar rápidamente en airados enfrentamientos. Los prisioneros tenían poca paciencia y aún menos capacidad de atención. Sin duda, algunos padecían lo que hoy se diagnosticaría como síndrome de estrés postraumático. Algunos de los afectados se pasaban horas delante de los armarios, organizando y reorganizando las pocas posesiones que contenían. Con el paso del tiempo, los síntomas de daños psicológicos se volvieron más dramáticos. «Mantener la cordura era una batalla mental», afirmaba Jimmy Yule, el líder de la banda de jazz.

Los prisioneros no eran los únicos que sufrían la carga psicológica de la vida en Colditz. Los carceleros también estaban aburridos, hacinados, añorados e inseguros. El 8 de febrero hallaron en el parque el cuerpo de un joven soldado alemán. Se había disparado en la cabeza con un revólver, pero nadie supo por qué.

Los cautivos, incluidos los médicos y los sacerdotes, solían ver la depresión igual que se veía la nostalgia en los internados para chicos: como un símbolo de debilidad que era mejor ignorar, ya que se creía que la sobreprotección no haría sino empeorar la infelicidad. «El estoicismo es una máscara fantástica tras la que esconderse», observaba un recluso. Pero todos los prisioneros de guerra se vigilaban unos a otros por si detectaban problemas mentales serios. Eggers también estaba alerta. «No queríamos que se volvieran locos», escribió.

A pesar de su pedantería y astucia, Eggers era humano, y había reparado en que Frank «Errol» Flinn empezaba a comportarse de manera bastante extraña. El oficial de la RAF intentó escapar en repetidas ocasiones, pero siempre sin éxito. «Quería volar de nuevo», se limitaba a decir. «Aún no me había cansado de la guerra.» Lo habían enviado a Colditz después de escapar del campo de Thorn e intentar robar un bombardero Heinkel. En julio lo descubrieron saliendo del «túnel del retrete». Aportó la «palanca de Frank» al túnel francés, pero todo quedó en nada. Había intentado esconderse en un saco de correo, pero fue descubierto antes de salir de la oficina. Cuando lo llevaron a las celdas de aislamiento del pueblo, trató de zafarse de los guardias una vez más. El 3 de abril, Eggers ordenó un registro en las habitaciones británicas que cogió a todos por sorpresa y descubrió a Flinn trabajando con ahínco en un nuevo túnel. Acababa de finalizar un aislamiento y tenía tres días de descanso entre sentencias de veintiocho días por sus intentos anteriores de fuga. Añadieron una más. «Eran un total de ciento setenta días», señalaba Reid, el período más largo para cualquier prisionero hasta la fecha. «Si confinas cada vez más a un animal, lucha por escapar», decía. Flinn estaba perdiendo peso (los paquetes de la Cruz Roja no estaban permitidos en las celdas de aislamiento) y sufría asma aguda. Desarrolló sus propias estrategias de supervivencia: «Haz siempre la cama por la mañana, piensa en lo siguiente que puedes hacer, mantén vivo el cerebro». En un esfuerzo por estar en forma, hacía ejercicios de yoga, una disciplina espiritual prácticamente desconocida en la Gran Bretaña de la época.

Al no haber asistido a un colegio privado y haber sido sargento hasta su ascenso a oficial en 1939, Flinn siempre fue una figura aparte. Al principio, la soledad forzada le parecía un inconveniente, luego un hecho que le provocaba indiferencia y, al final, un hábito poco saludable. «El aislamiento te hacía mucho bien», escribió. «En ciertos aspectos era como unas vacaciones del ruido continuo, de la gente escapando y de los disparos ocasionales.» Llegó a la conclusión de que el aislamiento ofrecía «hilos de pensamiento en los que podías trabajar». Pero esos hilos llevaban en direcciones inesperadas. «Yo era católico romano. En solitario te vienen a la mente la teología y cosas parecidas. Puedes adoptar una nueva perspectiva sobre la religión. Yo cambié la mía y creé una filosofía propia. Concluí que Dios es una inteligencia autorregulada que trabaja por el bien de todos.» Cada vez que salía de las celdas, demacrado y serio, Flinn parecía un poco más excéntrico y paranoico. Estaba convencido de que lo habían traicionado.

En los cinco meses posteriores a la exitosa huida de Neave hubo veintidós intentos de fuga en Colditz, algunos con cooperación internacional. Solo uno llegó a buen puerto: un oficial belga escapó después de ser trasladado a un hospital militar y consiguió llegar nadando hasta un barco británico anclado en Algeciras, España, y viajar de polizón en la bodega. Dos neerlandeses fueron descubiertos cuando trataban de salir disfrazados de trabajadores. Un oficial francés fue hallado medio ahogado en un carro que transportaba escombros de un túnel excavado en las buhardillas.

Debajo de una cama de la enfermería descubrieron un túnel internacional en construcción. Un neerlandés fue encontrado debajo de un montón de hojas en el parque. Buscando agujeros en el tejido del castillo, los neerlandeses encontraron en un contrafuerte adyacente a sus habitaciones el hueco de una vieja letrina, en su día utilizada por el elector Federico el Sabio, que penetraba dos metros en el suelo. A un túnel que discurría en horizontal desde la parte baja hasta el barranco solo le faltaban quince metros cuando lo descubrió Eggers, que sacó a dos excavadores y gran cantidad de material de fuga. «El tesoro era inmenso», alardeaba, e incluía a los dos muñecos neerlandeses, Max y Moritz, utilizados para sustituir a los prisioneros fugados durante los recuentos. Eggers nunca desveló cómo había sabido de la existencia del túnel.

Una noche, mientras contemplaba una ventisca, Pat Reid vio que se había acumulado un metro de nieve sobre el techo que mediaba entre el segundo piso de las dependencias británicas y un contrafuerte del muro de la *Kommandantur*. Reid cortó los barrotes de una ventana utilizando una sierra hecha con cuchillas dentadas, bajó al tejado e hizo un túnel en la nieve «con forma de arco y sesenta centímetros de altura», lo bastante amplio como para atravesarlo sin ser visto por el guardia apostado abajo. Cuando terminó de perforar el muro que daba a las habitaciones alemanas, apareció de repente el Unterofizzier Schädlich revólver en mano. Reid medio saltó y medio cayó sobre la nieve del patio y huyó, pero se había frustrado otra fuga.

Los prisioneros más tranquilos achacaban la sucesión de fracasos a la mala suerte. Eggers la atribuía a su propio ingenio. Otros detectaron algo más siniestro.

Una noche, el coronel Bronisław Kowalczewski, el oficial superior polaco, ordenó a sus compatriotas que asistieran a una reunión de emergencia vestidos de uniforme. Los cuarenta y ocho oficiales se citaron en la Sala Larga, incluido Ryszard Bednarski, un joven teniente del ejército.

Bednarski, guardabosques de profesión, era una especie de celebridad entre sus compatriotas. En abril de 1941 simuló estar enfermo y escapó durante el traslado de Colditz a un hospital militar. El oficial que lo acompañaba fue capturado rápidamente, pero Bednarski consiguió llegar a Cracovia y estuvo libre unas semanas hasta ser apresado por la Gestapo. Después de «muchas palizas» lo enviaron de vuelta a Colditz, donde fue recibido como un héroe.

El edecán polaco indicó a los hombres que guardaran silencio y el coronel Kowalczewski ordenó al teniente que diera un paso al frente. «Teniente Bednarski, es usted un espía y un traidor que no merece llevar el uniforme y la insignia de Polonia.»

Entonces empezó un breve consejo de guerra en el que Bednarski fue imputado por conspirar con los alemanes. Se dijo que le habían permitido escapar para infiltrarse en la resistencia polaca en Cracovia y que luego fue devuelto al castillo para que traicionara a sus compañeros desvelando sus planes de fuga. Otro oficial polaco afirmaba que, mientras estuvo en el hospital militar, había visto un documento que demostraba que Bednarski estaba conchabado con la Abwehr, el espionaje militar alemán.

Nunca hubo dudas sobre el veredicto de aquel tribunal improvisado. Algunos eran partidarios de un castigo sumario y aducían que Bednarski debía ser conducido a la última planta de las dependencias polacas y arrojado por una ventana: una ejecución disfrazada de suicidio. Sin embargo, el edecán le arrancó las charreteras con solemne furia y le ordenó que saliera. Después de una noche en vela a causa del terror, pues suponía que sería linchado en cualquier momento, el tembloroso teniente fue llevado al patio para el recuento matinal. «Cuarenta y siete oficiales presentes», gritó el coronel Kowalczewski. «Y un traidor.» Los guardias escoltaron a Bednarski y salió de la prisión el mismo día.

Este episodio es un misterio. Eggers insistía en que solo una de las recientes fugas infructuosas se había impedido gracias a un informante. Confirmó que Bednarski había caído en manos de la Gestapo en Polonia, pero, lejos de traicionar a sus camaradas, el joven había regresado con «información valiosa» sobre las redes polacas de fugitivos «de la cual podían beneficiarse sus compañeros». Su salida de Colditz no era una constatación de su colaboracionismo, decía Eggers, sino una medida para protegerlo de quienes lo acusaban erróneamente. Días después de que

Bednarski fuera expulsado del ejército polaco y casi asesinado por sus compatriotas, los alemanes tomaron la inédita medida de anunciar durante el recuento que aquel hombre no había «desvelado secretos de los prisioneros al personal de Colditz». En su diario, Schädlich escribió que Bednarski simplemente pretendía «congraciarse» con los alemanes «para poder escapar más fácilmente». Frank Flinn estaba convencido de que Bednarski había revelado sus planes de fuga a Eggers, pero algunos miembros de la comunidad polaca manifestaron su simpatía por un hombre que, en caso de haber colaborado con los alemanes, debió de hacerlo bajo presión. «Los alemanes tenían controlada a su familia», explicaba Anthony Karpf, un cadete polaco internado en Colditz. «Es difícil juzgar los actos de un hombre en esa situación.»

Puede que Ryszard Bednarski fuera un traidor despiadado que vendió a innumerables compañeros en Colditz, pero también es posible que fuera totalmente inocente.

Años después de la guerra, un exprisionero de Colditz reconoció a Bednarski en una calle de Varsovia, lo denunció públicamente e informó a las autoridades polacas de que aquel conocido criminal de guerra andaba suelto por la ciudad. Cuando la policía llegó al apartamento de Bednarski, se había quitado la vida.

8

Buscando un camino

Birendranath Mazumdar fue llamado a la oficina del Kommandant Schmidt, donde encontró a un joven indio sonriente, de piel oscura y altura mediana. Si otro indio en Colditz no era ya lo bastante sorprendente, su indumentaria hizo aquel encuentro aún más extraño: llevaba el uniforme gris de la Wehrmacht alemana. La única variación era la insignia, un tigre saltando sobre un fondo con la bandera naranja, blanca y verde del Congreso Nacional Indio, la organización que lideraba la batalla por independizarse de Gran Bretaña.

El joven le habló en inglés: «Traigo un mensaje de Subhas Chandra Bose. Quiere que venga a Berlín».

Subhas Chandra Bose, nacionalista indio, colaborador nazi, soldado y político, era y sigue siendo una de las figuras más controvertidas de la historia del siglo XX. Para muchos indios era un patriota que luchaba por la libertad; para la mayoría de los británicos era un traidor y un colaboracionista.

Los primeros años de la vida de Bose eran un reflejo de los de Mazumdar, diecisiete años más joven que él. Hijo de una familia bengalí adinerada y educado en Gran Bretaña, era intelectual, culto, carismático y un férreo oponente del gobierno británico en la India. Había sido elegido presidente del Congreso Nacional Indio, pero, a diferencia de Mahatma Gandhi, Bose estaba dispuesto a emplear la violencia para acelerar la independencia. Sus seguidores lo llamaban «Netaji», o «líder reverenciado». Los británicos lo consideraban un subversivo peligroso, y en 1940 fue sometido a arresto domiciliario en Calcuta. Un año después, con

147

ayuda de la Abwehr, huyó disfrazado de vendedor de seguros afgano. Los agentes alemanes lo llevaron a Peshawar y luego recorrió Afganistán y la Unión Soviética, donde asumió una nueva identidad como noble italiano, el conde Orlando Mazzotta. Desde allí, los alemanes le facilitaron un avión secreto para viajar a Berlín.

Una vez dentro del Tercer Reich y con apoyo alemán, Bose se dispuso a reclutar indios para luchar contra Gran Bretaña. Fundó el Centro India Libre, creó una emisora de radio que emitía propaganda antibritánica y favorable al Eje en la India y formó la Legión India Libre, también conocida como la Legión del Tigre, un cuerpo de infantería exclusivamente indio constituido por expatriados y prisioneros de guerra reclutados en los campos. Sus soldados hacían un juramento de lealtad a Adolf Hitler y Subhas Chandra Bose. En 1942, la Legión del Tigre contaba con más de mil miembros.

En Colditz no tardó en correr la noticia de que Mazumdar se reuniría con el traidor indio que estaba creando un ejército para luchar contra los británicos en el Lejano Oriente. Los otros prisioneros se mostraron desdeñosos: «Adiós, Jumbo. Que vaya bien la guerra en Birmania». La mayoría dieron por hecho que el médico indio ya había cambiado de bando, lo cual confirmaba sus sospechas de deslealtad. «No esperábamos volver a verlo nunca más», dijo uno. La mañana de su partida, Mazumdar estaba cepillándose los dientes en los lavabos cuando alguien comentó en voz alta: «El puto Mazumdar es espía. Se va a Berlín».

Era la voz del capitán Harry Elliott, uno de los primeros oficiales británicos que fueron enviados a Colditz. Mazumdar se dio la vuelta, furioso: «Harry, ¿acabas de decir que soy un espía? Te doy cinco minutos para retirar esa acusación».

Ambos se prepararon para pelear. Elliott era miembro de la Guardia Real y medía un metro noventa. Se quedó mirando al médico inglés, que medía un metro setenta e iba en calcetines, y se puso a reír. «Sentí un hormigueo de la cabeza a los pies», escribió Mazumdar más tarde. «Le propiné un buen gancho directo a la mandíbula y cayó redondo.» A horcajadas sobre el pecho de Elliott y dándole puñetazos, Mazumdar gritó: «¡Te voy a matar! ¡No sabes por lo que he pasado!». Los otros oficiales lo sacaron a rastras, jadeando y pálido de ira, y lo llevaron ante el coronel Stayner por atacar a un alto mando. «Le expuse mis motivos», dijo Mazumdar, «pero no me creyó.»

El 23 de junio, Mazumdar fue trasladado en tren a Berlín en un compartimento de primera clase. En la estación lo recogió un Mercedes con chófer y lo llevó al Centro India Libre de Liechtenstein Allee, en la zona de Tiergarten. Una docena de indios bien vestidos estaban fumando y hablando en el vestíbulo. Para su sorpresa, lo saludaron por su nombre. Un minuto después lo acompañaron a una espaciosa sala. Una figura calva con gafas que llevaba traje civil se levantó y le tendió la mano. Mazumdar, que había admirado a Bose desde su infancia, de repente se quedó deslumbrado.

Con una voz suave y autoritaria, Bose expuso su propuesta:

—Únete a mi legión —dijo—. Ven a luchar por la libertad de la India, nuestra madre patria.

Al ver que Mazumdar no mediaba palabra, continuó:

—Yo soy un ejemplo de una persona que siempre ha luchado por la libertad de su país. Únete a mí.

Mazumdar señaló que había hecho un juramento de fidelidad al rey:

—He dado mi palabra de honor y no puedo romperla.

Bose sonrió:

—Vamos a comer.

Durante un tranquilo almuerzo en los aposentos de Bose servido por un camarero con guantes blancos, el nacionalista indio aumentó la presión. Hablaron en bengalí y a ratos en inglés. Bose le contó que había conocido a Hitler en la Cancillería del Reich semanas antes. El Führer le había ofrecido un submarino alemán para que lo llevara a Bangkok, «desde donde podría dirigir la revolución india».

—No comparto del todo la filosofía nazi —dijo Bose a Mazumdar—, y así se lo hice saber. Pero espero conseguir la independencia de la India con la ayuda de los nazis.

Afirmó que había reclutado a cientos de soldados del ejército indio británico, pero hasta el momento ni un solo oficial del ejército británico. Mazumdar podía ser el primero.

—He luchado contra los británicos durante los últimos quince años —dijo Bose con seriedad—. Sé lo que es ser un prisionero como tú, así que comprendo tus circunstancias.

Hablaron toda la tarde y hasta bien entrada la noche. Mazumdar se sentía halagado por que aquel gran hombre intentara reclutarlo, pero insistió:

—Me opongo al dominio británico en la India, he visto sus consecuencias, pero he hecho un juramento de lealtad a Gran Bretaña.

A las dos de la madrugada terminó por fin la reunión.

—Piénsatelo —dijo Bose cuando se despidieron—. Volveremos a vernos por la mañana.

A pesar de las sábanas limpias y de la cama más cómoda que había visto en dos años, Mazumdar durmió poco, dividido por la decisión a la que se enfrentaba: la oportunidad de luchar por la independencia india a las órdenes de un líder magnético y obtener su libertad, no solo de los confines de Colditz, sino de los prejuicios raciales que redoblaban la tristeza del encarcelamiento y, por otro lado, su juramento de lealtad a Gran Bretaña, su arraigado sentido del deber y la advertencia de su padre, según el cual la palabra de un caballero es su garantía.

A la mañana siguiente, Mazumdar vio que Bose estaba perdiendo la paciencia.

—¿Qué has decidido?

Mazumdar respondió que, aunque simpatizaba firmemente con la postura de Bose y se oponía a los británicos, no estaba preparado para unirse a la Legión del Tigre.

—La respuesta es no.

Bose pulsó un botón que había sobre la mesa y se puso en pie.

—Yo he elegido mi camino y tú el tuyo. Adiós y buena suerte.

Cuando Mazumdar se disponía a salir, Bose añadió:

—Cuando cambies de opinión, estaremos aquí...

A diferencia de su viaje de ida en primera clase, Mazumdar volvió en un mugriento vagón de tercera. «Para mí no había ninguna duda de que había hecho lo correcto», pensó. Ahora, los otros oficiales británicos tendrían que aceptarlo.

Pero, cuando llegó a Colditz, se enfrentó a nuevas mofas.

—¿Al final no te han querido? —le preguntaron.

—Sí, claro que me querían, y me habría gustado mucho aceptar su oferta. Es un hombre maravilloso. Pero no podía hacerlo, ¿verdad?

—¿Y por qué no?

—Porque ostento un cargo británico y, por tanto, le debo lealtad al rey sean cuales sean mis opiniones políticas y mis sentimientos privados.

Le explicó lo sucedido al coronel Stayner:

—Me pidieron que me uniera y cooperara con los alemanes, pero les dije que no podía hacerlo.

El oficial superior británico no parecía impresionado.

—Mire, coronel. Algún día escaparé —añadió Mazumdar.

—No espere que le demos nada, ni mapas ni dinero.

—Ya lo imaginaba, señor —dijo Mazumdar pausadamente—. Tendrá noticias mías.

La decisión de Mazumdar de rechazar la oferta de Bose no cambió el modo en que lo veían los otros oficiales. Por el contrario, agrandó la brecha. Había rehusado una oportunidad para escapar, cosa que ellos pasaban día y noche planeando e imaginando. Simplemente tenía que pronunciar una palabra y podría salir libre en cualquier momento por ser de una raza diferente. Mazumdar estaba más solo que nunca. Nadie compartía su dilema; ningún otro prisionero había tomado la decisión de seguir encerrado en Colditz. La mayoría de los prisioneros eran distantes y a veces activamente hostiles. «Yo era el único indio. Era imposible incluso conversar en mi lengua materna. En épocas normales eso no supone ningún problema, pero la vida en la cárcel, con sus restricciones y todo lo demás, lo hace doblemente difícil.» Mazumdar sonaba extrañamente inglés en su sutileza. Solo un inglés se referiría a las desalentadoras privaciones de Colditz con un «y todo lo demás». Por la noche, tumbado en un colchón áspero en una litera incómoda, escribía poemas en bengalí buscando la manera de resolver aquel dilema:

En la luz oscura del alma despierta
buscando un camino,
qué dirección tomar,
inquieto, empieza a pensar
qué hacer.
Entonces se da cuenta de que necesita un compañero.
La cuestión es dónde encontrarlo.
Son muy preciados.
Finalmente suplica a los dioses que le busquen uno.

Colditz estaba lleno de recovecos en los que se podía esconder material y dinero hasta que fuera necesario: en cavidades de los muros, debajo de los tablones del suelo o en los techos. Los guardias llevaban a cabo registros en busca de material de contrabando, a menudo con éxito, y recuperaron gran cantidad de comida, mapas, dinero, archivos, brújulas, pinzas, baterías, taladros, llaves, destornilladores, cuerda, uniformes y documentos falsos. A veces, la labor de la ocultación se mezclaba con las mofas. El Unteroffizier Schädlich, el infatigable fisgón, descubrió que los tablones de una esquina de las estancias británicas habían sido «cortados esmeradamente». Al levantarlos encontró un trozo de papel con la frase «*Leck mich im Arsch*», «lámeme el culo» (el título original del canon en si bemol mayor de Mozart). Cada registro fructífero ampliaba la colección de objetos confiscados del museo de Colditz, pero Eggers estaba preocupado: ¿de dónde salían? La máquina de rayos X funcionaba eficazmente y cada paquete que llegaba era sometido a un registro minucioso; la cantidad de envíos «traviesos» parecía haber disminuido, pero, por alguna razón, seguían entrando algunos objetos, entre ellos herramientas de un tamaño considerable, como martillos y una soldadora. Eggers culpaba a los guardias corruptos dispuestos a intercambiar cigarrillos y lujos de la Cruz Roja por artículos prohibidos. Un inspector de policía se infiltró en el castillo disfrazado de cabo alemán para intentar dar con los responsables, pero «la charada fue inútil». El contingente de guardias fue sustituido, pero el contrabando continuó.

Años después, Eggers descubrió el motivo: un oficial francés

152

medio egipcio y nacido en Argelia que tenía una cicatriz en la mejilla por un corte hecho con una espada, un pañuelo de seda roja alrededor del cuello y un talento increíble para los robos. A pesar de su apariencia de villano, el teniente Frédéric «Scarface» Guigues era un hombre culto que había estudiado ingeniería en la École des Arts et Métiers, una institución parisina de élite. Era el mejor forzador de cerraduras de Colditz.

El sistema para recibir, custodiar y repartir los paquetes entrantes seguía un patrón establecido. La puerta de la oficina de correos que daba al patio estaba vigilada por un centinela y había otras dos puertas interiores, ambas cerradas con llave. Cuando llegaban los paquetes, eran registrados y guardados en la oficina toda la noche, inspeccionados y pasados por la máquina de rayos X al día siguiente y después entregados al destinatario en persona. La única manera de garantizar la llegada de material de contrabando era hacerse con un paquete antes de su entrega, sacar el objeto oculto y reemplazarlo por una réplica inocua. A su vez, ello requería acceso a la oficina de correos sin ser detectado, una tarea que resultaba aún más compleja porque la puerta exterior contaba con una cerradura cruciforme, el último avance en la tecnología alemana. Fabricada por Zeiss Ikon, la llave tenía forma de cruz y cada muesca de los cuatro bordes era milimétrica y se correspondía con una serie de dientes, que a su vez hacían girar un tambor circular para abrir el pasador. Los alemanes creían que era imposible forzarla, lo cual suponía una ventaja enorme, porque no era así.

Tras meses de experimentación, Guigues fabricó una llave maestra cruciforme utilizando un eje del mecanismo de la torre del reloj. Después, aprovechando la distracción provocada por la visita de un general alemán, su equipo consiguió desmontar la cerradura, medir con precisión las muescas y volver a instalarla. Utilizando una sierra diminuta fabricada con una cuchilla, Guigues talló las muescas en su llave casera, que escondió dentro de un poste de cama vacío y tapó con un trozo de corcho. Llegar hasta los paquetes requería un equipo de diecisiete señuelos, vigilantes y ayudantes para distraer al centinela mientras Guigues entraba y cerraba la puerta. En comparación, forzar los viejos cierres de palanca de las puertas interiores era fácil. Ahora, los franceses podían pedir determinados productos en cartas codificadas a sus amigos y familiares y recogerlos por la noche antes de que los abrieran: dos paquetes de herramientas con un peso de cinco kilos cada uno, dinero, alcohol en latas de dos litros, pintura, documentos y, por último, componentes para fabricar dos radios alimentadas por un pequeño generador con una palanca metida en una lata de jamón. Cada vez que llegaba un nuevo paquete «explosivo», que a menudo contenía latas etiquetadas como *«sanglier en sauce»*, o jabalí en salsa, Frédo Guigues entraba en la oficina, se llevaba el material de contrabando y «desactivaba» el paquete.

Eggers nunca averiguó cómo entraban los reclusos en el almacén, pero sus sospechas se acrecentaron cuando una mañana encontraron a la gata de la prisión a un lado de las puertas interiores y sus cachorros al otro. Instalaron un segundo cerrojo cruciforme en dicha puerta y una alarma eléctrica conectada a la exterior. Asombrosamente, durante una de sus visitas nocturnas, Guigues consiguió interceptar el cableado e instalar otro circuito con un interruptor en el piso de arriba. Ahora la alarma podía activarse y desactivarse cuando fuera necesario. Los franceses también sospechaban que alguien más estaba entrando e inspeccionando en secreto los paquetes. Un guardia alemán de Alsacia y Lorena, la zona disputada de Francia que Alemania se había anexionado en 1940, había sido visto deambulando por las inmediaciones de la oficina a altas horas de la noche. Para los franceses, al tratarse de un alsaciano alemán ya era un colaborador. Guigues apostó a uno de sus hombres en la oficina de correos, un duro y joven oficial llamado Yves Desmarchelier. Tal como imaginaban, el guardia sospechoso entró y empezó a hurgar en los paquetes. Al notar movimiento detrás de él, se dio la vuelta y vio al prisionero observándolo detrás de un montón de sacos y se desató una pelea desesperada. Mientras las manos de Desmarchelier se aferraban a su garganta, el soldado jadeó en francés: «¡No seas tonto!». Fueron sus últimas palabras. «Era un traidor», dijo Desmarchelier. El cuerpo del alemán fue hallado a la mañana siguiente con una soga al cuello atada a las vigas. Eggers no entendía nada. ¿Por qué decidió quitarse la vida en la oficina de correos? «No tuvimos más opción que considerarlo un suicidio», escribió.

154

Los franceses estaban dispuestos a pedir y sacar objetos para las otras naciones, y finalmente desvelaron a los neerlandeses y los británicos el secreto y el arcano arte necesario para forzar cerraduras cruciformes. Entre los británicos, los robos estaban en manos de un vivaz piloto australiano de veinticuatro años oriundo de Townsville, Queensland. Se llamaba «Bush» Parker y era un tramposo aficionado a la magia cuyo truco favorito era guardarse una cerilla en la manga que, «al soltarla, se elevaba más de medio metro». Nadie llegó a saber cómo lo hacía. Parker aseguraba ser capaz de forzar cualquier cerradura del castillo utilizando una serie de ganzúas caseras y un tubo de pasta dentífrica para mantenerla abierta cuando se levantaban los seguros.

«El libre acceso a la oficina de correos», escribió Pat Reid, fue «una bendición inestimable», pero, en mayo de 1942, un oficial británico estuvo a punto de destruir el sistema. Frank «Errol» Flinn había salido recientemente de las celdas de aislamiento. Una mañana, sin previo aviso y claramente visible desde el patio, fue corriendo hacia la puerta exterior de la oficina de correos e intentó forzarla con considerable violencia utilizando un gancho. Los centinelas alemanes no lo vieron inmediatamente, pero Guigues sí, y estaba horrorizado. Si los alemanes creían que la cerradura era vulnerable o había sufrido desperfectos, la cambiarían, y el arduo proceso de fabricar otra tendría que empezar de cero. El inglés era «fuerte como el demonio, pero estaba sufriendo una crisis psicológica», escribió Guigues, que indicó a un cómplice situado en la primera planta de las dependencias francesas que activara la alarma. «Segundos después», escribía Reid, «un grupo de matones llegó corriendo al patio y se llevó a Flinn» a pasar otra temporada en las celdas. Al principio, algunos alemanes creían que el comportamiento errático de Flinn era fingido. «Se hacía pasar por loco», escribió Schädlich en su diario. «El coronel Stayner está haciendo todo lo posible por convencernos de que su "enfermedad" es real.» Pero Reid estaba seguro de que aquello no era una pantomima. «Por desgracia, esta vez Flinn estaba perdiendo la cabeza.» El hombre más solitario de Colditz se estaba convirtiendo en un lastre.

Michael Sinclair entró en Colditz en marzo de 1942 con un plan ya formulado que se convertiría en una obsesión: llegar a Polonia, reunirse con la formidable combatiente británica de la resistencia a la que veía como su madre adoptiva y escapar con su ayuda.

Un año antes, tres soldados británicos harapientos y exhaustos llamaron a la puerta de un anodino piso de dos habitaciones situado en la calle Chmielna de Varsovia. Habían escapado del campo de prisioneros de Poznań, en el centro de Polonia, escondidos en un carro lleno de basura. Planeaban cruzar la frontera rusa, pero la declaración de guerra entre Alemania y la Unión Soviética lo impidió, así que volvieron a pie a Varsovia y pasaron de una célula de la resistencia a otra hasta que, como muchos fugitivos británicos, acabaron en el piso de la calle Chmielna.

El líder del grupo era Sinclair, un teniente pelirrojo de veintitrés años perteneciente al 60.º Regimiento de Rifles del Rey. Hasta la retirada de Dunkerque, la vida de Sinclair había seguido el patrón que él y todos los demás esperaban. Era hijo de un alto mando del ejército, había jugado al críquet para Winchester at Lord's, actuaba en todas las obras teatrales de la escuela, estudió idiomas en Cambridge con distinciones, ganó un trofeo de golf, todos los domingos rezaba con fervor en la iglesia y se incorporó al regimiento de su padre. Pero entonces fue capturado, y la visión que tenía de su propio destino se desmoronó repentinamente. Sin su uniforme ni la estructura de la familia, el regimiento y la religión, Sinclair no tenía ni idea de quién era. Su necesidad de escapar no solo era apremiante y devoradora, sino patológica. «Para Mike Sinclair existían Dios, el 60.º Regimiento y nada más. Su único objetivo en la vida era volver con su unidad.»

Abrió la puerta la señora Janina Markowska, que los hizo pasar a su habitación, donde había servido un «almuerzo magnífico», la primera comida decente que disfrutaban en un mes.

La señora Markowska vivía con su marido, un funcionario polaco jubilado y veinte años mayor que ella al que, «con un desprecio mal disimulado», llamaba «papi». Como muchos habitantes de Varsovia, se pasaba el día buscando la poca comida que podía encontrarse en las tiendas o el mercado negro. En una de las redadas impredecibles que eran un elemento de la vida cotidiana bajo la ocupación nazi, se la llevaron para interrogarla y luego fue puesta en libertad «como una anciana inofensiva». La señora Markowska podía parecer una ama de casa polaca de lo más normal, pero hablaba inglés con un marcado acento escocés.

En realidad, Markowska era Jane Walker, una espía británica, una figura destacada del ejército clandestino polaco y coordinadora de la «sociedad anglo-polaca», una red secreta que daba cobijo a prisioneros de guerra británicos huidos y los trasladaba a un lugar seguro.

Jane Walker nació en Dalmeny, al oeste de Edimburgo, en 1874. Cuando era adolescente se mudó con su familia a Berlín, donde su padre era agregado militar de la embajada británica. Inteligente e incansable, entró en el mundo del espionaje y se convirtió en «mensajera del rey», un correo del Ministerio de Asuntos Exteriores que enviaba comunicaciones secretas. Antes de la primera guerra mundial entregó en Alemania y Suiza docenas de mensajes en nombre del gobierno británico. Como hablaba alemán, francés y polaco con fluidez, trabajó una temporada en Viena como institutriz de una rama de la familia real Habsburgo. En 1920 se casó, se instaló en Varsovia y, a ojos de todos, se volvió totalmente polaca. Pero, como dijo un prisionero de guerra fugado, seguía siendo «británica hasta la médula, una gran patriota a la antigua usanza, soltando en cada exhalación fuego, matanza y desafío a los enemigos de Gran Bretaña. Era tiránica, obstinada e intolerante. También era capaz de mostrar un gran afecto, comprensión y solidaridad». Su casa era un refugio para soldados británicos fugitivos, a los que después llevaba a pisos francos repartidos por la ciudad y trasladaba cada pocos días. Ese hito de la logística lo consiguió en colaboración con el Estado Secreto Polaco, la organización política y militar de la resistencia nacional. A diferencia de otros países ocupados, Polonia no llegó a rendirse formalmente. Mientras el gobierno en el exilio se instalaba en Londres, se formó un Estado clandestino paralelo en la propia Polonia, con un parlamento, un ejecutivo, un poder judicial y un ejército secretos, e incluso un departamento de educación, un ala propagandística y servicios sociales.

Entre septiembre de 1940 y mayo de 1942, la red de fugas de la sociedad anglo-polaca acogió a sesenta y cinco soldados británicos huidos y consiguió llevar a cincuenta y dos de ellos a un lugar seguro: en barcos hasta la Suecia neutral, cruzando los Balcanes hasta Turquía, un país que tampoco participaba en la guerra, a través de Hungría, Rumanía o Yugoslavia, o entrando en Alemania y saliendo de nuevo por Suiza. «Intensa y autoritaria», la señora Markowska trataba a los soldados británicos con rígido afecto, como si fueran los hijos que nunca había tenido, y les proporcionaba comida, cobijo, arengas patrióticas e incluso la atención de un médico que estaba dispuesto a correr el riesgo de tratar a fugitivos. Le gustaba preparar «cenas más o menos formales» para sus invitados con numerosos brindis por la familia real británica. Los prisioneros de guerra la temían, reverenciaban y adoraban. «En unos días oscuros y peligrosos», escribió un fugitivo, «la amábamos.» La llamaban «señora M».

La red de fugas de Jane Walker se financiaba vendiendo medias para mujeres en el mercado negro de Varsovia mientras la resistencia polaca facilitaba documentación falsa, más dinero y guías. Dicha labor era extremadamente peligrosa. La Gestapo sabía de la existencia de una red clandestina para soldados aliados y dedicaba considerables esfuerzos a destruirla. La esperanza de vida media de un correo del Estado Secreto era de solo unos meses. La señora M sabía que, si la apresaba la Gestapo, sería torturada y ejecutada, y trataba dicho conocimiento con sublime despreocupación. Siempre que le preguntaban por qué seguía en Polonia en lugar de volver a un lugar seguro como era su tierra natal, dedicaba a su interlocutor una mirada penetrante y una declaración que, para la señora M, era sumamente obvia: «A las mujeres británicas no les gusta huir».

Ahora, Michael Sinclair y sus dos compañeros estaban al cuidado de aquella mamá gallina especialmente feroz. «Así empezó nuestra extraña estancia en la capital de Polonia, como invitados temporales de mucha gente valiente y generosa que aceptaba voluntariamente todos los riesgos que conllevaba ayudarnos en nuestro camino [...]. La señora M se convertiría en una madre para nosotros.»

La señora M les advirtió que llevarlos a casa sería difícil, pero prometió encontrar la manera. «Tenemos contactos con organizaciones clandestinas, tanto oficiales como no oficiales», dijo. Los fugitivos fueron separados y alojados con los miembros de la red de la señora M. Sinclair congenió inmediatamente con la familia polaca que lo acogió, conmovido por su amistad, hospitalidad y asombrosa valentía. Un piso franco se encontraba cerca del gueto judío y de noche se oía el «tableteo de las ametralladoras» mientras las SS cumplían su labor genocida. Una noche, Sinclair escuchó la BBC en la radio ilegal de la señora M y oyó «un mensaje de ánimo y esperanza». Cada día que pasaba en Varsovia, el desprecio de Sinclair hacia los alemanes iba a más, igual que su admiración por la resistencia polaca y aquella escocesa decidida a luchar contra ellos.

A finales de verano, la señora M tenía un plan: «Irás en tren a Cracovia, donde te recibirá un guía y te llevará por las montañas hasta Eslovaquia. Luego irás en coche hacia el sur, en dirección a la frontera húngara. Viajarás en tren a Budapest, donde te reunirás con unos amigos». Estos organizarían un traslado seguro a la Turquía neutral pasando por Yugoslavia y Bulgaria. Cuando llegara a su destino, podría contactar con la embajada británica. A finales de agosto de 1941, después de una afectuosa despedida con la señora M, Sinclair partió acompañado de Ronnie Littledale, con quien había escapado de Poznań. La predicción de la señora M, según la cual sería un «viaje largo y complejo», se quedó corta. Tras un periplo agotador en tren y a pie, finalmente llegaron a Budapest en octubre. Un mes después, pertrechados con documentación falsa proporcionada por la resistencia antinazi, Sinclair y Littledale subieron a un tren rumbo a Belgrado y el 16 de noviembre llegaron a la frontera búlgara. Entonces sobrevino el desastre. Un funcionario observador detectó un error en sus documentos yugoslavos falsificados. Fueron arrestados, entregados a la policía alemana en Sofía, enviados a Viena y brutalmente interrogados por la Gestapo. Tras pasar dos meses en una prisión militar, los subieron a un tren con destino a Dresde bajo vigilancia armada. A las afueras de Praga, Sinclair se coló por la ventana del lavabo y saltó del tren en marcha. Solo había recorrido unos centenares de metros con el tobillo desguinzado cuando fue capturado de nuevo y enviado a Colditz.

La llegada de Sinclair infundió energías renovadas a la comunidad de fugitivos. Su obcecada búsqueda de la libertad estaba teñida de sed de sangre. La libertad ofrecía una posibilidad de venganza, la oportunidad de seguir luchando no solo por el rey y por el país, sino por la señora M y su red polaca. «Parecía librar una cruzada personal contra toda la Europa ocupada por Hitler», dijo Pat Reid, a quien impresionaba y sobrecogía un poco la inquebrantable determinación de Sinclair. Incluso Frank Flinn, que ostentaba el récord de tiempo en aislamiento, parecía dócil en comparación con su voluntad de salir de Colditz. Sinclair pasaba horas contemplando con furia las murallas del castillo, fumando en pipa, soñando con escapar, controlando y memorizando los movimientos de los guardias, ensayando detalles y buscando huecos en los muros que lo rodeaban. Transcurridas solo unas semanas desde su llegada, se presentó una oportunidad. En junio lo enviaron a Leipzig para una operación de senos nasales. Saltó por una ventana del hospital y llegó a Colonia, donde, por pura mala suerte, estaban buscando a la tripulación de un bombardero de la RAF que había saltado en paracaídas en los bosques de la zona cuando su avión fue abatido. Sinclair fue capturado y trasladado a un campo cercano del que no tardó en escapar, pero fue apresado con igual rapidez y encerrado de nuevo en Colditz para retomar su vigilancia junto a la ventana. «El pobre Mike odiaba cada minuto de su vida y no tenía otro interés que tratar de huir», escribió otro prisionero. «Jamás aceptaría una derrota.»

El caleidoscopio de la población de Colditz mutaba continuamente con nuevas llegadas y salidas. La administración de los prisioneros de guerra era impredecible en sus decisiones. Los reclusos nunca sabían cuándo podían ser trasladados a otros campos o por qué, lo cual añadía otro estrato de incertidumbre. Dos tercios del contingente polaco se fueron en mayo y quedaron atrás unos cuarenta oficiales, «en su mayoría fugitivos reincidentes», según los cálculos de Reid. Treinta y un oficiales franceses, incluyendo a muchos judíos, fueron trasladados a un campo de Lübeck y otros ocuparon su lugar. La población británica se amplió paulatinamente con la incorporación de oficiales que habían tratado de fugarse de otros campos. A su llegada, eran recibidos con

1. Prisioneros de guerra británicos conducidos a su cautiverio por soldados alemanes, Dieppe, 1942.

2. Colditz en 1910: un imponente castillo gótico que domina un aletargado pueblo del este de Alemania.

3. (arriba izquierda) Pat Reid, el irreprimible fugitivo que moldeó el mito de Colditz a su imagen y semejanza.

4. (izquierda) Peter Allan, el diminuto escocés que escapó oculto dentro de un colchón, con el Hauptmann Paul Priem, el alto mando alcohólico del campo.

5. (arriba) Prisioneros neerlandeses cruzando el puente de Colditz a su llegada en julio de 1941.

6. (izquierda) El Hauptmann Reinhold Eggers, el principal cronista alemán de Colditz: civilizado, puntilloso y anglófilo.

7. Una foto aérea tomada poco antes
de la guerra muestra la tentadora
proximidad del castillo con el pueblo
de Colditz. Los prisioneros eran retenidos

en el patio interior situado a la izquierda y el de la derecha era la *Kommandatur*, o cuartel alemán. Los prisioneros entraban por la puerta principal después de cruzar el puente del foso, situado abajo a la derecha.

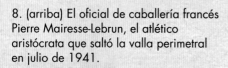

8. (arriba) El oficial de caballería francés Pierre Mairesse-Lebrun, el atlético aristócrata que saltó la valla perimetral en julio de 1941.

9. (arriba derecha) El teniente francés Alain Le Ray, que en abril de 1941 se convirtió en el primer prisionero de guerra que conseguía fugarse.

10. (derecha) Frédéric Guigues, el forzador de cerraduras francés con una cicatriz en la cara, dibujado por el artista del campo John Watton.

11. Airey Neave con su uniforme alemán falso, «un extraño elfo militar con su atuendo verde».

12. El patio interior de la prisión, donde los reclusos socializaban durante el día, practicaban deporte, fumaban, cotilleaban y planificaban fugas.

13. Recuento: los prisioneros se reunían al menos tres veces al día para un laborioso recuento en el patio.

14. Oficiales neerlandeses con «Max», cuarto por la derecha, uno de los dos muñecos utilizados para alterar el recuento y ganar tiempo después de una fuga.

sonoros vítores desde las ventanas y a veces con una lluvia de bombas de agua. Una de las tradiciones más crueles de la escuela privada británica era la humillación ritual de los novatos por parte de los mayores. Ello también tenía su homólogo en Colditz. Pat Reid describía la recepción que brindaron a dieciséis oficiales navales de Lamsdorf. En su primer día en Colditz, los recién llegados fueron citados para una presunta revisión médica en las estancias británicas, donde un oficial vestido con un falso uniforme alemán que se hizo pasar por el médico del campo, estetoscopio incluido, les ordenó que se bajaran los pantalones y declaró a voz en cuello que estaban todos infestados de ladillas. Luego, un «asistente médico» con bata blanca que apenas podía contener la risa les recubrió los testículos con una sustancia de color añil preparada con pintura para escenarios que desprendía «un fuerte olor a desinfectante para inodoros». Reid calificó aquel incidente de «diversión a costa de los nuevos», pero era acoso puro y duro, una declaración de poder brutal como las que siempre se han infligido a los alumnos de los colegios privados ingleses.

En julio, el Oberstleutnant Schmidt se jubiló a sus setenta años y fue reemplazado por un Kommandant muy diferente. El Oberst (coronel) Edgar Glaesche era «bastante novato», escribió Eggers. Glaesche, un hombre puntilloso con el cumplimiento de la Convención de Ginebra pero autoritario, acababa de llegar del frente oriental y estaba decidido a hacer borrón y cuenta nueva. Exigía y esperaba respeto, pero no lo recibía. El nuevo Kommandant padecía estrabismo e, inevitablemente, los prisioneros más alborotadores se ponían bizcos siempre que aparecía. «Ignoraban por completo su halo de autoridad», señalaba Eggers. «No tenía ni idea de dónde se estaba metiendo.»

Los intentos de fuga continuaron a un ritmo de casi dos por semana durante julio y agosto, algunos prometedores, otros extravagantes y casi todos estériles, los signos de puntuación de la vida en cautividad. Siempre que desaparecía alguien crecía lentamente la esperanza a medida que pasaban las horas y los días, pero esa esperanza se evaporaba cuando el fugitivo era traído de vuelta. Un inglés saltó por encima del muro del patio de ejercicios situado junto a las celdas del pueblo y llegó a Chemnitz en una bicicleta robada antes de ser apresado. Animados por el relato de Mike Sinclair sobre la red anglo-polaca de la señora M, algunos decidieron intentar llegar a Polonia en lugar de cruzar la frontera suiza. Los neerlandeses y los británicos trataron de colarse en la alcantarilla principal, pero fueron descubiertos in fraganti. Los alemanes encontraron un túnel polaco a medio construir que contenía herramientas y una máquina de escribir casera. Un francés intentó salir del parque disfrazado de pintor. Entre las nuevas regulaciones impuestas por el Kommandant Glaesche estaba el límite a las propiedades personales. Llegaron guardias con cajas para llevarse los excedentes a un almacén. Dominic Bruce, oficial de la RAF y uno de los prisioneros más menudos de Colditz, se metió en una caja de té enviada por la Cruz Roja canadiense con la etiqueta de «excedentes», equipado con una cuerda de doce metros hecha con sábanas y un cuchillo. Después lo cargaron en un camión con el resto del equipaje sobrante y lo dejaron en una habitación de la tercera planta de la *Kommandantur*. Aquella noche salió por una ventana y bajó hasta el foso, no sin antes dejar una nota en alemán dentro de la caja vacía: «El aire de Colditz ya no me sienta bien. Adiós». Robó una bicicleta y llegó hasta el puerto de Danzig, donde fue interceptado antes de poder viajar de polizón en un barco.

Aquel verano, los británicos solo se anotaron una victoria. En junio, Brian Paddon, un oficial de la RAF, fue trasladado de Colditz a un campo de Thorn, donde debía enfrentarse a un consejo de guerra por insultar a un guardia. Se unió a un equipo de trabajo que se dirigía al campo, se escondió detrás de un pajar y después fue hacia la costa báltica y se refugió en la bodega de carbón de un barco mercante sueco. Cuando el barco zarpó, convenció al capitán de que lo llevara a Gävle, ciento sesenta kilómetros al norte de Estocolmo, donde el cónsul británico le consiguió un vuelo de regreso al Reino Unido. La huida de Paddon fue excepcional, una inyección de moral importante cuando la noticia llegó a Colditz, pero había empezado cuando ya estaba muy lejos de los muros de la prisión.

Las nuevas medidas de seguridad del Kommandant Glaesche incluían recuentos en plena noche, cacheos, un nuevo sistema de contraseñas y registros repentinos e inesperados para buscar material de contrabando: «Se escudriñaban libros, papeles, artículos de baño, armarios, mesas, sillas y taburetes, se movían camas, se quitaban sábanas y se levantaban tablones del suelo». El nuevo Kommandant redujo la ingesta de alcohol en el comedor alemán, instaló en el parque un nuevo sistema de alarma con cuerdas trampa y ordenó la construcción de pasarelas enrejadas y una torre de vigilancia de madera con doce metros de altura desde la cual los centinelas podían observar las terrazas. Por encima del patio interior se instaló un puesto de ametralladora y se apostó a un fotógrafo para controlar y documentar lo que sucedía abajo. «Casi cada hora, varios grupos de guardias patrullan el castillo o efectúan registros», comentaba Schädlich. Los prisioneros eran vigilados constantemente a la vez que ellos vigilaban en todo momento a sus captores. El sistema de alerta nunca cesaba: los hombres se situaban junto a las ventanas, fingiendo que leían o fumaban despreocupadamente, mientras observaban con discreción lo que sucedía abajo y hacían una señal si aparecían los alemanes, quitándose el sombrero o cerrando un libro. «En el momento en que nuestros grupos de búsqueda se acercaban, sus excelentes sistemas de aviso entraban en acción y lo único que encontrábamos era una desagradable sonrisa en la cara de los prisioneros», escribía Gephard. La constante vigilancia mutua, los registros y las fluctuaciones de esperanza y desaliento creaban un ambiente único, una tensión que, cada vez más, estaba a punto de degenerar en revueltas, un jugueteo que se descontroló con rapidez.

En junio hubo un incendio deliberado en la parte baja de las escaleras británicas. Fue apagado de inmediato, pero el olor acre permaneció en el hueco de la escalera y los pasillos durante días. «Qué ausente de distracciones debía de estar la vida como para que unos hombres adultos interpretaran un incendio como diversión», reflexionaba el padre Platt. Una batalla de agua en el caluroso patio alcanzó tales cotas de ferocidad que tuvieron que llamar a los antidisturbios. El oficial alemán al mando fue recibido con un coro de abucheos desde las ventanas. Un soldado apretó el gatillo y la bala rebotó en el cuello de un teniente francés que estaba observando desde una ventana. Se recuperó, pero con una mano paralizada. Semanas después, Glaesche castigó a los franceses con más recuentos, uno a la una de la madrugada y otro media hora después. Las otras naciones se asomaron a las ventanas y demostraron su falta de respeto: «Adoptó la forma de fuertes ruidos de animales y pájaros, un gallo aquí y una vaca allá, mezclados con sirenas ululantes». El alboroto era cada vez mayor. Los guardias formaron filas con los rifles apuntando a los pisos superiores. De repente abrieron fuego y una lluvia de balas tachonó los cristales. Más tarde, Eggers aseguraba que la orden de disparar había sido accidental. Nadie resultó herido, pero la fricción iba a más. «Se percibía por todas partes una indisciplina rayana en el motín», escribió Eggers. Pero, de vez en cuando, y de manera igual de repentina, la ira parecía disiparse. «En ocasiones, la resistencia desaparecía», observaba Giles Romilly, el prisionero sometido a un «trato especial». «Había períodos en que los viejos parecían viejos, los jóvenes no parecían estar en forma y los ardores del desafío no afloraban. Los alemanes descubrían que los recuentos eran tranquilos y se paseaban seguros entre nuestras filas, casi como niñeras.»

Detrás de la hilaridad de los enfrentamientos había desesperación. A veces, la presión mental era visible y dramática, como en el caso de Frank Flinn; con más frecuencia, permanecía oculta. Un aviador canadiense, uno de los primeros presos que entraron en Colditz, se obsesionó con liberar a su mujer de su matrimonio e intentó cortarse las venas. Durante los recuentos «perdía los papeles», recordaba un amigo suyo, «llorando y suplicando a los guardias que le dispararan». Finalmente se degolló con una botella rota y fue trasladado a un hospital psiquiátrico. En una muestra de lo profunda que era la frustración sexual, otro oficial intentó castrarse. La mayoría llevaban su tristeza en secreto o la reprimían con vigor. «De repente me di cuenta de que estaba perdiendo la cabeza», escribía un oficial. «Me llevé a mí mismo, metafóricamente, a una esquina de la habitación y me di un rapapolvo.» Pero incluso los más optimistas empezaban a sentirse decaídos con el paso de los meses. Pat Reid dimitió como oficial de fugas. Necesitaba volver a imaginar la posibilidad de la libertad.

9

Dogsbody

A mediados de agosto, un nuevo prisionero con unos andares torpes y un marcado aire de autoridad entró en el castillo y desencadenó una oleada de excitación en todo el campo.

El comandante de aviación Douglas Bader se convertiría en el prisionero más famoso de Colditz. Ya era el combatiente más célebre de toda la guerra para ambos bandos. La fama le había llegado de repente debido a un espantoso accidente que le provocó un dolor agudo permanente. Más tarde recaudaría millones en nombre de organizaciones benéficas para discapacitados. Era extremadamente valiente y capaz de inspirar a otros con hitos que nunca creyeron posibles, pero también era arrogante, dominante, egoísta y espectacularmente grosero, sobre todo con los que consideraba de menor estatus. Muchos de sus camaradas más cercanos lo adoraban. La guerra lo había convertido en un héroe, cosa que también lo hacía insufrible.

Bader era hijo de una madre distante y un padre que había fallecido por heridas sufridas en las trincheras cuando él tenía doce años. De pequeño era irritable y fue víctima de acoso. En la escuela privada recibió una paliza de Laurence Olivier tras vencer al futuro actor en un partido de críquet. Enmascaraba su soledad con fanfarronería, agresividad y exhibicionismo.

En 1928 entró en la RAF y dos años después era oficial. Desafiando la normativa, se aficionó a realizar trucos acrobáticos con su biplano Bristol Bulldog. Por una apuesta, en diciembre de 1931 intentó una pasada a baja altura sobre el aeródromo de Woodley, cerca de Reading, pero se excedió, el ala rozó el suelo y el avión dio una vuelta de campana. Cuando lo sacaron de entre los restos del aparato, Bader habría muerto allí mismo si un civil no le hubiera presionado un corte en la arteria femoral de la pierna derecha. Gracias a otro golpe de suerte, llegó al hospital justo a tiempo para que lo atendiera el pionero de la cirugía Leonard Joyce antes de que terminara su jornada. Escribiendo sobre el incidente en su diario, Bader empleaba un tono lacónico: «Me estrellé volando a ras de suelo. Mal espectáculo». No mencionó que Joyce le había amputado las dos piernas, una por encima de la rodilla y la otra por debajo.

Utilizando dos piernas artificiales (un poco más largas que las originales para parecer más alto), Bader podía conducir un coche modificado, jugar al golf y críquet, nadar e incluso bailar. Pero la RAF no le permitía pilotar, cosa que lo enfurecía, así que aceptó un puesto administrativo en una empresa petrolera.

Bader nunca dejó de presionar a la RAF para que le permitiera volver a una cabina, insistiendo en que podía pilotar un avión igual de bien con sus piernas ortopédicas. «Juro por Dios que me sentaré en la puerta de sus casas hasta que lo consiga», dijo. Con la llegada de la guerra, las autoridades cedieron y volvió a volar. Durante las batallas de Francia y Gran Bretaña, se distinguió como un piloto con unas habilidades temerarias y un coraje supremo. Estaba a favor de desplegar grandes formaciones de cazas y desarrolló técnicas para tender emboscadas a aviones enemigos aprovechando el sol y la altitud. En el transcurso de dos años, utilizando el identificador «Dogsbody» (por sus iniciales, DB) derribó veinte aviones enemigos y compartió cuatro victorias aéreas más y seis «probables». Le concedieron la Orden del Servicio Distinguido con una barra y más tarde la Cruz de Vuelo Distinguido.

En la guerra aérea, muchos estaban en deuda con muy pocos, y a pocos se les debía tanto como a Douglas Bader. Pero podría haber sido un piloto de cazas más si la Oficina de Guerra no hubiera detectado una oportunidad propagandística de oro. La trayectoria del doble amputado británico era la clase de historia que podía animar a la ciudadanía en los días más oscuros de la guerra, así que, en una campaña meticulosamente ejecutada, el Ministerio del Aire se propuso convertir a Bader en una leyenda publicando una serie de artículos en los periódicos. El *Daily Mail* entrevistó a la madre del piloto, que declaró: «Ojalá pudiera contarles adecuadamente cómo tuvo que afrontar la vida sin dos piernas [...]. Fue increíble presenciar el retorno gradual de su alegre disposición». (Esa descripción del temperamento de Bader dista tanto de la realidad que corrobora lo poco que lo conocía.) El *Daily Mirror* lo describió como «el héroe más grande de todos [...]. El piloto de cazas más increíble de la RAF británica». A principios de 1941 se había convertido en el primer símbolo oficial del país, fotografiado junto a su Spitfire, un guerrero pugnaz de mandíbula cuadrada con una pipa en la mano, la viva imagen de la determinación para superar obstáculos tanto en la tierra como en el aire. Los periódicos competían por describir sus temerarias escapadas. A Bader le encantaban aquellas atenciones. Contaba con la adoración incondicional de los ciudadanos y con el resentimiento de los compañeros que conocían al hombre que se escondía detrás de aquel mito elaborado apresuradamente. Otro piloto observaba: «Era altivo, la persona más pomposa que he conocido nunca». Pocos veían «al otro Bader, callado y solitario». Trataba a los tripulantes de tierra con devastadora superioridad y ellos lo detestaban. Algunos achacaban su temeridad a una ausencia total de imaginación. Bader era una prueba viviente de que es posible ser valiente, famoso, discapacitado y bastante desagradable al mismo tiempo.

El 9 de agosto de 1941, el Escuadrón 616 de Bader había realizado una salida ofensiva en la costa de Francia cuando divisó a una docena de Messerschmitt 109 en formación. «Dogsbody al ataque», informó por radio. «Hay muchos para todos. Atacad tal como vengan.»

Bader inició el descenso, abatió a un avión alemán y estaba disparando a un segundo cuando notó un tremendo impacto y, al darse la vuelta, vio que el fuselaje trasero, la cola y la aleta de su Spitfire habían desaparecido. Bader creía que había colisionado en el aire con un caza alemán, pero lo más probable es que fuera víctima del «fuego amigo» de otro aparato, aunque jamás lo reconoció. Hizo saltar la cúpula de la cabina y se desabrochó el cinturón, pero cuando el aire empezó a tirar de él, su pierna derecha artificial quedó atrapada debajo de la palanca. Precipitándose hacia el suelo a seiscientos cincuenta kilómetros por hora y a punto de perder el conocimiento, tiró del cordón de apertura del paracaídas. La violenta sacudida rompió la correa de cuero que le sostenía la pierna y Bader flotó libremente.

Una patrulla alemana recogió al paracaidista con dos costillas rotas minutos después de que tocara tierra y lo llevó a un hospital de Saint-Omer. La maltrecha pierna ortopédica fue hallada en un campo cercano.

El famoso piloto fue tratado con gran cortesía por sus captores alemanes. En un acto de extraña caballerosidad, informaron a los británicos de que la pierna artificial de Bader había quedado inservible e invitaron a la RAF a enviarle otra. Con la aprobación oficial del Reichsmarschall (mariscal del Reich) Hermann Goering, la Operación Pierna, un nombre poco imaginativo, dio comienzo el 19 de agosto cuando un bombardero de la RAF recibió un salvoconducto para sobrevolar Saint-Omer y lanzó una nueva prótesis en paracaídas sobre una base cercana de la Luftwaffe en la Francia ocupada, además de calcetines para muñones, talco, tabaco y chocolate.

Cuando tuvo dos piernas operativas, Bader trató de escapar inmediatamente. Salió por la ventana del hospital, se descolgó con unas sábanas anudadas y se fue renqueando. Horas después fue hallado en un huerto y trasladado a un campo de Lübeck, pero volvió a escapar y fue apresado de nuevo. Otro intento de fuga, esta vez en el campo Stalag VIII-B de Lamsdorf, también acabó en fracaso. Las piernas ortopédicas de Bader, pero también su fama, frustraban sus intentos de huida. Todos los Kommandant del campo se veían «inundados de peces gordos de la zona que querían verlo». Se imprimió un cartel que describía su característica cojera por si volvía a escapar. Era cautivo de su propia notoriedad. Bader no podía ser más un *deutschfeindlich*, un prisionero incorregible y un valioso premio propagandístico. El campo de prisioneros de guerra más seguro de Alemania era el lugar más obvio para encerrarlo.

Ese era, por tanto, el célebre guerrero al que recibieron con admiración los centinelas alemanes cuando entró en Colditz el

18 de agosto de 1942, un hombre con piernas de hojalata, corazón de roble y pies de barro.

La cuesta adoquinada que subía desde el foso era demasiado pronunciada para las rígidas piernas de Bader, así que cargó con él su ordenanza Alex Ross, un camillero escocés diminuto y con gafas originario de Renfrewshire, que también llevaba el equipaje de Bader y sus piernas de repuesto. Ambos habían estado presos en Lamsdorf. «Me preguntó si iría con él a Colditz, pero me advirtió que era un campo para "chicos malos"», recordaba Ross. En comparación con otras prisiones que había conocido, Colditz le pareció «un lugar fantástico». «Lo que no sabía era que ser el ordenanza de Bader significaba trabajar veinticuatro horas diarias. Pronto me di cuenta de por qué nadie quería trabajar para él. Tenías que estar a su entera disposición en todo momento. Sé que era un hombre muy valiente, pero también podía ser un monstruo.»

Las labores de Ross incluían servirle el desayuno en la cama cada mañana. Luego llevaba al oficial a cuestas por dos tramos de escaleras para que se diera un baño y volvía a subirlo. «No era un peso pluma», decía Ross. «Me rodeaba el cuello con los brazos, a peso muerto, y me clavaba los muñones de las piernas para aferrarse. Y yo hacía eso todos los días de la semana.» A Bader le gustaba llamar a su ordenanza-corcel *Das Ross*, una vieja palabra alemana para designar a los caballos que montaban los caballeros en las batallas.

En Colditz, Bader se arrogó varios cargos destacados: director de orquesta, portero en los partidos de *stoolball* y bromista al mando. Inició una exitosa campaña para que le permitieran dar largos paseos fuera de los muros del castillo, insistiendo en que en el patio no había espacio suficiente para ejercitar los músculos con las piernas que le quedaban. Dos veces por semana, Bader daba sus paseos bajo vigilancia y aprovechaba la oportunidad para intercambiar chocolate de la Cruz Roja por huevos frescos y otros lujos con los agricultores de la zona. Sus piernas artificiales eran reparadas periódicamente por el herrero del pueblo de Colditz. A pesar de esas señales de respeto, Bader trataba a sus captores con un desprecio cargado de blasfemias, «mofándose despiada-

damente de los alemanes siempre que tenía la oportunidad».
A los centinelas les tiraba el humo de la pipa en la cara, se negaba a saludar a alemanes de menor rango que él, dirigía el coro de cánticos antialemanes y organizó un sistema de silbidos desentonados para que los guardias perdieran el paso cuando desfilaban. En una ocasión, cuando Ross lo llevaba escaleras arriba después del baño, se cruzaron con un general alemán y dos coroneles. «¡No te pares por esos cabrones!», gritó Bader, que le clavó los muñones a su ordenanza. «Parecían bastante sorprendidos, pero retrocedieron para dejarnos pasar y él se los quedó mirando fijamente.»

Como siempre, Bader despertaba sentimientos encontrados. Para muchos oficiales jóvenes, sus incansables desafíos eran motivo de inspiración y entretenimiento: «Douglas aportaba diversión». Cuanto más maleducado era con los alemanes, más respeto le profesaban. «Era un personaje extraño e impredecible. La suya era la personalidad más magnética de la prisión», afirmaba otro oficial. Incluso Eggers se sentía un tanto amedrentado por el célebre recluso. Otros lo encontraban sumamente irritante y mencionaban que sus provocaciones a los alemanes se traducían en castigos colectivos que afectaban a todos los presos del campo. Su grosería era legendaria. «Creo que en el tiempo que lo conocí no lo oí decir nunca "por favor" o "gracias"», recordaba Ross. Bader nunca ofrecía a su ordenanza los huevos que conseguía en sus paseos por el campo. «Creo que, si me hubiera dado uno, me habría desmayado».

Obviamente, con sus piernas de hojalata, Bader no podía participar en fugas que requirieran agilidad física, como cavar túneles o trepar por los tejados. No obstante, exigió una plaza en todos los planes. Al conocer la negativa del comité de fugas, montó en cólera: «¿Sois conscientes de que el gobierno preferiría que volviera yo a casa a que lo hicierais todos vosotros juntos?». A pesar de su arrogancia, tal afirmación probablemente era cierta. En una ocasión, el comité envió un mensaje secreto a Londres en el que decía que «hacer aterrizar una avioneta cerca de Colditz para rescatar a Douglas Bader sería un espléndido golpe propagandístico». El MI9 no descartó inmediatamente aquella idea extravagante. El gobierno quería a Bader de vuelta en Gran Bretaña y en Colditz muchos se habrían alegrado de que se fuera.

El recuento matinal del 10 de septiembre desveló que faltaban como mínimo diez prisioneros y se desató el caos. Dos oficiales británicos fueron encontrados en las filas neerlandesas. Eggers cotejó al contingente neerlandés con sus fotografías y descubrió que habían desaparecido tres. Para empeorar la confusión, un oficial británico tiró un cubo de agua por la ventana mientras se llevaba a cabo el recuento. Uno de los británicos fue identificado formalmente con un nombre que no era el suyo y encontraron a cuatro «fantasmas» escondidos en las buhardillas. Cuando volvió la calma, trascendió que seis prisioneros —tres neerlandeses, un británico, un canadiense y un australiano— habían escapado. Eggers no tardó en descubrir cómo. Habían forzado la cerradura cruciforme de la única oficina alemana que daba al patio de los prisioneros, habían perforado el suelo debajo de la mesa del almacén y, tras el cambio de guardia, habían reaparecido como un equipo de camilleros polacos al mando de un suboficial alemán. Por pura suerte, un centinela apostado en la puerta del parque se creyó su disfraz y les abrió. Cuatro fugitivos fueron apresados rápidamente, pero otros dos, un neerlandés que se hacía pasar por estudiante de arquitectura y un aviador australiano que fingía ser un peón belga, eludieron a los grupos de búsqueda. Ochenta y siete horas después de abandonar Colditz cruzaron la frontera suiza en el saliente de Singen vestidos con ropa civil.

Los alemanes taparon el agujero de la oficina e impusieron más medidas de seguridad: una torre de ametralladora en la esquina noroeste de la terraza con una línea clara de fuego en las caras norte y oeste, una pasarela custodiada por un centinela por encima de la valla del lado este y focos más potentes en el patio interior. En la «costura» en la que las estancias de los prisioneros colindaban con las de los alemanes, que era el punto de seguridad más débil, instalaron cables de alarma debajo del yeso. Cada intento de fuga, exitoso o no, dificultaba un poco más el siguiente.

Para el Hauptmann Reinhold Eggers, hasta el momento la guerra no había sido exactamente divertida, pero sí tolerable. Echaba de menos a su mujer, que vivía en Halle. Le preocupaba la seguridad de sus dos hijos, uno de los cuales combatía en el norte de África y el otro en la Noruega ocupada por los nazis. Los prisioneros podían ser extremadamente irritantes y su insolencia seguía resultándole molesta, pero le gustaba el desafío de enfrentar su ingenio a los fugitivos en lo que denominaba un «juego permanente de la rana: primero llevábamos la delantera con nuestras barreras de seguridad y luego nos aventajaban ellos, trazando planes en torno a ellas». Eggers estaba labrándose una buena reputación en el servicio de prisiones militares alemán. Cuando el general Henri Giraud escapó del castillo de Königstein, un campo para altos mandos franceses y polacos en Sajonia, Eggers fue enviado a investigar. «Por supuesto, mis métodos de Colditz dieron el resultado deseado.» Su conclusión fue que el general francés había escapado descendiendo por el exterior de la fortaleza utilizando un cable telefónico que su mujer había escondido dentro de un jamón de grandes dimensiones. Cuando las autoridades carcelarias inauguraron un museo central de fugas en Viena, Eggers se sintió halagado por que le pidieran ejemplos de sus mejores materiales, extraídos de su «colección de fotografías de túneles, objetos de contrabando, pases falsos, llaves, disfraces, etc.». Ofreció a varios dignatarios visitas guiadas en la prisión más segura de Alemania y, en octubre, para su inmensa satisfacción, fue invitado a una conferencia sobre políticas de prisioneros en Dresde. «¡La fama por fin!», escribió sin ironía. «La Academia de Fugas de Colditz estaba obteniendo cierto reconocimiento.» Su «museo» se estaba convirtiendo en una obsesión. Ordenó a seis centinelas alemanes que se disfrazaran de ordenanzas polacos para fotografiar una representación de la fuga de septiembre. Cuando un oficial francés fue descubierto intentando salir vestido como Willi Pönert, el electricista civil del campo, Eggers lo hizo posar para una instantánea con su doble y añadió otra imagen extraordinaria a su creciente colección.

Eggers tenía cincuenta y dos años y había encontrado su vocación. Estaba convirtiéndose rápidamente en el máximo experto alemán en escapología, en el Sherlock Holmes del *Sonderlager*. Le esperaba un futuro brillante, siempre que Alemania ganara la guerra.

Pero en el otoño de 1942 la victoria, en su día una certeza inminente, empezaba a parecer más lejana. Los soldados alemanes estaban siendo enviados a los mortíferos campos del frente oriental a un ritmo aterrador. El signo de la guerra estaba cambiando en el norte de África, donde Rommel se había retirado tras la segunda batalla de El Alamein. Con la creciente demanda de tropas en la línea del frente, la guarnición de Colditz se vio reducida. Las raciones de carbón se recortaron en un tercio. A pesar de la enemistad entre custodiados y custodios, en Colditz seguía librándose una guerra caballerosa entre soldados que se adherían a códigos de honor parecidos. Y, como observaba Eggers, «la guerra fuera del campo estaba dando un giro desagradable», cosa que empezaba a dejarse notar en el campo.

El alto mando alemán estaba cada vez más furioso por las incursiones de los comandos aliados contra objetivos en la Europa ocupada por los nazis: el ataque de Dieppe, la captura de prisioneros en Sark, perteneciente a las Islas del Canal, o el asesinato del brutal tirano de las SS Reinhard Heydrich en Checoslovaquia. Los artífices de esos ataques, según los nazis, eran criminales que ataban a los prisioneros y ejecutaban a cautivos desarmados. En julio llegó la orden de que los paracaidistas capturados fuesen entregados a la Gestapo. Las tripulaciones de bombarderos derribados corrían cada vez más peligro de ser linchados por patrullas urbanas embravecidas. «Esos pilotos solo estaban a salvo, y con eso me refiero a comparativamente a salvo, cuando caían en manos de la Wehrmacht», escribió Eggers. Escapar era cada vez más peligroso. Los prisioneros encontrados fuera de los muros con ropa civil o disfrazados de soldados alemanes tenían más posibilidades de ser acusados de espionaje y entregados a la Gestapo o las SS, fanáticos brutales sin interés alguno en cumplir las normas más básicas de la campaña bélica. Cuando empezaron a cambiar las tornas de la guerra, el Partido Nazi intensificó la presión. En el pueblo de Colditz, sus líderes se interesaban más por lo que sucedía en el castillo. Las visitas de la Gestapo para evaluar las medidas de seguridad eran más frecuentes. En la cúpula alemana se estaba acrecentando la brecha entre aquellos que, como Eggers, creían que los prisioneros debían ser tratados conforme a las regulaciones y los halcones partidarios de medidas más despiadadas para mantenerlos a raya.

El 7 de octubre llegaron a Colditz siete prisioneros nuevos, a quienes fotografiaron y luego trasladaron rápidamente a las celdas del pueblo, lejos de los otros reclusos. Nadie sabía quiénes eran ni de dónde habían salido.

Dominic Bruce aún estaba en las celdas de aislamiento tras su huida fallida en una caja, y durante una sesión de ejercicio pudo intercambiar unas palabras con el líder del grupo:

—¿Quién eres? —susurró Bruce.

—¿Y tú? —respondió el hombre.

—Soy oficial de la RAF.

—¿De dónde?

—Soy de Tyneside, pero no llevo mucho tiempo aquí —dijo Bruce—. ¿Tú de dónde vienes?

El soldado tardó un momento en contestar:

—De Noruega.

—Si quieres que enviemos mensajes a Inglaterra, nosotros podemos hacerlo por ti —dijo Bruce.

—Diles que todo fue bien en Noruega.

Aquel hombre era el capitán Graeme Black, un canadiense de Ontario de treinta y un años y líder de la Operación Musketoon, una de las misiones de sabotaje más osadas de la guerra.

Dos semanas antes, Black había encabezado un equipo de nueve comandos británicos y dos noruegos en un ataque nocturno a la planta de Glomfjord, en la Noruega ocupada por los nazis, una gran central hidroeléctrica que suministraba a una fábrica de aluminio que producía importante material de guerra para los alemanes. Transportados hasta la costa noruega en submarino, los saboteadores remaron en botes hinchables armados con rifles, metralletas Sten, pistolas y cuchillos de combate. El equipo también llevaba carne seca, cizallas, aceite de halibut, gafas tintadas para la ceguera de la nieve, leche malteada, prismáticos y comprimidos de bencedrina. Después de escalar una empinada montaña hasta la central, se llevaron al personal noruego del turno de noche a un lugar seguro, adosaron explosivos plásticos de acción retardada a la maquinaria, las tuberías y los generadores y corrieron hacia el interior de la isla. Estaban a un kilómetro y medio cuando estalló «con una explosión colosal que retumbó en todas las montañas de alrededor». Una hora después fueron interceptados por un equipo de búsqueda: dos alemanes y uno de los comandos murieron en el tiroteo resultante. Entonces, los atacantes se dividieron en dos grupos. Cuatro llegaron sanos y salvos a la Suecia neutral y los otros siete fueron capturados y enviados a Colditz.

Tres días después de su llegada, Eggers fue visto acompañando a cuatro oficiales de la Gestapo a la cárcel del pueblo. Se llevaron a Black y su segundo al mando. Al cabo de tres días, una inspección rutinaria en su celda vacía desveló que habían serrado los barrotes de la ventana por tres sitios. «Rellenaron los cortes con pan masticado y lo hicieron con tanta pulcritud que casi no se veían», escribió un impresionado Schädlich. «Esa unidad está muy bien entrenada.» Dentro de una funda de peine perteneciente a uno de los comandos, los alemanes encontraron una cuchilla serrada de acero. El soldado Eric Curtis, de veintiún años, llevaba un diario: «Estamos muy contentos, como si estuviéramos de vacaciones. Paquetes de la Cruz Roja con comida, chocolate, té, leche y azúcar ingleses. Hoy nos sentimos increíblemente bien [...]. La mermelada de la Cruz Roja hace que el pan sepa a nuestro hogar». Fue la última entrada, ya que Schädlich encontró el diario en su celda. Al día siguiente, Curtis y sus cuatro compañeros fueron acompañados bajo fuerte vigilancia hasta un autobús. Tres tenían solo veinte años. El mayor tenía veintiocho. Sus nombres y rangos, obtenidos por el ordenanza Solly Goldman mientras les servía el desayuno en las celdas de aislamiento, fueron comunicados al MI9 en una carta codificada que más tarde se utilizaría como prueba en los juicios de Núremberg. Cuando el oficial superior británico de Colditz exigió saber qué había sido de aquellos hombres, Glaesche respondió con evasivas: «Solo estaban de paso en el campo. No sabía de dónde habían venido y tampoco cuál era su destino».

El 18 de octubre, Hitler dictó su *Kommandobefehl*, u «Orden de los comandos», una flagrante violación de la Convención de Ginebra que estipulaba que todos los comandos aliados capturados con o sin uniforme fueran ejecutados sumariamente sin juicio, aunque se hubieran rendido. «Todos los hombres que actúan contra soldados alemanes en ataques de comandos deben ser aniquilados [...]. No deben ser perdonados bajo ninguna circunstancia.» La orden advertía que cualquier oficial alemán que no cumpliera esa orden de ejecución recibiría un castigo. El último vestigio de respeto nazi por la ley internacional se estaba evaporando.

Los supervivientes de la Operación Musketoon fueron encerrados en las celdas subterráneas del cuartel general de Seguridad del Reich en Berlín. Allí fueron interrogados personalmente por Heinrich Müller, jefe de la Gestapo y uno de los funcionarios más brutales de Hitler (y también uno de los pocos cuyo destino después de la guerra nunca se ha dilucidado). El 22 de octubre, los siete comandos fueron encadenados juntos, subidos a un camión y trasladados al campo de concentración de Sachsenhausen, situado una hora al norte de la ciudad. Al día siguiente al amanecer, los guardias de las SS los sacaron de sus celdas y los asesinaron uno a uno de un solo disparo en la nuca.

Las autoridades alemanas dijeron a la Cruz Roja y al «poder protector» suizo que los comandos habían escapado. Las cartas dirigidas a los siete que permanecían encerrados en Colditz eran devueltas sin abrir y con el sello *geflohen* (fugado). El Kommandant Glaesche debía de saber que era mentira, y Eggers probablemente también. En su crónica, por lo demás exhaustiva, de la vida en Colditz no menciona ese episodio. Es el silencio incómodo de la culpabilidad.

Semanas después llegaron a Colditz más indicios de la depravación nazi. Kit Silverwood-Cope era otro de los «chicos» de la señora M. Durante catorce meses había vivido en Varsovia bajo la protección de la red anglo-polaca de Jane Walker, moviéndose de un piso franco a otro. El primer invierno contrajo tifus, pero le salvó la vida un médico judío. Sin embargo, poco después de la fuga abortada de Michael Sinclair hacia la frontera búlgara, unos infiltrados destruyeron la red. Durante un interrogatorio, dos prisioneros interceptados revelaron varias direcciones clave. Un polaco que trabajaba para los alemanes se ganó la confianza de la señora M ofreciéndose a llevar fugitivos hasta Suiza. Entonces intervino la Gestapo. Silverwood-Cope y una docena de fugitivos fueron arrestados. El médico judío y su familia fueron enviados a Auschwitz. La señora M recibió un chivatazo justo a tiempo y se escondió en la Polonia rural disfrazada de campesina. La solitaria campaña de Jane Walker había tocado a su fin, pero la señora M dejó un legado extraordinario: había dado fuerza a innumerables soldados fugitivos, había ayudado a docenas a escapar y había infundido a Michael Sinclair un deseo de huir que cada día se volvía más urgente.

La Gestapo acusó a Silverwood-Cope de espionaje y lo encerró en la prisión civil de Pawiak. Hambriento, interrogado reiteradamente y confinado en una celda diminuta y gélida, perdió una cuarta parte de su peso en tres meses. En aquella prisión imperaba una crueldad indecible. «De día, los gritos de agonía de los prisioneros que recibían azotes eran incesantes.» La Wehrmacht seguía respetando las normas siempre que fuera posible; el ejército intercedió y muy probablemente le salvó la vida a Silverwood-Cope llevándoselo a Colditz. Cuando llegó parecía un fantasma macilento y traumatizado. Al principio, Eggers se negaba a creer su descripción de las condiciones en Pawiak: «Las cosas más terribles: judíos empujados a alcantarillas llenas de agua sucia para que se ahogaran, perros lanzados contra los prisioneros [...]. Reclusos golpeados y colgados de las muñecas». Como muchos alemanes, hasta el momento Eggers había tachado las historias sobre el barbarismo y los asesinatos nazis de propaganda aliada y estaba profundamente conmocionado: «Era la primera información que recibía de fuentes de primera mano sobre lo que, hasta entonces, para mí eran solo rumores». Eggers era pedante, pero no despiadado o estúpido. Un pequeño atisbo de duda le impregnó el alma: Alemania no solo podía perder la guerra, sino que tal vez lo merecía.

Pat Reid había planificado, asistido, aprobado o participado en casi todos los intentos de fuga organizados por los británicos. Pero, de todos los planes que autorizó durante dos años en cautividad, ninguno era tan temerario y proclive al fracaso como uno en el que lo invitaron a participar en noviembre de 1942. Cuatro reclusos propusieron saltar por una ventana de la cocina de prisioneros de guerra, arrastrarse por el tejado plano de la cocina alemana, que se divisaba desde las ventanas de la *Kommandantur*, pasar por detrás de un centinela cuando estuviera de espaldas y meterse en un agujero poco profundo que había en la cara sur del patio alemán. En la esquina había una puerta y al otro lado una escalera que podía conducir a las plantas superiores de las estancias alemanas, que estaban vacías y desde las cuales planeaban bajar por los muros exteriores con sábanas, pasando por delante de habitaciones llenas de soldados alemanes dormidos hasta llegar al foso. Entonces subirían a un tren rumbo a la frontera francesa disfrazados de trabajadores flamencos. No tenían ni idea de qué había al otro lado de la puerta o de si podrían abrirla. «El plan era una locura», declaró Reid, pero aceptó la invitación sin dudarlo. Aquel sería su sexto intento de fuga y sabía que también el último: «Decidí que no volvería si algún día escapaba de nuevo».

El 14 de octubre, Reid y otros tres oficiales británicos, vestidos de civiles y con maletines como complemento para su disfraz, treparon al tejado alemán, «un escenario iluminado que se veía desde varios centenares de ventanas». En aquel momento, Douglas Bader estaba dirigiendo a la orquesta de Colditz en un ensayo del concierto para oboe de Mozart y la música era claramente audible en el patio alemán. Unos compinches estaban observando y haciendo señas al director: cuando el centinela no mirara, Bader bajaría la batuta y, cuando se diera la vuelta, seguiría dirigiendo y la orquesta tocaría de nuevo. Reid tenía dificultades para captar las señales musicales. La música paraba y arrancaba de nuevo de forma despareja, probablemente porque gran parte de la orquesta, ajena a lo que estaba sucediendo, era incapaz de seguir la extraña técnica de dirección de Bader. Reid decidió arriesgarse: uno a uno, los hombres saltaron sobre los adoquines, se escondieron en un lecho de flores y reptaron hasta el agujero. Cualquiera que mirara por las ventanas habría podido verlos. La vieja cerradura de palanca resistió todos los intentos por forzarla, tal vez porque nadie la había abierto en años. Al cabo de una hora, Reid se rindió. La orquesta se había dispersado y el patio estaba en silencio. A pocos metros de allí, el centinela desfilaba de un lado a otro. Ya eran las once de la noche. Desde el agujero, Reid vio un pasaje abovedado con unas escaleras de piedra que llevaban a un sótano. Aquella puerta estaba abierta y los hombres entraron. Al fondo del sótano, un delgado rayo de luz proveniente del foco exterior iluminaba un conducto de ventilación o una chimenea en desuso. Reid miró hacia arriba: «Vi que llevaba a una abertura con barrotes al otro lado del edificio, donde se encontraba el foso». Reid se quitó la ropa y subió por el estrecho conducto de ladrillo. Uno de los barrotes estaba suelto, así que lo empujó y consiguió doblarlo. Luego se arrastró centímetro a centímetro y finalmente cayó en la terraza. El siguiente hombre, Hank Wardle, era más robusto. Reid le tendió la mano y los otros empujaron desde abajo. «Veinte minutos después, con un último tirón, conseguí sacarlo. Iba cubierto de moratones y sudor.» Eran las tres de la madrugada. Los cuatro se vistieron rápidamente, bajaron las tres terrazas de cuatro metros de altura, cruzaron el foso y echaron a correr hacia el parque. En los arbustos situados al otro extremo del muro se dieron la mano, se despidieron en la oscuridad, se dividieron por parejas y se fueron.

Tres semanas después, Rupert Barry, el creador de códigos, recibió una postal desde Suiza que decía: «Estamos aquí de vacaciones y es una lástima que no estés con nosotros. Con todo nuestro cariño para nuestro amigo Dick». Dick Howe había sustituido a Reid como oficial de fugas británico. La postal iba firmada por «Harriet y Phyllis Murgatroyd». La H y la P estaban resaltadas. Hank Wardle y Pat Reid se encontraban en Suiza y sus otros dos compañeros llegaron al día siguiente. Fue la fuga más exitosa hasta la fecha.

El resto de la guerra, Reid permaneció en Suiza, donde trabajó para el MI6 recabando información entre otros fugitivos. Cuando regresó a Gran Bretaña, se labró una carrera asombrosamente exitosa como principal historiador de Colditz, si bien, como señalaban molestos algunos de sus compañeros, pasó allí menos de la mitad de su vida como prisionero de guerra.

A la sazón, los británicos dominaban la liga no oficial de fugitivos, ya que habían conseguido siete huidas en un año. Michael Sinclair estaba decidido a ser el siguiente. Con la aprobación del comité internacional de fugas, formó pareja con un oficial francés llamado Charles Klein, y el 25 de noviembre, a plena luz del día, salieron por la claraboya del teatro después del almuerzo, cruzaron las cocinas alemanas, entraron en el patio de la *Kommandantur* y franquearon la puerta principal, una salida tan descarada que funcionó. Después se separaron. Klein fue capturado en Plauen. Ahora que la red polaca de la señora M había desaparecido, Sinclair se dirigió a Singen, más al sur. Fue atrapado a solo unos kilómetros de la frontera suiza. Eggers fue a recogerlo a la comisaría de Weinsberg y encontró al oficial de un humor pésimo, monosilábico y poco cooperador. Más tarde, Sinclair presentó una queja formal porque Eggers se había comportado de manera «poco caballerosa» al pedir comida en el restaurante de la comisaría sin invitar al prisionero a acompañarlo. «Esto lo supera todo», escribió Eggers. «¡Menuda arrogancia!» (Siempre puntilloso, Eggers anotó que le había dado a Sinclair «una botella de limonada y sopa».) Más que arrogante, Sinclair se sentía enormemente frustrado. Era el fugitivo ideal: joven, energético, imaginativo y valiente. Tan solo le faltaba el recurso esencial para todos los intentos de fuga exitosos: la suerte. Sinclair anhelaba reincorporarse al combate, pero, con cada fracaso, la posibilidad de desempeñar un papel útil en la guerra parecía alejarse un poco más.

Supuestamente, los prisioneros de Colditz no debían saber cómo estaba desarrollándose el conflicto. Las cartas que llegaban eran rigurosamente censuradas y los periódicos alemanes que se permitían dentro del campo ofrecían una versión siempre optimista y engañosa de los acontecimientos. Pero, por supuesto, los prisioneros tenían acceso a otras fuentes. De vez en cuando deslizaban comentarios desmoralizadores a los guardias, señalando que la guerra no estaba progresando como afirmaba la propagan-

180

da nazi: los Aliados estaban avanzando en el norte de África y el ejército alemán estaba empantanado en el invierno ruso. Los franceses parecían estar particularmente bien informados. «Ni las habladurías ni los prisioneros que llegaban podían explicar todo lo que a veces reconocían saber», señalaba Eggers. Los franceses sabían más que él sobre la guerra y, a principios de diciembre, un traidor del campo francés reveló por qué: escuchaban la BBC. Frédo Guigues, el ingenioso forzador de cerraduras, había pasado una radio de tres válvulas por la oficina de correos, escondida en un paquete de comida enviado por su mujer. La radio, conocida por el nombre en clave de «Arthur», estaba oculta en una pared del piso superior de las dependencias francesas, concretamente en una habitación ocupada por el coadjutor, disimulada por un dibujo de un gran mapa de África. «En realidad, los puntos negros que señalaban ciudades del mapa eran tomas para los auriculares y la rueda para sintonizarla estaba debajo de Dakar.» Por la noche, el Servicio Francés de la BBC recababa noticias y se las facilitaba a las otras naciones sin desvelar el paradero de la radio.

Eggers la «encontró» el 15 de diciembre («Marca francesa, sintonizada con Londres») después de llevar a cabo una elaborada investigación en la *Kellerhaus* para que pareciera que el descubrimiento era el resultado de un registro rutinario. Sus subalternos sabían que no era así. Schädlich escribió en su diario: «Una instalación de radio tan inteligentemente escondida y disimulada no habría sido descubierta sin que alguien se fuera de la lengua». Años después, Eggers reconoció que se lo había dicho un informante francés y, aunque después de la guerra facilitó el nombre del espía a Guigues, insistió en que no saliera a la luz hasta 2000. Ese año se identificó al espía como Julien Kérignard, un oficial y coadjutor originario de Marsella. Kérignard salió en libertad a cambio de que desvelara el escondite de la radio. «Para no levantar sospechas, lo trasladamos con más prisioneros a otro campo.» Eggers hizo correr la voz de que el francés había sido liberado «por motivos de salud». Kérignard abandonó el sacerdocio después de la guerra y falleció sin que se conociera su traición.

«No hay más radios en el campo», aseguró Eggers a Berlín enfática y erróneamente. A modo de «póliza de seguros», Guigues ya había fabricado otra con componentes enviados en distintos paquetes por la ingeniosa y servicial madame Guigues. Arthur II, oculta en las buhardillas debajo de un montón de baldosas rotas, entró en funcionamiento la misma noche que Arthur I fue confiscada. «No hubo interrupciones en nuestro servicio radiofónico», escribía Guigues.

La sucesión de fugas triunfales y las alentadoras noticias sobre la guerra dieron un sabor prematuramente optimista a aquella Navidad, la creencia de que la cautividad podía terminar pronto. Los hombres hacían apuestas sobre cuándo ganarían la guerra. Pactaron una tregua navideña con el Kommandant, en la cual «los prisioneros prometieron no escapar y los alemanes dejaron las luces encendidas hasta la una de la madrugada». El tiempo empezaba a encogerse como un acordeón y un año se fundía con el siguiente. «En la celebración de esta noche no ha habido novedades», comentaba el padre Platt. «Ha sido una repetición de la del año pasado y el anterior, pero con más esperanza.» Aquella Navidad en Colditz fue distinta de sus predecesoras en otro aspecto: el consumo de alcohol fue prodigioso.

La producción ilícita de alcohol había avanzado mucho desde la bebida rudimentaria y temible que prepararon los primeros destiladores polacos. El alcohol destilado en la prisión se hacía mezclando azúcar y levadura con sucedáneo de mermelada, fruta triturada o verduras. La mezcla resultante se dejaba fermentando en un armario caliente durante seis semanas y después era destilada con un rústico condensador Liebig fabricado con tuberías de lavabo robadas para producir un alcohol transparente de ciento veinte grados. Para que aquel licor fuera más apetitoso lo condimentaban con lo que tuvieran a mano: más fruta, azúcar moreno o, en un caso, loción de afeitado Chanel Número 5 enviada en una caja de provisiones. El «alcohol de mermelada» era nefasto. Provocaba ebriedad, claro está, pero también visión borrosa, vómitos, pesadillas, ennegrecimiento de los dientes, hinchazón en la lengua y, cuando se disipaban sus efectos, dolores de cabeza de una virulencia increíble. Un destilador de Colditz bautizó a su «whisky» con el nombre de Glenbucket. Si se dejaba toda una noche en una taza esmaltada, podía perforar el fondo.

Al principio, los alemanes intentaron impedir la producción de alcohol, pero acabaron tolerándola como una agradable distracción: los prisioneros borrachos a menudo eran menos problemáticos que los sobrios. Aunque uno desarrolló cirrosis y algunos se quedaron ciegos temporalmente, nadie murió de intoxicación etílica y, como observaba el exestudiante de medicina Peter Storie-Pugh, el consumo moderado de alcohol tenía «un efecto enormemente positivo» en el estado de ánimo. La calidad del licor casero mejoraba continuamente. Michael Farr, un viticultor y enófilo cuya familia era propietaria de Hawker's Gin, se convirtió en el principal proveedor de vinos y licores de Colditz con el beneplácito de Eggers, que no solo les permitía seguir elaborándolo, sino que les facilitó «ásperas jarras de arcilla para el vino». Durante su encarcelamiento, Farr desarrolló un schnapps blanco puro y una ginebra de endrina, además de «vinos rosados y blancos» sorprendentemente buenos con una variedad de frutas secas que incluía albaricoques, pasas sultanas, ciruelas y uvas pasas. El *grand cru* de Farr era el Chateau Colditz, un vino espumoso semiseco creado mediante el *méthode champenoise*, ideado en 1863 por Veuve Clicquot, la gran dama del champán. Dicho vino se fermentaba en las jarras de Eggers con pasas, agua y azúcar, se aclaraba y filtraba con carbón, se embotellaba y se dejaba reposar con el corcho hacia abajo durante quince días hasta que todos los sedimentos se habían concentrado en el cuello. Después se colocaba boca abajo en un alféizar sobre una bandeja con nieve, hielo y sal hasta que el corcho y el primer centímetro de vino se congelaban. Entonces retiraban el corcho y el sedimento congelado, lo cual dejaba un «vino luminoso y transparente sin la levadura». Farr añadía un poco más de azúcar a cada botella antes de volver a poner el tapón: «De ello resultó un excelente vino espumoso que se servía frío».

La cena de Navidad consistió en sopa de tomate, bistecs con cebolla, tostadas con sardinas y pudín navideño con mostaza, todo ello acompañado de ingentes cantidades de *prosecco* y digestivos de varias clases producidos por los prisioneros. En lugar de cenar cada uno en sus comedores, los oficiales británicos se agolparon en la Sala Larga. Los ordenanzas cenaron aparte, pero no menos generosamente. «*Le vin* de Chateau Colditz corría libremente por todos los comedores», escribió Platt. Los comensales hicieron apuestas sobre cuándo caería Trípoli en manos aliadas. En el patio entonaron himnos nacionales. El alcohol, observó Farr, causó «mucha alegría y por unos momentos nos olvidamos de dónde estábamos».

El año 1943 comenzó con una resaca punzante. Una vez que pasaron los efectos del alcohol de mermelada, volvió a imponerse la triste idea de que la guerra tal vez no habría terminado la siguiente Navidad, o la siguiente a esa. A diferencia de los reclusos corrientes, para los prisioneros de guerra, el día de su libertad no lo dictamina un juez o un jurado, sino los acontecimientos en un escenario de conflicto lejano. La libertad es una cita incognoscible con el destino que podría llegar pronto, al final o nunca. Alan Campbell, uno de los varios poetas de Colditz, escribió: «Nuestra cruz es la maldición de la espera». La frustración era cada vez mayor.

Aparte del posible asesinato en la oficina de correos, ningún prisionero había atacado nunca a un guardia de Colditz. Pero, días después de Año Nuevo, Eggers se encontraba en el patio de prisioneros hablando con otro oficial alemán cuando un gran trozo de nieve pasó junto a su cabeza y golpeó la puerta de la cantina con un ruido sordo. Aquella no era una bola de nieve corriente. «La lanzaron con tanta fuerza», escribió Eggers, «que en la masa que quedó en la puerta encontré un gran trozo de botella de cristal clavado en la madera.» El lanzador pretendía causar lesiones graves. La guerra, dentro y fuera de Colditz, era cada vez más cruel.

1943

10

El club de los *Prominente*

Las historias bélicas normalmente tratan sobre los hechos acaecidos. La de Colditz, en cambio, es en buena medida una crónica de inactividad, una larga procesión de días duplicados en los que ocurrían pocas cosas destacables, puntuados por momentos de intensa emoción. El hastío no se limitaba a los prisioneros. «El campo es aburrido», escribió Schädlich en su diario. «Los franceses han cazado un ratón y lo están tirando en paracaídas desde el cuarto piso.» La existencia de los prisioneros seguía un patrón establecido: recuento matinal, desayuno en sus habitaciones, lavar los platos y ordenar, en algunos casos estudio (la enseñanza mutua de idiomas seguía progresando) y almuerzo cuando sonaba la campana y los ordenanzas recogían las raciones de la cocina alemana. Luego se tumbaban en la cama a leer o jugar a las cartas hasta el recuento vespertino, un partido de *stoolball* u otro deporte, más cartas, planificación o fabricación de materiales para fugas, té a las cuatro y paseos incesantes por el parque «en el círculo eterno». Las horas que mediaban entre las comidas y los recuentos las pasaban en un ciclo que consistía en «fumar, dormir y abusar de sí mismos».

Colditz era un lugar muy culto, con frecuentes debates literarios, charlas y un amplio abanico de libros disponibles, incluyendo numerosas obras en alemán, desde la filosofía de Nietzsche hasta traducciones de los discursos de Hitler. El material de lectura llegaba a través de la Cruz Roja, y Penguin Books creó un sistema en el que, a cambio de una suscripción anual de tres guineas, los prisioneros cada mes recibían un paquete que contenía una selección de diez libros. Estos debían superar la censura en Gran Bretaña (para garantizar que no se transmitía información vital al enemigo) y en Alemania (por si las páginas encerraban información secreta para ayudar en las fugas). Algunos realizaron cursos por correspondencia para obtener cualificaciones que podían serles útiles cuando volvieran a casa, si es que eso ocurría. Eggers inauguró con orgullo una biblioteca para los prisioneros. El padre Platt era el bibliotecario y árbitro moral de los hábitos de lectura de los reclusos. «Una minoría lee buena literatura», concluyó, «pero un porcentaje demasiado alto del campo solo lee ficción.»

Algunos mataban el tiempo inventando tomaduras de pelo cada vez más ingeniosas. Cuando descubrieron un gran nido de avispas en una pared cubierta de hiedra, los británicos idearon una nueva manera de irritar a sus captores: atrapaban avispas y, cuidadosamente, les ataban a una pata un papel de fumar con las palabras «*Deutschland Kaput!*». Luego soltaban al enojado insecto con la esperanza de que picara a un ciudadano alemán y transmitiera el mensaje. Durante un recuento, en un acto único de propaganda entomológica, liberaron simultáneamente a docenas de avispas con sus respectivos mensajes. «Fue como una tormenta de nieve a la inversa en la que las avispas furiosas volaban hacia arriba», rememoraba un testigo.

Esas distracciones duraban poco. Apenas había nada de que hablar, así que los prisioneros solían contar las mismas cosas a la misma gente una y otra vez. Incluso los individuos más interesantes se volvían tremendamente aburridos en la cárcel. El apagón de las 21.30 era «un alivio, ya que suponía el final de otro día perdido e inútil». Era una existencia para la que muchos reclusos estaban preparados gracias a «la vertiente más dura de la vida en la escuela privada», escribió un prisionero, y las peores privaciones eran «la falta de ejercicio y sexo».

Ningún prisionero de Colditz mantuvo nunca relaciones sexuales con una mujer. Con una posible excepción.

El piloto checo Čeněk Chaloupka, inevitablemente apodado «Checko» por los británicos, era una figura caballerosa con unos modales creíbles y un elegante bigote. El teniente de vuelo Cha-

188

loupka había servido en las fuerzas aéreas checoslovacas y luego con los franceses tras la invasión alemana de su país. Después viajó a Gran Bretaña para unirse a la RAF. Le gustaba enumerar las medallas recibidas en tres fuerzas aéreas distintas como si se las hubieran concedido por conquistas amorosas: «Esta es por amar a una rubia, esta es por amar a una morena y esta es por amar a una pelirroja». Asignado al Escuadrón 615, el 6 de octubre de 1941 fue derribado con su Hawker Hurricane frente a la costa belga y posteriormente capturado. «Travieso, dinámico, divertido y explosivo», Chaloupka era un prisionero de lo más indisciplinado, y en enero de 1943 fue enviado a Colditz.

En el tren al Oflag IV-C, Chaloupka y sus guardias viajaron en un compartimento con una joven extremadamente atractiva. Irmgard Wernicke tenía diecinueve años, cuatro menos que el aviador checo, que hablaba un alemán fluido. «Fue un viaje bastante largo», recordaba Chaloupka más tarde, «y tuvimos tiempo de conocernos.» Irma le explicó que era la ayudante del doctor Ernst Michael, el dentista del pueblo de Colditz. Su padre, el doctor Richard Karl Wernicke, era director de una escuela de agricultura y una figura destacada del Partido Nazi local. La parte trasera de su casa daba a los terrenos del castillo. Por su parte, Checko le contó sus vuelos desde Checoslovaquia, sus aventuras como piloto y su captura. Igual que Checko, Irma era romántica y rebelde. Cuando el tren llegó a Colditz, estaba enamorada.

En la estación, Irma le susurró a Checko que fingiera una emergencia dental para poder volver a verse. Semanas después, Chaloupka se rompió deliberadamente una pieza dental. La cita odontológica resultante fue más placentera que la mayoría. Checko se dejó la bufanda en la consulta e Irma corrió montaña arriba para devolvérsela y ambos se besaron en la carretera de Colditz bajo la curiosa mirada del guardia alemán. Era el inverosímil comienzo de un romance apasionado entre un piloto de cazas checo encarcelado y una auxiliar de dentista alemana.

En los primeros días de Colditz, el doctor Michael y su bella ayudante visitaban el castillo una vez por semana para atender a los prisioneros, pero aquello terminó a principios de 1942, cuando al dentista le robaron el abrigo de un armario cerrado, además de su escalpelo, sus perforadores e incluso su bata de médico. A partir de entonces, insistió en que los prisioneros que necesitaran tratamiento fueran llevados a su consulta en el centro del pueblo. Según otro prisionero, «Checko consiguió ir al dentista cinco veces rompiéndose tanto los dientes con piedras que necesitó varios tratamientos». Pronto empezó a correr el rumor de que el checo era «el único prisionero del castillo que había besado a una chica». Chaloupka insinuó que había hecho mucho más que besar a Irma en esas ocasiones. Si mantuvieron relaciones sexuales, solo pudo ocurrir con la connivencia del doctor Michael, lo cual pudo haber conseguido mediante sobornos, el otro talento principal de Checko.

A las pocas semanas de su llegada, Chaloupka se había convertido en el máximo coordinador y controlador del sistema de trueque ilegal del campo. Utilizando el tabaco como incentivo, trabó amistad con varios guardias. A través de los denominados «guardianes blandos», Checko parecía conseguir casi cualquier cosa: horarios de trenes, huevos, herramientas, cebollas frescas e información. A partir de ahí había un pequeño paso al chantaje; amenazar con delatar a un guardia que había aceptado un soborno era una manera sumamente eficaz de obligarlo a aceptar otro. Checko era un maestro de los negocios. Si el precio por disfrutar de las relaciones sexuales con Irma eran unos cuantos dientes maltrechos y muchos cigarrillos para el dentista del pueblo, él lo consideraba una ganga.

Checko, un hombre «con un encanto y una presencia considerables y poseedor de una exuberancia irresistible», también era un espléndido fanfarrón que se regodeaba en su fama de negociante del mercado negro y donjuán. Más tarde, Chaloupka describía un día típico: le gustaba levantarse tarde, disfrutar de un desayuno tranquilo preparado por su cocinero personal y subir al segundo piso del ala este a observar con un lascivoscopio a su «chica favorita en bragas mientras se vestía»; después, un almuerzo ligero, algún negocio provechoso con los guardias, una partida de cartas y una visita al piso de arriba para ver a Irmgard quitarse la bata en su dormitorio, una «cena excelente», una conversación sobre los progresos de la guerra y a la cama. Nunca se sabrá hasta qué punto era cierto, pero ese era exactamente el tipo de relatos que despertaban la envidia y la admiración de sus compañeros hambrientos de sexo.

Los oportunistas como Chaloupka se crecen con la agitación, y su llegada coincidió con otro cambio de régimen en el campo. En febrero, el Kommandant fue enviado a Ucrania para ocuparse de la administración de los campos. Glaesche nunca se adaptó a la cultura combativa de Colditz, y en los últimos meses apenas había salido de sus aposentos. Su sustituto, el Oberstleutnant Gerhard Prawitt, el tercer y último Kommandant de Colditz, era el «típico rigorista prusiano» enviado desde el frente oriental. A sus cuarenta y cuatro años, era más joven y activo que la mayoría de los hombres que tenía a su mando. Una de sus primeras medidas fue destituir al Hauptmann Priem, el relajado alcohólico, que se jubiló anticipadamente y murió poco después a causa de la bebida. Se instalaron nuevos puestos de ametralladora y más vallas con alambre de espino en las pendientes del castillo. Para imponer más disciplina, el número de recuentos se incrementó a cuatro diarios. Ahora, los prisioneros tenían que formar a las siete y las once de la mañana, a las cuatro de la tarde y a las diez de la noche. «Si eso no funciona, entre seis y ocho recuentos al día», advirtió Prawitt a los oficiales. Desde el principio se negó a tolerar la rebeldía que se había afianzado con Glaesche. «Si un prisionero no obedece una orden», les dijo a los guardias, «repetidla y hundidle el rifle en la espalda. Si sigue desobedeciendo, disparadle allí mismo.» Eggers era partidario de un estilo más sutil y confesó en su diario: «Prawitt es el Kommandant más ignorante que he tenido nunca». Estaba a punto de enfrentarse a un desafío a su autoridad con un origen de lo más inverosímil.

Birendranath Mazumdar seguía batallando en secreto con la decisión más difícil de su vida. Tras una discreta conversación con Eggers, volvió a ocupar el compartimento de primera clase de un tren con destino a Berlín. Poco después, podía ser el oficial médico de un ejército que luchaba por la libertad india bajo el liderazgo del gran Subhas Chandra Bose. Era una idea dolorosamente tentadora. Pero, para dar ese paso, tendría que trocar integridad por libertad, cosa que Mazumdar no podía hacer. «El honor y la fidelidad no tienen doble filo», reflexionaba. «Uno puede ser honorable cuando no corren tiempos difíciles, pero cuando las intenciones honorables cambian durante una crisis, por ejemplo en cautividad, esa persona ya no puede ser calificada de honorable. Lo mismo ocurre con la fidelidad. Cumplir las promesas es el deber imperioso de todo individuo. Que sea lo que tenga que ser. Aquel que se desvía de ese camino sagrado, sin importar la razón, es menospreciado. Una persona sin honor no es un ser humano; debería ser clasificada con los cuadrúpedos.»

El médico indio alimentaba sus principios en soledad. Cuando un segundo médico, un irlandés llamado Ion Ferguson, llegó a finales de 1942, Mazumdar lo recibió con un mensaje de tristeza: «Lamentarás el día que llegaste a este manicomio. Aquí la mayoría estamos destrozados, y tú no tardarás en estar como los demás».

La vida en Colditz se había vuelto «insoportable», pensaba Mazumdar. Tenía que salir de allí. «Estaba harto. Tenía que demostrar que podía fugarme.»

De acuerdo con la insistencia nazi en la estratificación racial, los alemanes habían creado una serie de campos en Alemania y la Francia ocupada en los que solo había prisioneros indios, en su mayoría soldados del ejército indio británico capturados en el norte de África. La seguridad en aquellos lugares era mucho menos estricta que en Colditz. Mazumdar creía que, si lo trasladaban a un campo para indios, tendría más opciones de escapar. Si no, al menos podría alejarse de los rumores de deslealtad que lo perseguían en Colditz, encontrar a alguien con quien hablar bengalí y volver a ejercer la medicina. Solicitó el traslado al nuevo Kommandant, insistiendo en que tenía derecho a ser encarcelado con sus compatriotas. Fingió ser vegetariano y aseguraba que la comida del campo era un incumplimiento de su religión. Siempre que los suizos, como poder protector, iban a realizar inspecciones, los presionaba para que pidieran a las autoridades de Colditz que lo trasladaran. Nada funcionó. «Intenté obligar a los alemanes a que me pusieran a trabajar en un Stalag», le dijo al doctor Ferguson. «Pero no me hacen caso.» Los alemanes aducían que Mazumdar era oficialmente *deutschfeindlich* y que, por tanto, se hallaba en el lugar adecuado.

15. Giles Romilly, el sobrino comunista de Winston Churchill y el primero de los *Prominente*, o prisioneros especiales.

16. El doctor Birendranath Mazumdar, el único prisionero indio de Colditz, apodado «Jumbo» por los otros oficiales británicos.

17. El célebre as de la aviación y doble amputado Douglas Bader mete sus piernas de hojalata en la cabina de un Spitfire.

18. Michael Alexander, el comando capturado que evitó ser ejecutado haciéndose pasar por el sobrino de un general británico.

19. (arriba) Voleibol en el patio interior.

20. (abajo) Paseo por el parque: el trayecto diario hasta el recinto de ejercicios, «un acto formal con un toque de amenaza».

21. (arriba) «*Stoolball*», un juego de una violencia extrema inventado en Colditz. Era un cruce entre rugby y combates en jaula.

22. (derecha) Oficiales aliados ven los primeros Juegos Olímpicos de Colditz. Guy German, el primer oficial superior británico, sentado a la derecha del todo.

23. (abajo) El caluroso verano de 1942: «A diario, el patio estaba lleno de cuerpos relucientes y sudorosos en varias fases de rojez, irritación y bronceado».

24. (arriba) El oficial alemán Eggers (segundo por la izquierda) asiste a una obra teatral en 1943 flanqueado por oficiales británicos.

25. (derecha) *The Man Who Came to Dinner*, representada en 1944. En Colditz, el teatro era un centro de entretenimientos de toda clase, incluidos conciertos, obras y pantomimas.

26. (izquierda) Escenografía para la producción de *Luz de gas*, de Charlie Hopetoun, representada en el teatro de la prisión en 1944. El dibujo es del teniente Roger Marchand, alias «Madame Décor».

27. *Ballet absurdo*, Navidad de 1941. Neave con birrete y toga, última fila, cuarto por la izquierda; Mazumdar con disfraz indio, última fila, quinto por la derecha; Jimmy Yule al piano; Tony Luteyn, izquierda del todo, al contrabajo.

28. «Las protagonistas eran increíblemente convincentes» e inevitablemente se convirtieron en objetos de deseo.

29. (arriba) Max Schmidt, el primer Kommandant, una «figura imponente» con «fríos ojos grises».

30. (arriba) El cabo Martin Schädlich, un infatigable sabueso apodado «Dixon Hawke» por un popular detective de ficción.

31. (izquierda) Edgar Glaesche, el sucesor de Schmidt, que exigía respeto pero no lo recibía.

32. El último Kommandant de Colditz, Gerhard Prawitt, el «típico rigorista prusiano».

33. Dos fugitivos belgas devueltos al castillo a punta de pistola.

34. (arriba) «Otros rangos», soldados que trabajaban como sirvientes de los oficiales presos. Solly Goldman es el segundo por la derecha.

35. (abajo) Bader, el recluso más famoso y alborotador del castillo, con su sufrido ordenanza, Alex Ross, debajo.

36. (arriba) Menú para una cena anglo-francesa en junio de 1943 que incluía exquisiteces de los paquetes de la Cruz Roja como ciruelas pasas y queso.

Una mañana de febrero, mientras conversaba con el médico irlandés, Mazumdar anunció:

—Ferguson, he decidido no seguir aquí. Como indio, intentar escapar en Alemania sería absurdo, así que tendré que arreglármelas para salir por la puerta principal. Me apuesto lo que quieras contigo a que en quince días ya no estoy aquí.

Ferguson se quedó boquiabierto.

—Crees que estoy de broma, ¿verdad, Fergy? Te demostraré que te equivocas.

El médico indio había decidido utilizar la única arma que según él tenía a su alcance: una huelga de hambre.

En los años treinta, Mahatma Gandhi, el ídolo político de Mazumdar, había protagonizado una serie de huelgas de hambre muy publicitadas para exigir el final del dominio británico en la India. El 10 de febrero de 1943, detenido sin cargos por los británicos, Gandhi inició la decimoquinta de esas protestas e insistió en que no comería hasta que fuera puesto en libertad. Dos días después, Mazumdar también comenzó una huelga de hambre. «A los alemanes no les parecerá muy buena propaganda en el Lejano Oriente si corre la noticia de que han permitido que un indio muera de hambre.» Luego se fue a la cama y declaró que solo consumiría agua y un poco de sal hasta que el Kommandant accediera a trasladarlo a otro campo.

La comida era el segundo tema de conversación más habitual en Colditz por detrás de las fugas, y la idea de que un prisionero pudiera privarse voluntariamente de nutrición extrañó a los demás. Los oficiales británicos se mofaban de él —«Jumbo está haciendo un Gandhi»—, pero el menudo doctor sonrió y dijo: «Sé lo que me hago. Veremos lo que veremos».

Al principio, la protesta individual de Mazumdar sorprendió a los alemanes, que luego se reían y a la postre se mostraron profundamente alarmados. Después de una semana de hambruna, Mazumdar había perdido tres kilos y Ferguson lo alentó a dejarlo, pero él se negó educadamente. El médico alemán lo examinó e informó al Kommandant Prawitt de que Mazumdar estaba hundiéndose con rapidez: «No podía disimular la ansiedad de su voz». Eggers estaba cada vez más preocupado. El oficial superior británico pidió al nuevo Kommandant que «rescatara al pequeño médico indio de su destino autoimpuesto». Colditz y Berlín intercambiaban mensajes. Al final de la segunda semana, Mazumdar estaba demasiado frágil para levantarse de la cama, pero seguía decidido. «Nunca he visto a un hombre más seguro de nada», escribió el doctor Ferguson, que emitía comunicados sobre la salud de Mazumdar cada cuatro horas. El Unteroffizier Schädlich escribió en su diario: «El médico anglo-indio no come desde hace catorce días. Solo bebe té y fuma». Empezó a perder visión y su ritmo cardíaco estaba disminuyendo, pero «mantenía la sonrisa y reiteraba: "Veremos lo que veremos"». Delirando a causa del hambre, Mazumdar intentaba concentrarse en el *Upanayana*, el ritual de ayuno hindú al que se había sometido de niño, la ceremonia del hilo sagrado, y obligaba a su cuerpo a continuar. «Me sentía cada vez más débil», recordaba, y le venían a la mente las palabras de su padre: «Nunca olvides lo que eres, cómo te criaron y la suerte que tuviste».

Al decimosexto día, el ejército alemán se llevó una sorpresa. Había llegado un mensaje del cuartel general del ejército en Berlín: «El doctor Mazumdar debe cesar su huelga de hambre y prepararse para abandonar el campo en cuanto haya recobrado fuerzas».

La huelga de hambre de Mazumdar había dado sus frutos. (La de Gandhi no. Los británicos la ignoraron y volvió a comer al cabo de veintiún días.)

Los otros reclusos olvidaron al instante lo mal que habían tratado a Mazumdar en el pasado: «El médico indio era el héroe del momento». Las sospechas y los prejuicios que siempre lo habían perseguido se evaporaron de la noche a la mañana y, cuando salió al patio, débil y demacrado pero con una sonrisa de oreja a oreja, fue recibido con fuertes vítores. Gente que antes lo esquivaba ahora aseguraba que siempre le había caído bien: «Sentimos mucho perder a una personalidad tan resoluta». Lo atiborraron a comida para fortalecerlo: «Los oficiales británicos me alimentaron suntuosamente». Harry Elliott, el oficial que lo había acusado de espionaje y acabó aporreado en el suelo del lavabo, pidió disculpas. «Lo siento mucho», le dijo. «Te invito a venir a casa conmigo y con mi familia después de la guerra.»

194

A Mazumdar le habían impedido escapar por su color de piel, pero ahora que se iba, el comité de fugas le regaló un nuevo receptáculo para el recto lleno de billetes alemanes, un gesto de solidaridad racial sincero, aunque un tanto inusual.

El 26 de febrero de 1943, tal como había predicho, Mazumdar salió por la puerta principal de Colditz.

Tras una semana en un fétido campo indio que ocupaba un antiguo recinto de polo en Bayona, en el sudoeste de Francia, él y un grupo de prisioneros subieron a otro tren con destino al norte. «Estás loco», le dijo un oficial indio cuando Mazumdar le confesó que tenía intención de saltar del tren. Cerca de Angulema, consiguió abrir la ventana del vagón con la ayuda de dos zapadores indios y saltó. El tren seguía avanzando «bastante rápido». Con un dedo de la mano roto, se dirigió hacia el sur a pie con la intención de cruzar los Pirineos y llegar a la España neutral. Unos campesinos franceses le proporcionaron comida, ropa e indicaciones, pero en un pequeño pueblo situado cerca de Toulouse se le acabó la suerte: «Cometí la estupidez de preguntarle a un anciano francés por la ubicación de un puente». El hombre lo acompañó hasta un edificio que resultó ser la comisaría de policía. Mazumdar fue arrestado y entregado a los alemanes. «Mi primer contacto con la Gestapo fue cualquier cosa menos agradable», recordaba, desdramatizando la situación. «Pasé un mal rato con ellos.» Fue interrogado y golpeado con dureza, primero en las celdas de Agen y más tarde en el cuartel general de la Gestapo en Toulouse. Después de una paliza especialmente salvaje le sangró la nariz durante una hora, pero se negó «a dar los nombres de los civiles franceses» que lo habían ayudado. La Gestapo parecía estar al corriente de su reunión con Subhas Chandra Bose.

—Te daremos otra oportunidad de unirte a nosotros —le dijeron.

—No pienso hacer eso —repuso, así que volvieron a pegarle.

Mazumdar dio por hecho que a la Gestapo se le agotaría la paciencia y lo mataría. En el mejor de los casos, lo mandarían de vuelta a Colditz. Por el contrario, el 17 de abril fue trasladado al Frontstalag 153, en Chartres, un campo de la Francia central para «prisioneros coloniales» en el que quinientos cautivos indios eran custodiados por una guarnición de soldados argelino-franceses a las órdenes de los alemanes. Como el único oficial con cargo británico, Mazumdar era el militar de mayor rango en aquel lugar. «Me había unido a mis compatriotas», escribió. «Tenía motivos para estar satisfecho.» Empezó a planear su siguiente intento de fuga: «Estaba decidido a marcharme ocurriera lo que ocurriese».

En aquel momento, otro prisionero solitario también encontró compañía en Colditz. Giles Romilly, el sobrino de Churchill, se pasaba las noches solo en su celda y los días sometido a vigilancia constante. Pero en febrero se unió a él un segundo prisionero VIP, un comando capturado que había evitado la ejecución gracias a un heroico hito de falso parentesco. Los alemanes creían que era sobrino del general sir Harold Alexander, el comandante británico de las fuerzas aliadas en Oriente Próximo, pero no era cierto.

El teniente Michael Alexander era un oficial de veintidós años perteneciente al Servicio Especial de Embarcaciones (SBS), el equivalente marítimo al Servicio Aéreo Especial (SAS), fundado por David Stirling en 1941. Mientras que el incipiente SAS había sido pionero de una nueva forma de guerra en el norte de África al cruzar el desierto de Libia para atacar aeródromos del Eje por toda la costa, el SBS desempeñaba una labor igual de destructiva y secreta, pero por mar. En verano de 1942, Alexander estaba jugando al tenis en Alejandría cuando recibió un mensaje para que participara en una misión que pretendía sabotear un almacén de municiones tras las líneas enemigas. No tuvo tiempo de cambiarse de ropa. El equipo de veinte comandos del SBS recorrió sesenta kilómetros de costa en un buque torpedero de alta velocidad y, envuelto en la oscuridad, llegó a la costa en barcas hinchables, pero descubrió que estaban en el lugar equivocado: un campamento de la 90.ª División de Infantería Ligera alemana, una unidad de élite perteneciente al Afrika Korps. La misión fue abortada, pero, mientras los demás regresaban a Alejandría, Alexander y otro hombre, el cabo Peter Gurney, insistieron en continuar solos, lo cual fue un error.

Ambos atravesaron el campamento alemán y colocaron bombas de relojería en dos vehículos portatanques, un coche blindado y un almacén de munición. Después fueron a pie hacia las líneas británicas, situadas unos cuarenta kilómetros al este. Cuando amaneció tenían hambre y sed y se hallaban en medio de otro campamento. Entraron en una tienda, capturaron a seis soldados alemanes a punta de pistola, los ataron, les robaron las Luger y se comieron los espaguetis boloñesa y el café que se disponían a desayunar. Ambos fueron capturados poco después. Alexander no iba vestido adecuadamente para su papel de comando: todavía llevaba los pantalones de tela de gabardina y la camisa de seda que lucía en la pista de tenis, complementados con una gorra que había robado a los Afrika Korps. Un joven oficial alemán que «hablaba inglés a la perfección y dijo que había visitado Oxford en 1938» los informó educadamente de que iban a morir. Habían asesinado a dos alemanes que estaban durmiendo en el vehículo portatanques. Además, iban vestidos (al menos parcialmente) con uniforme alemán y, por tanto, eran sospechosos de espionaje. Según la Orden de los comandos de Hitler, el dictamen podía ser la ejecución sumaria.

A Alexander se le ocurrió una idea brillante y oportuna. «Con el propósito de aprovechar el esnobismo de casta que formaba parte de la tradición militar alemana», le pidió a Gurney que mencionara que él no era «un vulgar saboteador», sino sobrino del general Alexander, quien ya gozaba de reputación entre los alemanes. En realidad, el nuevo comandante de las fuerzas aliadas en El Cairo era primo segundo suyo, pero Alexander creía saber lo suficiente acerca de la familia para salir airoso de un interrogatorio sobre el tema. El mismísimo Rommel ordenó que se suspendiera la ejecución. Cuando un edecán mencionó que Hitler había ordenado matar a todos los comandos capturados, el mariscal de campo respondió: «¿Qué? ¿Ejecutar al sobrino del general Alexander? Menudo idiota.» El otro cautivo británico no podía esgrimir parentescos ilustres. «El cabo Gurney fue llevado en otra dirección», escribió Alexander, que pasó el resto de su vida preguntándose por el terrible destino que debió de sufrir su compañero. Gurney no fue visto nunca más.

Alexander fue trasladado de una prisión a otra hasta llegar a Colditz en febrero de 1943, donde recorrió el patio y fue conducido a una pequeña habitación. «Al lado de una ventana con barrotes había una figura baja y fornida que llevaba una vieja bata marrón y estaba intentando matar una mosca.»

«Herr Romilly», anunció el guardia, «tenemos compañía para usted.»

Los dos hombres formarían el núcleo de los *Prominente*, el grupo de prisioneros importantes sometidos a «una supervisión bastante especial», en palabras de Alexander. Ambos tenían mucho en común, incluyendo «tíos» a los que casi no conocían y cuya fama los había llevado a Colditz.

Con el tiempo los acompañarían otros prisioneros británicos «de élite» seleccionados en campos de todo el país: hijos de aristócratas, políticos, figuras militares de renombre y miembros de la familia real. Los alemanes seguían criterios eclécticos para determinar quién era suficientemente relevante como para formar parte de aquel pequeño grupo. El recluso de Colditz John Arundell, decimosexto barón de Arundell de Wardour, era un auténtico aristócrata de sangre azul, pero carecía de influencia política o monárquica para ser considerado esencial. Max de Hamel, un comandante de carros de combate que a finales de 1944 se convirtió en el séptimo miembro del grupo de los *Prominente*, no tenía ni idea de por qué le habían concedido tan dudoso privilegio hasta que recordó una carta reciente de su abuela que contenía la siguiente frase: «He conocido a varios nietos del señor Churchill, que son primos tuyos». Aquello era nuevo para De Hamel, y de un interés considerable para los censores alemanes, que alertaron a las autoridades. De Hamel creía que a lo sumo era primo tercero del primer ministro. Todo el mundo tiene una media de ochocientos cincuenta primos terceros, pero aquel tenue vínculo de sangre con el primer ministro británico bastó para los inexpertos genealogistas del Tercer Reich. Max de Hamel fue enviado a Colditz por un «cotilleo familiar» incluido en una carta de su abuela.

Por revertir la máxima de Groucho Marx, los *Prominente* formaban un club en el que sus miembros nunca habían querido ingresar. Pero dicha membresía conllevaba ciertos privilegios: más privacidad y espacio, un gramófono y mejor comida. Puesto que a los personajes VIP no les estaba permitido ejercitarse en el parque, el Kommandant accedió a que dieran paseos vigilados, como hacía Douglas Bader, acompañados de cuatro guardias armados con pistolas automáticas. «El campo es bonito», dijo Eggers. «Se parece bastante a vuestros montes Cotswolds.» Cuando paseaban por los senderos que rodeaban Colditz, Michael Alexander recogía tomillo de los arbustos y se lo cambiaba a los franceses por carne enlatada. No es que los *Prominente* miraran por encima del hombro a los otros prisioneros, pero, como en la vida civil, aquellos hombres gozaban de otro estatus. Un miembro del grupo describía la vida en Colditz como «un entorno para caballeros de campo» y se sorprendió al descubrir a tanta gente de su misma condición social. La excepción era Max de Hamel, que no pertenecía a su misma clase. «Parecía un chambelán en busca de emperador», comentaba Michael Alexander con altanería. Giles Romilly era comunista y, lo que era aún más importante, tenía contactos en las altas esferas. Las clases más bajas y más altas de Colditz estaban sometidas a mayores medidas de seguridad que los prisioneros de clase media. Nadie creía que los ordenanzas fueran a escapar y la aristocracia de la sociedad de Colditz estaba tan vigilada que salir era imposible. Cuando Romilly intentó hacerlo disfrazado de basurero, fue interceptado y enviado a su celda con la burlona reprimenda de que el sobrino del señor Churchill no debía «ensuciarse las manos» de aquella manera. Pero, aunque disfrutaban de unos privilegios peculiares, los *Prominente* sabían que aquel trato excepcional no era una deferencia, sino un cálculo cínico: eran monedas de cambio que Hitler podía utilizar cuando fuera necesario.

Los clubes eran y siguen siendo una extraña obsesión británica. Siempre que se reúnen tres o más ingleses, como mínimo dos intentan formar un club del que los otros quedan excluidos. La fidelidad a una tribu determinada, ya sea un equipo de fútbol o un club de caballeros de Pall Mall, corre por la cultura (masculina) británica como las vetas por el mármol. Esos grupúsculos definitorios, a menudo absurdos en sus rituales, rígidamente jerárquicos y rigurosamente exclusivos, pueden ser muy importantes para sus miembros y para nadie más. Cierto tipo de inglés se siente especialmente feliz cuando admite en su club a una persona que tiene ideas afines o vota en contra de alguien que no las tiene. En Colditz, las distintas guarniciones se convirtieron en pequeños clubes: la «Cámara de los Lores», la «Guardería» y una escuela de póquer «al estilo del White's Club». La mentalidad de colegio privado no solo persistía, sino que se veía exacerbada en cautividad, ya que los reclusos intentaban crear una réplica de la vida que habían conocido antes de la guerra. Los exalumnos de Eton, señalaba Platt, eran especialmente proclives a formar clanes, hasta el punto de coordinar sus funciones corporales: «Comían juntos, recorrían el campo de ejercicios en parejas o en grupos de tres o cuatro personas, asistían a las mismas charlas e iban juntos al lavabo».

Colditz incluso tenía un Club Bullingdon propio, creado a imagen y semejanza del club gastronómico para varones de la Universidad de Oxford, que desde entonces se ha convertido en sinónimo de filisteísmo elitista. Solo en el siglo XXI, los alumnos de Bullingdon han incluido a dos ministros conservadores y un secretario de Hacienda. El Bullingdon de Colditz consistía «eminentemente en antiguos alumnos de Eton con las características necesarias de la vieja escuela y la hípica», recordaba un miembro. «Nos llevábamos a las mil maravillas.» El Club Bullingdon es famoso porque sus miembros destrozan restaurantes cuando están ebrios y por un rito de iniciación que supuestamente incluye la quema de un billete de cincuenta libras delante de un indigente. En Colditz no había restaurantes, dinero de verdad ni caballos, pero la mera existencia de un Club Bullingdon era una prueba más de la voluntad de traducir las normas sociales de preguerra al mundo artificial de la prisión. Colditz, un campo para oficiales, era el «Club de los Chicos Malos». Los *Prominente* representaban una sociedad aún más selecta dentro de él («Allí éramos bastante exclusivistas», afirmaba Michael Alexander) y el Bullingdon de Colditz era el subgrupo más exclusivo de todos, un club dentro de un club dentro de un club.

Después de la guerra, los antiguos reclusos solían decir que en Colditz no había clases, que eran un grupo cohesionado de hermanos cuyo deseo común de escapar allanaba las distinciones y disonancias que dividían al mundo exterior, pero ocurría justamente lo contrario. «En Colditz, la estructura de clases era igual que la estructura de clases de la época», dijo un recién llegado. «Había una clase obrera, que eran los soldados, los ordenanzas que tenían que trabajar. Luego estaba la clase media, oficiales de escuelas privadas más o menos importantes, y por último la clase alta, con los *Prominente* y los señores del reino...» Alex Ross, el burro de carga de Bader, llamaba a los prisioneros especiales «los grandes oligarcas» y afirmaba que «no hablaban con los ordenanzas». La división social entre los oficiales y sus sirvientes se respetaba de manera estricta. Ross tocaba el clarinete en la banda, pero, por lo demás, él y los otros ordenanzas estaban al margen y llevaban una vida muy distinta de los oficiales a los cuales servían, con sus propias habitaciones y ni una sola oportunidad de escapar. «Ni siquiera teníamos conocimiento de que estaba habiendo fugas», decía Ross. «Nunca nos hacían partícipes.» Los ordenanzas jugaban al fútbol, pero no podían participar en el *stoolball*, un deporte para oficiales. «Era demasiado duro», afirmaba Ross, a quien le permitían jugar en los partidos de críquet, pero solo cuando estaba Bader. «Odiaba el críquet. Él golpeaba la pelota y yo tenía que correr.»

Al margen de las clases sociales, también había diferencias de rango militar, servicio, nacionalidad y veteranía, y en las diferentes maneras en que una persona podía matar el tiempo. Un veterano relataba que los prisioneros «se dividían más o menos en cinco categorías principales: fugitivos, creadores, administradores, estudiantes y durmientes. Muchos individuos combinaban dos o más de esas vertientes a la hora de afrontar la cautividad». Como en el colegio, los recién llegados eran objeto de burlas y menosprecios hasta que demostraban su valía.

A principios de verano, setenta y seis oficiales británicos fueron trasladados a Colditz tras protagonizar una fuga masiva a través de un túnel en el campo bávaro de Eichstätt. Los prisioneros residentes los llamaban despectivamente la «muchedumbre de Eichstätt». Los nuevos no dispensaban a los veteranos el respeto que estos últimos creían merecer. «Nos parecieron todos unos locos», decía uno de los recién llegados. «Llevaban demasiado tiempo encerrados en el mismo sitio y eran unos fanfarrones terribles.» Algunos de los nuevos consideraban que la tradición de las burlas hacia los guardianes era infantil y contraproducente, y a otros no les gustaba el requisito de que todos los intentos de fuga tuvieran que ser aprobados por un comité. Incluso las huidas se regían por una jerarquía interna, y los fugitivos veteranos estaban en lo más alto.

Uno de los más destacados era Michael Sinclair, el más obsesivo entre los obsesivos. En mayo pergeñó otro plan con Gris Davies-Scourfield, uno de los oficiales que habían escapado de Poznań con él. Durante los ejercicios en el parque, se sentaban en una esquina del recinto apoyados en la verja e iban cortando el alambre «a escondidas» con una sierra fabricada con una cuchilla. Cuando cortaran un panel, sus compañeros causarían alguna distracción y los dos hombres saldrían, «treparían por una ladera cubierta de zarzas y saltarían rápidamente por encima del muro». Davies-Scourfield sabía que el plan tenía pocas posibilidades de éxito, «pero el entusiasmo de Mike» lo hizo seguir adelante. Los alemanes no tardaron en descubrir los alambres cortados, repararon la valla y a partir de entonces prohibieron que los prisioneros se apoyaran en ella. Era el quinto intento de fuga de Sinclair. «Su anhelo de huir, que no se veía nublado por una sola distracción, lo convirtió en la figura dominante de las fugas británicas en 1943», escribió Romilly. Pero, aunque Sinclair participaba en todos los planes, seguía siendo una figura solitaria. «Mike Sinclair era callado y paseaba solo.» Incluso los alemanes estaban impresionados. «Su cabello rojo y su amargo coraje le valieron el respetuoso apodo de *Rote Fuchs*», el Zorro Rojo. Con gran ironía, Eggers lo llamaba el «Gran Fugitivo», pero admiraba la persistencia de Sinclair: «El número de fugas, su variedad e ingenio, la exhaustividad de la preparación y la exactitud de su ejecución constituían un logro sin parangón». Y también un récord único de fracasos.

La llegada de la muchedumbre de Eichstätt transformó el carácter esencial de Colditz. Después de dos años y medio, la

Wehrmacht había llegado a la tardía conclusión de que era un error concentrar en un mismo lugar a los prisioneros más recalcitrantes de las naciones aliadas. En lugar de atenuar la rebelión, la química de la competencia y la colaboración internacional había hecho que el lugar fuera aún más difícil de controlar. En adelante, Oflag IV-C solo albergaría a prisioneros británicos, a ciudadanos de la Commonwealth y, con el tiempo, a estadounidenses. El contingente neerlandés se fue en junio y todos los reclusos salieron a despedirlos. Los franceses y los belgas fueron trasladados al campo de Lübeck semanas después. En el andén de la estación de Colditz, Giles Romilly fue encontrado con la cara amoratada en una caja de embalaje francesa que también incluía un paquete de galletas y una sierra; habían dejado la caja boca abajo y estaba a punto de desmayarse. «Se habría ahogado antes de que saliera el tren, porque habían apilado mucho equipaje encima y el agujero que habían hecho estaba medio tapado», escribió Schädlich.

El Kommandant Prawitt, que se jugaba el cuello si «Emil» escapaba, montó en cólera y destituyó al jefe de seguridad. Los últimos miembros de la compañía polaca partieron hacia un campo de Silesia en agosto y dejaron atrás a doscientos veintiocho oficiales británicos, una cifra que no dejaría de aumentar en los meses posteriores. La mezcla de prisioneros británicos, franceses, polacos, belgas y neerlandeses había impreso al lugar una atmósfera peculiarmente cosmopolita. «Lamento bastante tener que irme», dijo Van den Heuvel, el oficial de fugas neerlandés, cuyo contingente de sesenta y ocho altos mandos se había anotado al menos trece triunfos.

Los franceses dejaron un legado de un valor incalculable. La radio, Arthur II, fue entregada «en su totalidad». Los británicos conocían la existencia de la radio francesa, pero no dónde se encontraba. Antes de marcharse a Lübeck, Frédo Guigues, el genial forzador de cerraduras y técnico de radio, acompañó a Dick Howe, el oficial de fugas británico, al escondite, un compartimento situado entre el suelo de las buhardillas de la *Kellarhaus* y el techo que incluía una mesa, sillas tapizadas, mantas para el frío, paredes forradas de lana, electricidad desviada del sistema principal y mapas para permitir que los oyentes secretos siguieran los progresos de la guerra. «A los franceses les gustan las comodidades», dijo Howe, impresionado por la acondicionada madriguera secreta que había debajo de los tablones. A partir de entonces, un equipo de radio británico que consistía en un operador y un «escriba» subiría cada tarde a la buhardilla para escuchar las noticias de la BBC a las siete mientras un elaborado sistema de vigías montaba guardia. En los alojamientos de los prisioneros, el escriba transcribiría las noticias a partir de las notas que había tomado. El boletín era repartido a cada contingente y leído en voz alta durante la cena. Los alemanes sabían que había una radio en funcionamiento: «Buscaron hasta la saciedad, pero no la encontraron». El Club Bullingdon instaló su comedor en la habitación de abajo, partiendo de la lógica de que los alemanes serían menos proclives a registrar un lugar que contenía a la élite de Colditz. Solo unos pocos oficiales conocían el paradero exacto de la radio. Arthur II siguió funcionando hasta el final de la guerra sin ser descubierta y ofreció una dosis continua de información fiable, un ritual diario para levantar la moral que recordaba a los prisioneros que todavía tenían un hogar al cual tal vez regresarían algún día.

En aquel momento, la batalla en los confines de Colditz era un conflicto entre los británicos y los alemanes. Ya no existía el peligro de que un plan de fuga trazado en secreto por una nación pudiera interferir en el de otra. Colditz se convirtió en una prisión británica. La jerarquía de rango era más clara, el control ejercido por el comité de fugas se volvió más pronunciado y las oportunidades para las huidas individuales se vieron reducidas. El grupo hawaiano neerlandés, la cocina francesa y el coro polaco ya no estaban. La osmosis cultural entre nacionalidades había desaparecido, igual que la fructífera asociación anglo-neerlandesa y el balbuceo cotidiano de diversas lenguas en el patio interior. El padre Platt se percató de que, como prisión totalmente británica, el lugar parecía más exclusivista, con «pequeños grupos de amigos que se bastaban por sí solos». A partir de entonces, las obras representadas en el teatro eran estrictamente británicas: *La importancia de llamarse Ernesto*, *Luz de gas* y *Pigmalión*.

Reinhold Eggers, un hombre de gustos cosmopolitas, lamentó «el final de Colditz como campo internacional», pero predijo que, a consecuencia de ello, sería un lugar más tranquilo. Más tarde reconocería que aquello era una «vana ilusión». Eggers deseaba que terminara la guerra, aunque nunca lo dijo abiertamente. Él y otros oficiales tenían la orden de «guardar las apariencias» fuera cual fuese la moral de sus hombres o llegaran las noticias que llegasen. Pero eso era cada vez más difícil. En secreto, él también escuchaba la BBC. En mayo de 1943, su hijo de veintitrés años murió tras ser derribado mientras pilotaba un avión de la Luftwaffe. Eggers no se lo dijo a nadie. Como profesor y guardia de prisión, su consigna era «no mostrar emociones». Exteriormente mantenía un aire de confianza inamovible y un estoicismo tan rígido como cualquiera de sus cautivos británicos.

11

Shabash

Las sábanas anudadas, los túneles secretos y los disfraces elaborados no eran la única manera de salir de Colditz. A medida que avanzaba la guerra, ambos bandos eran cada vez más dados a enviar a sus prisioneros a casa a través de un país neutral. Después de la captura de gran cantidad de soldados alemanes en el norte de África, se entablaron negociaciones serias sobre el intercambio de prisioneros y, en 1943, algunos soldados rasos británicos, incluyendo a camilleros, fueron seleccionados para su repatriación.

En agosto, uno de los oficiales alemanes más amigables se acercó a Alex Ross, el sobrecargado ordenanza de Douglas Bader. «Buenas noticias, Ross», dijo. «Te vas a casa.» El ordenanza escocés estaba encantado. «Me emocionaba mucho esa posibilidad. También significaba que podría alejarme lo máximo posible de Bader.» Ross fue corriendo a buscar al famoso as de la aviación, que se encontraba en el patio, y, sin aliento, anunció que pronto volvería a Gran Bretaña.

«Ni de broma», le espetó Bader. «Mira, Ross, viniste aquí como mi lacayo y te quedarás conmigo hasta que nos liberen. Y punto.» Y con eso, se fue y dejó a Ross sin palabras.

«No podía creer que no me dejara irme a casa. Solo pensaba en sí mismo, y para él yo no era más que un sirviente.»

Los otros ordenanzas aconsejaron a Ross que apelara al oficial superior británico, pero el hábito de la obediencia estaba tan arraigado que simplemente aceptó la injusticia. «Bien mirado, debería haber presentado una queja, pero no lo hice. En

207

aquella época no se podía contradecir lo que ordenara un oficial.»

Ross pasaría otros dos años cargando por las escaleras con el oficial tullido de la RAF para que se diese su baño.

Semanas después, Frank «Errol» Flinn perdió la cabeza e intentó suicidarse. Al menos, esa era la impresión que causaba tanto a los alemanes como a los demás prisioneros. Más tarde, Flinn insistiría en que tan solo fingió haber enloquecido para que lo trasladaran a una prisión de la que fuera más fácil escapar. Pero nunca quedó claro, ni siquiera para el propio Flinn, dónde acababa su locura fingida y empezaba la real. Al imitar una psicosis, es posible que fuera justamente en esa dirección. En Colditz, como en el resto de la sociedad, las enfermedades mentales eran percibidas como una debilidad. Es posible que, tras ciento setenta días en régimen de aislamiento, Flinn sintiera que estaba perdiendo la cordura e intentara fingir que estaba actuando. Desde que había tratado de forzar la cerradura de la oficina de correos a plena luz del día, su comportamiento era cada vez más excéntrico. Pasaba muchas horas meditando, cantando en sánscrito y poniéndose boca abajo: «En ese momento, la gente veía el yoga como una extravagancia». (El *stoolball*, en el que los jugadores se propinaban auténticas palizas, era considerado una forma mucho más sana de ejercicio.) A veces, Flinn era locuaz y hablaba largo y tendido sobre la nueva religión que había inventado, pero casi siempre se mostraba retraído y callado. «Si estás sentado a una mesa con la misma gente un año tras otro, las cosas de interés que puedas decir son limitadas», observaba. «Todo está dicho. Simplemente estás allí. Sabes exactamente qué dirá y hará alguien dentro de un minuto. Es muy fácil caer en un estado en el que no te importa demasiado.» En ocasiones, Flinn sufría brotes violentos. «El teniente Flinn ha sido encerrado porque vuelve a tener problemas mentales y pone en peligro la vida de sus camaradas», escribió el Unteroffizier Schädlich, que fue testigo de una escena especialmente curiosa. «Estaba sentado a una mesa con otros reclusos cuando de repente se excusó, se acercó a la mesa de al lado, donde estaban jugando al ajedrez, se excusó de nuevo, cogió el tablero y golpeó a uno de los jugadores, cuya cabeza atravesó la madera. Sin parpadear, volvió a su mesa y se sentó tras excusarse nuevamente con mucha educación.»

Una noche, Flinn fue hallado colgando de una soga en el lavabo. «Tenía una cuerda alrededor del cuello. La pasé por encima de la cisterna y apoyé un pie en el suelo y otro en el inodoro para poder reducir la presión en la garganta si así lo deseaba. Me cercioré de que quedara una buena marca en el cuello.» Cuando descubrieron a Flinn, dieron la voz de alarma. «Los guardias subieron corriendo las escaleras, vieron la marca roja y creyeron que había intentado suicidarme.» Más tarde aseguraba que aquel episodio también había sido una pantomima, pero los demás reclusos creían que había intentado quitarse la vida, y el Kommandant Prawitt también. Una semana después, Flinn no fue trasladado a otra prisión, sino a un campo de concentración. Desde su celda fue testigo de escenas de espantosa crueldad: «Veía alambre de espino y gente hambrienta deambulando con uniformes a rayas, esqueléticos, extendiendo los brazos, pidiendo ayuda. Su mirada era como la de unos animales atrapados y listos para ser sacrificados. Algunos estaban moribundos. Yo pensaba: "¿Qué es este lugar? ¿Quién es esta gente?"». Semanas después estaba de nuevo en Colditz. En los meses posteriores, la locura de Flinn, real o fingida (o una combinación de ambas), sería cada vez más extrema.

En el Frontstalag 153 para reclusos indios, situado en Chartres, Biren Mazumdar hacía todo lo posible por distraer a las autoridades alemanas quejándose constantemente de las condiciones y, siempre que se presentaba la oportunidad, intentaba huir. «Discutía casi a diario con el comandante de campo alemán.» Serró los barrotes de una ventana y escaló el muro exterior de seis metros, coronado por cristales rotos, pero fue iluminado por un foco y tuvo que entregarse. Después de seis semanas en aislamiento, a Mazumdar le fue concedida la peculiar distinción de un guardia personal durante el día. «Hacía mi vida insoportable y me seguía a todas partes, incluso al lavabo.» Por la noche lo encerraban con otros alborotadores en una mitad de un bloque de tres plantas custodiado por cinco guardias argelinos con ametralladoras. Allí, Mazumdar hizo su primer amigo de verdad desde que fue capturado: el *sowar* [soldado] Dariao Singh, del 2.º Regimiento de Lanceros Reales. Singh, un jat sij de Punjab, era un soldado gigantesco de casi dos metros de altura con una poblada barba y unas manos del tamaño de un plato de sopa. Ambos formaron un vínculo inmediato.

El 3 de junio de 1943, los dos indios escaparon del Frontstalag 153. Primero, Singh hizo un agujero en una pared de un metro de grosor en la parte vacía del edificio. «Es increíble que lo consiguiera solo con herramientas caseras», escribió Mazumdar. Después forzaron una ventana que estaba cerrada con clavos y dos láminas gruesas de hojalata. La puerta del campo se encontraba a quinientos metros de distancia, al otro lado de un terreno puntuado por vallas con alambre de espino e iluminado con focos. «Parecía pleno día.» Reptaron hasta la primera valla, siete tramos «con alambres sueltos entre ellos». Singh cortó silenciosamente los dos alambres inferiores con una cizalla hecha con un trozo de poste de cama metálico y pasaron por debajo. Diez metros más adelante había otra valla. Y luego otra. Siempre que los focos hacían un barrido, se pegaban al suelo, que se convirtió en lodo cuando la llovizna cobró fuerza. A Mazumdar lo invadió la esperanza. La lluvia sería un impedimento para los centinelas que ocupaban los puestos de ametralladora situados a ambos extremos del complejo. Al otro lado de un camino que llevaba a la guarnición alemana había otras cuatro hileras de alambre. Singh cortó las vallas metódica y silenciosamente. Al final llegaron a una puerta de hierro de cinco metros de altura con más rollos de alambre de espino en la parte superior. Cuando se hubo alejado el haz de luz, Singh trepó hasta arriba, cortó el alambre y ayudó a Mazumdar a subir. «*Shabash*, doctor Sahib», susurró, una palabra india que significa «bravo». Cayeron con fuerza al otro lado y se dirigieron a las sombras. Habían tardado tres horas en reptar de un lado del complejo al otro. Bajo la luz de la luna, Mazumdar vio el destello de la sonrisa de su compañero. «*Shabash*», dijo de nuevo Singh, que le cogió la mano al médico y emprendió el camino. Estuvieron una hora corriendo sin parar, un robusto médico bengalí y un enorme soldado de caballería sij huyendo en una noche lluviosa. «Era absolutamente espléndido», dijo Mazumdar. «Mis palabras no pueden expresar adecuadamente su osadía y perseverancia.» Singh lanzó sus herramientas caseras a una charca. Cuando amaneció se escondieron entre unos arbustos a esperar que oscureciera y trazaron un plan: irían hacia la frontera suiza, evitarían hablar con nadie el máximo tiempo posible y solo caminarían de noche. «Íbamos vestidos con uniforme de campaña y solo teníamos unos cuantos cigarrillos y zapatos. No llevábamos mapa ni brújula.»

Pusieron rumbo al sur, evitando ciudades y pueblos y durmiendo de día en bosques y debajo de setos. Finalmente les venció el hambre y se armaron de valor para acercarse a una granja aislada en la que les dieron comida y ropa y les indicaron dónde había otro lugar seguro. Mazumdar estaba asombrado y conmovido por la disposición de los lugareños a arriesgar su vida por ellos. «Nos alimentaron como nunca durante nuestra cautividad, y allá donde fuéramos teníamos suficiente para comer. Siempre buscábamos granjas alejadas de la carretera principal e incluso evitábamos vías secundarias.» El francés de Mazumdar era pasable y descubrió que «el ochenta por ciento de la población» odiaba «a los alemanes y al régimen de Pétain. En el país hay un gran descontento. El francés medio está esperando con ansia la invasión de los aliados. Los civiles franceses nos ofrecieron toda la ayuda posible». Los campesinos los acogían, les daban ánimo y sustento y sintonizaban la BBC para que pudieran escuchar las noticias de un mundo libre de la ocupación nazi. Pero no todos los franceses eran tan hospitalarios. «Nos dijeron que esquiváramos a la gente rica, y tenían razón.» Cuando aparecieron en su castillo dos extranjeros de piel oscura pidiendo ayuda, la *comtesse* d'Impley «amenazó con informar a la gendarmería» y cerró la puerta bruscamente.

La caminata que realizaron Biren Mazumdar y Dariao Singh por toda Francia es una de las grandes historias desconocidas de la segunda guerra mundial. Dos soldados inconfundiblemente indios recorrieron novecientos kilómetros en seis semanas por territorio dominado por los nazis. Más tarde, Mazumdar enumeraría las regiones que habían cruzado como si estuviera recitando uno de sus poemas: «Loiret, Nièvre, Cher, Saona y Loira, Jura, Ain». Vadearon tres ríos, estuvieron a punto de ser capturados por unos civiles que custodiaban un puente del Saona y finalmente llegaron a los pies del Jura, la cadena montañosa que separa Francia y Suiza. Su último anfitrión les había advertido que la frontera estaba fuertemente vigilada por guardias alemanes. «Era la parte más difícil», escribió Mazumdar, que estaba al borde del colapso. Incluso la granítica constitución de Singh empezaba a desmoronarse. Siguieron avanzando bajo un aguacero y recorrieron los últimos cien kilómetros en tres días. En Dole, cerca de la frontera, llamaron a la puerta de una granja y abrió una anciana, que invitó a entrar a aquellos hombres famélicos y les sirvió pan, queso y vino. «Llevábamos tres días sin comer y notábamos la tensión. Debimos de parecerle extremadamente agotados y nos suplicó que nos quedáramos al menos un día.» La mujer les explicó que la frontera suiza estaba unos pocos kilómetros más al este y se ofreció a buscar a un guía de confianza que los llevara hasta un puesto fronterizo no vigilado en las montañas. Mazumdar vaciló, «pues conocía el castigo por ayudar a un prisionero de guerra», pero ella insistió. El día siguiente al anochecer apareció un joven del pueblo y la «encantadora anciana» salió a despedirlos. Mazumdar nunca averiguó su nombre.

El 13 de julio de 1943, a las nueve de la noche, la pareja cruzó la frontera cerca de Malcombe. Tres horas después, hacia las doce, llegaron al pueblo suizo de La Rippe y entraron dando tumbos en la comisaría.

Después de tres años en cautividad, el médico indio era libre, su salvación un tributo a la tenacidad, la suerte y la bondad de los desconocidos. La odisea de la fuga de Mazumdar había terminado, pero sus tribulaciones no.

El 3 de septiembre de 1943, Michael Sinclair, que llevaba un bigote postizo y un falso uniforme de brigada de la Wehrmacht, estaba lanzando improperios en alemán a un nervioso centinela mientras ondeaba un pase de seguridad interno del color equivocado. En las habitaciones situadas más arriba, los oficiales británicos podían oír a Sinclair elevando el tono de voz al imitar una reprimenda del Stabsfeldwebel Gustav Rothenberger.

El plan de fuga de Franz Josef era el más elaborado desde el túnel Le Métro de los franceses. En los preparativos habían intervenido más de cincuenta oficiales que fabricaron material de fuga para un pequeño ejército: tres uniformes perfectos y réplicas de armas para los participantes principales, así como treinta y cinco documentos falsos y ropa civil para los fugitivos, que bajarían por las paredes y saldrían cuando Sinclair abriera la puerta. En el lado este, los barrotes de las ventanas del sexto piso, que antes ocupaban los británicos y ahora estaba desierto, habían sido serrados cuidadosamente a lo largo de varios meses y los cortes en el metal disimulados con pulimento negro para botas. Durante meses, Sinclair había estudiado los manierismos, el porte y el marcado acento sajón del Stabsfeldwebel Rothenberger, ensayando su papel bajo la dirección de Teddy Barton, uno de los productores teatrales de Colditz. Fueron necesarios quince intentos para reproducir el bigote pelirrojo de Rothenberger hasta que el resultado fue lo bastante convincente como para que lo aprobara el comité de fugas. Checko Chaloupka sobornó a uno de sus «guardianes blandos» para que les prestara durante una hora su pase numerado, que copiaron a toda prisa y le devolvieron.

La fuga se había programado para un momento en el que un centinela «con pinta de tonto» estuviera de servicio en la puerta. Después del recuento nocturno, los vigías informaron de que Rothenberger se encontraba en la caseta de los guardias. Los fugitivos forzaron las cerraduras de los antiguos alojamientos británicos y subieron al sexto piso. Minutos antes de la medianoche, Sinclair y sus dos «guardias» salieron a la terraza por la ventana de la enfermería. Los fugitivos escucharon atentamente el crujido de sus botas sobre la gravilla y a Sinclair dar órdenes a gritos. En la última puerta, el primer guardia entregó las llaves y fue hacia la caseta, pero el segundo titubeó, negándose a abandonar su puesto tal como le habían indicado. El guardia no era tan tonto como parecía, o quizá lo era tanto que no entendía por qué el Stabsfeldwebel Rothenberger le estaba exigiendo que hiciera algo que antes le había ordenado que no hiciera. «No se va», susurró alguien en la oscuridad del sexto piso. «¿Por qué no se va?» El centinela examinó el pase y miró de nuevo a la figura con bigote y la tez colorada que lo estaba reprendiendo. Entonces levantó el rifle, activó la alarma y ordenó a los tres que pusieran las manos en alto. Lo que sucedió a continuación es motivo de disputa.

Sinclair seguía dando voces cuando el oficial de servicio, el Gefreiter «Culogordo» Pilz, dobló la esquina de la terraza acompañado de dos guardias tras oír la alarma desde la caseta. Todo el mundo estaba gritando. «Pilz sacó la pistola de manera temeraria y alegre», según la posterior descripción del oficial superior británico. En realidad, estaba aterrado a causa del ruido y la confusión. Más tarde, los británicos aseguraban que Sinclair ya había levantado las manos para rendirse. Los alemanes insistían en que Sinclair intentó sacar su pistola (falsa).

Pilz apuntó, abrió fuego a un metro de distancia y una bala de 9 mm le atravesó el pecho a Michael Sinclair, que quedó arrodillado y luego se desplomó hacia un lado. «Dios mío», dijo un guardia alemán que estaba teniendo dificultades para seguir el curso de los acontecimientos. «Le ha disparado a nuestro brigada.» En aquel momento, el verdadero Rothenberger dobló la esquina jadeando con fuerza y presenció una escena surrealista bañada en la luz artificial de los focos: seis guardias alemanes, dos de ellos con las manos en alto, un cabo con una pistola humeante y alguien que se parecía a él muerto en la terraza. Desde el piso superior se oyeron gritos de furia: «¡Alemanes asesinos! ¡Putos asesinos!».

Las repercusiones del caso Franz Josef se dejaron sentir en Colditz durante meses. Según Eggers, Prawitt estaba «fuera de sí». El oficial superior británico exigió que Pilz fuera sometido a un consejo de guerra por disparar a un hombre desarmado. Prawitt se negó, aduciendo que su guardia había actuado en defensa propia, pero se abrió una investigación interna y «Culogordo» Pilz fue enviado al frente oriental. En privado, Eggers estaba satisfecho de que, por una vez, uno de sus centinelas hubiera hecho lo que le indicaban. Después de los sucesos, afirmaba con la típica sabiduría de un profesor que «el punto débil era el bigote» falso de Franz Josef. Más tarde incluyó en su museo el uniforme alemán de Sinclair con las manchas de sangre y el agujero de bala.

Michael Sinclair sobrevivió. Nadie estaba tan sorprendido de ello como él mismo. La bala había rebotado en una costilla, le había atravesado el pulmón y había salido, a solo siete centímetros del corazón, por el omoplato izquierdo. Tras una semana de convalecencia en el hospital de Bad Lausick, el Zorro Rojo estaba de nuevo en Colditz, planeando su siguiente fuga con el brazo en cabestrillo.

La guerra al otro lado de los muros del castillo estaba cada vez más cerca y los prisioneros podían oírla por radio y en el cielo nocturno, mientras los aviones aliados machacaban las grandes ciudades alemanas en una campaña de bombardeos estratégicos cada vez más intensa. En la Operación Gomorra del mes de julio se lanzaron nueve mil bombas sobre Hamburgo que acabaron con la vida de treinta y siete mil personas en el bombardeo aéreo más feroz que el mundo había presenciado. En octubre le llegó el turno a Halle, la ciudad natal de Reinhold Eggers, situada a tan solo ochenta kilómetros de distancia. El suministro eléctrico de Colditz quedó interrumpido durante veinticuatro horas. «Era la prueba más clara de un bombardeo que habíamos tenido», escribió Eggers. A principios de diciembre, los bombarderos británicos mataron en una sola noche a mil ochocientos habitantes de Leipzig, cincuenta kilómetros al norte, y arrasaron gran parte del casco antiguo. El padre Platt describía el «brillo cada vez más intenso» que se divisaba a lo lejos. Mientras ardía el horizonte, los prisioneros escuchaban la carnicería con una mezcla de euforia, asombro y miedo. El parte radiofónico nocturno trajo noticias sobre la invasión de Sicilia, los desembarcos aliados en la Italia continental y, por último, la capitulación de la propia Italia y la huida de Mussolini. Los prisioneros empezaron a apostar desde dónde se lanzaría el «segundo frente contra Alemania».

El progreso del conflicto podía medirse de maneras menos obvias. A finales de agosto llegaron unos dos mil paquetes de la Cruz Roja, el envío más voluminoso hasta la fecha, que incluía cuarenta y cinco cajas de tabaco, café de Venezuela y azúcar de Argentina. Los prisioneros calculaban que tenían comida suficiente para cinco meses, pero era difícil evitar la conclusión de que la Cruz Roja estaba animando a los prisioneros a acumular productos esenciales para un momento en que los suministros ya no llegaran. Como poder protector oficial, Suiza enviaba delegaciones periódicamente para que inspeccionaran el campo y garantizaran que se respetaba la Convención de Ginebra. Dichas delegaciones aseguraban que, aunque los prisioneros no pasaban hambre, las condiciones de vida estaban deteriorándose paulatinamente, con luz y agua caliente inadecuadas, ausencia de verduras frescas y escasez de papel higiénico. «Las paredes son tan gruesas que en invierno no se pueden calentar suficientemente las habitaciones», señalaba un informe suizo en octubre de 1943. Sin embargo, la moral de los prisioneros seguía siendo alta. «Son personas testarudas, resentidas por el largo encarcelamiento y las humillaciones, pero su estado de ánimo se mantiene inquebrantable. Recibieron al delegado con hospitalidad cordial. Es un placer conocer a esos hombres.» Pero el mismo funcionario suizo comentaba que el teniente de vuelo Flinn se hallaba «en un estado mental muy malo» y recomendaba que fuera trasladado a otro campo «con urgencia». Dicha recomendación fue ignorada.

Por el contrario, los ánimos en la guarnición alemana eran cada vez peores. Algunos soldados habían perdido su hogar o a sus familiares en los bombardeos. Empezaron a desaparecer paquetes de la Cruz Roja antes de que fueran entregados. Los hambrientos guardias cada vez estaban más dispuestos a arriesgarse a comerciar con los prisioneros. Eggers percibía «mucha fricción» entre los oficiales alemanes. Los que eran partidarios de medidas más duras para controlar a los prisioneros seguían el ejemplo del Kommandant. Siempre que informaban a Prawitt de nuevos actos de desobediencia, su respuesta era draconiana: «¿Por qué no utilizáis la pistola». El general Keitel, jefe del alto mando alemán, envió una carta personal de felicitación a Prawitt junto con una «confirmación oficial de su derecho a imponer disciplina por los medios que sean necesarios». Según Eggers, el segundo de Prawitt, un pomposo hombrecillo conocido como «el Pavo Real», también era «un hombre violento» y deseoso de enseñarles a los prisioneros quién mandaba allí. Los alemanes aún ejercían el poder de la vida y la muerte sobre sus cautivos y, a medida que se acrecentaba la posibilidad de una derrota, algunos estaban dispuestos a hacer uso de él.

Hasta ese momento, Colditz había sido territorio exclusivo de la Wehrmacht, pero los servicios de seguridad nazis y las SS empezaron a intervenir más en el campo y sus ocupantes. Una mañana apareció un escuadrón de las SS a las órdenes del comisionado criminal de Dresde y llevó a cabo un «registro masivo» en el castillo, aunque descubrió poca cosa. En la cercana Bad Lausick se instaló una nueva unidad de «respuesta rápida» por temor a que los británicos pudieran enviar una unidad de rescate para intentar llevarse a los «prisioneros especiales» de Colditz, entre ellos Giles Romilly y Douglas Bader. Los británicos no tenían esos planes, pero el siniestro despliegue era un indicio de la creciente paranoia nazi: los *Prominente* no pensaban rendirse sin presentar batalla.

En octubre de 1943, la población de la prisión ascendía a doscientos cinco oficiales británicos, catorce australianos, quince canadienses, treinta y tres «franceses combatientes» y dos fantasmas. Cuando Jack Best, un piloto de la RAF, y el teniente de la armada Mike Harvey desaparecieron en abril, los alemanes pensaron que habían escapado. En realidad estaban escondidos en un compartimento secreto bajo el púlpito de la capilla que en su día formaba parte del gran túnel francés. Por la noche salían y eran sustituidos por otros dos prisioneros mientras Harvey y Best dormían en las camas vacías. A veces, los alemanes hacían recuentos mientras los reclusos dormían. Ambos adoptaban los nombres de otros oficiales por si eran interceptados por los guardias y circulaban como prisioneros normales hasta el siguiente recuento. Harvey era «D. E. Bartlett» y Best se convertía en

«Bob Barnes». Tras una fuga, uno de los fantasmas ocupaba el lugar de un fugitivo para ganar tiempo y luego desaparecía de nuevo en el agujero. Aquella vida de trogloditas les pasó factura. Best era un exagricultor y fumador empedernido de la Kenia colonial. Una fotografía de la época muestra a un hombre con la mirada de alguien que ha pasado demasiado tiempo bajo tierra, leyendo a la tenue luz de una vela hecha con grasa para cocinar. En reconocimiento a sus sacrificios, los fantasmas fueron incluidos al principio de la lista de fugas.

Cuando el otoño dio paso al invierno, en los apagados confines de Colditz aleteaba una criatura de unos colores y una extravagancia deslumbrantes: Micky Burn era periodista, novelista y poeta, un exsimpatizante nazi que después se había convertido al marxismo, un hombre malcriado, libertino, divertido, atractivo e inútil que había demostrado una asombrosa valentía durante uno de los ataques de comandos más osados de la guerra. También era abierta y activamente bisexual. El resto de Colditz nunca supo qué pensar de Micky Burn.

El adinerado padre de Burn era el abogado de la familia real. La familia de su madre había creado la sala de juegos de Le Touquet, en Francia. Burn se crio en una casa distinguida y privilegiada situada delante del palacio de Buckingham, un mundo de fiestas, fines de semana elegantes, coches rápidos y una admiración inmerecida. «Solo tenía que levantar un dedo y lo tenía todo a su disposición.» Fue a Oxford, donde no hizo nada y fue expulsado al cabo de un año. Luego consiguió trabajo en *The Times*, el periódico del gobierno. Mantuvo un romance apasionado con Guy Burgess, el funcionario del Ministerio de Asuntos Exteriores y comunista que, según se descubrió más tarde, era espía del KGB. Cuando Burn le confesó a su padre que se sentía sexualmente atraído por los hombres, fue enviado al médico de Jorge V, quien le administró unas inyecciones de bencedrina que lo volvieron hiperactivo, pero no heterosexual. Su afición a la música de Wagner lo llevó a Alemania en 1933, donde cayó bajo el hechizo nazi. «Mi mezcla de ignorancia, ceguera y benevolencia semidelictiva, desatada en un mundo de falsedad sumamente organizada, me convirtió en un papanatas», escribió más tarde.

Unity Mitford, el desequilibrado fascista británico, le presentó a Hitler, que firmó un ejemplar de *Mein Kampf* para el embelesado joven inglés. Burn estaba encantado con el regalo, y lo perdió inmediatamente. Asistió a un mitin en Núremberg y describía con entusiasmo las «grandes luces en el cielo, la música conmovedora, la retórica, la presentación, los tempos, la interpretación, la banda sonora, el júbilo y el clímax. Casi iba dirigido a las partes sexuales de tu conciencia». A su lado tenía sentada a la baronesa Ella van Heemstra, una aristócrata neerlandesa con la que inició un romance. Después del mitin de Núremberg, Burn visitó el campo de concentración de Dachau con Mitford y su hermana Diana, que pronto se casaría con el líder fascista británico Oswald Mosley. Burn no reconoció (tal vez deliberadamente) el horror que estaba presenciando. «Intentaba convencerme a mí mismo de que no era tan malo como parecía.» Pero, al regresar a Gran Bretaña, pasó una semana como huésped de un minero de Barnsley y por primera vez vio la pobreza de cerca. Se le cayó la venda de los ojos de golpe: «Lo que me ofrecía Hitler como la salvación del alma era una mierda». Burn abandonó sus ideas derechistas de la noche a la mañana y emprendió un precipitado viaje hacia la izquierda, adoptando el socialismo y más tarde el comunismo tan fervientemente como antaño había apoyado el nacionalsocialismo de Hitler.

Cuando estalló la guerra entró en la Brigada del Servicio Especial, una unidad de voluntarios creada para operaciones de comandos, decidido a compensar sus coqueteos con el fascismo participando en las misiones más arriesgadas armado solo con «una Jane Austen y un poco de munición». Recibió instrucción en Escocia hasta que estuvo «insoportablemente en forma» y después tuvo un papel protagonista en la Operación Chariot, un ataque anfibio contra el dique seco de Saint-Nazaire, en la costa atlántica de Francia, donde se llevaban a reparar grandes barcos alemanes. El 28 de marzo de 1942, el capitán Burn lideró a su unidad de veintiocho comandos en una misión para acabar con la maquinaria del puerto y los puestos de ametralladora mientras el destructor HMS *Campbeltown*, disfrazado de buque alemán y cargado con potentes explosivos de acción retardada, embestía el dique. La mitad de los soldados de Burn murieron cuando su lancha motora recibió el impacto directo de un cohete alemán. Burn consiguió llegar a la costa, alcanzó él solo el objetivo y finalmente fue capturado con heridas de bala en el brazo y el muslo y un fragmento de metralla en la espalda. «No había dirigido ni protegido a nadie, y tampoco había destruido nada», escribió, restando importancia a un episodio por el cual recibiría la Cruz Militar. Los alemanes publicaron una imagen propagandística de Burn siendo custodiado con las manos en alto. El fotógrafo no se percató de que Burn estaba haciendo el signo de la victoria con la mano izquierda, un acto de valentía y estupidez muy típico de él. Conscientes de su antigua simpatía por la causa, los nazis intentaron reclutarlo como topo, pero no accedió y fue enviado a Colditz.

«Ahora vivo en un castillo, como hacen casi todos los mejores en esta época del año», escribió Burn a sus padres.

Algunos reclusos de Colditz sospechaban que Burn era un espía alemán. Otros desconfiaban de sus opiniones izquierdistas, que expresaba vehementemente. Pero, como exalumno de la escuela privada Winchester, no tardó en adaptarse al extraño tejido social del lugar. «Cuando llegué a Colditz, me pidieron que me uniera a un club muy elegante apodado Bullingdon y formado por gente cercana a la familia real y unos cuantos lores y terratenientes. Nadie sabía que me habían negado la entrada al auténtico Bullingdon cuando estaba en Oxford.» En 1930 no fue considerado adecuado para el exclusivo club por su bisexualidad.

Micky Burn se convirtió en el filósofo y poeta radical del castillo, «un optimista nato y uno de los pocos hombres de Colditz que nunca se deprimían». Escribió la única novela buena que salió del campo. Titulada *Yes, Farewell,* es un estudio sobre la psicología de la vida en prisión que evoca la sombría decrepitud del lugar, el «olor a putrefacción mohosa» y el ambiente generalizado de «tensa inactividad». El título de la novela es un adiós a las certezas liberales del mundo de preguerra. Burn escribía poemas y se los mandaba a su madre, que se los hizo llegar a varias estrellas de la literatura. Para J. B. Priestley, los versos de Burn eran «muy prometedores», pero T. S. Eliot consideraba su poesía «inmadura y a menudo torpe». Su padre fue aún más contundente: «Detesto la poesía a menos que rime». En cuanto al sexo, Burn aseguraba más tarde que era un desafío, ya que «costaba mucho encontrar suficiente privacidad para que fuera disfrutable [...]. El hacinamiento y la censura generalizada hacían que la satisfacción fuera casi imposible». Casi, pero no del todo. Burn salió de Colditz convencido (erróneamente, por lo que se vio después) de que era exclusivamente homosexual. A sus treinta años, temía estar perdiendo su atractivo. «Ahora mismo peso poco más de sesenta kilos. Tengo las mejillas flácidas [...] el pelo a la altura de las orejas se ha vuelto gris, como el de un corredor de bolsa distinguido, y ha abandonado por completo las sienes.»

Con su habilidad para la mecanografía y su experiencia periodística, Burn era el «escriba» natural para el servicio de noticias nocturno. Cada noche, mientras el músico de jazz Jimmy Yule manejaba la radio, Burn anotaba lo más destacado de la BBC, lo editaba para que fuese legible y repartía el resultado entre los diversos grupos de oficiales. Para compensar su fracaso académico en el exterior, obtuvo una diplomatura en ciencias sociales en Oxford. Leyó al economista John Maynard Keynes, el Informe Beveridge de 1942, que constituiría la piedra angular del Estado de bienestar británico, y obras sobre teoría del trabajo. Burn estaba decidido a intentar comprender cómo sería el mundo después de la guerra. Sus ideas se habían desplazado más a la izquierda y llegó a una conclusión: la clase gobernante, de la cual él era un producto muy afortunado, estaba maldita y condenada. Aprendió ruso y a finales de 1943 se declaró «en la senda del marxismo».

En el Club Bullingdon se respiraba cierto descontento por tener a un revolucionario rojo entre sus miembros. Pero uno de los *Prominente* encontró en Burn a un alma gemela ideológica. Hasta ese momento, Giles Romilly había mantenido su comunismo si no escondido, sí velado. Ambos hicieron causa común y empezaron a ofrecer charlas conjuntas sobre teoría marxista que gozaban de buena asistencia, sobre todo entre los ordenanzas. Algunos de los reclusos más conservadores se sentían profundamente alarmados por lo que consideraban propaganda comunista. Uno advirtió a Burn con fingida jovialidad que, aunque era un buen hombre, acabaría «colgado de una farola». Otro exigió que fuera «juzgado por traición». Douglas Bader describió a Burn como «una amenaza peligrosa», prohibió a los oficiales de la RAF que asistieran a las charlas de Romilly y ofreció conferencias rivales con temas como «El objetivo militar de Stalin: la ocupación total de Alemania» y «Abrir un segundo frente para garantizar que Rusia no gane la guerra sola». Pero los denominados «rojos de Colditz» siguieron predicando el evangelio de Marx y explorando ese inverosímil «bastión de la libertad de expresión» dentro de una prisión nazi. La brecha ideológica reflejaba y presagiaba los acontecimientos que se desarrollarían en el resto del mundo: una batalla entre las fuerzas del comunismo y la democracia capitalista, entre los defensores del Imperio británico y quienes lo consideraban un crimen, entre los guerreros de clase y la clase gobernante tradicional. Cuando llegó el invierno a Colditz, en su interior se sintió el escalofrío de la inminente guerra fría.

Micky Burn no sentía el menor deseo de huir, y en eso también representaba una manera distinta de pensar. «No me interesaba», escribió. «Ayudaba en lo que podía, pero creía que alguien debía plantearse por qué estábamos allí, por qué había empezado el conflicto, por qué debían existir las guerras. Me ofrecía una especie de escapada sin tener que salir de allí.» A diferencia de los primeros soldados-prisioneros de Colditz, furiosos y humillados por haber sido capturados sin apenas entrar en combate, muchos de los recién llegados habían resultado heridos antes de su cautiverio y consideraban que ya habían «puesto su grano de arena». «Había participado en muchos combates», afirmaba Michael Alexander, el comando que saboteó el almacén de munición alemán vestido de tenista. «Yo no quería escapar. Se las arreglarían bastante bien sin mí.» Otros se estremecían ante la envergadura del desafío. «Me habría resultado demasiado difícil escapar de Colditz», decía John Watton, un artista consumado. «No me consideraba competente para alcanzar el nivel de esfuerzo y habilidad necesarios.» La mayoría aprovechaban la oportunidad de escapar si se presentaba, y casi todos los prisioneros estaban dispuestos a colaborar en los intentos de fuga, pero cada vez más se contentaban con dejar ese difícil y peligroso asunto a los más duros. Y así afloró una nueva y sutil distinción en la comunidad de prisioneros, entre los que estaban decididos a escapar y otros para los que esa posibilidad había menguado hasta rayar en la indiferencia. «Los jóvenes han envejecido a causa del cansancio y la esperanza diferida», escribió el padre Platt en su diario. «Las conversaciones prácticamente se han estancado, excepto cuando se habla de noticias sobre la guerra, de cartas y de perversión sexual.» Todas las cartas llegadas desde casa eran devoradas con avidez. Ella van Heemstra, la examante de Micky Burn, vio su captura en las noticias y le envió una foto suya para recordarle los viejos tiempos. Ahora vivía bajo la ocupación alemana en los Países Bajos, y sus coqueteos con el nazismo, como los de Burn, eran cosa del pasado. Audrey, su hija adolescente, estaba estudiando danza. «Te enviaremos entradas para un palco en su primera noche en Londres», le prometió.

La cuarta Navidad en Colditz se fue tal como había llegado y Reinhold Eggers realizó un cómputo del número de fugas, como hacía cada año desde 1940. En 1943 solo se habían producido veintiséis, menos de la mitad que el año anterior. Solo un francés había llegado a casa, y ocurrió después de ser trasladado a un hospital fuera del campo. Ni un solo prisionero había conseguido escapar del castillo. Los cautivos y los carceleros acordaron una «tregua navideña»: no habría intentos de fuga entre Navidad y Año Nuevo a cambio de la promesa de no organizar recuentos o registros a medianoche. La intensidad de la lucha entre los carceleros y los encarcelados se estaba disipando; Colditz nunca sería una prisión «a prueba de fugas» como se pretendía originalmente, pero era mucho más segura que al principio. Como en la guerra, se estaban instaurando el agotamiento y la leve esperanza del final.

Antes de Navidad, los aviones aliados lanzaron otro bombardeo masivo en la cercana Leipzig. Aquel año, las luces festivas adoptaron la forma de potentes explosivos que dejaron la ciudad en llamas e iluminaron el cielo nocturno. Desaparecieron los teatros, gran parte de la universidad, más de mil edificios comerciales, cuatrocientas setenta y dos fábricas, cincuenta y seis escuelas, nueve iglesias y el Café Zimmermann, frecuentado por J. S. Bach y telón de fondo de su primera interpretación de la Cantata del café.

Aunque los nazis fanáticos insistían en que la victoria estaba a la vuelta de la esquina, Eggers sabía que «el final era solo cuestión de tiempo». Entre los demás oficiales detectó «una ausencia total de confianza» hacia sus líderes militares y políticos. Eggers no era derrotista. Como muchos patriotas alemanes, lucharía hasta el final con independencia de sus sentimientos personales sobre la cúpula nazi. Pero había percibido lo que otros no podían expresar con palabras: un cambio gradual y casi imperceptible en el equilibrio de poder dentro del campo.

«¿Cómo acabaría todo?», escribió. «La catástrofe para Alemania era inevitable.»

1944

12

Los dentistas espías

La tregua de las fugas llegó a un espectacular final el 19 de enero, cuando dos fornidos oficiales levantaron un extremo de una mesa larga y reluciente y el hombre tumbado encima, que llevaba un pasamontañas y una cuerda de veintisiete metros atada a la cintura, se deslizó a gran velocidad por la plataforma de lanzamiento improvisada y salió por una ventana del segundo piso con los pies por delante. Michael Sinclair estaba intentando su séptima huida.

Plenamente recuperado de la herida de bala en el pecho, Sinclair se había pasado meses estudiando la cara oeste del castillo, donde ahora se alojaban los británicos, con la pipa entre los dientes, envuelto en humo y sumido en sus pensamientos. Finalmente vio una grieta en el cordón de seguridad alemán. Debajo de las ventanas estaba la terraza superior, que tenía balaustrada. Treinta metros más abajo se encontraba la terraza del jardín, protegida por una alambrada perimetral. Al otro lado, el terreno descendía abruptamente unos treinta metros y llegaba a los jardines traseros del pueblo. De noche, ese lado del castillo estaba iluminado por potentes focos. Poco antes de que los encendieran al anochecer, los guardias cambiaban sus posiciones diurnas por las nocturnas, lo cual significaba que, durante aproximadamente un minuto y al abrigo de una semioscuridad, la terraza superior y el lateral del edificio no estaban vigilados.

El compañero de Sinclair en aquella huida sería el teniente de la RAF Jack Best, uno de los «fantasmas» que ascendieron en la lista de fugas por haber pasado nueve meses escondido sin ser detectado.

A las cinco de la tarde, «una noche triste y oscura con un poco de lluvia», los hombres ocuparon sus posiciones. Los vigilantes les dieron luz verde y Sinclair se deslizó por la mesa y salió por la ventana vestido totalmente de negro, con calcetines por encima de los zapatos y una cizalla atada a la pierna izquierda. La cuerda, cosida laboriosamente con sábanas, se desenroscó y, justo antes de que Sinclair tocara el suelo, dos oficiales sujetaron con fuerza el otro extremo y cayó sin apenas hacer ruido. Dando un par de pasos había rebasado la balaustrada y lo bajaron a la segunda terraza. Best inició el descenso después de él. Sinclair cortó las tres capas de alambre, pasaron por el hueco y descendieron la ladera. «Era un terreno de lutita con un desnivel de cuarenta y cinco grados y otros tantos centímetros de alambre de espino que nos dejaron la ropa hecha jirones», recordaba Best. Una vez abajo, subieron al tejado de una caseta de jardín y llegaron a la parte trasera de una casa de campo mientras una mujer los observaba boquiabierta desde una ventana. Después echaron a andar por la calle principal de Colditz. Los focos se encendieron justo a tiempo para que el guardia viera cómo alguien recogía una cuerda de veintisiete metros desde una ventana del segundo piso. El episodio se dio a conocer inmediatamente como la «fuga de sesenta segundos», un hecho «bastante increíble», dijo Eggers con admiración.

En los bosques de Colditz, los fugitivos zurcieron los agujeros más grandes que llevaban en sus prendas civiles y se dirigieron a la estación de Grossbothen, donde montaron en un tren rumbo a Dessau y luego tomaron otro hacia Minden y un tercero a Osnabrück. En Rheine, cerca de la frontera neerlandesa, les dio el alto un policía. La tez pálida de Best después de tanto tiempo bajo tierra los delató: «Nos dijo que mi cara y el sombrero le habían hecho sospechar, porque no parecían teutónicos». La Gestapo los acusó de espionaje. Los «encerraron toda la noche en una celda con las paredes manchadas de sangre», pero finalmente fueron entregados a las autoridades militares.

Una vez más, Michael Sinclair cruzó las puertas de Colditz camino de las celdas de aislamiento. Pero, en el caso de «Bob

Barnes», era la primera vez que volvían a capturarlo. Esa era la identidad falsa con la que había vivido Best desde su desaparición en las entrañas de Colditz y volvió a retomarla mientras el auténtico Barnes se escondía en el agujero situado detrás de la capilla. Dos meses después, Eggers descubrió finalmente el misterio de los fantasmas. En marzo encontraron a dos oficiales en un refugio antiaéreo donde creían erróneamente que había una salida subterránea secreta. Uno era «Bush» Parker, el forzador de cerraduras australiano; el otro dijo llamarse Bartlett, pero, gracias a una vieja fotografía, Eggers averiguó que el hombre que tenía delante era Mike Harvey, que supuestamente había huido un año antes. Y si Harvey seguía dentro del campo, ¿dónde estaba Best, el hombre que había desaparecido con él? Eggers entregó una fotografía de Best a sus guardias y les pidió que memorizaran su cara. «Buscad a este oficial», dijo. «Entrad cuando todos estén tomando el té. Es entonces cuando lo encontraréis.» En efecto, Best, alias Barnes, fue hallado bebiendo té apoyado en una pared. Los dos fantasmas habían logrado pasar desapercibidos durante un año y evitado 1.326 recuentos. Eggers estaba impresionado. «Fue una historia increíble» que el mando militar de Berlín se negaba a creer. En lugar de reconocer que habían sido víctimas de un engaño, las autoridades llegaron a la hilarante conclusión de que los dos oficiales habían escapado en abril de 1943 pero les había resultado imposible salir de Alemania y habían vuelto en secreto al castillo. El Kommandant Prawitt estalló: «¿Este sitio es un puto hotel en el que la gente entra y sale cuando le plazca? ¡Entrar es casi tan difícil como salir!».

Después de más de tres años encerrados, algunos prisioneros empezaban a decaer mentalmente. Y también dentalmente.

Julius Green era un dentista judío de Glasgow que inyectaba ironía en todos los aspectos de su vida, una especie de anestésico contra las miserias de Colditz. Green, capitán del Cuerpo de Dentistas del Ejército, medía la guerra en muelas del juicio rotas, caries, extracciones, dentaduras postizas reparadas y coronas improvisadas. Su equipo quirúrgico consistía en un torno dental, unas cuantas sondas, espejos, instrumental para empastes, unas pinzas y una jeringuilla que había cogido de un camión militar durante la retirada a Dunkirk. Casi siempre utilizaba tenazas. «Una visita para una extracción duraba más o menos un minuto», escribió Green, cuya técnica para sacar dientes podridos era «un movimiento muy rápido y decidido» antes de que la víctima supiera qué estaba ocurriendo. Sus pacientes a veces se iban «jurando gratitud y a veces simplemente jurando». Green convertía todo lo que encontraba en instrumental médico. Hacía empastes de cemento con yeso para paredes y dientes falsos con resina acrílica que obtenía de los guardias a cambio de suministros de la Cruz Roja. A falta de gas, creía que la mejor manera de preparar a los reclusos para un tratamiento era hacerlos reír. Cuando no estaba arreglando, fabricando o arrancando dientes, Julius Green pensaba en comida, a la cual era muy aficionado. Por las noches se tumbaba a recordar platos que había comido en el pasado y a pensar en los que tal vez comería en el futuro. A mediados de 1943, después de tres años encerrado en varios campos, se le habían hinchado las piernas a causa de un edema y había perdido quince kilos por una disentería amebiana, pero resistía creando menús imaginarios para cuando fuera un hombre libre. Los demás prisioneros lo adoraban. Lo llamaban «Quitamuelas» o, tras una sesión especialmente dolorosa, «Puto Quitamuelas».

Green insistía en que era «un cobarde devoto y practicante, un dentista corto de vista con los pies planos y tendencia al sobrepeso», pero era un simple camuflaje: el judío escocés de risa contagiosa no solo era un gran dentista y un hombre excepcionalmente valeroso, sino un agente secreto del espionaje británico.

Cuando estalló la guerra, dos años después de licenciarse en la Escuela Odontológica del Real Colegio de Cirujanos de Edimburgo, Green dejó su casa de Fife, se presentó en la 152.ª Unidad de Ambulancias de Campaña, perteneciente a la 51.ª División de las Tierras Altas en Dundee, y se fue a Francia con su falda escocesa. El dentista de veintisiete años imaginaba que el conflicto sería muy parecido al anterior: «Una guerra posicional sencilla con trincheras avanzadas y fines de semana en París». Mientras las fuerzas alemanas avanzaban rápidamente y los franceses y los británicos se veían obligados a replegarse, Green tenía mucho que hacer y que comer. Un día de junio de 1940 estaba en un banquete organizado por un alcalde, consistente en «*potage aux légumes, filet de veau Normande* y *fraises des bois au champagne*»; cuando quiso darse cuenta estaba intentando curar a soldados con espantosas heridas faciales, «extrayendo fragmentos de metralla, dientes prácticamente arrancados y otros restos y fijándoles la mandíbula con alambre y vendándolos». Muchos hombres le debían su cara a Green y sus rústicas cirugías en el campo de batalla. Dos días después, durante una caótica retirada del ejército británico, el dentista estaba buscando bajas por las calles de Saint-Valery cuando dobló una esquina y se topó con un Panzer alemán, del cual salió un oficial que apuntó a la entonces voluminosa barriga de Green: «Es usted prisionero», le dijo.

«No le vi el sentido a discutir», escribió Green.

De camino a la cautividad, recordaba, «uno de los superhombres de Hitler me golpeó en la base de la columna con la culata del rifle». El dentista sufriría dolores de espalda el resto de su vida. «Empecé a ser consciente de que aquella guerra sería bastante espantosa.»

Durante tres años, el capitán Green recorrió varios campos realizando trabajo odontológico con prisioneros y guardias, así como otros procesos quirúrgicos, incluyendo amputaciones por gangrena. «No me importa ver sangre siempre y cuando no sea mía», precisaba. Sus servicios estaban muy demandados. La gente suele hacer confidencias a los dentistas, en parte para demorar el momento en el que tendrán que abrir la boca. En 1941, a Green se le acercó un subalterno, que le dijo que «había una manera de enviar mensajes a casa» y le preguntó si estaría dispuesto a recabar información entre sus pacientes, incluidos los alemanes, que pudiera ser de interés para Londres. Green fue iniciado en el secreto del «código 5-6-O» (véase el Apéndice) y no tardó en convertirse en uno de los escritores de cartas codificadas más prolíficos de la guerra. Las misivas eran enviadas a familiares de Dunfermline, después a la Oficina de Guerra y por último al MI9. Airey Neave no había conocido a Green, pero gracias a la magia del lenguaje en clave ahora eran amigos secretos por correspondencia.

Green recogía información sobre movimientos de tropas alemanas, horarios de trenes y barcos, las últimas noticias sobre los submarinos y la Luftwaffe, pistas sobre la producción industrial alemana, el estado de ánimo de los civiles y mucho más. Sentados en el sillón del dentista, los fugitivos frustrados le contaban lo que habían averiguado en el exterior. En Londres, los espías británicos recopilaban listas de peticiones para el peripatético dentista, que después le enviaba su familia en cartas codificadas que escribía el MI9. «Recibía respuestas a mis señales y peticiones concretas.» Las cartas que mandaba Green a casa no tenían mucho sentido, pero la Oficina de Guerra tranquilizó a la familia: «Verán que su hijo hace referencia a ciertas cuestiones sin ningún significado para ustedes. Esos comentarios van dirigidos a nosotros, así que, por favor, no se preocupen ni los mencionen de ningún modo cuando respondan a su hijo. Nos complace mucho decirles que su hijo está realizando un trabajo de lo más valioso». Utilizando tinta secreta casera, dibujó un mapa en un modelo de carta de la Oficina de Guerra donde indicaba la ubicación exacta de algunos objetivos de bombardeos, entre ellos apartaderos ferroviarios, cuarteles militares y fábricas. El MI9 estaba encantado con su productividad: «Felicidades por un trabajo verdaderamente excelente. Siga así». Green sabía el riesgo que corría. Si los alemanes descubrían lo que estaba haciendo, «el enemigo se enfadaría bastante y a lo máximo que podría aspirar sería a una desaparición relativamente rápida». Durante el día, el dentista-espía extraía dientes e información, y por la noche soñaba con natillas.

En enero de 1944, Julius Green fue trasladado súbitamente a Colditz y Reinhold Eggers salió a recibirlo al patio, como hacía con todos los oficiales que llegaban:

—¿Qué es este lugar? —preguntó Green.

—El Oflag IV-C, Colditz —respondió Eggers—. Es un *Sonderlager*, un campo especial.

Green había oído hablar de Colditz, el campo para prisioneros indisciplinados, y aquel nombre le provocó toda una serie de emociones enfrentadas: «Era una *photo finish* entre el pánico y el orgullo, con la curiosidad un poco a la zaga».

El dentista nunca supo por qué lo habían enviado allí. Tal vez habían descubierto sus actividades secretas. Por otro lado, sospechaba que los censores habían interceptado una carta en hebreo que recibió de un prisionero judío de otro campo y habían llegado a la conclusión obvia. Green se describía como «un judío más o menos practicante», pero hasta el momento las autoridades de la Wehrmacht lo habían ignorado. El verdadero motivo de su traslado probablemente no tuvo nada que ver con su judaísmo o sus actividades como espía. Semanas antes, Green le dijo a un oficial de seguridad alemán que el servicio secreto británico había descubierto una manera revolucionaria de pasar mensajes «cruzando palomas mensajeras con loros y dándoles mensajes verbales, de manera que si les disparan no puedan hablar». El alemán informó a su Kommandant de aquella novedad en las comunicaciones aviares, y no le vio la gracia cuando le dijeron que era la típica broma británica. El «desafortunado sentido del humor» de Green había «bastado para que entrara en Colditz».

«Quitamuelas» Green instaló su consulta dental en la enfermería y no tardó en convertirse en una figura popular en Colditz, aunque «la falta de material y anestésicos» hacían que sus «ayudas no fueran nada agradables». A pesar de no estar casado y de que probablemente era virgen, combinaba su labor odontológica con el papel de asesor amoroso, aconsejando a sus pacientes sobre sus ansiedades románticas y maritales: «Supongo que desde fuera el partido se ve mejor, aunque tú no juegues». Hacía pasteles con mijo triturado y descubrió que añadir una pastilla para la indigestión al agua en la que se hervían los guisantes secos los volvía más blandos y sabrosos. «Esa fue mi mayor aportación a una vida refinada en Colditz», escribía.

La llegada de Green supuso que Checko Chaloupka ya no pudiera visitar al médico del pueblo y tener un encuentro carnal con su «chica favorita» rompiéndose los dientes con una piedra. Sin embargo, aquella relación siguió adelante gracias a una embriagadora combinación de atracción sexual, romance epistolar y espionaje: en una de esas extrañas coincidencias que en ocasiones produce la historia, Julius Green no era el único dentista-espía de Colditz.

Irmgard Wernicke era mucho más que una auxiliar de dentista enamorada. El Partido Nazi seguía dominando el municipio de Colditz y los campos de alrededor. El padre de Irma era un alto cargo del partido y la mayoría de sus vecinos estaban afiliados. Cada mes de noviembre, coincidiendo con el aniversario del ascenso al poder del Partido Nacionalsocialista, el pueblo organizaba una celebración con una banda de música y muchos vítores. «A algunos nos enviaban al pueblo para asistir al espectáculo del partido», comentaba Eggers con disgusto. Cuando empeoraron las noticias sobre la guerra, «esas celebraciones se cancelaron en muchos pueblos, pero en Colditz no». Sin embargo, algunos habitantes no eran nazis. Existía una creciente resistencia al régimen, sobre todo entre los más jóvenes, una alianza secreta de gente profundamente opuesta a Hitler que ansiaba su caída y estaba preparándose para ella. Una de esas personas era Irmgard Wernicke.

Irma tenía acceso a abundante información de utilidad. Había vivido en Colditz toda su vida y conocía a todos sus habitantes. Los amigos y compañeros nazis de Richard Wernicke a menudo se citaban en la casa familiar y la atractiva hija de su anfitrión les servía cerveza y schnapps y escuchaba. La sala de espera del dentista era un hervidero de cotilleos locales. Irma empezó a recabar información útil que facilitaba a su amante encarcelado en el castillo: el trazado del pueblo, los horarios de los trenes o escondites en el bosque. El guardia que permitió su primer beso estaba dispuesto a actuar de intermediario, llevando lo que aparentaban ser cartas de amor de un lado a otro. (La panadera del pueblo también estaba abierta a sobornos. «En el invierno de 1943, esa chica suministraba hasta veinte barras de pan al día, que llevaba al campo el soldado alemán», escribió Chaloupka.) En junio de 1944, el coronel Tod, el nuevo oficial superior británico, indicó a Checko que utilizara su «fiable contacto antinazi en el pueblo», así como a los guardias más blandos, para «averiguar todo lo que estaba sucediendo en el campo». Como ocurre con muchos espías, los sentimientos de Irma se mezclaban con sus inclinaciones ideológicas. «Conseguí mucha información de Fräulein Wernicke», escribió Chaloupka más tarde, «y se la pasaba al comité de fugas.» Irma se arriesgaba mucho más que el propio Checko. Él contaba con la protección de la Convención de Ginebra. Ella no. Sus vecinos, y probablemente su familia, la habrían entregado sin dudarlo a la Gestapo en caso de haber descubierto qué se traía entre manos la recatada auxiliar de dentista. Si mantener una relación con un prisionero era arriesgado, trabajar como agente secreto para los británicos era tan peligroso que solo lo habría hecho una persona enamorada, intrépida y fanáticamente antinazi, e Irma era las tres cosas.

Julius Green examinaba la información recabada por Checko y extraía lo que pudiera ser de interés para el MI9. En unas cartas codificadas, esa información pasaba por delante de las narices de los censores alemanes y llegaba a un pequeño pueblo de Fife. Ahora, los prisioneros contaban con una red de espionaje a pleno rendimiento que tenía sus raíces en la odontología.

Pero a Reinhold Eggers no se le pasaron por alto las «reiteradas citas de Checko con el dentista». El «contacto excesivo» entre la «atractiva ayudante» del dentista y el oficial checo «alto, oscuro y atractivo» al principio parecía inofensivo, un coqueteo imposible a larga distancia, pero, con el paso del tiempo, Eggers «sospechaba que la bondad de la joven debía de ofrecer algo más que cartas románticas a su afectuoso aviador», así que decidió vigilar a la joven Irmgard Wernicke.

En febrero de 1944, Eggers fue ascendido a jefe de seguridad y respondía directamente ante el Kommandant. En realidad, ya desempeñaba el papel de jefe de carceleros. «Era la única persona que podía hacer ese trabajo adecuadamente», escribió. «Llevaba más de tres años en Colditz y conocía de vista a casi todos los habitantes y los detalles de prácticamente todas las fugas que se habían producido.» No podía resistir un atisbo de orgullo, ya que Eggers se había convertido en el oficial más veterano de Colditz, el último de la vieja guardia. El Stabsfeldwebel «Mussolini» Gephard fue enviado al frente oriental y no regresó y el Unteroffizier «Dixon Hawke» Schädlich fue destinado a Italia, donde también pereció. Aquella responsabilidad adicional significaba más trabajo, pero Eggers estaba ansioso por dejar huella en su nuevo cargo como jefe de seguridad. «Era un alivio estar ocupado en aquel pequeño frente de batalla», escribió. «Me permitió ignorar momentáneamente la catástrofe que se estaba desarrollando fuera.»

En primavera siguieron llegando nuevos prisioneros, a veces en grupos y con más frecuencia solos o de dos en dos. El 8 de marzo de 1944, Eggers recibió a un joven oficial de la armada con una cara ancha, atractiva y bastante inexpresiva y aire distraído. Se llamaba Walter Purdy, un subteniente de veintidós años originario de Barking, Essex, que había trabajado de ingeniero en buques mercantes antes de ser destinado al *Van Dyck*, un crucero de la Armada Real. Fue capturado en 1940, cuando el barco se hundió frente a la costa de Narvik durante la desastrosa campaña de Noruega. Julius «Quitamuelas» Green reconoció a Purdy del campo de Marlag, donde ambos habían estado encerrados en 1941, y se ofreció a enseñarle Colditz. Hablador como de costumbre, Green le preguntó a Purdy por qué lo habían enviado a un lugar para «fugitivos y gente que en general no les gustaba a los alemanes». Purdy respondió que había intentado escapar y vivió «con un pájaro» en Berlín hasta que fue capturado de nuevo. Él le hizo la misma pregunta a Green. «Creo que sospechan que soy judío», repuso el médico escocés, «y es posible que hayan descubierto que estaba implicado en el asunto de las cartas codificadas.» Purdy aguzó el oído y Green procedió a explicarle cómo se ocultaban mensajes secretos en cartas corrientes o se pasaban a un guardia alemán amigo que luego los enviaba a una dirección de Suiza. «Como era un oficial británico al que ya conocía de antes creí que no habría nada de malo en hablar con él», dijo Green. Ambos estaban cruzando las estancias británicas del primer piso de la *Kellarhaus* cuando de repente apareció un oficial cubierto de polvo de debajo de un asiento. Era la boca de un túnel conocido como «Corona Profunda» que empezaba debajo de una ventana y se adentraba seis metros en la pared hasta el fondo de la escalera circular. «Habíamos trabajado en él durante meses y habíamos avanzado bastante», recordaba el excavador Ian Maclean. «Purdy me vio saliendo por la trampilla al acabar mi turno [...]. Parecía muy interesado en las actividades y mencionó que era una trampilla muy buena.» Green continuó con la visita guiada. En la última planta de las dependencias británicas y debajo de una mesita de noche integrada estaba el «banco de Colditz», el mejor escondite del castillo, que contenía 2.250 Reichsmarks, 4.500 francos franceses, pases falsificados, dos sacos de ropa, herramientas y una radio en miniatura fabricada por Clayton Hutton del MI9, que había llegado recientemente a través de la oficina de correos. Eggers se enteró de que los fugitivos tenían un «tesoro» y se había pasado los últimos tres años buscándolo. Más tarde, uno de los ocupantes recordaba que «alguien estaba sacando algo cuando Purdy pasó por la habitación».

Aquella noche, Green y Purdy se sentaron uno junto al otro mientras Micky Burn leía el boletín de noticias nocturno de la BBC. El recién llegado quedó enormemente impresionado por que los prisioneros hubieran logrado fabricar una radio secreta.

Green empezaba a desconfiar de Purdy. Le parecía «extraño y nervioso», y la historia de su fuga «sonaba un poco endeble». Cuantos más detalles le pedía Green, más inquieto parecía Purdy. El dentista compartió sus recelos con sus superiores, y a la mañana siguiente Purdy fue interrogado, primero por el comité de seguridad interna del campo y luego por Willie Tod, el adusto oficial superior británico. Purdy intentó engañarlos desarrollando lo que le había contado a Green. Afirmaba que, tras escapar, se había refugiado con una amiga de su hermana, una sombrerera de Berlín, hasta que bombardearon su casa y, después de que lo sacaran de entre los escombros, fue arrestado por la Gestapo. Con cada adorno, la historia sonaba menos creíble. Green se llevó a Purdy aparte y le aconsejó que lo contara todo.

Momentos después confesó: «Me comporté como una rata y un traidor».

El viaje de Purdy hacia la traición empezó en 1937 durante una reunión de la Unión Británica de Fascistas en Ilford. El marino mercante encajaba en el perfil que estaba reclutando el partido fascista de Oswald Mosley, pues era joven, racista, iracundo y muy crédulo. Purdy se contagió del mensaje antisemita del orador de aquel día, un matón fanático de origen estadounidense llamado William Joyce que era el director de propaganda de Mosley. Las inclinaciones fascistas de Purdy sobrevivieron a su captura y, a principios de 1941, el jefe de seguridad del campo de Marlag vio al joven oficial naval leyendo *Twilight Over England*, un libro en el que Joyce ensalzaba las virtudes de la Alemania nazi y pronosticaba la derrota de Gran Bretaña. En aquel momento, Joyce se había trasladado a Berlín, había obtenido la ciudadanía alemana y había alcanzado notoriedad como la voz radiofónica de «Lord Haw-Haw», retransmitiendo propaganda violenta que culpaba de la guerra a los judíos y alentaba a Gran Bretaña a rendirse, el papel que los alemanes habían intentado que representara Mazumdar y al cual no accedió. El jefe de seguridad alemán le ofreció a Purdy un autógrafo del autor. En mayo de 1943, Purdy fue llevado a Berlín para conocer a Joyce, que ofreció un pacto a su compatriota fascista: si Purdy hacía diez retransmisiones en un período de cinco semanas, «se le permitiría escapar a un país neutral». Purdy aceptó al instante. A Margaret, la mujer de Joyce, no le gustó el nuevo recluta, a quien consideraba «excéntrico y sin mucho cerebro, y el que tenía estaba alborotado». Pero los nazis necesitaban a todos los fascistas británicos que pudieran conseguir, y Purdy se convirtió en un empleado «voluntarioso y entusiasta» de Büro Concordia, la emisora de radio alemana que difundía propaganda negra en Gran Bretaña. Utilizando el pseudónimo de «Robert Wallace», Purdy leía lo que le pusieran delante, que solía ser lúgubre: «Esto es Radio Nacional Británica, la única emisora sin censura dirigida por ingleses [...]. Los reyes del armamento judíos están enviando a los jóvenes del mundo a su muerte. Están prolongando la guerra para obtener rédito. Con los alemanes no tenemos disputa [...]. Los judíos son el poder que está detrás del gobierno, los verdaderos culpables e instigadores de esta fútil guerra sin fin». A los británicos se les aconsejaba oficialmente que no lo escucharan, pero unos seis millones sintonizaban la emisora para oír y burlarse de las rabiosas diatribas de «Lord Haw-Haw» y «Robert Wallace»: «Alemania al habla. Alemania al habla. Alemania al habla...».

Durante casi un año, Purdy llevó una vida de lo más agradable en Berlín, donde le pagaban cuatrocientos marcos a la semana. Inició una relación con una pastelera llamada Margaret Weitemeier, conocida como Gretel, y se instaló en su piso. «Una Navidad excepcional con Gretel», escribió en su diario. «Mucha bebida.» Llevaba el emblema de las SS tatuado en un brazo y Gretel le enseñó alemán. Al cabo de un tiempo la dejó embarazada. Las autoridades alemanas elogiaban a Purdy, a quien describían como «el hombre de la voz de oro», y, con frecuencia, una pizca de celebridad se le subía a la cabeza. «Era una persona sumamente engreída y bocazas», afirmaba otro prisionero de guerra que trabajó un tiempo en Büro Concordia. «Me dijo que era un locutor de primera muy solicitado por otras emisoras alemanas.»

En marzo de 1944, a Purdy le comunicaron que iría a Colditz. No está claro si la Wehrmacht le ordenó que trabajara como topo o si se ofreció voluntario para la tarea, pero, sea como fuere, Eggers estaba encantado: «Esta vez tenía una oportunidad real de que un agente propio me pasara tanta información sobre fugas y cuestiones de seguridad como pudiera recabar en el campo». Con un espía entre los prisioneros británicos, Eggers se cercioraría de que nadie volviera a escapar.

El jefe de seguridad viajó a Berlín para informar a Purdy antes de su llegada y la conversación fue extraña:

—¿Quién ganará esta guerra? —preguntó Eggers.

—Inglaterra, por supuesto —respondió Purdy.

—Entonces, ¿qué pasará con usted?

—Ah, volveré a casa y difundiré el nacionalsocialismo en Inglaterra.

Purdy no parecía entender la gravedad de lo que ya había hecho y de la traición que estaba a punto de cometer. No está claro si al joven oficial lo motivaba la avaricia, el deseo, el miedo o la ideología fascista, pero sobre un aspecto de su carácter no hay debate: Walter Purdy era increíblemente estúpido.

Menos de veinticuatro horas después de iniciar su labor, el topo había sido descubierto y estaba haciendo una confesión completa en la que cometió otro error espectacular:

—Si se le permite continuar en el campo, ¿se compromete a no causar ningún perjuicio a los intereses británicos? —le dijo el coronel Tod.

Purdy meditó la pregunta unos instantes y respondió:

—No puedo hacer eso. Si los alemanes me piden que les dé información a cambio de mi libertad, no podré resistirme. Quiero volver a Berlín con mi mujer.

Purdy no solo había reconocido que espiaba a los demás oficiales, sino que era demasiado torpe para ocultar que pretendía seguir haciéndolo, lo cual dejaba a Tod pocas opciones en cuanto a lo que sobrevendría. Le ordenó al capitán David Walker que se pusiera su uniforme, que sometiera a Purdy a arresto vigilado y que lo llevara ante el consejo de guerra. Walker describió a Purdy como «una criatura turbada y acabada. Era tonto pero peligroso». Todo el mundo sabía cuál sería el veredicto del juicio, a excepción del propio Purdy.

Entre tanto, se estaba preparando un tipo de justicia más severo. En las dependencias británicas, las emociones eran intensas y se estaba propagando un ambiente desagradable. Dick Howe, el oficial de fugas, fue a hablar con Gris Davies-Scourfield:

—¿Qué opina de ese tal Purdy?

—Poca cosa —respondió.

—Algunos pensamos que es un traidor y debería ir a la horca. Tengo a unos cuantos voluntarios en una sala de la buhardilla y vamos a atarlo.

Davies-Scourfield describió una escena macabra. «En aquella pequeña habitación del piso superior había gente sentada y pasaron una horca por encima de una viga. Dos oficiales robustos tenían agarrado al desdichado Purdy.»

Howe se dirigió al grupo:

—Estamos todos aquí porque coincidimos en que es nuestro doloroso deber ahorcar al traidor Purdy. Vino aquí como topo y, a menos que lo aniquilemos para siempre, los alemanes se lo llevarán a otro campo para que descubra más secretos. Por tanto, nuestro deber es hacerlo. ¿No es así?

El discurso fue recibido con murmullos de aprobación. Howe no era el único partidario de la justicia sumaria. Davies-Scourfield y Michael Sinclair opinaban lo mismo.

—De acuerdo —dijo Howe—. Solo necesitamos un par de voluntarios para llevarlo a cabo.

La petición no obtuvo respuesta. Puede que hubiera consenso general en que Purdy merecía ser ahorcado, pero nadie estaba dispuesto a hacerlo, ni siquiera el propio Howe. Como decía Davies-Scourfield, fue una «situación muy británica», un acuerdo teórico que nadie quería poner en práctica.

El ambiente de turba enardecida se disipó y Purdy fue acompañado a su habitación.

Mientras tanto, el coronel Tod solicitó una reunión urgente con el Kommandant:

—Purdy debe ser alejado de los oficiales británicos. Es un topo —dijo Tod.

—No pediré su traslado —repuso Prawitt.

Entonces intervino el ayudante del Kommandant:

—Pero Purdy estará a salvo, ¿verdad?

Tod dijo que no podía garantizarlo:

—Al haber trabajado para los alemanes ya no es oficial británico. Les he advertido de lo que ocurriría. Ahora es asunto suyo.

Al cabo de una hora, Purdy fue trasladado a una celda de aislamiento de la *Kommandantur*, donde exigió chocolate de la Cruz Roja y mucho tabaco.

Aún estaba allí cuando Eggers descubrió el alijo que había debajo del armario. «Encontramos sus reservas», fanfarroneó Eggers. «Siempre pensé que encontraría ese dinero.» También desenterró un alambique para destilar alcohol, componentes para fabricar una máquina de escribir y la radio en miniatura, «la primera que se descubrió en un campo de prisioneros de guerra». (Eggers seguía desconociendo la existencia de Arthur II, la radio heredada de los franceses que permanecía oculta en la buhardilla.) Horas después, un escuadrón de soldados alemanes armados con mazos abrieron la pared en la parte baja de la escalera y dejaron a la vista el túnel Corona Profunda y el hueco que conducía hasta el asiento situado bajo la ventana. Más tarde, Eggers afirmó que había «seguido una corazonada» y que la única información útil proporcionada por Purdy guardaba relación con el guardia no identificado que estaba dispuesto a enviar cartas fuera del campo. Pero los prisioneros no tenían ninguna duda de que Purdy había dado parte de todo cuanto había visto y oído desde su llegada. Cuando Eggers pasaba por el patio, Douglas Bader gritó desde una ventana de los pisos superiores: «¡Páguele al que informó del túnel con sus paquetes de comida y no con los nuestros!». Si el topo hubiera estado aún en manos de los prisioneros, lo habrían linchado. Alertar al Kommandant de que Purdy había sido desenmascarado probablemente le salvó la vida.

Semanas después, los alemanes sacaron a Purdy de su celda y lo acompañaron a Berlín, donde retomó su cómoda existencia como colaborador, retransmitiendo para Gran Bretaña y viviendo con Gretel, la pastelera embarazada.

Algunos creían que Purdy merecía morir ahorcado en las vigas del ático. «No cumplimos con nuestro deber», escribía Davies-Scourfield. Pero otros se sintieron aliviados cuando se llevaron al traidor «para impedir que alguien se lo cargara», en palabras de Green. El afable dentista no estaba dispuesto a perdonar a Purdy, sobre todo teniendo en cuenta los secretos que le había desvelado inconscientemente, pero intentaba entenderlo. Purdy «era un pobre tonto desequilibrado, un personaje débil que, por conseguir comida, comodidades y una mujer, había ayudado a la propaganda enemiga y traicionado a sus camaradas». David Walker, el oficial que lo arrestó, también se alegraba de que Purdy hubiera salido vivo de Colditz: «Nunca me gustó la idea de ejecutar a la gente por sus creencias, con independencia de lo erradas que fueran». Los tribunales británicos adoptarían una postura menos indulgente.

«Quitamuelas» Green tenía otro motivo para preocuparse por los secretos que Purdy les hubiera contado a los alemanes. Durante su incauta conversación con el espía, Green había mencionado que era judío, lo cual era potencialmente una condena a muerte. Green había visto a grupos de esclavos judíos durante sus visitas dentales en varios campos y en el apartadero de una estación ferroviaria oyó «los gemidos de judíos encerrados en vagones de ganado» con destino a Auschwitz. Ya había destruido el disco que lo identificaba como judío, pues pensaba: «Cuanto menos se preocupaban los alemanes por mí, más le gustaba al hijo de la señora Green». O bien Eggers ignoraba que Green fuera judío o más probablemente no le importaba. Pero recientemente había llegado una carta de una tía suya de Escocia en la que le contaba cotilleos de la sinagoga. Green fue conducido ante el médico alemán, que le ordenó que se bajara los pantalones para «una inspección». Green apenas pudo disimular que había sido circuncidado, pero dijo que la operación se había producido «más adelante» por motivos médicos. Aseguró que pertenecía a la Iglesia Presbiteriana escocesa y se hizo el ofendido por la insinuación de que era judío. El médico alemán se mostró claramente escéptico. «No es fácil fechar una circuncisión», escribió Green, «y, ante ese problema, el médico alemán lo dejó correr.» Como siempre, Green le restó importancia, pero fue un encuentro desagradable que no auguraba nada bueno.

Hasta el momento, los campos de prisioneros controlados por el ejército alemán eran un lugar comparativamente seguro para los judíos, y el antisemitismo en Colditz no había ido más allá del confinamiento de los oficiales judíos franceses en el «gueto» de la buhardilla. Pero esa aparente indiferencia difícilmente continuaría. El Holocausto estaba alcanzando nuevas cotas de salvajismo y, en algún momento, la atención de los carniceros antisemitas podía desviarse hacia los prisioneros. «Quitamuelas» Green no deseaba estar allí cuando eso ocurriera, así que en marzo de 1944 decidió volverse loco.

13

Locura

Los prisioneros que habían sido declarados tullidos, incapacitados o gravemente enfermos ahora eran aptos para su repatriación. La Comisión Médica de la Cruz Roja suiza evaluaba cuáles estaban lo bastante enfermos, heridos o desequilibrados para volver a casa y exponían sus recomendaciones a las autoridades de las prisiones. Distinguir los casos auténticos de los falsos era una tarea compleja, ya que los prisioneros estaban dispuestos a tomar medidas extremas para aparentar gravedad: ingerir jabón o papel de plata, imitar los síntomas de una tuberculosis o tragarse cigarrillos para que la piel se volviera amarilla y pareciera que sufrían insuficiencia hepática. En un campo, un hombre se inyectó leche condensada en el pene utilizando una pluma estilográfica para simular gonorrea. El MI9 colaboró con el subterfugio médico enviando a Colditz un juego de damas con una pieza que ocultaba una pastilla «que causaba síntomas de ictericia». Los indicios de enfermedad mental grave también eran considerados un motivo para ser enviado a casa.

Aquello era una oportunidad para Green: «Repasé los síntomas de la paranoia e inicié una campaña que había consultado previamente con el oficial superior médico». Dijo estar muriendo de indigestión y mostraba una neurosis extrema siempre que había alemanes mirando. Leyó *La feria de las vanidades* una docena de veces hasta que podía recitar largos pasajes de memoria, cosa que hacía hasta la saciedad. Introducir mensajes secretos en sus cartas resultaba más fácil, ya que cada vez tenían menos sentido. Se paseaba por el patio insistiendo en que todos los prisioneros de Colditz estaban chiflados y él era el único cuerdo. Se personó ante el médico de la prisión vestido solo con «botas, calcetines y gafas», y declaró a pleno pulmón que estaba siendo retenido contra su voluntad con un grupo de lunáticos que padecían «fiebre del alambre de espino». El doctor «intentó tranquilizarme y, después de examinarme el pecho y asegurarse de que no era homosexual, me dejó marchar».

Dos semanas después, a Green le comunicaron que él y Frank Flinn viajarían a Leipzig para ser examinados por el profesor Wagner, un célebre psiquiatra de la universidad. Un peculiar cuarteto se montó en un tren en la estación de Colditz: un dentista que se hacía pasar por loco, un oficial de la RAF al borde de la demencia real y dos guardias armados «extremadamente aprensivos» a quienes les dijeron que los harían responsables si los dos enajenados intentaban suicidarse o matarse entre ellos.

En cuanto arrancó el tren, Green exclamó:

—¡Yo soy el único hombre normal de Colditz!

—Cállate —le dijo Flinn—. Estás enfermo.

—¿Quién está enfermo, puto tarado? —gritó Green, que se puso de pie.

Flinn se levantó y ambos se enzarzaron en una pelea a puñetazos. «Los guardias se abalanzaron sobre nosotros y nos hicieron volver a nuestros asientos.» Green y Flinn iban tan separados como permitía el pequeño compartimento y los centinelas formaron una barrera humana entre ellos. «Pasamos el resto del viaje matándonos con la mirada.»

Las bombas aliadas habían reducido Leipzig a un páramo de ruinas y escombros. «¡Mirad lo que le ha hecho Churchill, vuestro judío comunista, a nuestra ciudad!», gritó un anciano cuando los prisioneros británicos recorrían aquel lugar desolado a punta de pistola. Al pasar junto a los restos del Deutsche Credit-Anstalt, la sede central de uno de los bancos más antiguos de Alemania, Flinn soltó un grito triunfal: «¡Ha sido un bombardeo fantástico! ¡Esos cabrones lo estaban pidiendo!». Los civiles que recogían escombros los miraron con ira.

—Cállate, Flinn —le dijo Green—. ¿Quieres que nos linchen?

Green ya no tenía ninguna duda: Flinn estaba totalmente desquiciado.

El profesor Wagner hizo pasar a Green a su consulta con una educada reverencia. El psiquiatra era «un hombre alto, delgado y distinguido» con una actitud distante.

—¿Llora? ¿Está deprimido? —le preguntó a Green nada más sentarse.

—No lloro —respondió Green—, pero ¿cómo no me voy a deprimir si estoy encerrado con una panda de locos a los que no les caigo bien porque yo estoy cuerdo?

El profesor tomó abundantes notas mientras Green repasaba su repertorio de falsas locuras.

Finalmente, el médico alemán se levantó y anunció con solemnidad:

—Recomendaré que se presente ante la comisión.

El psiquiatra y el dentista se miraron y entonces Wagner hizo algo que a punto estuvo de arrancarle una carcajada a Green: «Juro que me guiñó un ojo».

El 6 de mayo de 1944 llegó a Colditz la Comisión Médica de la Cruz Roja, consistente en cuatro oficiales médicos, dos suizos y dos alemanes, acompañados de Rudolf E. Denzler, el representante del gobierno suizo responsable de supervisar las relaciones entre los prisioneros de guerra y las autoridades de los campos.

Denzler se había convertido en un visitante habitual de Colditz, un «hombre divertido, alto y desaliñado», medio calvo y encorvado que solía llevar «manchas de sangre en el cuello de la camisa por los cortes que se hacía al afeitarse» y unos quevedos en la punta de la nariz. A pesar de su aspecto descuidado, el diplomático suizo era un hombre minucioso en lo tocante a la normativa. Según la costumbre legal internacional, cuando los países están en guerra, defender los intereses de esos países en territorio enemigo normalmente corresponde a una tercera nación, o «poder protector». En 1944, la Suiza neutral estaba actuando en el Tercer Reich en nombre de treinta y cinco naciones, entre ellas Gran Bretaña y Estados Unidos. Las oficinas de la sección suiza se encontraban en la antigua embajada estadounidense en Berlín. Denzler era responsable de los prisioneros de guerra británicos y estadounidenses y de los reclusos civiles, e insistía en hacerlo todo ciñéndose a la normativa. En este caso, dicha normativa era la Convención de Ginebra de 1929, que Denzler había memorizado y respetaba con una reverencia casi bíblica. Consideraba que su papel era el de árbitro que informaba a los alemanes de incumplimientos de la convención y se aseguraba de que los prisioneros conocieran sus derechos y estos fueran respetados. «En muchos casos podían solucionarse las diferencias de opinión, ya fuera por concesiones de la Wehrmacht o por explicaciones adecuadas sobre los derechos y obligaciones de los prisioneros de guerra.» Siempre que había una disputa grave, llamaban a Denzler para que mediara. «Gracias a la paciencia y a la tolerancia casi insuperable del capitán Eggers, esos enfrentamientos a menudo acababan con refrescante humor», escribía.

Durante la guerra, Denzler visitó cuarenta y dos campos de prisioneros y de trabajo y redactó trescientos cincuenta informes. Dominaba la jerga burocrática en tres idiomas y era puntilloso y ferozmente preciso. En la mayoría de la gente, la pedantería burocrática resulta molesta, pero la escrupulosidad de Rudolf Denzler podría calificarse de heroica.

Un total de veintinueve oficiales fueron seleccionados para personarse ante la comisión médica. Algunos estaban realmente incapacitados o gravemente enfermos. Otros fingían para conseguir un billete a casa y unos pocos, como Frank Flinn, habitaban una tierra de nadie psicológica. Douglas Bader, cuyas piernas de hojalata lo convertían en el soldado discapacitado más célebre de la guerra, figuraba en la lista junto a Kit Silverwood-Cope, a quien el trato brutal que recibió en la prisión de Pawiak le había causado una trombosis. El día antes de que llegara la comisión, las autoridades militares alemanas tacharon seis nombres de la lista sin explicación alguna. Ello provocó un fuerte enfrentamiento y en el siguiente recuento estuvo a punto de producirse un motín. Rudolf Denzler exigió saber por qué se habían eliminado aquellos nombres y el Kommandant Prawitt llamó a Berlín. La Wehrmacht se hizo atrás y volvió a incluir los nombres, cosa que Eggers consideró una «capitulación absoluta».

El resultado de la entrevista a Frank Flinn era predecible. En Colditz, tanto británicos como alemanes creían que había perdido la cabeza. Durante meses, Denzler y los demás inspectores suizos habían insistido en su traslado por razones médicas. Su comportamiento, que al principio tan solo era excéntrico, se había vuelto cada vez más errático y violento. «Errol» Flinn ya no estaba actuando, si es que lo había hecho alguna vez. A lo largo de cuatro años de encarcelamiento había pasado seis meses en régimen de aislamiento. Sabía que aquel sería su último intento de fuga. Flinn había decidido que, si le denegaban la repatriación, «saldría corriendo hacia la valla» durante la hora de ejercicio e intentaría trepar delante de los centinelas. Sabía exactamente cómo acabaría aquello: «Me habrían disparado».. La comisión tardó cinco minutos en dictaminar una recomendación para su repatriación inmediata.

La comparecencia de Green ante la comisión también fue superficial. El grupo de expertos le formuló exactamente las mismas preguntas que Wagner y el dentista ofreció respuestas idénticas. «Ha superado el examen», le dijo el coronel suizo que presidió la sesión. «Puede volver a Inglaterra.» Green estuvo a punto de soltar un grito de alegría, pero se contuvo justo a tiempo y mantuvo su expresión taciturna.

—Eso no me sirve. Yo vivo en Escocia —dijo.

—Bueno, puede irse a casa —añadió el coronel amablemente.

Pero Green no regresó a Dunfermline. Aunque se recomendó la repatriación de los veintinueve oficiales (incluidos como mínimo cuatro que estaban falseando o exagerando su estado), varios siguieron presos. Los alemanes adujeron que Douglas Bader había perdido las piernas en 1931 y, por tanto, no debía ser considerado víctima de la guerra. Asimismo, era un prisionero demasiado valioso como para renunciar a él. Según Denzler, Silverwood-Cope había «sufrido un maltrato considerable tras ser capturado de nuevo por la Gestapo» y los alemanes no querían que volviera a Gran Bretaña como una prueba viviente de la brutalidad nazi. Igual que nunca conoció los verdaderos motivos de su encierro en Colditz, Julius Green jamás descubrió por qué los alemanes se negaron a dejarlo marchar. Más tarde, Prawitt le dijo a Denzler que el dentista había sido retenido por «no ser ario». Green creía que haber ayudado a desenmascarar a Walter Purdy era el motivo de esa decisión: «Había dado al traste con su plan para introducir un traidor en el campo». Con el paso de los meses quedó claro que no saldría en libertad, así que dejó de comportarse como un loco y, por el contrario, fingía que no le importaba quedarse en Colditz. Decidió afrontarlo con valentía. No sabía hacerlo de otra manera.

El día de la liberación de Flinn pasó como una ensoñación. «Recuerdo que me llevaron a las puertas del castillo y me dejaron allí fuera y pensé: "Se acabó. Me voy". Ver más allá de los muros fue una sensación abrumadora.» Había pasado tres años en Colditz y más tiempo en régimen de aislamiento que cualquier otro prisionero. Solo Mike Sinclair había intentado escapar más veces. Flinn fue descubierto haciendo un túnel en la pared, intentando entrar en la oficina de correos y colgado de una soga en los lavabos. Le había roto un tablero de ajedrez en la cabeza a otro prisionero y se había peleado en un vagón de tren con el plácido dentista. Predicaba su propia religión y se pasaba gran parte del tiempo boca abajo. Más tarde, Flinn aseguraba que estaba actuando, pero nadie le creyó, y en sus momentos más lúcidos sabía que eso no era cierto. Nunca se recuperó del todo. Aquel último día frente a Colditz se vino abajo: «Noté que me caía agua de los ojos, pero no estaba llorando. Era solo agua cayéndome por la cara. Ese es el recuerdo que tengo de la libertad. Eso es lo que puede significar la libertad». Las lágrimas no le parecían reales. No sabía si estaba llorando realmente o no. Desde entonces, y para siempre, la realidad estaría fuera de su alcance. Al fin había conseguido la libertad, pero también perdió algo que nunca pudo recuperar. Eso significó la libertad para Frank Flinn.

La noticia de los desembarcos del Día D se plasmó inicialmente en los rostros de los guardias. El padre Platt notó «cierta agitación entre los soldados y oficiales alemanes». Después llegó el rumor, difundido por la propaganda alemana, de que la invasión había sido contenida. Pero la noche del 6 de junio de 1944, sentado frente a la radio de la buhardilla, Micky Burn tomó nota de las palabras de John Snagge, el locutor de la BBC, cuando anunció: «Ha llegado el Día D. A primera hora de esta mañana, los Aliados han iniciado el asalto a la cara noroeste de la fortaleza europea de Hitler...». Al otro lado de las paredes de su propia fortaleza, los prisioneros lanzaron sonoros vítores al conocer la noticia. «Fue increíblemente emocionante», escribió Burn. Checko Chaloupka hizo una apuesta: si la guerra no había terminado en Navidad, recorrería tres veces el patio interior desnudo. «Es probable que esta noche haya fiestas desbocadas», comentaba el padre. Como decía Gris Davies-Scourfield en su diario: «Estamos un poco aturdidos. Es una mezcla de alegría, emoción y ansiedad». El licor casero corría a raudales. Solo un soldado británico se mantuvo apartado de las celebraciones, «taciturno e introspectivo». Cada vez que alguien pronosticaba que la guerra acabaría pronto, Mike Sinclair se estremecía: «Temía que eso ocurriera mientras él seguía preso, un fracaso después de todos los esfuerzos que había hecho». En el comedor de los oficiales alemanes, Eggers oyó las celebraciones y reconoció el sonido de la derrota inminente. Los Aliados insistirían en una rendición incondicional. «Solo sería aceptable una capitulación militar», escribió, y no había «más alternativa que seguir hasta el triste final.»

La victoria aliada parecía cada vez más probable, pero no estaba claro que los prisioneros de Colditz fueran a vivir para verla.

Solo dos días después de los desembarcos llegaron noticias mucho más siniestras. Docenas de prisioneros habían escapado del Stalag Luft III, un campo de las fuerzas aéreas situado cerca de Sagan, en la actual Polonia, pero casi todos habían sido apresados y entregados a la Gestapo. Los habían «ejecutado al momento», relataba el padre Platt. «La Gran Evasión» ha sido conmemorada en el cine y la literatura como un episodio de valor épico, pero también fue una tragedia humana espantosa. Un año antes, los prisioneros del Stalag Luft III se habían embarcado en un asombroso hito de ingeniería: una red de túneles de más de cien metros de longitud y diez de profundidad construidos con cuatro mil soportes de cama. El 25 de marzo, setenta y seis hombres reptaron por el túnel y salieron al otro lado del alambre de espino. De todos ellos, setenta y tres fueron apresados. Encolerizado, el Führer al principio insistió en que todos fueran ejecutados, pero finalmente se contentó con que murieran «más de la mitad». Las SS seleccionaron aleatoriamente a cincuenta fugitivos y los mataron uno a uno o por parejas. Tal vez el aspecto más destacable de la Gran Evasión no fue el ingenio de la fuga masiva, sino el barbarismo con que fue castigada. La noticia sobre la matanza llegó rápidamente a Colditz. Willie Tod, el oficial superior británico, envió un mensaje al Kommandant exigiéndole que confirmara los rumores. Prawitt respondió con estudiada vaguedad que el número de reclusos «abatidos durante la huida» no se conocía aún. Pero Reinhold Eggers, que más tarde fue enviado al Stalag Luft III para inspeccionar las medidas de seguridad, sabía la verdad. La carnicería reflejaba un dramático cambio de poder en el seno del Tercer Reich. «Himmler había ordenado que los prisioneros capturados no volvieran a sus campos, sino que fueran entregados al SD», la organización de seguridad del Partido Nazi. El ejército alemán estaba perdiendo la guerra y, con ella, la batalla por el poder dentro del régimen. Himmler y sus matones de las SS llevaban ventaja y querían asegurarse de que la historia nazi se escribiera en un amasijo de sangre y furia.

Semanas después, Eggers estaba jugando a cartas mientras escuchaba la radio en el comedor cuando la emisión fue interrumpida por un mensaje de emergencia: se había producido un intento de asesinato contra Hitler, una bomba colocada en la Guarida del Lobo, su cuartel general. Al principio, Eggers pensó que era un bulo, una medida de propaganda de los Aliados, pero seguía escuchando con atención a la una de la madrugada cuando do el Führer, ronco pero muy vivo, habló para demostrar que el intento de golpe de Estado había sido un fracaso. El atentado de julio, liderado por Claus von Stauffenberg, se había gestado en las más altas esferas del ejército alemán, la vieja guardia militar, a la que los fanáticos nazis miraban con desconfianza desde hacía tiempo. Las represalias, encabezadas por la Gestapo, fueron de un salvajismo impresionante: cinco mil sospechosos fueron ejecutados y «colgados como ganado» siguiendo órdenes detalladas de Hitler; conforme a las nuevas leyes *Sippenhaft* (culpabilidad de sangre), los familiares de los conspiradores también fueron arrestados y condenados. Himmler, que ya era jefe de las SS, la Gestapo y el SD, también tomó las riendas del ejército en la reserva, la sección de la Wehrmacht responsable de los soldados de apoyo, las labores de vigilancia y las cárceles militares. Los campos de prisioneros de guerra, hasta el momento dirigidos por soldados que en buena medida respetaban las normas de trato a los reclusos, ahora estaban bajo el control de fanáticos nazis y, para supervisar la burocracia, Himmler eligió a uno de los peores: el Obergruppenführer (general) Gottlob Berger del alto mando de las SS, una figura extraordinariamente desagradable incluso para los criterios nazis. Desde 1940, Berger, un obediente compinche de Hitler y ardiente antisemita, dirigía la oficina principal de las SS en Berlín. Había tenido un papel crucial en la fundación de las Waffen-SS (el ala militar de las SS), creó una unidad de delincuentes convictos conocida como «Cazadores Negros» que cometió numerosos crímenes de guerra y trazó un plan para secuestrar a cincuenta mil niños polacos como trabajadores esclavos. Descrito por un historiador como una persona «sin escrúpulos, contundente y poco elegante en sus modales y expresión, pero también llena de agradable locuacidad y humor subido de tono», Berger era apodado *der Allmächtige Gottlob*, el Todopoderoso Gottlob, un juego de palabras con su nombre, ya que *Gott* significa Dios en alemán.

Así pues, ese era el hombre que tenía en sus manos el futuro de Colditz y sus reclusos.

El creciente dominio de los nazis en Colditz se dejaba sentir de muchas maneras, algunas simplemente simbólicas y otras muy significativas. A partir de aquel momento, el rígido saludo del «*Heil Hitler*» era obligatorio, no solo para los alemanes, sino también para los prisioneros y los guardias. El derramamiento de sangre posterior al atentado de julio introdujo otro nivel de paranoia entre los oficiales alemanes. Los nazis más comprometidos veían a algunos de sus compañeros con desconfianza. «Nadie podía mirarse a los ojos», escribió Eggers. En el pueblo, los jefes del Partido Nazi organizaron un desfile para dar las gracias por el bienestar de su líder «a manos de la providencia». A la guarnición del castillo se le ordenó que asistiera, y todos lo hicieron con un entusiasmo nacido del terror absoluto.

«La gente no quería parecer tibia en su lealtad», recordaba Eggers, que disimuló su escasa fidelidad al régimen nazi. De vez en cuando aparecía en el castillo un escuadrón de las SS sin previo aviso y llevaba a cabo un registro. De Dresde llegó «un pequeño ejército» de vanidosos oficiales de las SS para investigar. «Aquella gente trajo más problemas que beneficios», protestaba Eggers. Los organismos de seguridad mostraban un siniestro interés en la gestión del campo. El orgullo profesional de Eggers se sintió agraviado por aquella intrusión, pero era demasiado astuto para demostrarlo.

La esperanza de vida de un soldado aliado capturado en territorio alemán se redujo drásticamente. Al principio de la guerra, los cautivos normalmente eran entregados a la Wehrmacht. Ahora era más probable que cayeran en manos de la Gestapo, las SS o el SD. Como señalaba el funcionario suizo Rudolf Denzler con pesimismo, «era extremadamente difícil proteger a los prisioneros de guerra encarcelados por las organizaciones militares». En el pasado, los aviadores derribados como Douglas Bader eran tratados con corrección militar, e incluso con respeto, durante su cautiverio. En adelante, las tripulaciones de bombarderos que se vieran obligadas a saltar en paracaídas quedarían «a merced de la furia de la población». Hitler ya había ordenado la muerte de todos los comandos capturados en territorios dominados por Alemania. Como demostró la carnicería del Stalag Luft III, esa orden de ejecución ahora se hacía extensiva a los prisioneros fugados. En enero, un oficial canadiense llamado Bill Miller escapó del patio exterior de Colditz colgándose de los bajos de un camión. «Dopey» Miller hablaba un alemán excelente. En los bosques cercanos encontraron una chaqueta, pero Eggers reconoció con franqueza: «Nunca descubrimos cómo había escapado». Al principio, la desaparición de Miller fue un motivo de celebración, más tarde de incógnita y finalmente de honda tristeza. Pasaron meses sin recibir noticias y nunca volvió a saberse nada de Miller. No se ha averiguado qué fue de él, pero la teoría más verosímil es que fue capturado vestido con ropa civil cerca de Lamsdorf, entregado a la Gestapo, trasladado al campo de concentración de Mauthausen, al este de Viena, y asesinado allí el 15 de julio de 1944.

Las SS estaban buscando y exterminando a sus enemigos. «Cuando empeoraron las cosas», escribía Eggers, «Himmler empezó a desquitarse con los más indefensos: los prisioneros de guerra y los reclusos de los campos de concentración.» El 14 de agosto, Čeněk Chaloupka y otro oficial de las fuerzas aéreas checas fueron apartados de la fila durante un recuento, subidos a un tren rumbo a Praga y encerrados en una celda de la cárcel. Según la ley militar, cualquier ciudadano alemán que cogiera las armas contra su propio país era culpable de alta traición y podía ser ejecutado. Desde la ocupación nazi de Checoslovaquia, para los alemanes Checko Chaloupka ya no era checo, sino un alemán que llevaba uniforme de la RAF y, por tanto, un traidor que podía ser sometido a un consejo de guerra. El coronel Tod planteó una furiosa objeción, señalando que dicho procedimiento sería una violación de la ley internacional. Desde el consulado suizo en Berlín, Rudolf Denzler llevó a cabo «numerosas representaciones en su nombre». Mientras tanto, Checko estaba siendo sometido a interrogatorio por la Gestapo y se resignó al destino que le aguardaba: «Creía que jamás regresaría de Praga». Pero, sin más explicaciones y tras dos semanas en la cárcel, ambos fueron acompañados al tren y devueltos a Colditz. Irma Wernicke estaba en el andén. «He esperado todos los trenes que venían de Praga con la esperanza de que volvieras», le dijo a Checko. «Gracias a Dios que lo has hecho.»

Ahora, los prisioneros estaban más seguros dentro de los muros del castillo que fuera, pero solo mientras el ejército alemán siguiera al mando. Con las SS en ascenso, el futuro de Colditz era sumamente impredecible. Los prisioneros se definían por su antipatía hacia el Reich. Los *Prominente* eran rehenes muy preciados, símbolos de estatus cautivos. Si la derrota parecía inevitable, las SS podían sentir la tentación de matarlos a todos en un acto simbólico final de barbarie. La masacre de la Gran Evasión había demostrado que los nazis querían cobrarse una venganza colectiva con los prisioneros. «Si el enemigo, desesperado en la derrota, buscaba un objetivo en los campos de prisioneros, Colditz era la diana más obvia», escribió David Walker. «Pensábamos en ello, pero no lo hablábamos.»

Escapar siempre había entrañado sus riesgos: un guardia de gatillo fácil, una multitud enfurecida, el derrumbamiento de un túnel o una sábana mal atada. Por el contrario, en verano de 1944, el resultado más probable de una huida fallida era una bala en la nuca y una tumba sin identificar. Como cabría esperar, eso influyó en la actividad de las fugas. La mayoría de los prisioneros sabían que la mejor manera de volver a casa era quedarse quietos y cruzar los dedos para que los Aliados llegaran antes que las SS. No era cobardía, sino un cálculo sensato. David Walker, un hombre de una valentía incuestionable, hablaba por boca de muchos cuando expuso la nueva aritmética de las fugas: «Si las probabilidades eran de noventa y nueve a uno en cuanto a salir de Alemania y si, a medida que el enemigo se desesperaba más, eran de noventa y nueve a uno en cuanto a recibir un disparo al ser capturado, era un poco arriesgado. Tal vez fuera innoble, pero dejamos de intentarlo». Cuando Pat Reid era oficial de fugas, escapar era un juego, aunque serio. Ahora era una cuestión de vida o muerte, sobre todo de esto último.

Sin embargo, para un núcleo duro, huir seguía siendo una preocupación fundamental. El creciente peligro, la amenaza de las SS y unas medidas de seguridad cada vez más estrictas solo complicaban el desafío. Para hombres como Mike Sinclair, la humillación de haber sido capturado en una fase tan temprana de la guerra solo podía borrarse escapando fueran cuales fuesen las probabilidades. Tres oficiales fueron descubiertos en una alcantarilla debajo del pasaje abovedado del castillo cuando un guardia oyó ruidos. Otro consiguió esfumarse durante el paseo por el parque, igual que había hecho el primer fugitivo, Alain Le Ray, en 1941. Se escondió debajo de un montón de basura tapado con una manta camuflada con ramitas y trozos de cartón, pero fue capturado a tres kilómetros del castillo. «El espíritu de las fugas estaba muriendo», escribió Eggers. «En algunos casos no se disiparía en absoluto.» El 8 de agosto, los alemanes colgaron un cartel blanco de madera en la puerta de la *Kellarhaus*: «Orden del campo n.º 21: Se disparará contra los prisioneros que intenten escapar». Un recluso ya sabía qué se sentía. Como señalaba el padre Platt en su diario, «varios oficiales han disfrutado informando de la nueva orden a Mike Sinclair, que recibió un disparo hace un año». La reacción de Sinclair a esa pequeña burla no ha sido documentada. Sin duda, no sirvió para socavar su determinación, pero sus amigos habían detectado un marcado cambio de actitud en él. Sinclair nunca había sonreído mucho, pero ahora «fruncía el ceño casi permanentemente y aparentaba mucha más edad de la que tenía».

La guerra podía terminar antes de que saliera de allí. Los estadounidenses ya habían desembarcado en Normandía y pronto llegarían a Colditz, no como liberadores, sino como presos.

14

Los Gorriones

En verano de 1944, Rudolf Denzler estaba efectuando una inspección rutinaria en el campo de prisioneros de Kaisersteinbruch, a las afueras de Viena, cuando supo que un grupo de reclusos con uniforme estadounidense había sido visto en las celdas de castigo. El funcionario suizo exigió ver a los estadounidenses y descubrió que, «aunque aquellos hombres habían sufrido adversidades, mala alimentación y humillaciones continuas, poseían una moral inquebrantable». No había nada que le gustara más a Denzler que enterrar a los nazis en burocracia. «Informé automáticamente a nuestra embajada en Berlín», escribió, y luego envió un mensaje al general Westhoff, jefe de la División de Prisioneros de Guerra del alto mando alemán, con quien mantenía una relación «amistosa y cordial». Westhoff ordenó que aquellos hombres fueran entregados de inmediato a la Wehrmacht.

Semanas después, los tres estadounidenses, junto con un escuadrón de siete comandos británicos capturados tras un malogrado aterrizaje en paracaídas en Albania, subieron a un tren rumbo a Colditz. «Para mí fue un gran placer saludarlos», escribió Denzler. «Hasta que entraran en el patio del castillo, agotados y descuidados, no serían prisioneros de guerra de la Wehrmacht y, por tanto, reclusos protegidos por la Convención de Ginebra.»

Los recién llegados estaban liderados por una figura con bigote que cruzó las puertas del castillo como si fuera un invitado de honor en una velada en Manhattan, un «hombre alto, esbelto y atractivo con el pelo canoso que parecía un inglés distinguido», según la descripción de Douglas Bader.

Florimond Joseph Du Sossoit Duke fue el primer prisionero estadounidense de Colditz, el segundo paracaidista más veterano de las fuerzas aéreas de Estados Unidos y uno de los agentes secretos menos exitosos de la segunda guerra mundial.

Tal como denota su ostentoso nombre, Duke descendía de la clase alta estadounidense, un blanco anglosajón y protestante de la Costa Este proveniente de un mundo privilegiado que había prosperado durante el auge de la era del jazz y más tarde había esquivado las peores repercusiones de la crisis de Wall Street. Una rama de su familia había fundado Pan American Airways y otra era dueña de algunas de las propiedades inmobiliarias más valiosas de Connecticut. Duke se licenció en el Dartmouth College, jugó profesionalmente al rugby con los New York Brickley Giants durante una temporada y vivió el final de la primera guerra mundial como conductor de ambulancia. En tiempos de paz, encontró trabajo como director de publicidad de la revista *Time*, en Nueva York, un puesto que conllevaba mucha socialización y muy poco esfuerzo. Florimond Duke era rico, feliz y atractivo, y se moría de aburrimiento.

El 2 de septiembre de 1939 estaba sentando bebiendo un cóctel en el jardín de su casa de campo, escuchando la radio y contemplando el cuidado césped. Según recordaba, era «una tarde dorada de finales de verano en Greens Farms, Connecticut». Alemania acababa de invadir Polonia, pero a Florimond Duke le iba bien la vida, con «un trabajo envidiable, una casa elegante y una hermosa familia». Tenía cuarenta y siete años y ya había hecho su aportación a un conflicto mundial. «Podría habérmelo ahorrado», pensaba, «pero todo estaba demasiado tranquilo para mi gusto.» Florimond Duke dejó el martini y se fue a la guerra.

Duke era demasiado mayor para la línea del frente, pero después de «mover todos los hilos para volver al ejército» fue destinado a la Oficina de Servicios Estratégicos (OSS), la incipiente organización creada para coordinar el espionaje, el sabotaje y la subversión tras las líneas en la Europa dominada por los nazis. La OSS acabaría convirtiéndose en la CIA. El teniente coronel

Duke fue puesto al cargo del territorio de los Balcanes, una zona del mundo que nunca había visto y de la cual no sabía nada.

Hungría, un Estado sin salida al mar y acorralado por las fronteras de Alemania, Checoslovaquia, Rumanía y Yugoslavia, estaba viviendo una guerra de lo más incómoda. Fue el cuarto país que se unió a las potencias del Eje en junio de 1941, junto a Alemania, Italia y Japón, y las tropas húngaras participaron en la invasión de la Unión Soviética. El petróleo húngaro era vital para la campaña bélica alemana. Pero, en 1944, el gobierno húngaro, liderado por el primer ministro Miklós Kállay, había entablado conversaciones con Gran Bretaña y Estados Unidos. En Suiza se celebraron varias reuniones altamente secretas, acompañadas de un torrente de mensajes en clave que exploraban cómo podía zafarse el país de las férreas garras de los nazis sin someterse al control de la Unión Soviética. Hitler sabía exactamente qué estaba ocurriendo. Agentes de contraespionaje alemanes habían pinchado los teléfonos de Berna y habían descifrado los códigos estadounidenses. Sin que los húngaros y los aliados occidentales lo supieran, el Führer planeaba impedir la deserción de su desleal aliado invadiendo y ocupando Hungría.

En febrero de 1944, la OSS, que ignoraba por completo esos planes de invasión, organizó el despliegue de un escuadrón de agentes en Hungría para que contactaran con los conspiradores antinazis, descubrieran sus credenciales y recabaran información útil.

Inmediatamente, Florimond Duke se ofreció voluntario para liderar la misión, que llevaba el nombre en clave de «Gorrión» y estaría integrada por tres hombres.

—Pero es una misión en paracaídas —señaló el jefe de Duke—, y usted nunca ha saltado.

—Puedo aprender —respondió él.

Duke iría acompañado de un operador de radio, el comandante Alfred Suárez, un duro hispano de Nueva York que había combatido en la guerra civil española, y el capitán Guy Nunn, un escritor de novelas de aventuras californiano que hablaba alemán a la perfección y era «lo bastante corpulento y atractivo como para interpretar al héroe de una de sus historias». Las órdenes eran un tanto difusas: los tres agentes saltarían sin ser vistos sobre Hungría y después ayudarían a «acortar y ganar la guerra» enlazando con «las máximas autoridades y ocupándose de las negociaciones para que Hungría abandonara el bando alemán». A Duke le dijeron que no debía cerrar un acuerdo bajo ningún concepto. La OSS informó al MI6: «El agente no está autorizado a hacer o aceptar propuestas de paz». Los húngaros que querían distanciarse de Hitler esperaban una intervención militar aliada a gran escala para proteger su país de los nazis, pero lo que recibieron fue un directivo publicitario de mediana edad armado con miles de cigarrillos estadounidenses, sedas de nilón y oro para pagar sobornos.

La formación de Duke como paracaidista duró una hora y consistió en saltar por la puerta lateral de un avión estacionado en una pista de Argel. El 16 de marzo a primera hora, los tres oficiales estadounidenses saltaron de un Halifax británico cerca de la frontera con Yugoslavia. Duke estuvo a punto de castrarse cuando el paracaídas se abrió con una violenta sacudida y descubrió que las «tiras del arnés estaban demasiado subidas en la entrepierna». Increíblemente, los tres aterrizaron sin más percances, enterraron los paracaídas y salieron en busca de húngaros que pudieran ponerlos en contacto con el gobierno. Al cuartel general de la OSS en Londres llegó un mensaje: «El gorrión ha tomado tierra».

Ese mensaje también fue leído en Berlín, donde los preparativos para la Operación Margarethe, la invasión de Hungría, estaban muy avanzados. Hitler se puso furioso cuando le dijeron que los estadounidenses habían logrado aterrizar. «Siempre os he dicho que, al final, los húngaros intentarían apuñalarnos por la espalda», gritó. «Y es lo que está ocurriendo ahora mismo.» Según Wilhelm Höttl, jefe de espionaje y contraespionaje de las SS en el este y el sur de Europa, «la llegada de Duke puso la maquinaria en marcha».

Los tres estadounidenses fueron recogidos por soldados húngaros y acompañados a Budapest por un alegre oficial de las fuerzas aéreas llamado Kiraly que había participado como piloto en vuelos de riesgo en el oeste de Canadá y hablaba inglés norteamericano a la perfección. «Los esperábamos hacía tiempo», dijo, arrastrando las palabras. Los alojaron en un sótano del Ministerio de Asuntos Exteriores, les ofrecieron una suntuosa comida en un restaurante cercano y les pidieron educadamente que entregaran sus Colt 45. A la mañana siguiente reapareció Kiraly con aire abatido: «En este momento, Hitler está invadiendo Hungría. Los alemanes entrarán en Budapest dentro de una hora». Parecía muy apesadumbrado: «Deben de pensar que somos una panda de imbéciles. Les juro que ni imaginábamos que Hitler fuera a llegar a estos extremos. Debemos entregarlos a los alemanes como prisioneros de guerra». Kiraly les aconsejó que se deshicieran de cualquier prueba incriminatoria, incluyendo sus libros de códigos. Sobrevivir dependería de si convencían a los alemanes de que no eran espías, sino soldados inocentes que habían saltado sobre Hungría por error cuando se dirigían a Yugoslavia para unirse a los partisanos. Finalmente entregaron sus riñoneras, que contenían seis mil dólares en monedas *louis d'or*, convencidos de que no volverían a ver el dinero ni a Kiraly nunca más. La Misión Gorrión no había conseguido ni uno solo de sus objetivos. Lejos de acortar la guerra, había ayudado a poner en marcha la invasión nazi de Hungría. Kiraly intentó animarlos: «Corre el rumor de que Hitler tenía que detenerlos antes de que empezaran [...]. Dieciséis divisiones alemanas para contener a tres oficiales estadounidenses. No es mala proporción».

Durante cinco meses terribles, los Gorriones, como se hacían llamar, fueron trasladados de una prisión a otra en Belgrado, Berlín, Budapest y Viena. Fueron interrogados repetidas veces por los «consumados matones» de la Gestapo. «Somos soldados», insistió Duke, «no delincuentes. Tampoco somos prisioneros políticos. Les exijo que nos saquen de aquí ahora mismo y nos envíen a un campo para prisioneros de guerra.» Al menos en tres ocasiones, a Duke le dijeron que serían ejecutados al día siguiente. Trataron de mantener el buen ánimo compitiendo por quién mataba más moscas y comparando sus recuentos nocturnos de picaduras de chinches. Duke pasó su cincuenta cumpleaños en las celdas del sótano del cuartel general de la Gestapo en Berlín. Perdió quince kilos y se dejó crecer un elaborado bigote típico

263

de las fuerzas aéreas con las puntas hacia arriba. Dormían con la chaqueta de piloto puesta. En Washington fueron clasificados como desaparecidos en combate, «probablemente muertos». Y seguramente así habría sido si Rudolf Denzler no los hubiera encontrado languideciendo en el campo de prisioneros de guerra de Kaisersteinbruch.

Puede que Florimond Duke fuera nefasto como espía, pero era un líder nato, y la llegada de los primeros estadounidenses alimentó las esperanzas de todos los reclusos del castillo: «Aportaron frescura y una nueva perspectiva a nuestra vida». Los prisioneros encerrados desde que empezó la guerra nunca habían visto un soldado estadounidense de uniforme. Con su confianza aristocrática, Duke personificaba el destino manifiesto de Estados Unidos, la garantía de que los Aliados acabarían triunfando. Los británicos lo llamaban «Dookie». Era «inteligente, mayor y más inteligente que nosotros», observaba Bader. «Una personalidad reconfortante.» Duke «se tomaba bien las bromas sobre su inverosímil nombre de pila» y los estadounidenses no tardaron en integrarse en la sociedad de Colditz. Checko Chaloupka empezó a enseñarle su idioma a Al Suárez y Florimond Duke ingresó en el club de bridge. Tras las horrorosas experiencias de los cinco meses anteriores, escribió, el castillo de Colditz «por un tiempo recordó a la libertad».

Y, sin embargo, para los prisioneros que despertaban cada mañana en la misma jaula húmeda, la idea de la libertad seguía siendo un sueño lejano y cruel. En el campo imperaba una atmósfera febril en la que «los ánimos subían o se desplomaban a la mínima». Las formaciones de bombarderos aliados sobrevolaban el lugar para machacar las ciudades alemanas y «brillaban bajo el sol como grandes y hermosos objetos». El comunista Micky Burn declaró, solo medio en broma, que, si el ejército soviético llegaba al campo antes que los estadounidenses, se uniría a sus filas como comisario político. Pero entonces, como observaba el padre Platt, «se propagaba un aire de tristeza por el campo», a menudo sin motivo aparente. «A los optimistas eternos les quedaba poco entusiasmo por una victoria que siempre llegaría "el mes que viene" y estaba "a la vuelta de la esquina". Estaban al borde del agotamiento.»

Cansados de sus propios pensamientos, los prisioneros husmeaban en los de sus compañeros: «La gente está tan aburrida que ocupa el tiempo metiéndose en los asuntos de los demás [...]. Si uno se pasa unos minutos mirando por la ventana, se le acerca alguien a preguntarle qué está haciendo». Una serie de obras representadas en el teatro del castillo ayudaban a los prisioneros a no pensar en un futuro incierto. El teatro en Colditz había progresado mucho desde los tiempos en que los hombres se vestían con tutús de papel y se paseaban por el escenario entonando canciones de vodevil al son de un piano desafinado. «Las producciones de 1944 estaban a años luz de los primeros días», escribió Platt, aunque no aprobaba el trasfondo homosexual de la producción de *Un espíritu burlón*, de Noël Coward, que calificaba de «absolutamente amoral». Siempre atento a los pecados de la carne, el padre detectó una «disminución de la resistencia moral y un aumento de los intereses pervertidos». Platt temía que la homosexualidad fuera a más y, aunque la mayoría estaban «haciendo esfuerzos por resistirse a su desarrollo», otros no ponían trabas. Al mismo tiempo, el entusiasmo religioso parecía estar disipándose. «Está en horas bajas», escribió, a diferencia de los primeros días de cautividad, en los que «el servicio eclesiástico era una de las cosas más importantes de la vida en el campo.»

A medida que se acortaban los días, los prisioneros «volvían a apretar los dientes para soportar otro invierno detrás de los barrotes», en un caso de forma literal. Los amigos de Mike Sinclair se percataron de que «las boquillas de sus pipas siempre estaban mordisqueadas».

Una tensión parecida se apoderó de la guarnición alemana. En privado, algunos oficiales de la Wehrmacht se resignaron a la derrota, mientras que otros se aferraban a la esperanza de que las armas secretas de Hitler ganaran finalmente la guerra para Alemania. «Mataré a mi familia y me pegaré un tiro», dijo un nazi fanático. «Pero antes saldré al patio y acabaré con unos cuantos prisioneros.» Eggers no tenía intención de acabar con su vida ni con la de nadie. Pero, aun siendo extremadamente realista, intentaba creerse la propaganda nazi, imaginando un desenlace en el que Alemania salía indemne y con honor. «Vivíamos en dos mundos, el de los hechos y el de la ilusión», escribió. Para Eggers no había duda de que, cuando llegara el final, habría que rendir cuentas. En su día, el uniforme falso y manchado de sangre que llevaba Sinclair durante la fuga de Franz Josef era un *souvenir* histórico. Ahora más bien constituía una prueba incriminatoria que podía presentarse en un juicio después de la guerra. Eggers retiró discretamente el espeluznante objeto del museo de Colditz y lo quemó.

La dinámica de poder en el campo estaba cambiando con rapidez durante el otoño de 1944, y trajo consigo una extraña gentileza entre algunos guardias y los reclusos. Eggers pidió prestada al maestro del pueblo una caja de películas producidas por la Asociación Alemana de Cine Educativo y un sábado organizó una velada cinematográfica en el teatro. *La vida de la mariposa de la col* no era precisamente una obra cautivadora, pero era un poco mejor que nada. A los prisioneros que prometieran no fugarse les permitían ir al pueblo a jugar al rugby y bañarse en el río bajo custodia. A principios de septiembre, cuando encontraron a un oficial escondido en un montón de hojas durante el paseo por el parque, los guardias se limitaron a sacarlo y devolverlo al camino. «No se oían los habituales insultos ni amenazaban con disparar.» Las despiadadas burlas a los guardias fueron a menos y acabaron por desaparecer casi por completo. Solo Douglas Bader continuó con el torrente de insultos e impertinencias. Antes, las mofas eran una expresión de resistencia desafiante; ahora que las bombas caían sobre Alemania y se acercaban los ejércitos soviéticos y aliados, se consideraban acoso. Reinhold Eggers, que durante mucho tiempo fue blanco de un cruel escarnio, vio que los prisioneros los trataban a él y a los demás oficiales alemanes con algo rayano en la amabilidad: «Como es habitual en los británicos, empezaron a mostrarse comprensivos con el desamparado». Durante sus visitas al castillo, Rudolf Denzler se dio cuenta de que la agresividad mutua se estaba desvaneciendo: «A medida que la guerra empeoraba para la Wehrmacht, había menos incidentes y afloró un espíritu de consideración y camaradería». Los reclusos y sus carceleros estaban más unidos.

En la guerra, los hombres que habían escapado de Colditz esperaban, reflexionaban o seguían combatiendo mientras se abría el último capítulo, el final desconocido.

Airey Neave y el MI9 habían conseguido que cinco mil soldados y aviadores británicos y estadounidenses cruzaran las líneas de huida en la Europa ocupada y regresaran a Gran Bretaña. Inmediatamente después del Día D, Neave fue enviado a Francia para organizar la Operación Maratón, destinada a reunir a cientos de aviadores derribados en campos construidos en el bosque donde pudieran ser rescatados por los ejércitos aliados. Alain Le Ray, el primer fugitivo, había tomado el mando de las fuerzas de la resistencia francesa en el macizo de Vercors y lanzó operaciones de sabotaje contra los ocupantes nazis. En 1944 era jefe de las Fuerzas Francesas del Interior, capitaneadas por De Gaulle. Su compatriota Pierre Mairesse-Lebrun, el exquisito jinete que había saltado la valla en 1941, participó en los desembarcos aliados en la Provenza y ahora formaba parte del Ejército de Liberación que combatía al norte del Rin. Hans Larive, descubridor de la ruta hacia Suiza que permitió su propia fuga y la de muchos otros, lideraba los torpederos neerlandeses que estaban ayudando a liberar los Países Bajos. Jane Walker se escondía en un pequeño pueblo situado en la orilla este del Vístula, una escocesa imponente disfrazada de campesina que hablaba polaco perfectamente. El Ejército Rojo se acercaba, y la señora M no estaba segura de querer ser liberada por los comunistas. Frank «Errol» Flinn fue repatriado pasando por la Suecia neutral. Al llegar a Gran Bretaña sufrió una crisis nerviosa y fue enviado a un hospital cerca de Blackpool: «No era apto para combatir. Durante mucho tiempo, la vida no parecía tener sentido. Cuatro años en la cárcel son muchos, los mejores años de tu vida. La recuperación fue lenta».

Dos fugitivos notables de Colditz que habían llegado a Suiza quedaron atrapados allí cuando se cerró la ruta meridional de

Francia tras la ocupación de Vichy en noviembre de 1942. Sus experiencias fueron muy diferentes.

Pat Reid estaba sirviendo como agregado militar adjunto en Berna, trabajando en secreto para el MI6 y disfrutando de la vida como hombre libre. Allí conoció a una joven estadounidense y se casó con ella al poco tiempo, una noticia que causó furor en el castillo. «¡Pat Reid se ha casado en Suiza con una heredera estadounidense!», anunció el padre Platt. El mito del fugitivo irreprimible de Colditz ya estaba cobrando forma.

Mientras tanto, Birendranath Mazumdar se encontraba alojado en un hotel de Montreux, a orillas del lago Lemán. Al principio, Suiza era un paraíso. «Llevaba una vida agradable. Buena comida y buen vino.» Volvió a trabajar atendiendo a los militares aliados que llegaban al país, entre ellos varios soldados indios. Los británicos habían creado un club social en el que jugaba al billar y al bridge con un suboficial de la armada llamado Hammond. Se matriculó en una clínica de Locarno especializada en tuberculosis para obtener otra licenciatura en medicina. Entonces inició un romance con una joven suiza llamada Elianne, cuyos adinerados padres vivían en Basilea.

Pero las sospechas seguían planeando sobre el médico indio. Poco después de llegar a Montreux lo citó el teniente coronel Henry Foote, un comandante de carros de combate que había obtenido la Cruz Victoria en el norte de África. Más tarde había sido capturado y encarcelado en Italia, pero escapó a Suiza. «No puedo decir que me haya gustado Mazumdar», informó Foote a Londres después de entrevistar al oficial indio, a quien describió como «innecesariamente ampuloso y un poco cascarrabias». Las autoridades británicas desconfiaban sobremanera del contacto que mantenía el médico con el líder nacionalista indio Subhas Chandra Bose. En 1943, Hitler había proporcionado a Bose un submarino para viajar al sudeste de Asia y, en aquel momento, la figura insigne de la independencia india se encontraba en el Singapur ocupado por Japón reclutando a más soldados indios para su ejército de liberación y fundando, con apoyo japonés, el gobierno provisional de la India Libre. El MI5 creó la Sección Z, una unidad especial que investigaría la

268

subversión india, y abrió un expediente sobre el doctor Mazumdar. Durante lo que pareció un interrogatorio, Mazumdar describió su visita a Berlín, recalcó que había rechazado todas las invitaciones a colaborar e intentó cambiar de tema. Foote dijo que Mazumdar «no quería hablar» de Bose y «no mostró disposición a hacerlo». Aquello no era de extrañar dadas las circunstancias, pero bastó para calificarlo de posible traidor.

Los oficiales que, como Foote, habían servido en la India británica miraban a Mazumdar con especial recelo. Algunos se referían a él como «babu bengalí», un término peyorativo para un indio considerado excesivamente culto y arrogante. En el club de Montreux le dijeron que era solo un suboficial y que la mesa de *snooker* estaba reservada a oficiales. El mensaje estaba claro: no querían a Mazumdar allí.

Una tarde se le acercó un coronel británico.

—Hable con sus compatriotas —le indicó—. Dígales que no salgan con chicas suizas.

Una vez más, Mazumdar sabía que la orden se refería a él y su relación con una mujer blanca.

—No lo haré, coronel —repuso—. Mientras los oficiales británicos salgan con chicas suizas, yo también lo haré.

—Es una orden.

—Me niego a acatar esa orden. Está perdiendo el tiempo. Se supone que soy libre, así que no me encadene. No puede encadenarme.

El teniente coronel Sidney Lavender, del 16.º Regimiento de Punjab, era el oficial superior británico en Suiza. Recibió una Orden del Servicio Distinguido en el norte de África y escapó de un campo de prisioneros en Italia. Tras pasar gran parte de su vida adulta en la India británica, Lavender estaba convencido de que entendía «la mente india» y no le gustó lo que le pareció intuir en la de Mazumdar. A finales de 1944 vio una oportunidad para bajarle los humos al médico indio.

Muchos prisioneros fugados padecían afecciones oculares y, para conseguir un diagnóstico más adecuado, Mazumdar llegó a la conclusión de que necesitaba un oftalmoscopio, un costoso instrumento magnificador con una luz para ver el interior del ojo.

Pidió uno a Ginebra, consiguió un vale del oficial médico y lo compró con dinero para gastos menores.

Al día siguiente lo hizo llamar Lavender.

—Es usted un puto mentiroso, Mazumdar —le espetó el coronel.

—Disculpe, coronel —dijo Mazumdar—, pero no estoy acostumbrado a ese tipo de lenguaje.

Con un torrente de groserías, el oficial superior acusó a Mazumdar de robo, aduciendo que había malversado el dinero destinado a la compra del oftalmoscopio (más tarde, Mazumdar descubrió que habían agasajado con vino a la chica que le vendió el instrumento y la habían convencido de que firmara una declaración en la que afirmaba que la venta no se había producido).

—No lo compró.

Mazumdar dijo que podía aportar como prueba el instrumento sin estrenar, pero el coronel Lavender ya se había arrancado con una furiosa diatriba sobre la corrupción india y las razones por las que el país nunca estaría preparado para la independencia.

«Discrepé con todo lo que dijo», recordaba Mazumdar.

Ahora, ambos estaban de pie gritando. Lavender se puso rosa y luego colorado.

Finalmente, Mazumdar estalló:

—Coronel, la diferencia entre usted y yo es la siguiente: usted ha vivido en mi país veinticinco años y no es capaz de hablar uno solo de sus idiomas. Yo he vivido en el suyo quince años y hablo cinco, incluido el inglés.

Mazumdar fue sometido a arresto domiciliario en un hotel de Locarno a la espera de un consejo de guerra por robo. «No tenía quien me ayudara», escribió. Tras ser prisionero durante cuatro años, el médico indio había escapado, pero volvía a estar recluido una vez más, ahora bajo custodia británica.

Si Mazumdar finalmente regresaba a Gran Bretaña, el MI5 lo estaría esperando.

En otoño estaban llegando a Colditz prisioneros célebres en unas cifras que parecían cada vez menos halagüeñas. En octubre apareció, fuertemente vigilado, un criador de ovejas neozelandés pequeño y discreto llamado Charles Upham. Él era tan tímido y el ambiente en el campo tan agitado que algunos dieron por hecho que era otro espía. En realidad era el único soldado de combate que había recibido dos veces la Cruz Victoria por su extraordinaria valentía, primero en Creta y después en Egipto. Acribillado a balazos, fue capturado durante la primera batalla de El Alamein y se negó a que le amputaran el brazo a pesar de que los médicos militares italianos así se lo aconsejaron. Tras numerosos intentos de fuga lo trasladaron a Colditz, donde rehusaba comentar sus heroicidades. Prefería hablar de ovejas.

Otro recién llegado, igual de valiente pero más hablador, era David Stirling, el fundador del SAS. Bajo su quijotesco liderazgo, la incipiente unidad de las fuerzas especiales había causado estragos durante la campaña del norte de África entrando de noche en aeródromos del Eje, colocando bombas en los aviones alemanes e italianos y desapareciendo en el desierto libio cuando explotaban. Apodado el «Comandante Fantasma» por el mariscal de campo Rommel, que lo admiraba, Stirling fue capturado en enero de 1943. Intentó fugarse cinco veces de campos italianos, austríacos y checoslovacos y fue trasladado a Colditz, donde lo precedía su fama de rebeldía extrema. «El personal de la prisión mira a David con la máxima desconfianza», escribió otro prisionero. «No se atreven a dejarlo solo ni un minuto.»

Las distinguidas filas de los *Prominente* también se engrosaron con la llegada de una serie de prisioneros de sangre azul provenientes de otros campos. El primero en unirse a Giles Romilly y Michael Alexander en el semiaislamiento de la élite fue el conde de Hopetoun, hijo del marqués de Linlithgow, virrey de la India entre 1936 y 1943. El capitán Charlie Hopetoun, de la 51.ª División de las Tierras Altas, había sido capturado en Dunkirk y ahora se encontraba en Colditz por la sola razón de ser «hijo de su padre». Después llegaron dos sobrinos del rey Jorge VI: el teniente George Lascelles, vizconde, sexto en la línea de sucesión cuando nació y futuro séptimo conde de Harewood; y el capitán John Elphinstone, más tarde decimoséptimo lord Elphinstone. Los nazis siempre habían estado obsesionados con la familia real británica e informaron a los cautivos de que estarían «protegidos». De igual valor propagandístico era el capitán George Alexander Eugene Douglas Haig, segundo conde Haig e hijo del difunto mariscal de campo Haig, el soldado británico más célebre de la primera guerra mundial. «Dawyck» Haig era un artista pálido y depresivo que «llevaba el silencio como un manto oscuro» y padecía disentería amebiana. Según Michael Alexander, «la cautividad lo había afectado más gravemente que a los otros *Prominente*» y casi nunca hablaba, ya que la pintura le parecía «más expresiva que el discurso». Haig había presidido el Club Bullingdon de Oxford, y Hopetoun había sido miembro. Los recién llegados fueron iniciados de inmediato en el club más exclusivo del campo. Con la incorporación de Max de Hamel, el primo lejano de Churchill, el contingente de los *Prominente* ascendía a siete personas. Comían juntos, compartían habitaciones y a las siete y media de la tarde los encerraban bajo llave. Ya no les estaba permitido pasear por el campo.

Las pruebas de que los alemanes estaban reuniendo a los prisioneros valiosos en Colditz llegaron a Londres, un hecho inquietante que fue transmitido inmediatamente a Downing Street y el palacio de Buckingham. «Al rey le ha parecido bastante siniestro que los alemanes juntaran en un Oflag a todos esos jóvenes que son casi parientes de la gente importante de este país», escribió sir Alan «Tommy» Lascelles, secretario privado del rey y primo del nuevo recluso de Colditz, a Churchill. «Esos traslados repentinos tienen una relevancia desagradable.» Por un momento, el primer ministro se planteó cambiar a los *Prominente* por prisioneros alemanes importantes que estaban en manos británicas o lanzar una ofensiva para rescatarlos, pero concluyó que «cualquier acción especial en nombre de ciertos prisioneros solo serviría para corroborar a los alemanes» su «interés especial en ellos». En lugar de eso, se envió una petición formal a Suiza, el poder protector, para que velase por el bienestar de los «prisioneros especiales». Al mismo tiempo, el Departamento de Espionaje Político del Ministerio de Asuntos Exteriores diseñó un panfleto para lanzarlo sobre los campos de prisioneros. Dicho panfleto contendría la «solemne advertencia» de que la Gestapo, los Kommandant y los oficiales y guardias de las prisiones serían «considerados responsables a título individual de la seguridad y el bienestar de los prisioneros de guerra aliados a su cargo». Con eso, los administradores de los campos quizá se lo pensarían antes de recurrir a la violencia, pero difícilmente tendría mucho efecto en Himmler y sus asesinos de las SS. Rudolf Denzler sabía que su poder para intervenir en nombre de los *Prominente* era limitado. «Los prisioneros son rehenes en manos de una nación en guerra y Colditz contenía reclusos especialmente valiosos», escribió. Sir James Grigg, el secretario de Estado para la Guerra, advirtió a Churchill: «Los mandatarios alemanes retienen a los *"prominenti"* [sic] con la intención de intercambiarlos por los suyos más adelante. Nuestra gente no corre peligro hasta que tengamos a algunos de los principales criminales de guerra en nuestras manos. Pero en el futuro podría ser un terrible dilema para nosotros».

A la sazón, los *Prominente* eran huéspedes involuntarios de la que David Stirling denominaba «la pensión mejor custodiada del Tercer Reich» y no sabían si los habían reunido a todos para que estuvieran a salvo, para intercambiarlos o para aniquilarlos. Los Románov también habían sido reunidos en 1917 antes de su ejecución. Cuando Hopetoun preguntó por qué lo habían trasladado a Colditz, la respuesta fue escalofriante: «No queremos que le ocurra lo mismo que a la familia real rusa».

15

El Zorro Rojo

El teniente coronel Willie Tod nunca volvería a liderar a sus hombres en una batalla, pero haría lo que fuera necesario para llevarlos a casa.

Tod era la personificación de Colditz: alto, maltrecho por las batallas y duro como el granito. El oficial superior británico era un escocés canoso, con una cara larga y equina y una nariz con una fractura extravagante. «Amante de la paz, cortés y amable», tenía un carácter bastante diferente al de sus predecesores. Tod no aprobaba las burlas al personal alemán, que consideraba una falta de deportividad. «Los alemanes estaban sufriendo una derrota aplastante», escribió el padre Platt, «y él no creía en patear a un hombre cuando estaba en el suelo.» Tod no inhibía activamente las fugas, pero a medida que aumentaban los riesgos y se acercaba el final de la guerra, tampoco las alentaba. El comité seguía funcionando, «pero solo aprobaría futuros intentos si ofrecían una verdadera posibilidad de éxito». Para la mayoría de los prisioneros, esa semiprohibición fue un alivio. Adorado y reverenciado por los más jóvenes, «Auld Wullie» llevaba su tristeza en silencio. En enero de 1944, meses después de que Tod llegara a Colditz, su único hijo murió combatiendo en Italia. No se lo contó a nadie y, cuando se corrió la voz y el resto de los prisioneros le ofrecieron sus condolencias, Willie Tod se limitó a mirar a lo lejos y dijo: «Es algo que les ocurre a los soldados». Pero estaba empeñado en que no les sucediera lo mismo a los hombres que tenía a su cargo. Ese empeño lo compartía con Florimond Duke, que convenció a los alemanes de que lo reconocieran formalmente como el oficial superior estadounidense del campo. Como tal, intervendría en cualquier enfrentamiento con el Kommandant. «Seremos dos contra uno», le dijo a Tod.

Así pues, esos dos hombres se ocuparían de dirigir Colditz durante el amenazador desenlace. Para ellos, su papel era proteger a los prisioneros que tenían a sus órdenes y garantizar que el máximo número posible sobreviviera a la guerra.

Una tarde de finales de agosto, los reclusos fueron al parque para una sesión de ejercicio. Por primera vez en varios meses, Michael Sinclair estaba entre ellos, enfundado en la voluminosa capa caqui que le había comprado a un oficial francés. Los guardias sabían que debían vigilar de cerca al pelirrojo Sinclair, y una inspección rutinaria desveló que debajo del uniforme llevaba ropa civil de fabricación casera. Sin duda eran los preparativos para un intento de fuga y Sinclair fue condenado a catorce días en aislamiento.

«Me dolió un poco que no me contara nada sobre el plan de fuga», escribió Gris Davies-Scourfield. Ambos se habían hecho amigos íntimos desde los primeros días de cautividad. Habían escapado de Poznań, se habían escondido en Polonia bajo la protección de la señora M y planeaban cada fuga juntos. Pero, en los últimos meses, Sinclair parecía cada vez más inalcanzable. La muerte de su hermano pequeño en Anzio había acentuado su distanciamiento. «Ni siquiera yo, su viejo amigo y camarada, podía llegar a él y, para ser sincero, tras varios desplantes se me quitaron las ganas de intentarlo.» Cuando Davies-Scourfield le preguntó qué se traía entre manos, Sinclair se encogió de hombros y repuso: «Nunca sabes cuándo puede surgir una oportunidad». Aquello también parecía impropio de una persona tan meticulosa en su planificación.

Sinclair salió de las celdas de aislamiento el 18 de septiembre. Cinco días después, los alemanes colgaron en la pared del patio un nuevo aviso en una austera caligrafía roja y negra con muchos signos de exclamación, cursivas y subrayados:

¡A todos los prisioneros de guerra!
¡Fugarse de los campos de prisioneros ya no es un deporte!

El cartel acusaba a Gran Bretaña de desplegar «comandos de gánsteres, bandidos terroristas y tropas de sabotaje» y declaraba: «Alemania está decidida a salvaguardar la patria». A continuación había una amenaza disfrazada de aviso: «Se ha hecho necesaria la creación de zonas estrictamente prohibidas, denominadas zonas de muerte, y quienes accedan a ellas sin autorización serán abatidos inmediatamente. Los prisioneros de guerra fugitivos que entren en esas zonas de muerte perderán la vida. ¡Se recomienda encarecidamente evitar futuras fugas! En inglés simple: quédense en el campo, donde estarán seguros. Salir ahora mismo es muy peligroso».

Pero la mayoría de los prisioneros ya no estaban pensando en fugarse, sino en comer.

El otoño trajo consigo las primeras punzadas de una gran hambruna que afectó a todos los habitantes del castillo, tanto prisioneros como guardias, y corroía el cuerpo y el alma. El suministro de paquetes de la Cruz Roja había disminuido constantemente durante el verano y las reservas acumuladas el año anterior empezaban a menguar. En el caos que rodeaba al Tercer Reich, con las redes ferroviarias gravemente afectadas por los bombardeos, los suministros ya no llegaban; los que entraban en el país desde Suiza eran saqueados o desaparecían antes de llegar a los campos. Alemania empezaba a pasar hambre. Los paquetes personales enviados desde Gran Bretaña se redujeron a un goteo y finalmente cesaron por completo. Tampoco llegaban cartas.

Los alimentos suplementarios que contenían los paquetes de la Cruz Roja hacían que las raciones alemanas fueran más sabrosas y nutritivas. A partir de entonces, los prisioneros dependerían cada vez más (y pronto totalmente) de lo poco que ofreciera el sistema de prisiones alemán: patatas mohosas, pan negro y mijo, todo ello estrictamente racionado, además de una sopa aguada e indefinible. Las pocas verduras que llegaban al castillo consistían en nabos y colirrábanos, aunque escaseaban. Tod ordenó guardar los paquetes restantes de la Cruz Roja como suministros de emergencia. La comida siempre había sido un tema de conversación habitual en el castillo, pero ahora lo consumía todo.

El 25 de septiembre, dos días después de que apareciera el aviso que prohibía los intentos de fuga, Reinhold Eggers se encontraba en la muralla del lado este contemplando el parque mientras los prisioneros formaban filas para el trayecto hasta el recinto de ejercicio. Era primera hora de una hermosa tarde otoñal. El follaje de los bosques estaba empezando a cambiar y ya caían las primeras hojas, bailando en el parque mecidas por una brisa templada. Eran «las mejores vistas de Colditz», pensó Eggers, «con carpes, hayas y sicómoros resplandeciendo en el *Tiergarten*». La guerra parecía muy lejana.

Gris Davies-Scourfield vio a Mike Sinclair dirigiéndose al parque.

—Veo que vas a dar el paseo. ¿Quieres que te acompañe? —le preguntó.

—No. Prefiero estar solo, gracias —dijo Sinclair, que se dio la vuelta.

Su voz parecía «peculiarmente inexpresiva» y, molesto, Davies-Scourfield pensó: «Que te den. Vete a pasear solo si es lo que quieres». Luego volvió a su habitación a escribirle una carta a su familia. Davies-Scourfield no reparó en que su viejo amigo llevaba ropa civil debajo de la capa francesa. La víspera, sin decírselo a nadie, Sinclair había cogido dinero de lo que quedaba del fondo de los fugitivos.

En el parque, los guardias ocuparon sus posiciones alrededor de la valla, con tres metros de altura y coronada por alambre de espino. Entonces empezó un partido de fútbol. Algunos hombres estaban relajándose bajo el sol otoñal o charlando en grupos mientras otros paseaban por el camino que discurría por dentro del perímetro.

Sinclair caminó media hora junto a la valla y entonces se detuvo a mirar el partido. Uno de los jugadores levantó la cabeza y vio que tenía la cara «muy pálida». Nadie lo vio sacar unos gruesos guantes negros del bolsillo y ponérselos.

Eran casi las tres de la tarde cuando Sinclair se quitó repentinamente la capa, saltó el primer alambre trampa y empezó a escalar la valla perimetral. Por un momento pareció «abrirse de brazos y piernas en el aire» hasta que agarró el alambre de espino

278

más alto y subió. Había llegado arriba, «balanceándose a horcajadas sobre los alambres bamboleantes» cuando los guardias alemanes comprendieron lo que estaba sucediendo.

«*Halt!*» («¡Detente!»), gritaron antes de descolgarse los rifles casi al unísono. «*Halt oder ich schiesse!*» («¡Detente o disparo!»)

El suboficial alemán que estaba de servicio conocía a Sinclair y «lo admiraba mucho». Abrió la puerta y corrió hacia el exterior desenfundando la pistola. El partido se había detenido y los futbolistas estaban observando extasiados.

Sinclair cayó con fuerza al otro lado justo cuando llegaba el suboficial alemán jadeando.

—No servirá de nada, Herr Sinclair —le dijo amablemente.

Sinclair le dio un manotazo a la pistola y echó a correr cuesta arriba, agachándose y con «una expresión extraordinariamente pétrea» en su rostro.

Ya estaba a medio camino del muro exterior cuando resonó el primer disparo en todo el parque. Luego se oyeron dos más, seguidos de una andanada irregular de una docena de guardias apostados en distintas posiciones del perímetro. En el castillo, los prisioneros oyeron los disparos y los gritos y se acercaron a las ventanas. «Dios mío, es Mike», pensó Gris Davies-Scourfield. «Tiene que ser él.» Sinclair corrió agachado hacia los árboles. «*Nicht schiessen!*» («¡No dispares!»), gritaron los futbolistas. «*Nicht schiessen!*» («¡No dispares!»). La ametralladora empezó a disparar desde un punto situado junto al camino del castillo, donde había una línea de fuego despejada hacia el pequeño valle.

Sinclair se encontraba a más de tres metros del muro exterior cuando empezó a tambalearse y cayó de rodillas. A los hombres que estaban detrás de la valla se les cortó la respiración. «Entonces se desplomó lentamente entre las hojas de otoño.» Una bala le había rebotado en el codo derecho y le había atravesado el corazón.

Una hora después, los asombrados prisioneros fueron reunidos para un recuento de emergencia en el patio interior, durante el cual reinó un silencio absoluto. El oficial de la guardia alemana saludó e hizo salir solemnemente a sus hombres por la puerta principal para dejar unos momentos de soledad a los prisioneros.

«¡Atención!», gritó Willie Tod, un hombre que había envejecido prematuramente y que de repente parecía más longevo. «Caballeros, lamento comunicarles que el señor Sinclair ha muerto.»

Al día siguiente solo se permitió que diez prisioneros asistieran al funeral en el cementerio del pueblo. El Kommandant Prawitt les proporcionó una bandera del Reino Unido para cubrir el ataúd y una corona de flores que a decir de todos era «preciosa».

Entre las posesiones de Sinclair, Gris Davies-Scourfield encontró una nota metida dentro de una camisa doblada: «Me hago enteramente responsable. Feliz viaje a casa, amigos».

El oficio celebrado en la capilla del castillo tuvo las habituales cadencias del luto militar: *Abide With Me*, *The Lord's My Shepherd* y el himno nacional. Un corneta tocó *Last Post* desde la galería. Se enumeraron los logros de Sinclair: ningún prisionero había escapado más veces o más ardientemente ni había estado tanto tiempo en libertad en Alemania y los territorios ocupados por los nazis. Había pasado meses escondido en Polonia, protegido por una formidable escocesa. Había llegado a las fronteras de Suiza, Países Bajos y Bulgaria sin llegar a cruzarlas. Había recibido un disparo en el pecho cuando intentaba escapar. Pero nunca se rindió. «Saben mejor que cualquier otra congregación en el mundo lo que eso significa», les dijo el padre Platt a los prisioneros. «No es solo una tragedia estéril», añadió, quizá verbalizando sin querer lo que muchos pensaban.

Los otros prisioneros intentaron encontrar nobleza, relevancia y consuelo en la muerte de Sinclair. «Esperar la libertad de manos de otros confirmaría su fracaso, cicatrizaría su corazón y abrasaría su alma», dijo uno. Otro declaró que fue «asesinado por su coraje y voluntad de seguir intentándolo aunque otros hubieran perdido la esperanza». Gris Davies-Scourfield se preguntaba si la amenaza alemana de disparar a los fugitivos había sido «otro acicate» para Sinclair.

Aunque Tod y Duke presentaron una queja formal en la que alegaban que Sinclair se había visto «acorralado», hubo pocas recriminaciones contra los alemanes. Los guardias habían disparado a regañadientes después de varias advertencias y sin intención de matar. Ello planteaba la triste posibilidad de que Sinclair quisiera suicidarse, aunque nadie lo mencionó. Algunos atribuyeron sus actos a «una crisis espontánea de la razón», pero Sinclair estaba totalmente cuerdo cuando murió. Sabía cuál era el desenlace más probable de una «carrera hacia la valla».

Michael Sinclair tenía veinticuatro años cuando fue capturado y veintiocho cuando murió. Había nacido en el seno de una familia militar de rígida conformidad para la cual morir en combate, como ya le había ocurrido a su hermano, era una señal definitiva de virilidad. La cautividad le había arrebatado las certezas con las que se crio. Cada huida fallida agrandaba la distancia con lo que él consideraba su destino. Es posible que, para Sinclair, la muerte por una bala alemana en una colina de Sajonia se lo hubiera devuelto.

Un tributo a un enemigo significa más que todos los encomios de sus camaradas. Reinhold Eggers se había pasado años intentando impedir que el Zorro Rojo escapara. Estaba profundamente conmovido por la muerte de Sinclair y recurrió a la mitología nórdica y a su propia erudición para expresar adecuadamente sus sentimientos: «Si existe un Valhala para los héroes de cualquier nación, si quienes van allí son hombres valientes, si su determinación se deriva de un solo motivo y ese motivo es el amor por su país, en nuestra tradición germánica, el Valhala es el lugar de reposo del teniente Mike Sinclair».

«Los nervios están a flor de piel», escribió el padre Platt. Los boletines diarios de la BBC anunciaban la promesa de una victoria, pero el futuro de Colditz y sus prisioneros no parecía garantizado. Era posible que se fueran pronto a casa, pero también que murieran de hambre, que fueran tomados como rehenes por los asediados nazis o que fueran asesinados en masa por las SS. En la guerra, la preparación lo es todo, pero es difícil organizarse para lo desconocido. Los coroneles Tod y Duke necesitaban información sobre lo que se avecinaba, cuándo y cómo. Necesitaban a gente en el exterior que los avisara del probable destino de quienes estaban dentro. Si cambiaban las tornas y los prisioneros se hacían con el control del castillo, necesitaban saber en quién confiar y a quién temer. Necesitaban información fiable. Necesitaban espías.

Durante meses, Irmgard Wernicke había proporcionado al comité de fugas gran cantidad de información valiosa y, en otoño de 1944, el coronel Tod decidió ampliar esas operaciones en el pueblo. El oficial encargado de crear lo que se bautizó con el grandilocuente nombre de «Unidad de Espionaje Británica en Colditz» era David Stirling, fundador del SAS y experto en el uso de la intriga y el misterio. Con la ayuda de Čeněk Chaloupka, Stirling elaboró una lista de secretos a incluir en las «cartas de amor» enviadas a la auxiliar del dentista: «Después de los ineludibles preludios de afecto, las cartas se convertían en cuestionarios». Las preguntas versaban sobre temas de interés nacional: estado de ánimo y actitudes hacia los Aliados y el Partido Nazi, pero, sobre todo, la situación en Colditz y alrededores. La ubicación de la comisaría de policía, la oficina del alcalde, la central telefónica, la planta depuradora, los barracones de los prisioneros de guerra rusos y las principales granjas. ¿Quiénes eran los líderes nazis? ¿Había antinazis? A finales de octubre, Stirling y Checko estaban enviando a Irma dos cuestionarios por semana: «Sus respuestas eran muy meditadas y redactadas con inteligencia». El padre de Irma conocía a todos los miembros del Partido Nazi local y ella «tenía acceso a información, tanto habladurías como hechos, que podía ser de gran utilidad. Estaba dispuesta a contarnos todo lo que pudiera». Stirling empezó a confeccionar informes sobre los personajes insignes del pueblo: «Muy pronto teníamos un dosier con todos los nazis importantes, no solo civiles del partido, sino miembros de la Gestapo y personal administrativo del castillo». Stirling dibujó un mapa que mostraba dónde vivían y trabajaban algunas personas clave, almacenes de combustible y munición, depósitos de comida, graneros y reservas de medicamentos.

La red se amplió. El joven soldado que pasaba mensajes a Irma y Checko se llamaba Heinz Schmidt. «Atento e inteligente», había sido estudiante de la Escuela de Minas de Freiberg antes de ser reclutado. Su padre era un industrial de la zona y uno de los hombres más ricos de Colditz. Pero, en secreto, padre e hijo eran antinazis. Desde el principio, Heinz supo que estaba pasando algo más que cartas de amor. Irma reclutó a Heinz, que a su vez reclutó a su padre. Este empezó a facilitar información, no solo acerca de los peces gordos del Partido Nazi, sino nombres de otros que, como él, estaban dispuestos a trabajar contra el régimen. En parte, el deseo de cooperación de Schmidt padre estaba motivado por la venganza: su mujer, la madre de Heinz, era la amante del padre de Irma, que era nazi. Las infidelidades no son infrecuentes en los pueblos pequeños, pero raras veces se extienden al espionaje internacional. Schmidt «les contó su secreto a otros elementos antinazis de la zona», recordaba Jack Pringle, el principal colaborador de Stirling. Al poco tiempo, la Unidad de Espionaje Británica en Colditz contaba con un mapa ideológico de la localidad y con un plan para tomar el pueblo por la fuerza. Pringle escribió: «A partir de la información proporcionada por los tres, empezamos a elegir un gobierno local alternativo para sustituir al Partido Nazi y la Gestapo cuando llegara el final».

Si el Tercer Reich se derrumbaba y los alemanes entregaban Colditz a sus prisioneros, sabrían en quién podían confiar y conocerían el nombre de todos los nazis en un radio de cincuenta kilómetros y la ubicación de las armas.

Cuando la comida escasea, unos acaparan, otros se benefician y otros comparten. Solo una persona que nunca haya experimentado el hambre de verdad cree que nunca escondería unas cuantas calorías o miraría el mendrugo de pan del vecino con avaricia. Cuando los paquetes de la Cruz Roja llegaban en abundancia, los prisioneros compartían los recursos con sus compañeros e intercambiaban el excedente. Pero cuando arreció el hambre, la economía interna de Colditz se vio alterada. Los guardias, aún más hambrientos que los prisioneros, estaban cada vez más desesperados por los pocos lujos que quedaban en las menguantes reservas de la Cruz Roja. El mercado negro se disparó, se sobrecalentó y finalmente se desmoronó, víctima de una especie de hiperinflación a medida que disminuían los productos con los que comerciar. A principios de diciembre, un prisionero aceptó cambiar dos kilos de chocolate y diez libras por la promesa de un Renault Coupé de 1938 que estaba aparcado en Inglaterra. Los guardias traían huevos frescos, queso y leche para intercambiarlos por productos cada vez más escasos como café, azúcar y cigarrillos. Los adictos a la nicotina sufrieron mucho con la creciente falta de tabaco. El comercio con los guardias era tan evidente que, muy razonablemente, Eggers propuso abrir una tienda en el patio. Prawitt se puso furioso: «¿Qué será lo siguiente? ¿Un burdel?». El padre Platt se quejaba amargamente de los colirrábanos, que describía como los hijos «bastardos» de un nabo y una col y como «lo peor de ambos». Una cabeza de caballo, un alimento que en su día habría sido rechazado, fue hervida y consumida con deleite. Los cazadores con iniciativa dejaban ganchos con cebos en los alféizares de las ventanas para intentar atrapar a alguna paloma incauta. A principios de diciembre, las raciones se vieron reducidas a tres patatas diarias. Platt describía con pesar el menú diario: «El desayuno consiste en dos rebanadas muy finas de pan de centeno con una taza de sucedáneo de café. La comida es una patata pequeña y dos o tres cucharadas de verduras hervidas, seguidas de dos séptimas partes de una rebanada de pan y una séptima parte de una lata de queso [...]. La cena podía intercambiarse sin dificultades por una lata de cien gramos de tabaco». Antes de Navidad pesaron a los prisioneros. Todos habían perdido peso, algunos de forma drástica. Antes de la guerra, Davies-Scourfield pesaba setenta y tres kilos; ahora había bajado a cincuenta y cinco. Según los cálculos de Julius Green, una dieta de solo mil doscientas calorías diarias «causaría pérdida de peso aunque uno se tumbara en la cama todo el día». Los prisioneros empezaron a codiciar las menguantes reservas de los demás. Douglas Bader se percató de que Green había estado guardando un pequeño trozo de bacón grasiento y vio la oportunidad de jugar la carta *kosher*:

—¿Qué vas a hacer con ese bacón, Julius?

—Comérmelo —respondió el dentista judío enfáticamente.

—Pero se supone que no debes.

—Solo me verás tú.

—¿Dónde están tus principios?

—Al carajo los principios. Doy por hecho que el rabino me exonera mientras dure la guerra.

La desnutrición vino acompañada de un nuevo letargo, además de dolor de articulaciones, sarpullidos, edema y una terrible halitosis. El entusiasmo por el deporte se desvaneció. Los partidos de *stoolball* prácticamente cesaron; con el estómago vacío, pocos estaban preparados para soportar el ataque físico de ese juego peculiarmente violento. Cuando se repartían las rebanadas de pan en fracciones, había pocas oportunidades para acumular alimentos deseables y venderlos a precios inflados. Un grupo de oficiales entró en el almacén de patatas alemán y empezó a robar suministros, lo cual causó indignación y envidia. Para intentar regular el trueque, el coronel Tod ordenó que, en adelante, solo David Stirling y Čeněk Chaloupka podrían comerciar con los alemanes y les dio acceso exclusivo a las reservas de emergencia de la Cruz Roja. Todo lo que consiguieran sería compartido de manera justa con los prisioneros, incluidos los ordenanzas. Esa restricción fortaleció de inmediato a la Unidad de Espionaje Británica, ya que Checko y Stirling podían utilizar el trueque para sonsacar más información a los hambrientos guardias. Según Jack Pringle, «sabían exactamente cuánta información pedir, cuánto ofrecer para obtener más, cuándo cortar el suministro, cuándo ser amigables y cuándo ser duros». Pero ese sistema también exacerbó una división política. Los de izquierdas, como Micky Burn, veían la centralización de las reservas de comida y su reparto comunitario como un indicio de socialismo igualitario en acción. Otros la consideraban una supresión del mercado libre y el espíritu emprendedor: si un hombre invertía tiempo y recursos en obtener seis huevos frescos, ¿no debía tener libertad para gozar de los frutos de su inversión? «No puedes dividir seis huevos entre doscientas personas», señalaba Michael Alexander, quien, como miembro del Club Bullingdon y uno de los *Prominente*, tenía acceso a muchos más huevos que los ordenanzas que le lustraban los zapatos.

Los ejércitos comunistas se aproximaban desde el este. Las fuerzas de la democracia capitalista estaban convergiendo en

Alemania desde el oeste. Como en tantas otras cosas, la vida dentro de Colditz reflejaba la del mundo exterior, un inminente choque ideológico plasmado en un feroz debate sobre la asignación de patatas mohosas y sopa diluida.

Hacía un frío espantoso. El abastecimiento de carbón era insuficiente para mantener las calderas en marcha y el castillo solía ser gélido. Los hombres dormían con varias capas de ropa. La provisión de agua, que nunca había sido fiable, se volvió aún más errática. Justo antes de la Navidad de 1944 llegó el último paquete de la Cruz Roja. No habría más. Los suministros de comida «alcanzaron su nivel más bajo», escribía Eggers.

La tensión se manifestaba de varias maneras. Algunos prisioneros se emborrachaban con el licor casero que quedaba. «Eso que beben es veneno», afirmaba el padre Platt, que aun así también lo bebía. A pesar de la perspectiva de la liberación —o tal vez debido a ella—, algunos reclusos se sentían psicológicamente abrumados por la presión de la espera. No fue la desesperación lo que llevó a algunos al precipicio, sino la esperanza. «Más prisioneros que nunca sufren angustia mental», escribió Platt. El oficial de cocina fue descubierto paseando por el patio con un espetón en una mano y una cuchara de madera en la otra mientras disertaba «de manera ininteligible sobre egiptología, técnica militar o religión». Los alemanes lo trasladaron discretamente a un psiquiátrico. Algunos prisioneros solo salían de la cama para comer. Otros se enterraron en libros.

«Salir de este campo ya no es una aventura», dijo el coronel Tod a los prisioneros, una advertencia innecesaria tras la muerte de Sinclair. Hambrientos, helados y ansiosos, la mayoría de los doscientos cincuenta y cuatro reclusos ya se habían resignado a no moverse de allí.

La mayoría, pero no todos. Porque, mientras la guerra tocaba a su fin, un pequeño grupo de hombres estaba trabajando en un plan de fuga que, por ingenio y audacia, era equiparable a cualquier intento anterior. Escapar de Colditz trepando o cavando un túnel era prácticamente imposible, así que intentarían huir por el aire.

Un día, el teniente de vuelo Bill Goldfinch estaba observando los copos de nieve que caían sobre el tejado del castillo cuando se le ocurrió una idea aerodinámica: las mismas corrientes que elevaban los copos de nieve quizá bastarían para llevar un planeador tripulado hasta la otra orilla del río Mulde, situada a doscientos metros, donde un extenso prado sería una posible pista de aterrizaje.

Tendrían que construir el planeador en una de las buhardillas. Llegado el momento, los fugitivos harían un agujero en una pared, montarían el aparato en el tejado y colocarían una pista de lanzamiento de dieciocho metros en el borde del tejado situado más abajo, que quedaba fuera del campo de visión de los centinelas. Atarían sábanas al morro del planeador, que pasarían por una polea instalada al final de la plataforma, cuyo extremo opuesto estaría atado a una bañera llena de cemento con un peso aproximado de una tonelada. En teoría, cuando lanzaran ese peso desde el tercer piso del bloque de la capilla, con una altura de veinte metros, lanzaría el planeador y a sus ocupantes por la pista y el aparato se elevaría con impulso suficiente para emprender el vuelo.

Sin embargo, había varios obstáculos: el planeador requeriría una envergadura de diez metros. La cara oeste del castillo estaba fuertemente custodiada. Una vez lanzado, los dos centinelas de las murallas y los habitantes del pueblo podrían ver el planeador, cosa que lo convertiría en un blanco fácil. La física tampoco era fiable. Para conseguir la elevación necesaria, el viento del oeste tendría que soplar en la dirección y con la fuerza adecuadas. El planeador tendría que despegar durante un ataque aéreo, cuando se cortara el suministro eléctrico, cruzar el río y aterrizar en la oscuridad. Si la cuerda no se separaba en el momento exacto, la pesada bañera arrastraría el planeador hacia el borde y caería al suelo a una velocidad letal. Si llovía, el pegamento que lo unía se disolvería y el aparato se desintegraría. El planeador fue apodado el «Gallo de Colditz». Un gallo no puede volar, pero si se lanza desde cierta altura puede planear una corta distancia.

El planeador de Colditz fue una hazaña de la imaginación, una extraordinaria combinación de pensamiento lateral, creatividad técnica y esfuerzo colectivo. También era extremadamente improbable que funcionara. El coronel Tod era muy consciente de ello cuando aprobó el plan. Pero también sabía que aquel proyecto tremendamente ambicioso daría a los hombres algo que hacer y en que pensar, forjaría un renovado espíritu de cohesión y los distraería del hambre. Serían necesarias más de seis mil piezas de madera, tornillos metálicos extraídos de somieres, cables de teléfono robados para los controles, una cubierta tejida con cubrecolchones azules y blancos y varios litros de pegamento. Llevaría mucho tiempo construirlo y requeriría docenas de prisioneros como diseñadores, fabricantes y vigilantes. La guerra probablemente habría terminado cuando estuviera listo para el despegue. Y a lo mejor esa era la idea. El hecho de si el planeador de Colditz emprendería el vuelo algún día era secundario. Podía ser la mayor fuga que jamás llegara a intentarse.

Los otros miembros del equipo del planeador eran el antiguo «fantasma» Jack Best y Tony Rolt, un ingeniero y campeón de carreras de coches que había ganado el Trofeo del Imperio Británico en 1939. Según acordaron, momentos antes del despegue echarían a suertes qué pareja embarcaba en el planeador para su primer y único vuelo.

La biblioteca de la cárcel incluía un ejemplar de *Aircraft Design*, de Cecil Latimer Needham, el pionero británico de los planeadores e ingeniero aeronáutico que también inventó el faldón del Hovercraft. Con la ayuda de ese influyente texto, Goldfinch y Best dibujaron planos para un planeador ligero de dos plazas y alas altas con seis metros de longitud, timón y elevadores. Sus treinta cuadernas estarían hechas de listones de cama y los cuatro largueros de las alas con tablones del suelo. Los poros de la tela los taparían con mijo hervido para formar una piel externa semirrígida. Los diseños y cálculos de estrés fueron evaluados y aprobados por Lorne Welch, un ingeniero del Royal Aircraft Establishment que había pilotado planeadores antes de la guerra. En el extremo oeste de la buhardilla más alta situada encima de la capilla, el equipo levantó un falso tabique con madera y lona

37. El castillo iluminado por los focos y la luna llena.

38. Un centinela haciendo la guardia nocturna en verano: buscando fugitivos y siendo observado a su vez por los reclusos.

39. Navidad de 1943 (Mazumdar, fila central, cuarto por la izquierda; Allan, abajo izquierda). Se pactó una tregua durante las fiestas: no habría intentos de fuga a cambio de que no se organizaran recuentos.

40. Reservas de provisiones de la Cruz Roja descubiertas y confiscadas en el túnel de la cantina.

42. (abajo) La salida del túnel de la cantina en la que Reid y otros once fugitivos fueron capturados en mayo de 1941.

41. (arriba) En 1941, un soldado alemán recrea un intento de fuga desde una ventana de los pisos superiores utilizando una cuerda hecha con sábanas.

43. El Museo de Colditz: una colección de uniformes falsos, cuerdas, insignias y otros materiales de fuga acumulados y exhibidos por Eggers.

Ausweis Nr. 301   Ausgestellt am...1.7.43.

Kommandantur
Oflag IV C Colditz

Dieser Ausweis berechtigt zum Betreten des deutschen
Teiles des Oflag IV C Colditz

Oberfeldwebel
Dienstgrad

Eigenhändige Unterschrift des Inhabers

Rothenberger
Name   A.B.

Fritz
Vorname   Hauptmann und Adjutant

44. (arriba izquierda) Christopher Clayton Hutton: «Clutty», del MI9, el genio no reconocido de la escapología en tiempos de guerra.

45. (arriba derecha) Tablero de ajedrez con una tarjeta de identidad oculta.

46. (segunda fila, izquierda) Brújula escondida dentro de una nuez.

47. (segunda fila, derecha) Sello del águila nazi hecho de linóleo.

48. (arriba) El pase falso que llevaba Michael Sinclair como el sargento «Franz Josef» Rothenberger.

49. (abajo) Dinero alemán escondido en discos de gramófono.

50. (arriba) La radio francesa, con el nombre en clave de «Arthur», que llegó al castillo en paquetes de comida.

51. (derecha) Raquetas de bádminton con mapas y dinero escondidos.

52. (abajo) Armas de cartón falsas confiscadas y exhibidas en el Museo de Colditz.

54. (abajo) Foto etiquetada por Eggers: «Tres zorros abandonan su madriguera»; otra huida fallida recreada para la cámara (Oficial de fugas neerlandés Machiel van den Heuvel, centro).

53. (arriba) Escombros y una escalera hallados en la torre del reloj tras la huida fallida del túnel francés Le Métro.

56. (abajo) Escalera de cuerda que conduce a un túnel de las dependencias neerlandesas, descubierto en febrero de 1942.

55. (arriba) Peter Allan en la salida del «túnel del retrete», descubierto en julio de 1941.

58. (abajo) *Doppelgängers*: el oficial francés André Perodeau (izquierda) disfrazado de Willi Pönert (derecha), el electricista del campo.

57. (arriba) Emile Boulé, un oficial francés calvo de cuarenta y cinco años que intentó escapar vestido de mujer alemana con peluca y falda.

60. (abajo) Gustav Rothenberger, apodado «Franz Josef» por los prisioneros debido a sus elaborados bigotes.

59. (arriba) Michael Sinclair, el «Zorro Rojo», el fugitivo más devoto de Colditz, y el más desafortunado.

61. Nochevieja de 1942: doscientos prisioneros ebrios formaron una larga conga y caminaron por la nieve.

cubierta de polvo para crear un taller secreto al que se podía acceder desde abajo por una trampilla oculta. Los guardias no solían inspeccionar la buhardilla y no se dieron cuenta de que la sala era dos metros más corta. Los constructores instalaron un banco de trabajo, luz eléctrica y herramientas caseras que incluían cepillos de carpintero, un calibrador hecho con un tornillo de un armario y una pequeña sierra, fabricada a partir de un resorte de gramófono, para realizar cortes de precisión. Checko Chaloupka consiguió cola en el mercado negro.

La construcción había empezado en verano de 1944 y el despegue estaba previsto para la primavera siguiente. Durante el invierno, doce ingenieros, que se hacían llamar «los apóstoles», trabajaron en el planeador, clavando, pegando, martilleando silenciosamente, taladrando, cortando y cosiendo la tela exterior y recubriéndola con el mijo para tensar el material alrededor del armazón. Unos cuarenta vigías trabajaban por turnos para alertar de la presencia de guardias. Al menos una cuarta parte de los prisioneros de Colditz intervendrían en la fabricación del planeador secreto, el proyecto de construcción colectivo más elaborado desde el gran túnel francés de 1942. A mediados de diciembre, los constructores habían montado el fuselaje, las alas, el timón, las cuerdas, las poleas y buena parte de los tablones que se fijarían en el vértice del tejado para formar una pista de despegue. El coronel Tod inspeccionó el taller secreto y se sintió profundamente conmovido por la laboriosidad y la determinación de los constructores. Era posible que el planeador no volara nunca, pero algo mágico estaba alzando el vuelo bajo los aleros de Colditz.

La Navidad de aquel año fue la más extraña, frugal y sobria. Checko Chaloupka cumplió la apuesta que había hecho después del Día D y corrió tres veces desnudo por el patio cubierto de nieve, «aclamado por una bulliciosa galería de espectadores bien abrigados». El espectáculo habría sido más divertido si no hubiera confirmado que quienes pronosticaban el pronto final de la guerra habían sido tremendamente optimistas. Se celebró un sorteo navideño con los pocos alimentos de la Cruz Roja que quedaban, el más codiciado de ellos una lata de cerdo con alubias de un kilo. Los ocho hombres de Platt consiguieron tres latas pequeñas de sardinas, otra de melaza y un poco de avena. «Había poco alcohol», relataba el padre con aprobación, «y dudo que fuera suficiente para emborracharse.» En el gélido teatro representaron una pantomima navideña, *Hey Diddle Snow White*, producida por el conde de Hopetoun, que también interpretó a la reina de las hadas. En el cuartel alemán, la Navidad fue aún más frugal, pero Eggers detectó una «felicidad momentánea» en la compañía de guardias, ahora formada por hombres de mediana edad y chicos que prácticamente eran adolescentes. «Todo acabaría pronto», pensó. «El discurso de Año Nuevo de Hitler fue un simple llamamiento a seguir luchando.» A pesar del hambre opresiva y del frío intenso, Platt también percibió un ambiente peculiarmente festivo entre los prisioneros. «Es increíble oírlos a todos describir esta Navidad como la mejor que han vivido aquí.»

Uno de los motivos era la máquina voladora de la buhardilla, que empezaba a tener un aspecto magnífico, ya que era algo más que una elaborada herramienta de fugas. Era un sueño, un vuelo casi de fantasía que elevaría la imaginación de los prisioneros por encima de los muros del castillo. El planeador era un objeto de fe, un hermoso símbolo de esperanza a cuadros blanquiazules construido con soportes de cama robados y recubierto con gachas rancias.

1945

16

La Doncella del Rin

La corresponsal de guerra estadounidense Lee Carson era extremadamente hermosa. Para muchos hombres, eso era lo primero y a veces lo único que veían en ella. Incluso sus compañeros del periódico lanzaban apasionadas diatribas sobre su apariencia. «Lee Carson tiene un cabello pelirrojo y ondulado que le cae sobre los hombros, unos ojos verdes y fríos que se iluminan cuando habla, unos labios rojos carnosos y una risa gutural [...] y tiene pecas», escribía un periodista salivando. «Cuando Lee cruza las piernas, es todo un acontecimiento. Es digno de admirar.» Como Lee Carson era tan atractiva, a algunos de sus compañeros varones les gustaba insinuar que había triunfado en el periodismo con solo pestañear.

Por supuesto, eso era una estupidez. A pesar de su belleza, Carson fue una de las mejores reporteras de guerra del siglo xx: ingeniosa, resistente e increíblemente valiente. Había dejado la escuela a los dieciséis años para trabajar en el *Chicago Sun-Times*. Después de trabajar en la oficina de Washington y de una temporada en *Good Housekeeping* y *Ladies' Home Journal*, a sus veintidós años fue enviada a Gran Bretaña a cubrir los desembarcos del Día D como corresponsal de guerra de International News Service. A las mujeres les estaba prohibido acceder a la línea del frente. Pero, en junio de 1944, Carson convenció a un piloto estadounidense de que le permitiera embarcar en un avión de observación y presenció el bombardeo de Cherburgo. Fue la única mujer periodista que estuvo cerca de la invasión de Normandía.

Cuando volvió a Gran Bretaña, un oficial de la prensa militar le soltó una reprimenda:

—¿No conoce un artículo de guerra que prohíbe a las mujeres acompañar a los soldados de combate?

—Claro que lo conozco —repuso ella—, pero mi trabajo era conseguir la noticia. Eso se antepuso a cualquier normativa bélica o modestia femenina.

Al mezclarse con las tropas que participaban en la invasión, se dirigían a ella con el confuso apelativo de «señora-señor». Allá donde fuera, Carson era recibida con vítores y silbidos de los soldados estadounidenses. «Siempre les recordaba a sus mujeres, hermanas o novias. Allí estaba yo, llena de mugre, con una chaqueta y unos pantalones harapientos y cubiertos de barro, pero el mero hecho de ser una chica estadounidense bastaba [...]. Pensaban: "Si está aquí, la situación no puede ser tan mala".» En agosto, Carson fue confinada en un hotel de Rennes con una docena de mujeres corresponsales mientras las tropas Aliadas convergían en París, pero escapó, se incorporó a una unidad del Cuarto Ejército y llegó a la capital francesa en un jeep con Bob Reuben, el corresponsal de Reuters. Insistió en viajar en el asiento delantero, cosa que la convirtió en el primer periodista que entraba en el París liberado. Más tarde, el escritor Ernest Hemingway sería elogiado por liberar el bar del Ritz parisino con una factura de cincuenta y un martinis, pero llegó a la ciudad después que Lee Carson, que prefería el whisky con soda.

Ninguna mujer recibió nunca autorización para acompañar a una unidad de combate, pero Carson se incorporó al campo de periodistas del Primer Ejército de Estados Unidos con la británica Iris Carpenter, la corresponsal del *Boston Globe*. Se diseñaron sus propios «uniformes»: un mono vaquero de color caqui con cinturón. Semanas después, cuando las tropas aliadas se abrían paso hacia el este persiguiendo a los alemanes en retirada, Carson iba circulando por una carretera llena de baches cuando su jeep viró bruscamente y volcó a cien kilómetros por hora. Sobrevivió, pero se «abrió una vieja herida de una apendicectomía». Los médicos del ejército la curaron, y volvieron a hacerlo cuando se rompió la mano al saltar a una trinchera para guarecerse del fuego. Durante seis semanas, Carson mecanografió con una sola mano utilizando una máquina portátil alemana que había encontrado en un búnker abandonado. En Eschweiler, en la Línea Sigfrido, la línea defensiva que recorría la frontera occidental de Alemania, sufrió un bombardeo continuado de morteros en una casa en ruinas: «Pasamos dos horas allí tumbados mientras las paredes se derrumbaban a nuestro alrededor. Entonces decidimos salir». Durante la batalla de las Ardenas describió los aviones alemanes que «descendían en picado desde un cielo invernal veteado de rosa para acribillar nuestra línea del frente con lluvias de plomo caliente y hacer añicos el mundo con sus andanadas de artillería pesada». Algunos de sus compañeros en la línea del frente seguían perplejos por su género. «Viajar con Lee Carson por el campo de batalla es como hacerlo con un hombre», escribió uno de ellos. «Hace un trabajo de hombres y con él se gana la admiración de sus competitivos colegas. Siempre es objeto de silbidos, gritos y ocurrencias, pero se los toma con filosofía.» Lee Carson iba donde quería y nadie osaba detenerla, ya que, además de su belleza y sus aptitudes periodísticas, tenía un temperamento formidable.

En diciembre de 1944 informó sobre la masacre de Malmedy, donde las Waffen-SS ejecutaron a ochenta y cuatro prisioneros estadounidenses desarmados. Pasó el día de Navidad en un cráter de bomba. Cuando el Primer Ejército se adentró en Alemania, Carson fue con ellos. Describió a «los embarrados soldados de infantería del Primer Ejército, con sus rifles colgados al hombro y su barba incipiente», y observó a los ingenieros del ejército estadounidense instalar pontones en el Rin: «El fuego de ametralladora llegaba al otro lado del río [...]. Luchaban contra la corriente, luchaban contra el enemigo, luchaban contra el frío, la humedad y la fatiga, y luchaban contra el tiempo». Los soldados la llamaban «la Doncella del Rin». En Berrendorf vio a setenta miembros de la *Volkssturm*, la milicia nacional de Hitler, deponer obedientemente las armas. «No combatimos», le dijo su líder a Carson. «¿Qué sentido tenía?» No lo tenía, pero algunos siguieron luchando. A mediados de marzo, el Primer Ejército y Lee Carson estaban cerca del río Mulde. En la otra orilla se encontraba la última resistencia nazi de relevancia. Puede que la *Volkssturm* estuviera integrada por ancianos y adolescentes pertrechados con armas antitanques que apenas podían levantar, pero los bastiones también incluían a curtidas unidades de las SS dispuestas a luchar hasta la muerte. En su última retransmisión, Hitler cargó contra el «bolchevismo judeo-asiático» e hizo un llamamiento a «todos los alemanes capacitados» a resistirse a los invasores con «el máximo fanatismo». Y de todos los lugares para escenificar una última defensa fútil y sangrienta, ninguno era más apropiado o defendible que el gran castillo de la colina construido por antiguos príncipes alemanes como un símbolo de poder arrogante.

A medida que avanzaban las fuerzas occidentales, Colditz fue llenándose de generales aliados, aristócratas británicos y otros personajes destacados. Eggers comentaba con siniestra ironía que, al parecer, la cúpula nazi estaba dando «un repaso de última hora a *Debrett's*», la biblia de la genealogía británica, en busca de más prisioneros de sangre azul a los que tomar como rehenes. En Berlín, alguien parecía estar creándose una grotesca póliza de seguros al agrupar a individuos valiosos a los que intercambiar cuando llegara el final. Eggers se preguntaba cuáles serían los tipos de interés. «¿Quién sería ofrecido a cambio de quién en el búnker de Berlín? ¿Quién, o cuántos, serían propuestos a cambio del Führer? ¿Y en el caso de Himmler y otros?»

El 19 de enero de 1945 llegaron en dos coches del ejército cuatro generales del campo de oficiales franceses de Königstein. A Eggers lo informaron de que llegaría un tercer coche con un quinto general francés, Gustave Mesny, comandante de la Infantería del Norte de África, que había sido capturado en 1940. El coche no apareció nunca. Al día siguiente conocieron la noticia de que Mesny había sido «tiroteado en la *Autobahn*» cuando trataba de huir. «Ha sido enterrado en Dresde con plenos honores militares por un destacamento de la Wehrmacht», anunció Prawitt.

La realidad era muy distinta. En octubre, el general alemán Fritz von Brodowski había sido capturado por fuerzas de la resistencia en el este de Francia y ejecutado en el castillo de Besançon, probablemente en represalia por el asesinato de seiscientos cuarenta y tres civiles franceses en Oradour-sur-Glane, una atrocidad cometida por tropas de las Waffen-SS, que en última instancia estaban al mando de Von Brodowski. Furioso, Hitler exigió la ejecución de un general francés cautivo. Las SS debatieron varias maneras de cumplir la orden del Führer, incluyendo un plan para construir una partición hermética entre los asientos delanteros y traseros de un coche y encerrar dentro a la víctima en cuestión. «Durante el trayecto se introducirá monóxido de carbono inodoro en el compartimento mediante un aparato especial que será controlado desde el asiento delantero. Unas cuantas inspiraciones bastarán para garantizar su muerte. Como el gas es inodoro, no hay razón para que el general sospeche en el momento decisivo y rompa las ventanillas para que entre aire fresco.» El Reich estaba desintegrándose, pero los verdugos de las SS seguían ideando sistemas imaginativos y eficientes para gasear a sus enemigos. Mesny fue elegido al azar entre los cinco generales franceses por el Oberst Friedrich Meurer, jefe del Estado Mayor del Obergruppenführer Gottlob Berger, perteneciente al alto mando de las SS. A la postre, el asesinato fue bastante simple. El coche que llevaba a Mesny, conducido por oficiales de las SS disfrazados con uniformes de la Wehrmacht, se detuvo en un bosque situado junto a la carretera entre Königstein y Colditz. El Hauptmann Schweinitzer, un oficial del Estado Mayor General de Himmler, se dio la vuelta y disparó al militar francés en el corazón. Después dejaron el cadáver en el hospital militar de Dresde. El asesinato ni siquiera fue un ejercicio propagandístico o un aviso a la resistencia, ya que fue acallado inmediatamente. Planificada por Berger, el nuevo *Über-Kommandant* de los campos de prisioneros, y llevada a cabo por sus subalternos, aquella ejecución miserable, secreta y vengativa no tenía otro propósito que saciar la desesperada sed de sangre de Hitler mientras las llamas devoraban su Reich.

Semanas después de la llegada de los generales franceses, hizo aparición en Colditz un contingente militar polaco igual de distinguido y liderado por el general Tadeusz Bór-Komorowski, comandante en jefe del Ejército Nacional, que había resistido la ocupación nazi durante cinco largos años. En agosto de 1944, mientras las tropas soviéticas avanzaban en el centro de Polonia, Bór-Komorowski lideró el levantamiento de Varsovia contra los alemanes y conquistó gran parte de la capital. Sin embargo, el Ejército Rojo se detuvo al este de la ciudad sin cruzar el Vístula e ignoró las peticiones de ayuda polacas, lo cual permitió a los alemanes reagruparse y lanzar un feroz contraataque. Los combates en las calles se prolongaron sesenta y tres días. Murieron más de dieciséis mil combatientes de la resistencia polaca, además de miles de civiles asesinados por los nazis en ejecuciones masivas. Es posible que Stalin permitiera el fracaso del levantamiento, lo cual garantizaría que sus tropas entraran en Varsovia sin oposición una vez que la resistencia polaca hubiera quedado destruida. Sin el apoyo soviético, rodeado y en inferioridad armamentística, Bór-Komorowski acabó rindiéndose a cambio de la promesa de que los alemanes trataran a sus soldados como prisioneros de guerra sujetos a la Convención de Ginebra. Él y quince mil de sus hombres fueron trasladados a campos de Alemania. Bór-Komorowski era un soldado de caballería menudo, calvo y enjuto que en 1936 había recibido una medalla en nombre del equipo de hípica polaco de manos del propio Hitler en los Juegos Olímpicos de Berlín. Despreciaba a comunistas y nazis por igual. Cuando Eggers se atrevió a preguntarle si preferiría una ocupación alemana o rusa, le espetó: «Aunque los dos ocupéis mi país durante veinte años, mi pueblo seguirá siendo polaco». Julius Green tenía la impresión de que era fácil confundir al general polaco con un «empleado de un bufete de abogados, hasta que mirabas atentamente y veías la mirada penetrante y el aire de implacable determinación». Bór-Komorowski y su comitiva, compuesta de cinco generales, otros nueve altos mandos y siete ordenanzas, se instalaron con los *Prominente*. «Ha sido un placer volver a oír voces polacas», escribió el padre Platt.

Los días transcurrían en una extraña sucesión de contrastes: euforia y tristeza, laboriosidad y lasitud, miedo y absurdidad. Micky Burn se apresuró a terminar su novela antes de que acabara la guerra. *Yes, Farewell* era un preciso relato ficticio de Colditz, pero también un manifiesto comunista encubierto que daba por

298

muerta y enterrada a la vieja estructura de clases. Sus héroes eran los ordenanzas, hombres firmes de una virtud sencilla. Con su compañero comunista Giles Romilly, Burn siguió hablando de las virtudes de la Unión Soviética. Algunos convencieron al general Bór-Komorowski de que ofreciera una charla igual de apasionada sobre los peligros de la «duplicidad rusa», que tradujo simultáneamente su edecán. El planeador tomaba forma en las buhardillas. Florimond Duke dio una conferencia sobre las relaciones anglo-estadounidenses en la que señaló que «una de las principales diferencias entre los británicos y los estadounidenses era el idioma».

El papel de Duke como oficial superior estadounidense había cobrado nueva relevancia con la llegada de un compatriota que se enfrentaba a una ejecución inminente. En el campo de Szubin, el coronel William Schaefer había impedido que un suboficial alemán colgara el cartel que declaraba que escapar de los campos de prisioneros ya no era un deporte, un grave incumplimiento de la disciplina de la prisión. En Leipzig fue sometido a un consejo de guerra y condenado a muerte, un veredicto ratificado personalmente por Hitler. El condenado fue enviado a Colditz a esperar su ejecución, y ahora languidecía en una celda de aislamiento fumando sin parar. «Sus nervios no lo soportaron», escribió Rudolf Denzler, el funcionario ruso. «Había perdido el pelo y los dientes.»

La ración de pan se redujo aún más y Platt se dio cuenta de que algunos oficiales estaban reservando suministros: «Le temen tanto al lobo que no se atreven a comerse lo que tienen en las manos». Las cenas imaginarias de Julius Green estaban adoptando una cualidad alucinatoria, pero el dentista siguió imaginando posibles banquetes mientras se agotaba la comida. Ahora creía haber perfeccionado el menú imaginario ideal: «Salmón ahumado, minestrone, rosbif, piña y kirsch, seguidos de café y un buen coñac».

Los habitantes de Colditz tenían hambre, pero ni mucho menos tanta como las desesperadas filas de refugiados alemanes que atravesaban el pueblo, una oleada de humanidad famélica expulsada de sus casas por el avance de los ejércitos aliados. «Verlos caminar fatigosamente por el puente era desgarrador. Algunos llevaban pequeños fardos, pero otros apenas podían cargar consigo mismos.» El 10 de febrero, un «público muy agradecido» abarrotó el teatro de Colditz para ver *Llegaron a una ciudad*, la obra de J. B. Priestley sobre las esperanzas y los miedos de una gente que se muda a una ciudad modélica. Tres días después, más de mil doscientos bombarderos británicos y estadounidenses sobrevolaron Dresde, la última gran ciudad alemana todavía incólume. En dos días murieron unas veinticinco mil personas y un referente cultural fue destruido en uno de los actos de guerra más feroces jamás cometidos. «¡Es imposible describirlo!», decía un superviviente. «Una explosión tras otra. Era increíble, peor que la pesadilla más negra.» Los prisioneros pudieron ver la conflagración que estaba produciéndose cincuenta kilómetros al este. Los que no podían soportarlo notaron las vibraciones del bombardeo en las paredes del castillo. «El viejo *Schloss* se tambaleaba y caía polvo y yeso», escribió Platt. Muchos guardias alemanes eran originarios de Dresde. Eggers dio permiso a su ordenanza para que fuera a la ciudad a buscar a su familia. «Cuando llegó a su casa, vio que había ardido y todos sus parientes estaban muertos.» Consternado por la carnicería que estaba aconteciendo en el horizonte, el padre pidió permiso para dar un paseo vigilado por el campo. Por primera vez en varios meses, Platt salió del castillo y caminó a orillas del Mulde seguido de un guardia. «Un pinzón se puso a cantar. Los carboneros garrapinos estaban entonando su nerviosa tonadilla mientras aleteaban entre los manzanos.» Era el inocente canto de los pájaros en un valle tranquilo mientras a solo unos kilómetros los hombres se quemaban unos a otros en multitudes.

Por el castillo corría el rumor de que, en breve, todos los prisioneros serían trasladados al «reducto bávaro» en el que se esperaba que los nazis organizaran su última defensa. Los coroneles Tod y Duke solicitaron una reunión con el Kommandant y le preguntaron qué medidas tomaría cuando las fuerzas aliadas llegaran a Colditz. Prawitt respondió vagamente, pero también con sinceridad, que no tenía «instrucciones en ese sentido». Rudolf Denzler regresó para la que esperaba que fuera la última inspección. El funcionario suizo encontró el castillo inundado de incertidumbre, pero su presencia pareció infundir valor a los prisioneros: «Sus quevedos relucientes y su sociabilidad paternal aliviaban las dudas».

«¿Cuánto falta?», le preguntaron mientras sobrevolaba el lugar otra formación de bombarderos aliados. «No mucho», respondió con un optimismo que en realidad no sentía. Denzler sabía que los prisioneros nunca habían corrido tanto peligro. El Estado de derecho estaba disolviéndose en Alemania y, con él, su capacidad para protegerlos. «El castillo era como un barco amenazado por una tormenta justo antes de llegar a puerto», escribió.

Los antiguos reclusos también observaban inquietos cómo el huracán se aproximaba a Colditz. En Suiza, Pat Reid escribió al Ministerio de Asuntos Exteriores para expresar su «seria preocupación por la seguridad y la vida de los prisioneros de Colditz» y exigir que se hiciera algo para protegerlos o permitirles defenderse. «Los oficiales y los *Prominente* de Colditz serán tomados como rehenes», predijo Reid. «En algún momento elegido previamente, serán trasladados al cuartel general nazi, esté donde esté.» Su plan para liberar el castillo era radical: «Hagan pedazos el patio de la guarnición y la caseta de los guardias con bombardeos de precisión, lancen armas al patio interior y den a los oficiales una oportunidad de luchar por su vida. Ellos harán el resto».

Pierre Mairesse-Lebrun tenía en mente algo parecido, pero aún más extravagante. Con el mismo garbo con el que había saltado la valla perimetral en 1941, pretendía liberar Colditz en persona con un ejército propio. El elegante oficial de caballería francés había cruzado el Rin al sur de Estrasburgo con el Ejército de Liberación y fue a ver al general Jean de Lattre de Tassigny, comandante en jefe de las fuerzas francesas en Alemania, para hacerle una propuesta. «Sabía de la existencia de los *Prominente* y estaba convencido de que ellos, e incluso todos los prisioneros de Colditz, calificados de *deutschfeindlich*, se convertirían en rehenes que en última instancia serían retenidos o masacrados.» Mairesse-Lebrun le pidió a De Lattre que le facilitara «dos escuadrones de tanques con provisiones y munición para un ataque relámpago a Colditz», situado unos quinientos kilómetros al noreste. «Alemania empezaba a desmoronarse», escribió. «Hiciera lo que hiciese, tendría que ser rápido.» De Lattre aprobó la propuesta y Mairesse-Lebrun estaba preparándose para una carrera gloriosa hacia Colditz cuando el plan se vio frustrado por los estadounidenses, que temían, acertadamente, que ese contingente de salvamento independiente se topara con el avance ruso y desencadenara un conflicto bochornoso.

Los miedos de Pat Reid y Pierre Mairesse-Lebrun también los compartían en Londres, París, Washington y el cuartel general supremo del general Eisenhower. ¿Qué destino tenía Hitler en mente para la numerosa población de hombres que seguían presos? Si los campos eran abandonados, muchos reclusos morirían de hambre y enfermedades o se enfrentarían a las represalias de la población. Si se adentraban más en Alemania por delante de los ejércitos aliados, unos hombres ya debilitados por la desnutrición morirían por el camino. ¿Hitler encerraría a algunos, o incluso a todos, en su último bastión como escudos humanos contra los bombardeos aéreos? ¿O las SS simplemente los matarían a todos en un último y horrendo *Crepúsculo de los dioses*?

En febrero, en el campo de golf de Sunningdale, al sudoeste de Londres, la recién creada Fuerza Especial de Reconocimiento Aerotransportada Aliada empezó a entrenar a ciento veinte equipos integrados por tres hombres para rescatar a miles de prisioneros de guerra que estaban en peligro. Reclutados en unidades de operaciones especiales británicas y estadounidenses, el SOE y la OSS, esos agentes fuertemente armados saltarían en paracaídas sobre el maltrecho Reich con equipos de radio y se infiltrarían en campos de prisioneros. Una vez dentro, «contactarían con el oficial superior británico e iniciarían comunicaciones por radio con las tropas aliadas, [que] lanzarían armas y provisiones y ofrecerían cobertura aérea mientras la guarnición estuviera en inferioridad». El plan para hacerse con el control de los campos de prisioneros desde dentro recibió el acertado nombre en clave de «Eclipse». A tres equipos les fue asignado Colditz, incluyendo uno liderado por Patrick Leigh Fermor, el erudito, escritor y soldado que ya había participado en exitosas misiones detrás de las líneas enemigas en Creta. Con Henry Coombe-Tennant, un prisionero de guerra fugado que acabaría convirtiéndose en monje benedictino, Leigh Fermor empezó a trazar planes para liberar Colditz antes de que llegaran las SS.

Pero ya era demasiado tarde.

A principios de marzo, Irmgard Wernicke y su mensajero, el joven guardia alemán Heinz Schmidt, informaron de un preocupante rumor que circulaba por el pueblo: habían llegado escuadrones de las SS con «órdenes de matar a los prisioneros cuando así se lo indicaran». La Unidad de Espionaje de Colditz dirigida por David Stirling y Checko Chaloupka estaba resultando de lo más efectiva. Asombrosamente, Schmidt padre había sobornado al operador de radio de Colditz para que anotara todas las llamadas recibidas por el Kommandant desde Berlín y Dresde: «Cada vez más, las llamadas provenían de las SS y la Gestapo». Al mismo tiempo, otro espía de Schmidt aquí dentro de la *Kommandantur* afirmaba haber visto en la mesa de Prawitt una carta firmada por Hitler, según la cual no debían permitir bajo ninguna circunstancia que los *Prominente* cayeran en manos aliadas. Se avecinaba algo desagradable.

Si llegaba la orden de trasladar a los rehenes VIP o cometer una masacre, sin duda vendría de Dresde a través de la oficina de Martin Mutschmann, el Gauleiter de Sajonia, que en 1942 había hecho una visita triunfal al castillo para inspeccionar el túnel francés. Como correspondía al fundador del SAS, David Stirling lanzó un ataque preventivo: una «carta con un lenguaje fuerte y amenazador» en alemán idiomático, escrita en caligrafía gótica y dirigida a Mutschmann. «Tus días en el poder se han acabado», empezaba. «Ahora te enfrentas a la muerte.» Asimismo, la carta advertía que «si los prisioneros de Colditz sufrían algún daño, los

Aliados se asegurarían de que fuera ahorcado». No iba firmada, pero por su tono parecía tener su origen en la creciente resistencia alemana contra los nazis. Mutschmann era el hombre más poderoso de Sajonia, pero también era un cobarde, y, ahora que se acercaba el Armagedón, algunos altos cargos nazis estaban buscando maneras de salvar el pellejo. «Esperábamos que inquietara al Gauleiter y que le hiciera pensar dos veces en un momento de crisis», escribió Jack Pringle. Heinz Schmidt le entregó la carta a Irma Wernicke, que subió a un tren rumbo a lo que quedaba de Dresde y la envió.

Los prisioneros habían pasado más de cuatro años intentando salir del castillo; al parecer, ahora quizá tendrían que enfrentarse a los alemanes para permanecer en él. El coronel Tod empezó a elaborar planes de resistencia. Si intentaban trasladarlos, bloquearían las escaleras con muebles. En la buhardilla fabricaron un ariete que en caso de necesidad utilizarían para derribar la puerta del depósito de armas. Julius Green preparó un botiquín de emergencia con medicamentos y vendas por si se producía «un ataque o un desalojo forzado». El planeador estaba listo para volar; la que en su día era una herramienta de fuga se había convertido en un medio para enviar a dos hombres a buscar ayuda si se acercaban las SS. «El planeador debe permanecer en la reserva bajo un estricto secretismo», ordenó Tod. Si los alemanes intentaban llevarse a los *Prominente*, evacuar a los prisioneros o matarlos a todos, la medida llegaría sin previo aviso. «Lo que fuera a ocurrirnos, ocurriría pronto», escribió un oficial. Irma y su red estaban vigilando atentamente los movimientos de tropas y otras señales amenazadoras, pero alertar a los prisioneros en caso de emergencia llevaría tiempo. «No podíamos esperar a mantener reuniones con Heinz, que solo podían celebrarse cada dos noches cuando estaba de guardia.»

La Unidad de Espionaje y sus agentes del pueblo idearon un sistema de alerta temprana. Noventa metros por debajo del castillo, en la calle situada a los pies de la colina, había una farola claramente visible desde las ventanas de las dependencias británicas. En colaboración con Irma, Heinz y su padre, acordaron un sencillo código visual. Cada día a las nueve y las doce de la mañana y a las cuatro de la tarde, un hombre de confianza acudiría al lugar. Si simplemente se apoyaba unos minutos en la farola y después se iba, significaba que no había nada de que informar; si cruzaba la calle, significaría que iban a trasladarlos y, si encendía un cigarrillo, que las tropas alemanas estaban retirándose. La cuarta señal era la más compleja, y también la más temida. Si el agente caminaba por la calzada, pasaba por delante del restaurante, se detenía en el primer poste de telégrafo de la izquierda durante medio minuto y después regresaba a la farola, estaba indicando: «Peligro extremo. Salid cueste lo que cueste». Esa sería la señal para que los prisioneros iniciaran una fuga masiva, pertrechados con todas las armas que pudieran encontrar. El mensaje solo se enviaría «si pensaban hacer estallar el castillo» o si las SS estaban preparándose para un ataque a gran escala. Tres veces diarias, un vigilante apuntaba un telescopio casero hacia la farola. Pero, aun con avisos, los prisioneros no podrían resistir mucho tiempo. Al final, su destino dependería de si la guarnición de Colditz optaba por defender a los reclusos de las SS o por entregarlos.

Una mañana, después del recuento, Tod se dirigió a los prisioneros: «Caballeros, llega un momento en que las cosas se ponen tan feas que lo único que puedes hacer es reírte». Con semblante serio, añadió: «Los alemanes me han informado de que en los próximos días llegarán más de mil oficiales franceses». El campo de prisioneros franceses situado al este de Leipzig había sido evacuado ante el avance soviético y sus presos estaban siendo trasladados al oeste. Cuando llegaron a Colditz llevaban casi una semana viajando como ganado y «se encontraban en unas condiciones terribles, sin afeitarse, sin lavarse y oliendo a rayos con su ropa mugrienta». Eggers los vio entrar como «hordas bárbaras». Unos mil doscientos fueron hacinados en el castillo y otros seiscientos encarcelados en un campo improvisado a las afueras del pueblo. Los británicos fueron trasladados al sótano de la *Kellarhaus* para hacer sitio, pero no había camas suficientes para todos. Los que no cabían dormían sobre paja esparcida en el suelo de la capilla y las letrinas. «Con dos mil hombres al borde de la hambruna en nuestras manos», escribió Eggers, la escasez de alimentos era desesperada. Las alcantarillas se obstruyeron rápidamente y no había agua caliente. Los famélicos reclusos prepararon un caldo grumoso e insípido con pieles de patata y nabo que encontraron en el suelo de la cocina. Cuando llegaron prisioneros aún más hambrientos, Eggers les ofreció una rebanada de pan y mermelada a cada uno, empuñando su revólver para impedir que se robaran unos a otros las exiguas raciones. Las alarmas antiaéreas sonaban día y noche. «Todo son empujones, jaleo, disculpas y olor», protestaba el padre. Cuando finalmente se agotó el combustible, permitieron a unos cuantos prisioneros salir del castillo bajo custodia para recoger madera en el *Tiergarten*. Uno de los recolectores escribió: «Cuando volvimos al patio, el olor de la prisión nos golpeó en la cara». Colditz estaba convirtiéndose en una versión gélida, hedionda y famélica del purgatorio.

El 6 de abril apareció en aquel antro una figura extrañamente angelical, «un joven de cabello rubio, ojos azul metálico y carácter sensible», el último prisionero de Colditz y la última incorporación al exclusivo grupo de los *Prominente*. El teniente John Winant Jr. era un estudiante de veintiún años que abandonó Princeton en segundo curso para alistarse en las Fuerzas Aéreas de Estados Unidos. Había participado en trece misiones en Alemania cuando su bombardero B-17 Flying Fortress fue abatido cerca de Münster en 1943. Saltó en paracaídas y fue capturado inmediatamente. Winant era un prisionero de guerra más, pero su padre era el embajador estadounidense en Gran Bretaña. En 1941, John G. Winant Sr., exgobernador de New Hampshire y considerado por algunos el futuro presidente, había sido nombrado por Roosevelt embajador de Estados Unidos en la corte de St. James y ocuparía ese puesto durante la guerra. El embajador Winant era una figura popular y un defensor de la campaña bélica cuyo deseo de estrechas relaciones anglo-estadounidenses incluyó un romance con Sarah, la hija de Churchill. Así pues, cuando en Gran Bretaña se supo que el primogénito y tocayo de Winant había sido hecho prisionero, «la embajada estadounidense en Londres se inundó de cartas y telegramas de personas bienintencionadas de Estados Unidos, Gran Bretaña y otros países». El joven piloto había pasado dieciocho meses en un campo de prisioneros cerca de Múnich cuando fue trasladado súbitamente a Colditz. John Winant no entendía por qué había sido elegido, pero pronto se esclarecieron los motivos: el hijo del embajador estadounidense podía ser un activo valioso. «Por su cara, su figura y todo lo demás, era la idea que tenían los ingleses de un universitario estadounidense», observaba Michael Alexander con una pizca de arrogancia inglesa cuando Winant llegó a sus habitaciones. En aquel momento, los personajes VIP de Colditz incluían a generales polacos y franceses, aristócratas británicos, parientes de políticos, miembros de la familia real y un joven estadounidense famoso. Las cartas estaban sobre la mesa y, en Berlín, alguien estaba acumulando la que podía ser una mano ganadora. «Nunca descubrimos qué miembro de la comitiva de Hitler estaba buscando posibles intercambios de rehenes por sus intereses personales», escribió Eggers. La respuesta más probable era Himmler, que seguía controlando personalmente el departamento que supervisaba todo lo relacionado con los prisioneros.

Cuatro días después de la llegada de Winant podían oírse claramente los combates que estaban librándose hacia el este. Los estadounidenses habían llegado a Halle, a cuarenta kilómetros de Leipzig, y avanzaban con rapidez hacia Colditz. Una hilera irregular de tanques y vehículos blindados alemanes cruzó el pueblo con destino a Chemnitz, en el sur, donde el mando regional de la Wehrmacht había instalado un nuevo cuartel general, un ejército que afrontaba su final y no tenía dónde ir. «La gente mira constantemente por las ventanas hacia el oeste», escribió Gris Davies-Scourfield. «Otros están recogiendo sus cosas.» Pero no todos los soldados alemanes habían iniciado el repliegue. Un grupo de doscientos hombres del 101.º Batallón de Rifles Motorizado, liderado por oficiales de las SS y apoyado por carros de combate, llegó al pueblo y empezó a prepararse para una última defensa. Los prisioneros vieron a los miembros de las Juventudes Hitlerianas cavar trincheras y hoyos de protección en la pendiente situada frente al castillo. Las SS colocaron barricadas en la calle principal y ocuparon posiciones defensivas en casas de las afueras. Se organizó un batallón *Volkssturm* armado con unos cuantos rifles y un par de cabezas explosivas antitanques *Panzerfaust*. Tendieron alambre de espino en el puente que cruzaba el Mulde y luego se dedicaron a esperar con incertidumbre. Varios tanques y la artillería motorizada tomaron posiciones en los bosques que dominaban el valle. El oficial al mando de las SS apareció en la puerta del castillo y exigió ver al Kommandant. Sus órdenes eran organizar una defensa en el río, según les comunicó a Prawitt y Eggers, y «necesitaría todos los hombres y la munición que pudiera conseguir». Prawitt le explicó que su guarnición había quedado reducida a doscientos hombres, todos mayores de cincuenta años y armados con viejos rifles franceses y una docena de balas cada uno, diez ametralladoras y unas cuantas granadas de mano. Unos setecientos oficiales franceses habían sido trasladados a otros campos, pero el castillo estaba lleno de prisioneros hambrientos, nerviosos y cada vez más incontrolables. Necesitaría a todos los guardias para impedir una insurrección. El Hauptmann de las SS aceptó a regañadientes, pero en la actitud del Kommandant había detectado un atisbo de deslealtad. Antes de irse le lanzó una advertencia: «Si se ondean banderas blancas en el castillo, abriré fuego».

Cada día a las nueve y las doce de la mañana y a las cuatro de la tarde, el agente se apoyaba en la farola situada a los pies del castillo; nada que informar. Pero los febriles preparativos confirmaron las advertencias de Irma Wernicke: «Colditz se estaba convirtiendo en una zona de batalla». Una vez más, Willie Tod y Florimond Duke pidieron ver a Prawitt. Las tropas estadounidenses llegarían a Colditz en cuestión de días, si no horas. ¿Qué intenciones tenía? Nuevamente, Prawitt intentó ganar tiempo y dijo que «esperaba órdenes». No desveló que esas órdenes ya habían sido elaboradas por el propio Himmler junto con un sistema de mensajes en clave para llevarlas a cabo.

Si el cuartel general del mando regional llamaba al Kommandant y pronunciaba la palabra *Heidenröslein*, sería la señal para evacuar a los *Prominente*. La elección de dicho término era deliberada. *Heidenröslein* es el título de un famoso poema de Goethe. Cuando un joven amante va a coger la «pequeña rosa del matorral», esta no cede sin derramar sangre:

> *El muchacho dijo: «¡Te cogeré,*
> *pequeña rosa del matorral!».*
> *La rosita dijo: «Yo te pincharé*
> *para que pienses en mí siempre.*
> *¡Jamás me rendiré!».*

Al recibir la señal, Prawitt debería reunir a los prisioneros VIP en la puerta principal. Las SS enviarían un escuadrón de soldados de asalto y dos autocares para recogerlos. Después, los *Prominente* serían trasladados a la fortaleza de Königstein, más al este y por detrás de la disuelta línea del frente alemán.

La segunda señal en clave era aún más enrevesada. Si el cuartel general enviaba las letras «ZR», ello significaría *Zerstörung Raümung* (Destrucción-Evacuación): debían quemar todas las pruebas documentales almacenadas en Colditz, reunir la comida y las armas que tuvieran, evacuar la prisión y sacar a los reclusos a punta de pistola utilizando «los medios de transporte disponibles». Según Eggers, estos se reducían a «un vehículo antiguo que apenas funcionaba y dos carruajes tirados por caballos». Los prisioneros debían ser trasladados «al este». La orden no especificaba dónde.

Como ministro metodista, el padre Platt consideraba que debía mantener una actitud devota y digna en todo momento, pero su entrada de diario del 12 de abril, escrita en la cama cuando los prisioneros habían sido encerrados en sus habitaciones, es lo más parecido a la exaltación que demostró nunca:

Camiones militares, vehículos blindados y tanques llevan todo el día cruzando el puente, un ejército en retirada. Es posible que el personal militar, los blindados y los convoyes alemanes se dirijan a Berchtesgaden [el refugio de Hitler en las montañas de Bavaria], donde, según los rumores, se organizará la última defensa. A las diez de la mañana se decía que el ejército estadounidense había llegado al

309

Elba; a mediodía supuestamente estaba a veinte kilómetros de Leip-zig. Se oía claramente la artillería desde las 13.30. En el campo rei-naba el entusiasmo y cada centímetro de las ventanas estaba ocupa-do por cuerpos arracimados. Esta noche llega el abrasador rumor de una gran concentración de tanques seis kilómetros al oeste de Col-ditz. Oímos por radio el anuncio de la muerte del presidente Roose-velt. Los preparativos para la defensa continuaron en el pueblo con más ferocidad. Se veían angostas trincheras en los campos de las pendientes más altas y bordeando los bosques. Chicos y chicas de todas las edades trabajaban con palas y picos junto a sus mayores uniformados. Parece que los alemanes van a presentar una seria de-fensa en los campos que rodean el castillo [...]. El oficial superior británico ha ido a entrevistar al Kommandant, pero desconocemos sobre qué tema.

El tema eran los *Prominente*.
Aquella tarde había llegado un mensaje a la mesa de Gerhard Prawitt consistente en una única palabra: *Heidenröslein*.

310

17

Sitiados

Durante dos años, el Oberstleutnant Prawitt había gobernado Colditz como si fuera su feudo. Ahora se hallaba en grave peligro, amenazado por el avance estadounidense, las SS acantonadas en el pueblo y más de un millar de prisioneros cada vez más firmes. La palabra en clave que le ordenaba que trasladara a los *Prominente* había llegado a las cinco de la tarde y convocó una reunión estratégica con Eggers. Podían ignorar la orden, pero, entonces, las SS irrumpirían en el castillo, probablemente los arrestarían a ambos y se llevarían a los prisioneros especiales por la fuerza. Si los *Prominente* se percataban de lo que estaba sucediendo, algunos o todos intentarían esconderse o desaparecer entre la multitud de reclusos. «En tales circunstancias, no podríamos atraparlos a todos, incluso dentro del castillo, sin derramar sangre», dijo Eggers. Los prisioneros podían amotinarse: «No se sabe qué podrían hacer si sale a la luz la noticia. Podría haber una revuelta». Pero si Eggers y Prawitt obedecían y entregaban a los *Prominente* a las SS, serían considerados legalmente responsables de lo que les ocurriera. La guerra casi había terminado y, tras la derrota, se depurarían responsabilidades. Ninguno de los dos era un asesino y sabían que el futuro de aquellos hombres en manos de las SS sería incierto en el mejor de los casos y extremadamente breve en el peor. Pero los hábitos de obediencia estaban muy arraigados y la orden de Himmler era explícita: el Kommandant debía entregar a los *Prominente* y «respondería con su vida si escapaba alguno». Prawitt y Eggers acordaron postergar cualquier medida hasta que los prisioneros se hubieran acostado. «A las diez, el patio se había vaciado y todos los prisioneros estaban encerrados en sus habitaciones o en la capilla», escribió Eggers. Los coroneles Tod y Duke fueron citados en el despacho del Kommandant.

«Alto y demacrado», Prawitt los saludó con rigidez y los invitó a sentarse. Por medio de un intérprete, informó a los altos mandos de que los prisioneros especiales abandonarían el castillo a medianoche. «Las fuerzas de las SS desplegadas en el pueblo proporcionarán a los guardias que custodiarán a los *Prominente*.» No tenía permiso para especificar dónde irían.

La respuesta de Tod fue inmediata y enfática: «Exigimos que ignore las órdenes».

Prawitt negó con la cabeza. Las SS se encontraban a solo unos centenares de metros. Si no acataba las órdenes de Himmler, lo harían ellos con la máxima fuerza. «Si me niego a cumplir esa orden, las SS tomarán represalias, no solo contra mí, sino contra todo el castillo. Habrá muchas muertes en todo el campo y, aun así, los *Prominente* se irán.»

Tod y Duke protestaron. Los aviones aliados estaban bombardeando las carreteras. «Sería una locura enviar dos camiones llenos de prisioneros por un pasillo cada vez más estrecho entre las fuerzas estadounidenses y rusas [...] condenarlos a un indudable peligro y una posible muerte.»

Duke intervino:

—Su deber como oficial responsable es actuar de manera independiente y aplicar el mejor criterio.

Prawitt se mostró impasible:

—El traslado será esta noche y habrá concluido al alba.

Entonces, ambos apelaron a su sentido prusiano del orden legal y a su instinto de supervivencia. La Convención de Ginebra exigía que se avisara a los prisioneros de un traslado con veinticuatro horas de antelación y que se les indicara su destino:

—Será considerado personalmente responsable del secuestro de los *Prominente* —dijo Tod.

Prawitt se encogió de hombros. Serían custodiados por las SS, de modo que la responsabilidad era suya.

—¿Y quién los protegerá de las SS? —terció Duke.

La pregunta dio que pensar a Prawitt. Tod tenía razón. Si las SS ejecutaban a los prisioneros cuando los entregara, los Aliados podían acusarlo de cómplice de asesinato. La patata caliente podía quedarse en sus manos, así que, como han hecho siempre los jefes, decidió pasarla.

Prawitt señaló a Reinhold Eggers. Su jefe de seguridad, el Hauptmann Eggers, acompañaría a los VIP a su destino y volvería «a Colditz con una carta firmada por los *Prominente* confirmando que habían llegado sanos y salvos dondequiera que fuesen».

Eggers se quedó boquiabierto. De un plumazo, Prawitt había escapado de la línea de fuego y había colocado a su subordinado en ella. «Mi cabeza era un blanco desde ambos lados de aquel asunto, el mío y el de los Aliados», escribió Eggers. «Si los *Prominente* huían, Hitler iría a por mí y a por mi familia. Si eran asesinados, los Aliados acabarían conmigo por ser el responsable de su muerte.»

Tod fue directo a los aposentos de los *Prominente*, donde habían tomado posiciones más centinelas, y les dio la mala noticia: tenían una hora para recoger sus cosas. Intentó lanzar un mensaje tranquilizador. «La situación cambia cada hora y a nuestro favor», dijo Tod. «Se ha solicitado a Suiza, el poder protector, que siga el traslado de cualquier prisionero. No los abandonarán.» Charlie Hopetoun y Dawyck Haig estaban indispuestos y hubo que sacarlos de la enfermería. Manteniendo su estatus hasta el final, los oficiales del grupo de los *Prominente* insistieron en que tenían «derecho a disponer de al menos dos ordenanzas» para que les hicieran las maletas y cargaran con ellas. Los «otros rangos» estaban hacinados en una buhardilla. El oficial de los ordenanzas pidió voluntarios, y dos soldados de Nueva Zelanda, ambos maoríes, dieron un paso al frente. A Eggers lo asombró que alguien quisiera «hacer ese viaje hacia lo desconocido con sus oficiales».

El joven John Winant consiguió separarse de los demás *Prominente* y se escondió en las buhardillas. Florimond Duke fue citado inmediatamente en el despacho de Prawitt:

—Si no ha aparecido cuando los *Prominente* estén listos para irse —dijo el Kommandant—, las SS se ocuparán de la búsqueda.

—¿Y si no lo encuentran? —preguntó Duke.

—Habrá disparos.

—Usted y sus hombres han jurado proteger a los prisioneros.

—¿Qué pueden hacer un puñado de ancianos contra ochocientos miembros de las SS?

Además, las SS aprovecharían la oportunidad para ocupar la prisión si el hijo del embajador estadounidense no aparecía.

—Eso satisfaría al comandante de las SS —dijo Prawitt—. Podría instalar a sus hombres en el castillo y aplastar la revuelta. Una vez dentro, se quedarían...

Duke sabía que tenía razón: «El castillo sería un lugar espléndido para una última defensa fanática».

Prawitt se puso en pie:

—En una hora llegará un destacamento de las SS para escoltar a los *Prominente*. Si el teniente Winant no está preparado para irse con los demás, que Dios nos asista a todos.

Negarse a entregar a un estadounidense pondría en peligro la vida de todos los demás prisioneros. «He llegado a la conclusión de que el riesgo es demasiado grande», le dijo Duke a Nunn, que fue a buscar a Winant en la buhardilla.

A la una y media de la madrugada, el capitán John Elphinstone, sobrino del rey y el oficial británico de mayor rango en el grupo, lideró a veintiún hombres por el patio y cruzaron la puerta para dirigirse a los autocares. En aquel momento, los *Prominente* consistían en siete oficiales británicos de nobleza y notabilidad diversas, el contingente polaco del general Bór-Komorowski, dos ordenanzas maoríes y un solo estadounidense. El resto de los prisioneros se agolparon en las ventanas y profirieron gritos de ánimo. Giles Romilly describía el momento en una serie de instantáneas: «El general Bór desfilando impecable. El castillo intentando parecer un cuadro de Van Gogh. Los muros teñidos de una luz amarilla verdosa. Prawitt cambiándose la bota. Una gran luna asomando entre las nubes». Pasaron entre dos filas de soldados de asalto. «No había afabilidad en sus rostros y tenían un alsaciano negro entre los pies.» Eggers, que llevaba un «uniforme impoluto» y una expresión de honda ansiedad, fue el primero en subir. Flanqueado por dos motociclistas y seguido de un coche blindado, el convoy partió «como si fuera una excursión infernal,

314

colina abajo, cruzando el puente y recorriendo las calles desiertas de Colditz».

El viernes 13 de abril fue un día inquietantemente tranquilo. El aire parecía «inmóvil, como en medio de un tifón». La artillería retumbaba a lo lejos en dirección a Leipzig, pero las sirenas anti-aéreas habían enmudecido. Los reclusos se pasaron la noche pensando qué sería de los *Prominente*. Pocos durmieron. El padre Platt afirmaba haber visto a dos oficiales de la escolta de las SS estudiando un mapa bajo la luz y especulaba que «parecían seña-lar una carretera que viraba hacia el sur en dirección a Berchtes-gaden». Los rumores se arremolinaban por todo el castillo. Algu-nos decían que los paracaidistas soviéticos ya estaban saltando sobre Berlín. Los optimistas aseguraban que los estadouniden-ses se encontraban al otro lado de la colina. Otros dudaban que la libertad estuviera cerca. «Creemos que hay un cincuenta por ciento de posibilidades de que hoy nos trasladen a todos», escri-bió Platt. «Pero ¿adónde pueden llevarnos?» La teoría más ex-tendida era que irían al sur, destinados a convertirse en monedas de cambio, igual que los *Prominente*, en una horrenda defensa final en los Alpes bávaros. Reinhold Eggers volvió por la noche y trajo consigo una nota manuscrita de Elphinstone que confirma-ba que el grupo había llegado al castillo de Königstein y por el momento estaba sano y salvo. A Eggers le gustaba rezumar un aire permanente de omnisciencia, pero incluso él reconocía no tener ni idea de qué les aguardaba a los rehenes.

Los prisioneros respondieron a la incertidumbre atiborrándo-se de comida. Durante semanas habían dosificado las raciones que quedaban. Ahora se las comieron todas. Si el día siguiente traía la liberación, una marcha forzada a un reducto nazi o la muerte, estarían bien alimentados. «Parece absurdo no comérse-lo todo, porque quién sabe cómo y cuándo volveremos a comer», escribió Gris Davies-Scourfield, que detallaba cuidadosamente su consumo de aquel día: suflé de queso, pan con mantequilla y mermelada, sopa, salmón frío, puré de patatas, carne enlatada, alubias y nabo franceses, pastel, pudín de chocolate con ciruelas pasas y «una deliciosa taza de café». Fue otra noche agitada, en parte debido a la emoción y la ansiedad por lo que podía traer el día siguiente, pero también a una gran indigestión.

El día siguiente a las nueve, el vigía orientó su telescopio hacia el lugar de señalización, pero, en lugar de apoyarse en la farola como era habitual, el colaborador cruzó la calle con pasos lentos y deliberados y se volvió hacia el castillo: «Os van a trasladar». En efecto, una hora antes, Prawitt había recibido un mensaje del cuartel general del alto mando regional alemán: «ZR». Destrucción-Evacuación.

Los *Prominente* se habían puesto en marcha otra vez. Hopetoun y Haig estaban demasiado enfermos para viajar y se quedaron en la enfermería de Königstein con uno de los ordenanzas maoríes. Pero los otros se montaron en los autocares para iniciar una odisea por varios campos, cada kilómetro alejándolos un poco más del avance de los ejércitos aliados: hacia el sur, pasando por Checoslovaquia hasta Kattau, después Laufen y por último Tittmoning, una fortaleza medieval situada en el sudeste de Bavaria, cerca de la frontera austríaca. Más al sur, pasado Salzburgo, se encontraba Berchtesgaden, el «reducto nacional» de Hitler en los Alpes bávaros. La Fortaleza Alpina (*Alpenfestung*), construida alrededor del Bergdorf, o Nido de Águila, consistía en un sistema de poderosas estructuras defensivas que incluían un centro de mando de dieciocho mil metros cuadrados esculpido en la montaña bajo el chalet privado de Hitler. Si los fanáticos nazis se atrincheraban allí con sus rehenes, sería imposible sacarlos sin provocar un baño de sangre.

Tittmoning era una prisión para altos mandos neerlandeses. Uno de los primeros en dar la bienvenida a los recién llegados fue el capitán Machiel van den Heuvel, el oficial que tantas fugas había ideado en Colditz. «Vandy» tenía una idea bastante aproximada de adónde se dirigían los *Prominente* y, como de costumbre, tenía un plan de fuga preparado.

La noche siguiente, Giles Romilly y un oficial neerlandés se escondieron en la zanja que discurría en paralelo a la parte interior de las murallas. Poco después de la medianoche, «bajo una luna de un poder y un tamaño deslumbrantes», descendieron veintisiete metros hasta el foso. En el proceso, Romilly se arrancó la piel de los nudillos cuando la sábana se retorció y lo hizo chocar contra la roca. «La luna, el castillo y el espacio empezaron a dar vueltas.» Cuando tocaron suelo, echaron a correr ladera abajo hasta llegar a la carretera. Guiándose por «una brújula tan diminuta y milagrosa como el ojo de un pájaro cucarachero», siguieron la que esperaban que fuera la dirección de la estación. Con suerte, allí podrían tomar un tren con destino a Múnich. «La paz de la noche nos dejó atónitos. Superaba cualquier expectativa razonable.»

Mientras Romilly se maravillaba ante el silencio alpino que los rodeaba, sus compañeros descendían a las entrañas del castillo de Tittmoning. Van den Heuvel los llevó hasta una profunda hornacina en la que la vieja pared tenía unos tres metros de grosor. «El neerlandés se arrodilló e, iluminándose con una pequeña linterna, sacó la hoja de un cuchillo de entre los grandes bloques que formaban la pared. Entonces se desprendió una piedra y vimos un agujero por el que podíamos pasar uno a uno.» Un pequeño túnel conducía a una cámara de un metro de ancho por cuatro de alto. Cuando los alemanes se percataran de su ausencia, predijo Vandy, darían por sentado que todos los prisioneros británicos habían huido por la misma ruta que Romilly. Podía proporcionarles comida y agua suficientes para permanecer escondidos una semana. Para entonces, la guerra quizá habría terminado. Los cinco oficiales británicos entraron, pero el ordenanza maorí no fue invitado. El contingente polaco decidió no participar y, en cualquier caso, no había sitio para ellos. Había tan poco espacio que dos tenían que tumbarse uno junto al otro en el túnel, otro debía quedarse de pie, el cuarto encaramarse a una repisa y el quinto a un cubo que hacía las veces de retrete. Para evitar las rampas, cambiarían de sitio cada dos horas. Michael Alexander no pegó ojo aquella primera noche, pensando cuánto tiempo tendrían que pasar en aquel agujero «intolerablemente mal designado».

El funcionario suizo Rudolf Denzler estaba de vuelta en Berna esperando el final de la guerra cuando llegó un mensaje del delegado británico de la sección de intereses exteriores de Ginebra. Con el sello de «muy urgente», enumeraba los nombres de los *Prominente* y explicaba que las SS los habían sacado de Colditz y trasladado a un lugar desconocido. Concluía con una petición firme: «Averigüe inmediatamente el paradero de esos prisioneros, haga todo lo posible por garantizar su seguridad y bienestar y advierta solemnemente a las autoridades alemanas que cualquier incumplimiento en esta cuestión tendrá las consecuencias más graves para los responsables». Denzler tenía una corazonada sobre su posible destino. «Teníamos todos los motivos para suponer que los líderes del Tercer Reich estaban contemplando una última defensa en los Alpes.» El funcionario se montó en su pequeño coche suizo y regresó a la Alemania nazi.

Los prisioneros de Colditz recibieron la orden de presentarse a las diez de la mañana en el patio interior con todas las posesiones que pudieran cargar. A las once no había aparecido ninguno. Diez minutos después, los oficiales superiores fueron llevados al despacho del Kommandant:

—¿Por qué no está listo el contingente? —dijo Prawitt.

—He cambiado de parecer —respondió Tod pausadamente—. Nos negamos a abandonar el castillo.

El aviso de sus colaboradores del pueblo le había dado tiempo para formular un plan con Florimond Duke y el oficial superior francés.

—Entonces, los prisioneros serán trasladados a la fuerza —zanjó Prawitt.

—¿A la fuerza? —replicó Tod—. ¿No sabe lo que está pasando ahí fuera? Los estadounidenses están a solo treinta kilómetros y llegarán en pocas horas.

—No es esa la información de la que disponemos —dijo Prawitt con frialdad.

Tod lo ignoró:

—Si intentan emplear la fuerza, debo advertirle que resistiremos y habrá sangre. ¿Qué explicaciones dará cuando lleguen los estadounidenses?

—Llevamos mucho tiempo esperando este día —añadió Duke.

—Ahora que faltan solo unas horas, ni usted ni nadie sacará a esos hombres de Colditz.

Teniendo en cuenta el tiempo que habían pasado intentando salir de Colditz, era un comentario bastante divertido, aunque sin intención. Nadie sonrió.

Prawitt cogió el teléfono y pidió que le pasaran con el cuartel general del Mando Regional en Glauchau. Desde el despacho solo podían oír una parte de la conversación, pero su esencia estaba clara:

—Sí, general, ya he dado la orden. Sí, general, pero se niegan a obedecer. Sí, general, les he advertido, pero no ha servido de nada. Sin duda habrá derramamiento de sangre.

El debate prosiguió mientras el Kommandant intentaba endilgar la responsabilidad al general y viceversa.

Finalmente, Prawitt perdió la paciencia:

—General, ¿aceptará la responsabilidad por lo que suceda aquí?

Hubo una breve pausa.

—¡Pues entonces yo tampoco! —gritó Prawitt antes de colgar con furia.

Desprovisto de toda autoridad, el Kommandant se volvió lentamente hacia Tod:

—¿Qué quiere que haga?

El 14 de abril de 1945 a las once y media en punto, el control de Colditz pasó de los guardias a los prisioneros.

Para Eggers fue un alivio: «Jamás habríamos sacado a los prisioneros de allí y, aunque lo hubiéramos hecho, a nadie le gustaba la idea de intentar mantenerlos juntos en una caminata en dirección al avance ruso». Después empezó a destruir pruebas. Durante todo el día, cinco guardias tiraron documentos a la caldera. A medianoche, el gran mar de papel que contaba la historia burocrática de la prisión se había convertido en humo. Pero Eggers era historiador y los objetos del museo de Colditz fueron metidos en cajas amontonadas en el sótano. Con quisquillosa corrección, todas las posesiones confiscadas a los prisioneros les fueron devueltas, un total de mil cuatrocientos objetos: plumas estilográficas, cuchillos y billetes británicos. Schaefer, el coronel estadounidense condenado a muerte, fue liberado de las celdas de aislamiento. En el teatro, los hombres que en su día hacían disfraces y uniformes falsos empezaron a coser banderas —polacas, francesas y británicas— para ondearlas desde las murallas cuando llegara el momento de la liberación. Los alemanes empezaron a recoger sus pertenencias, una maleta pequeña cada uno. La rueda estaba girando a una velocidad trepidante y el sonido de los disparos sonaba cada vez más cerca. Desde el castillo se divisaba el estallido de la artillería estadounidense.

—Creemos que las SS podrían entrar en el castillo —le dijo Tod a Prawitt—. Solicitamos que nos entregue las llaves del arsenal. Armaremos a los prisioneros para que lo defiendan de las SS.

En ese momento volvió a intervenir Duke:

—Tiene mucho más que temer de las SS que de los estadounidenses.

Con extrema renuencia, Prawitt les tendió las llaves de los depósitos de munición y armas a condición de que no fueran repartidas entre los prisioneros a menos que las SS intentaran hacerse con el control del castillo. Mientras tanto, los centinelas alemanes seguirían patrullando como de costumbre. Las SS no podían saber que Prawitt ya se había rendido. «Si veían banderas blancas o aliadas, irrumpirían en el castillo y precipitarían una batalla sangrienta.» La farsa entrañaba un riesgo: si los estadounidenses ignoraban que el castillo había cambiado de manos, podían atacarlo.

Todavía quedaba un documento por completar, así que Tod le entregó una hoja al Kommandant. «En vista del correcto comportamiento del coronel Prawitt y sus oficiales en la gestión del campo, no se tomarán represalias [...]. Se les ofrecerán todas las medidas de protección a ellos y a sus familias, y los suboficiales y sus hombres serán liberados lo antes posible.» Los alemanes serían eximidos de responsabilidades por cualquier hecho pasado, salvo en dos casos: la muerte de Michael Sinclair y el destino de los *Prominente*. Prawitt firmó. Su derrota era completa. El documento carecía de estatus legal y hacía promesas que no podían

62. (arriba) El comando Micky Burn hace la V de victoria con la mano izquierda mientras se lo llevan tras el ataque de Saint-Nazaire en marzo de 1942.

63. (arriba izquierda) Walter Purdy, fascista británico y locutor pro nazi reclutado para espiar a los otros prisioneros.

64. (arriba derecha) Frank «Errol» Flinn (fila trasera, segundo por la derecha), una figura psicológicamente frágil que pasó más tiempo en aislamiento que cualquier otro prisionero.

65. (abajo) Cenek «Checko» Chaloupka, el libertino y caballeroso oficial de aviación checo que dirigía el mercado negro en Colditz.

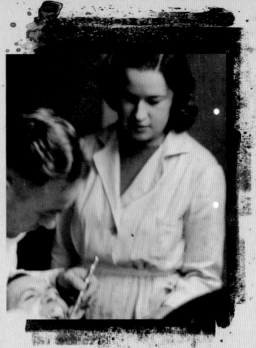

66. (arriba) Irma Wernicke, auxiliar del dentista del pueblo de Colditz, se convirtió en la amante de Chaloupka y más tarde en su espía.

67. (abajo) Julius Green: dentista, sibarita, experto en códigos y agente secreto.

68. (arriba) El dentista trabajando en Colditz con tornos y tenazas; ilustración de Watton.

69. El general polaco Tadeusz Bór-Komorowski, comandante en jefe del ejército secreto polaco, encarcelado en Colditz en otoño de 1944.

70. Los últimos prisioneros polacos abandonan Colditz.

71. Las dependencias polacas, donde los reclusos destilaban un potente alcohol y trataban a sus guardias alemanes con enorme desdén.

72. David Stirling, fundador del SAS, llegó en agosto de 1944 y creó la Unidad de Espionaje de Colditz.

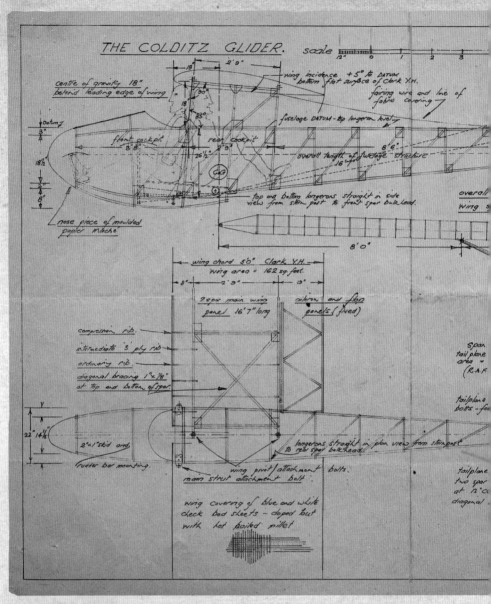

THE COLDITZ GLIDER.   scale

centre of gravity 18" behind leading edge of wing

wing incidence +5° to DATUM bottom flat surface of Clark Y.H.

fairing wire and line of fabric covering

fuselage DATUM - top longeron level

front cockpit   rear cockpit

overall length of fuselage structure

top and bottom longerons straight in side view from skin post to front spar bulkhead.

nose piece of moulded papier maché

wing chord 50" Clark Y.H.
Wing area = 162 sq. feet.

2 spar main wing panel 16'7" long

aileron and flap panels (fixed)

compression rib.
intermediate 3 ply rib
ordinary rib
diagonal bracing 1" x 1/8" at top and bottom of spar.

longerons straight in plan view from skin post to rear spar bulkhead.

rudder bar mounting

2" x 1" skid and

wing pivot / attachment bolts
main strut attachment bolt

wing covering of blue and white deck bed sheets - doped but with hot boiled millet

span tail plane area = (R.A.F.

tailplane bolts - fou

tailplane two spar at 12°c diagonal

73. (arriba) Planos para el «Gallo de Colditz», un planeador que sería catapultado desde el tejado y se fabricó con seis mil trozos de madera, somieres metálicos, cables de teléfono robados y fundas de colchón.

74. (izquierda) La única fotografía conocida del planeador, tomada por la periodista Lee Carson en abril de 1945.

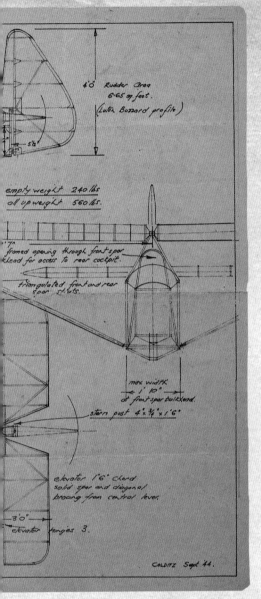

empty weight 240 lbs
all up weight 560 lbs

COLDITZ Sept 44.

76. (abajo) Lee Carson, corresponsal de guerra estadounidense para International News Service: ingeniosa, valiente y «la periodista que más gustaba y la que aventajaba a un hombre a la hora de conseguir una noticia».

77. (abajo) Florimond Duke fue el primer prisionero estadounidense en Colditz, el segundo paracaidista más veterano de las fuerzas aéreas estadounidenses y uno de los espías menos exitosos de la segunda guerra mundial.

75. Los soldados estadounidenses cruzan el puente de Colditz, donde se aprecian los daños causados por los alemanes al intentar destruirlo.

MEURER

78. El Obergruppenführer Gottlob Berger, del alto mando de las SS, un compinche de Hitler y ardiente antisemita elegido para supervisar los campos de prisioneros.

79. El coronel de las SS Friedrich Meurer, edecán de Berger que acompañó a los rehenes *Prominente* en su último viaje.

80. Los *Prominente* llegan a las líneas estadounidenses. De izquierda a derecha: Max de Hamel, George Lascelles, John Elphinstone, el diplomático suizo Werner Büchmuller y Michael Alexander.

81. (abajo) Listas de prisioneros judíos trasladados del campo de concentración de Buchenwald al campo de trabajo de Colditz.

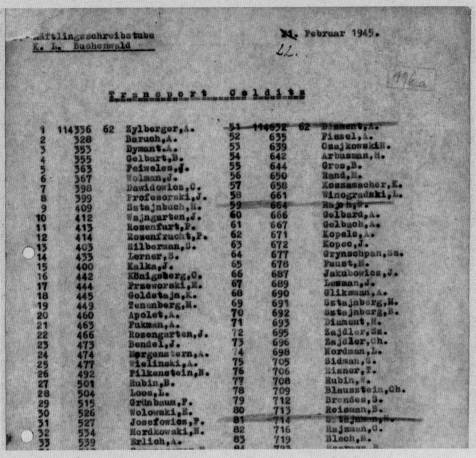

	...ftlingsschreibstube				21. Februar 1945.		
	K. L. Buchenwald				22.		
							196a

Transport Colditz

1	114336	62	Zylberger,A.	51	114632	62	Diament,A.
2	328		Baruch,A.	52	635		Fissel,A.
3	353		Dymant.A.	53	639		Czajkowski,M.
4	355		Gelbart,B.	54	642		Arbusman,M.
5	363		Feiweles,J.	55	644		Gros,B.
6	367		Wolman,J.	56	650		Rand,M.
7	398		Dawidowicz,C.	57	658		Koszamacher,K.
8	399		Profesorski,J.	58	661		Winogradski,L.
9	409		Sztajnbuch,H.	59	664		Rajch,M.
10	412		Wajngarten,J.	60	666		Gelbard,A.
11	413		Rosenfurt,P.	61	667		Gelbuch,A.
12	414		Rosenfrucht,P.	62	671		Kopels,A.
13	403		Silberman,S.	63	672		Kopec,J.
14	433		Lerner,S.	64	677		Grynszpan,Sz.
15	400		Kalka,J.	65	678		Faust,M.
16	442		Königsberg,C.	66	687		Jakubowicz,J.
17	444		Przeworski,M.	67	689		Lesman,J.
18	445		Goldstajn,K.	68	690		Gliksman,A.
19	449		Tenenberg,M.	69	691		Sztajnberg,M.
20	460		Apolet,A.	70	692		Sztajnberg,B.
21	463		Fukman,A.	71	693		Diament,M.
22	466		Rozengarten,J.	72	695		Zajdler,Sz.
23	473		Bendel,J.	73	696		Zajdler,Ch.
24	474		Morgenstern,A.	74	698		Nordman,L.
25	477		Wielinski,A.	75	705		Sidman,C.
26	492		Filkenstein,N.	76	706		Eisner,F.
27	501		Rubin,B.	77	708		Rubin,W.
28	504		Loos,L.	78	709		Blausztein,Ch.
29	515		Grünbaum,F.	79	712		Brendes,D.
30	526		Wolowski,E.	80	713		Reisman,B.
31	527		Josefowicz,F.	81	714		Sztajnman,M.
32	534		Mordkowski,M.	82	716		Rajsman,C.
33	539		Erlich,A.	83	719		Blech,M.

82. (abajo) Esclavos judíos húngaros hambrientos y demacrados liberados por los soldados estadounidenses.

83. (arriba) Campo de trabajo Steingutfabrik, la fábrica secreta de armamento situada cerca del castillo de Colditz en la que trabajaron cientos de esclavos hasta morir.

84. Los soldados estadounidenses que liberaron Colditz fumando en pipa. De izquierda a derecha: Walter Burrows, Alan Murphey, Frank Giegnas y Robert Miller.

85. Colditz desencadenado: los prisioneros celebran su liberación el 16 de abril de 1945.

garantizarse. A lo sumo era un pacto de honor, un último gesto de decencia militar en una prisión que siempre se había preciado de ser dirigida por y para caballeros.

Colditz había visto muchas producciones teatrales inverosímiles a lo largo de los años, pero nada tan extraño como el drama que estaba desarrollándose en aquel momento: la guarnición alemana fingía estar custodiando una prisión que ya no tenía bajo control; los reclusos actuaban como si aún fueran prisioneros a la vez que protegían a sus carceleros de las SS y las tropas estadounidenses; Prawitt interpretaba el papel de Kommandant, un papel que a efectos prácticos había adoptado el coronel Tod; y los guardias se habían convertido en prisioneros y los prisioneros en sus guardias.

El Tercer Batallón del 273.º Regimiento de Infantería, la vanguardia del Primer Ejército, estaba avanzando con rapidez desde el sudoeste apoyado por carros de combate de la 9.ª División Blindada. Aquellos soldados estadounidenses llevaban menos de un mes en Europa, pero ya habían participado en duros combates en las Ardenas y presenciado cosas horribles. En el Stalag Tekla, un campo de esclavos situado cerca de Leipzig, encontraron docenas de cuerpos calcinados. Los reclusos habían sido encerrados en un comedor al que los alemanes prendieron fuego. Los que consiguieron escapar del edificio en llamas fueron tiroteados. Algunos parecían haberse electrocutado con la valla exterior. El coronel Leo Shaughnessy, líder del contingente, tenía la misión de «eliminar la resistencia en el campo y descubrir grupos de refugiados y prisioneros aliados». Era una labor siniestra y sangrienta. «La resistencia fue en aumento cuando nos aproximábamos a Leipzig», escribió. En Altengroitzsch, Shaughnessy perdió a una docena de hombres, víctimas de francotiradores apostados en los edificios. «Nos enfrentamos a muchos chicos de quince y dieciséis años», escribía un soldado. La mayoría de los estadounidenses no eran mucho mayores, pero estaban curtidos en la batalla, eran precavidos y, a medida que se acercaban a Colditz, estaban más furiosos.

Lee Carson avanzaba justo por detrás de la vanguardia. Antaño era objeto de curiosidad y lujuria, pero, ahora, los soldados apenas se fijaban en la mujer vestida de caqui que viajaba en el asiento trasero de un jeep, normalmente a solo unos centenares de metros de los combates. Carson escribía en primera persona, sus gráficas crónicas aderezadas con lenguaje coloquial. «Leipzig es una auténtica pesadilla», decía desde la ciudad en ruinas. «Tiendas, casas y oficinas están siendo saqueadas por enjambres de civiles. Los soldados estadounidenses han tenido un recibimiento extraño que incluye vino, flores, vítores y besos, además de disparos de pistolas automáticas y bazucas de los jóvenes gánsteres de Hitler dirigidos por los oficiales de las SS. El fuego ilumina las esquinas. Los carros de combate traquetean por calles secundarias. En esta ciudad se cometen violaciones y robos y no hay seguridad para nadie.»

El sábado 14 de abril, el cuerpo especial acampó al oeste del río Mulde. Shaughnessy fue informado de que cerca de allí había un gran número de prisioneros retenidos y las órdenes llegaron a última hora de la tarde: «Tomad Colditz».

La mañana siguiente llegó, escribía Eggers, con «el aliento de la primavera». Observando desde las almenas podía ver lugareños protegiendo sus hogares contra la tormenta que se avecinaba. «La naturaleza seguía su curso, pero hombres y mujeres se refugiaban, preguntándose si morirían al caer la noche.»

Poco después de las nueve de la mañana aparecieron los primeros tanques Sherman en un campo de trigo situado al oeste. Checko Chaloupka los vio con su lascivoscopio y «soltó un grito de alegría». El coronel Shaughnessy desplegó su artillería en el bosque que dominaba Hohnbach y ordenó a los comandantes de batería que apuntaran al «lugar más destacado de la otra orilla, las torres de un castillo bastante grande e imponente». Seis cazas Thunderbolt sobrevolaron el pueblo y acribillaron la estación ferroviaria mientras la artillería alemana se atrincheraba entre los árboles situados por encima del parque. No hubo fuego de las baterías antiaéreas. En la *Kommandantur* y las habitaciones de los prisioneros, los espectadores se acercaron a las ventanas para presenciar la batalla de Colditz. Algunos se subieron a las almenas. Justo después de mediodía, el primer proyectil estadounidense de 50 mm impactó en la caseta de los guardias, ubicada junto a la puerta principal. Otro atravesó la ventana de la habitación que ocupaba Douglas Bader en el tercer piso. El piloto sin piernas estaba en el patio mofándose de los guardias y cantando: «¿Dónde está la Luftwaffe?». Como observaba Duke, «se había salvado burlándose hasta el triste final». Un tercer proyectil pasó por encima de las almenas de la cara noroeste y cayó sobre los árboles. Los cañones alemanes de 88 mm contraatacaron desde el *Tiergarten* apuntando hacia el bosque. En aquel momento, Colditz se hallaba en medio de un duelo de artillería. Entonces empezaron a caer los obuses estadounidenses de 150 mm. Uno impactó cerca del puente que cruzaba el foso seco y acabó con la vida de un sargento alemán. Otros dos alcanzaron la *Kommandantur*. Los artilleros estadounidenses estaban afinando la puntería. El coronel Tod ordenó a todos que bajaran a los sótanos, no sin antes ondear las banderas artesanales desde las ventanas y escribir «prisioneros de guerra» en sábanas tendidas sobre los adoquines del patio interior para llamar la atención de los aviones de reconocimiento que sobrevolaban el lugar. La andanada estadounidense perdió intensidad y acabó por cesar. «Vimos tres banderas rojas, blancas y azules de los Aliados en las ventanas superiores», escribió Shaughnessy. «Aquella emocionante imagen era la única señal que necesitábamos para saber que el castillo era el lugar en el que retenían a los prisioneros de guerra.» Como era habitual en él, David Stirling ignoró los bombardeos y permaneció en el tejado, donde gozaba de unas vistas privilegiadas del combate.

Los tanques y las ametralladoras pesadas estadounidenses tomaron posiciones en las inmediaciones de Colditz mientras dos pelotones de rifles entraban en el pueblo desde el oeste. Las SS estaban esperándolos. La infantería se hallaba desperdigada por la pendiente que dominaba los huertos cuando abrieron fuego dos ametralladoras camufladas. «Llegaban tantas balas que los árboles se quebraban como si estuvieran en llamas», escribió el sargento Roy Verdugo, cuyos hombres empezaron a desplomarse a izquierda y derecha. Aprovechando el fuego de cobertura, veintidós soldados de infantería evitaron las ametralladoras y se adentraron en las callejuelas. Mientras los estadounidenses avanzaban agachados, escondiéndose detrás de los coches y arrojando grana- das desde las esquinas, fueron detectados por francotiradores que disparaban desde los pisos superiores. Un proyectil *Panzer- faust* impactó en un edificio y «lanzó hermosas esquirlas rojas, amarillas y naranjas hacia el cielo». El teniente Ryan, de veinti- trés años y oficial al mando de los estadounidenses, fue alcanzado por la metralla. Con el ojo izquierdo colgando de la cavidad, gritó: «¡Agrupaos en las casas! ¡No nos vamos!». El contacto con el puesto de mando de Shaughnessy quedó interrumpido cuando una bala atravesó la radio. Un escuadrón formado por alemanes y miembros de las SS y las Juventudes Hitlerianas avanzó por la calle principal hacia los estadounidenses y fue aniquilado por un proyectil de bazuca. Había varias casas en llamas y una densa nube de humo inundó la ciudad. Emil Miskovic, un sargento polaco-estadounidense de Chicago, iba por la calle que llevaba al puente cuando «un chico joven, probablemente de catorce o quince años y vestido con uniforme de soldado alemán, salió por la puerta de su casa y disparó al sargento en la cabeza». Miskovic murió en el acto. El chico fue abatido y dejaron su cuerpo tendi- do «en la calle delante de su casa».

Los prisioneros volvieron a las ventanas y observaron embe- lesados. Muchos no habían entrado en combate desde 1940. Co- mandos como Micky Burn y Michael Alexander habían partici- pado en sangrientas operaciones especiales y Stirling lideró al SAS en varios ataques a aeródromos del norte de África. Pero nin- guno había presenciado jamás un choque como aquel, un com- bate casa por casa, cara a cara, salvaje e íntimo, que enfrentaba a un ejército profesional imparable con nazis fanáticos y niños adoc- trinados al final de una guerra espantosa. Fue el combate cuerpo a cuerpo más despiadado que Lee Carson había visto hasta la fecha. «El contingente yanqui, compuesto por tanques e infan- tería de la 9.ª División Blindada, se encontró con una feroz resis- tencia de grupos bien organizados de miembros de las Juventu- des Hitlerianas al mando de oficiales de las SS.»

Al verse en inferioridad numérica, los estadounidenses se re- plegaron, llevándose a rastras a sus muertos y heridos. La *Volks- sturm* intentó destruir el puente con dinamita, pero solo consiguió hacer un agujero en la carretera. Media docena de soldados de asalto de las SS bajaron por la orilla del río y trataron de destruir los soportes con una bazuca, pero, a pesar de su proximidad, el puente Adolf Hitler, cubierto de musgo, se mantuvo firme. Desde lo alto del castillo, los espectadores se unieron a un último coro de mofas. «Las SS podían oír claramente sus abucheos y burlas», escribió Duke. Los obuses estadounidenses martillearon el pueblo, donde Irma Wernicke y su familia se habían cobijado en un sótano. Desde el *Tiergarten* llegaba «el agradable sonido de las armas ligeras de la infantería y el fuego de las ametralladoras».

El Oberstleutnant Prawitt salió en busca del coronel Duke, una última inversión de sus papeles.

—Los estadounidenses llegarán pronto —dijo.

—Mañana por la mañana a más tardar —respondió Duke.

—Necesitaré a alguien que los reciba, alguien que pueda explicarles que nuestros guardias no opondrán resistencia.

Aquellas palabras oscilaban entre una orden, una petición y una súplica de piedad.

Al anochecer, las tropas estadounidenses cruzaron el puente ferroviario del norte del pueblo e iniciaron un cauteloso avance río abajo. «A las doce habíamos despejado la orilla oeste del Mulde», escribió Shaughnessy. La cacofonía cesó y los incendios se apagaron. El cuerpo especial había perdido a más de una docena de hombres, incluidos dos sargentos de pelotón, y unos veinticinco soldados habían resultado heridos. «El coronel Shaughnessy dictó órdenes para un ataque al amanecer.» Los estadounidenses pasaron la noche en casas abandonadas situadas cerca del puente, donde los defensores habían tendido alambre de espino y viejas máquinas de hierro en la calle. Los soldados apostaron a varios vigilantes e intentaron dormir, «pero el viento que soplaba entre los escombros metálicos emitía un chirrido en el inquietante vacío de la noche». Los disparos resonaban en la oscuridad. Ya no era el tableteo discontinuo de los combates en la calle, sino descargas a intervalos regulares provenientes de la vieja fábrica de cerámica al noreste de la ciudad.

Al parecer, nadie conocía la existencia del campo de esclavos para judíos húngaros situado a las afueras de Colditz.

La Hugo Schneider Aktiengesellschaft Metallwarenfabrik, o HASAG, fue fundada en 1889 como una fábrica de pequeños productos metálicos. La empresa había prosperado con el gobierno nazi y, en 1944, era uno de los fabricantes de armas más grandes del Reich, con ocho plantas en Alemania y tres en Polonia. Dirigida por Paul Budin, miembro del Partido Nazi y Sturmbannführer (comandante) de las SS, la HASAG producía munición, armas ligeras y lanzacohetes para el ejército alemán utilizando mano de obra esclava. Más de veinte mil prisioneros de varias nacionalidades trabajaban en los campos de la HASAG, donde Budin aplicaba despiadadamente la política del «*Vernichtung durch Arbeit*» (exterminio por medio del trabajo). En todos los campos se llevaban a cabo selecciones periódicas y los que ya no eran considerados «aptos para trabajar» eran asesinados. El Tercer Reich era el único cliente de la HASAG. La empresa pagaba a las SS por cada trabajador y el régimen nazi pagaba generosamente a la HASAG por sus productos. La HASAG era considerada por los gobernantes nazis una «empresa nacionalsocialista ejemplar» y Budin recibió una nota personal de agradecimiento del Führer. Desde el verano de 1944, la empresa armamentística creó siete unidades satélite, o *Aussenkommandos*, en las que trabajaban esclavos del campo de concentración de Buchenwald. La más pequeña, el Aussenkommando 24, se alojaba en el viejo edificio de la Steingutfabrik en Colditz (en su día la fábrica de cerámica más grande de Alemania), con una plantilla de unos setecientos judíos húngaros que producían armamento para la campaña alemana.

Las condiciones en los campos de la HASAG eran atroces. Los prisioneros no disponían de aseos ni agua corriente. El «sucedáneo de café» matinal era tan repugnante que algunos preferían utilizarlo para lavarse antes de sus doce horas de extenuante trabajo físico montando armas y explosivos. Las palizas eran frecuentes. La cena consistía en un cuenco de sopa aguada y un trozo pequeño de pan. Dormían en barracones de madera sin calefacción sobre colchones de paja o directamente encima de la madera. Los muertos a menudo yacían durante días allá donde se hubieran desplomado. Un superviviente, Charles Kotkowsky, describía un mundo de absoluta degradación: «No había baños para combatir a millones de piojos, así que teníamos que desvestirnos y esperar desnudos frente a una pared. Después de congelarnos durante media hora, nos rociaban con mangueras y no todo el mundo era capaz de soportarlo. Cada chorro de agua en aquel clima tan frío nos lanzaba contra la pared». La esperanza de vida en un *Aussenkommando* de la HASAG era de tres meses y medio.

Aparentemente, Irma Wernicke y sus espías desconocían la existencia del campo. Incluso Reinhold Eggers afirmaba no saber nada de los trabajadores judíos de la vieja fábrica, esclavos de la máquina de guerra nazi. «Estaban al cargo de una unidad de las SS con la que los habitantes del castillo prácticamente no teníamos contacto», escribió Eggers. «Era un asunto de las SS.» Resulta poco creíble que un pequeño ejército de esclavos pasara desapercibido en un pueblo de aquel tamaño, pero a la gente se le da bien ver y recordar lo que quiere. A lo largo de los años se ha escrito mucho sobre Colditz, pero muy poco sobre el otro campo, situado a unos cientos de metros, donde los judíos morían a causa del trabajo y del hambre. La ocupación alemana de Hungría, en la que la Misión Gorrión tuvo un papel tan poco heroico, vino seguida de la deportación en masa de los judíos del país. Unas 434.000 personas, más de la mitad de la población judía de Hungría, fueron trasladadas a los campos. La mayoría acabaron en Auschwitz, donde un ochenta por ciento fueron gaseados nada más llegar. Algunos fueron elegidos para trabajos forzados. Nadie conoce la cifra exacta de judíos húngaros del *Aussenkommando* 24 de la HASAG en Colditz, cuándo llegaron y cuántos habían perecido ya de agotamiento, enfermedad o desnutrición. Pero, mientras las fuerzas alemanas derrotadas se aprestaban para el repliegue, los guardias de las SS se proponían asesinar sistemáticamente a los prisioneros judíos en grupos de cinco.

Los disparos se apagaron justo antes del alba.

18

Final

El amanecer fue frío y despejado y «reinaba un silencio sepulcral». En el castillo, los primeros reclusos que despertaron subieron a las murallas y contemplaron el pueblo bajo la pálida luz matinal. Banderas blancas, fundas de almohada y sábanas aleteaban en las ventanas de las casas. Aprovechando la oscuridad, las fuerzas de las SS se habían retirado hacia el este.

El soldado Bob Hoffman ocupaba un puesto de ametralladora con vistas a los bosques que se extendían por encima del *Tiergarten* cuando apareció entre los árboles un grupo de miembros de las Juventudes Hitlerianas, todavía uniformados pero sin armas ni líder y «muy asustados». Horas antes, Hoffman los habría matado a todos. Ahora volvían a ser niños. «Parecían un grupo de *boy scouts*», recordaba. «Les dijimos que se fueran a casa.»

A las cinco de la mañana, ocho kilómetros más al oeste, despertaron en su tienda de campaña al soldado Alan Murphey, del equipo de Espionaje y Reconocimiento, y le dijeron que se presentara al servicio con otros tres soldados. El coronel Shaughnessy ordenó que se dirigieran a Colditz y montaran un puesto de observación. «Una vez allí, ocupad un edificio con vistas al puente y esperad la llegada de la unidad de comunicaciones del batallón, que os proporcionará un teléfono de campaña.» Shaughnessy no permitiría que a sus hombres les tendieran una segunda emboscada. «No mencionaron que había un campo de prisioneros de guerra en Colditz», escribió Murphey más tarde.

Los cuatro habían realizado la instrucción en Camp Shelby, Misisipí, como miembros de la 69.ª División de Infantería, o

«69.ª Combatiente», antes de zarpar hacia Francia el 22 de enero de 1945 a bordo del *Morowai*. Habían entrado en combate en Kamberg y el Rin y fueron destinados al Cuerpo Especial Shaughnessy. Eran todos veinteañeros. Armados con rifles M-1, granadas de mano y bandoleras de munición, los cuatro soldados partieron hacia el pueblo de Colditz al amanecer. «Cuando llegamos al puente vimos a los primeros estadounidenses, media docena de soldados de infantería agazapados detrás del parapeto que bordeaba la orilla oeste.»

Al otro lado de la patética barricada de alambre y metal yacían los cuerpos de dos soldados alemanes:

—Allí sigue habiendo francotiradores —dijo el sargento que estaba al mando—. No pienso poner en peligro a mis hombres.

Murphey, un duro campesino del Medio Oeste, tenía ganas de aventuras. Se volvió hacia sus compañeros y dijo:

—¿Queréis intentarlo?

Tenían órdenes de quedarse junto al puente, pero era tentador continuar avanzando: «Decidimos cruzar el río. Fue una de esas decisiones rápidas que a menudo debes tomar en combate».

Calaron las bayonetas y, después de contar hasta tres, salieron a toda prisa. «Corrimos por el puente [y] tuvimos que saltar por encima de un joven alemán muerto que estaba tumbado boca arriba a la izquierda de un gran boquete en la carretera.» La plaza del mercado estaba desierta y de las ventanas colgaban sábanas blancas. Los cuatro soldados avanzaron formando una fila de a uno y cobijándose en los umbrales. Al final de la plaza había una calle de adoquines que describía una cuesta pronunciada. «Habíamos llegado demasiado lejos como para dar media vuelta», escribió Murphey. Corrieron por el estrecho callejón y entonces se detuvieron: «Vimos el castillo elevándose sobre nosotros». Murphey estaba tan atento a posibles francotiradores que no lo había visto antes.

Al otro lado de la puerta principal los esperaba un comité de recepción formado por un británico y un estadounidense: el capitán californiano Guy Nunn, uno de los «Gorriones» originales, y el capitán David Walker, que llevaba el uniforme del regimiento Black Watch escocés. Ambos se convertirían en novelistas y plasmarían vívidas descripciones de lo que sucedió a continuación.

Nunn vio a las figuras avanzando lentamente hacia el castillo y silbó. Murphey levantó la mano, sospechando que era una trampa, y los tres soldados que iban detrás de él se quedaron inmóviles:

—¡Soy yanqui! —gritó Nunn—. ¡Aquí arriba hay una prisión! ¡El Kommandant quiere rendirse! ¡Es todo vuestro!

Murphey seguía dudando, así que a Nunn se le ocurrió lo que más tarde consideraba una «genialidad»:

—¡Esto es *kosher*! —gritó.

Ningún guardia alemán habría utilizado una palabra yidis.

Los soldados continuaron su avance. «Resultaban amenazadores. Tenían la cara manchada de humo negro y llevaban granadas de mano y munición.»

Una figura con pantalones a cuadros y una boina con una escarapela roja de plumas salió por la puerta con una mano extendida:

—Bienvenidos a Colditz —dijo Walker—. Llevábamos mucho tiempo esperando. ¿Os apetece un café?

La guarnición alemana había formado filas en el patio de la *Kommandantur*, como si se tratara de un desfile. Eggers dio un paso al frente y sacó una hoja pulcramente mecanografiada. «Oficial del campo especial IV-1.500 oficiales y soldados aliados, todos ilesos. Incluye recuento nominal.» Murphey nunca había visto a un soldado alemán vivo tan de cerca y tampoco había aceptado una rendición, pero, con toda la autoridad que pudo, le dijo a Eggers que desarmara a sus hombres y guardara las armas en una sala situada en la base de la torre de vigilancia. Prawitt se mantuvo erguido e inexpresivo.

Murphey dejó a dos estadounidenses como supervisores y, acompañado de Nunn y Walker, se dirigió a la enorme puerta de roble del patio interior, que estaba entreabierta.

Tod había ordenado a los reclusos que se quedaran en sus habitaciones, pero algunos altos mandos ya estaban paseando por el patio y se dieron la vuelta cuando apareció el recién llegado en el oscuro interior del castillo: «Un joven, poco más que un adolescente, engalanado con sus armas». Se lo quedaron mirando. «Iba sucio de la batalla, llevaba un casco de acero e iba armado hasta los dientes.» Murphey también estaba muy nervioso. De repente, los prisioneros fueron hacia él. Alarmado, Murphey descolgó el M-1 y apuntó al harapiento grupo: «¡Atrás! ¡Atrás!». Por unos segundos, todos se quedaron quietos, un extraño enfrentamiento entre aliados. «Somos amigos, amigos», dijeron. Murphey bajó el arma. «Al momento se formó un gran alboroto.» Los hombres fueron hacia él y Murphey se vio rodeado de una multitud eufórica que empezó a reír y lanzar vítores. Docenas de manos le dieron palmadas en la espalda con tanta fuerza que se le doblaban las rodillas. Algunos prisioneros se contuvieron, incrédulos y asombrados. Algunos rompieron a llorar. Varios centenares se habían agolpado en las ventanas y gritaban de alegría. En aquel momento entró en el patio el soldado Frank Giegnas Jr.: «Cuando aparecimos nos recibió un estruendo de ovaciones desde las ventanas que daban al patio. Veía caras en todas las ventanas». Giegnas, un joven de clase obrera originario de Nueva Jersey, llevaba un gran retrato de Adolf Hitler. Lo había encontrado en la pared del comedor alemán y pretendía quedárselo como recuerdo. Entre los soldados existía un dinámico sistema de intercambio: el ejército recogía relojes, armas, hebillas, cuchillos y otros artículos para comerciar o como *souvenirs*. El Führer enmarcado valía unos cuantos centenares de cigarrillos, pero Giegnas tenía una veta teatral. De repente, «levantó la fotografía de Hitler por encima de la cabeza y la giró lentamente para que pudieran verla todos. Entonces la partió de un rodillazo y se desató el caos. Los gritos y vítores resonaban en los estrechos confines del patio».

Los acontecimientos de las horas posteriores cobraron una cualidad irreal. «Parecía que estuviéramos rodando una película», relataba Robert Miller, perteneciente al cuarteto original de soldados estadounidenses. Al castillo estaban llegando más todoterrenos con tropas. Cada soldado estadounidense que entraba en el patio recibía abrazos, palmadas en la espalda e invitaciones a desayunar en el comedor. Algunos exprisioneros se sentían un poco avergonzados por el contraste físico entre aquellos soldados musculosos alimentados con maíz y sus cuerpos pálidos y esqueléticos. El coronel William Schaefer, que recientemente había sido condenado a muerte, fue llevado a conocer a sus compatriotas, temblando incontrolablemente y con lágrimas surcándole las mejillas.

Prawitt y sus altos mandos fueron agrupados a punta de pistola y conducidos al pueblo. Al cruzar el puente vieron «el cuerpo de un niño de unos catorce años abierto de brazos y piernas, con un brazalete de las Juventudes Hitlerianas y un *Panzerfaust* aplastado junto a él. Tenía la cara de un color verde pálido», y Eggers se preguntó por qué morían de aquella manera. En la otra orilla estaba la madre del niño muerto, «abatida por la tristeza». Desesperada por recuperar el cuerpo de su hijo, le impedía el paso un cabo estadounidense que había recibido órdenes de no dejar pasar a ningún alemán. Ya había llegado el enterrador del pueblo en un carromato tirado por un caballo, «como si fuera un elemento de atrezo en una película del salvaje oeste».

Los estadounidenses habían instalado un cuartel general improvisado en el hotel del pueblo y la rendición formal del castillo de Colditz tuvo lugar en la cantina. Prawitt dio un paso al frente, saludó y le tendió su sable y su pistola al coronel Leo Shaughnessy del 273.º Regimiento de Infantería. Después, el Kommandant y sus dieciséis oficiales fueron trasladados a la cárcel entre multitudes de soldados estadounidenses que los abucheaban y les daban empujones. A Prawitt le habían arrancado una charretera. Confinado en las celdas en las que tantos prisioneros habían permanecido aislados, Eggers pensó que su mundo estaba patas arriba: «Tuve que aprender qué se sentía estando al otro lado. Ahora el prisionero de guerra era yo». La plaza del pueblo, desierta y hostil hacía unas horas, se convirtió en un escenario de júbilo cuando los habitantes salieron a recibir a los estadounidenses con comida y flores. Tan solo cinco meses antes, los habitantes se habían congregado para celebrar el aniversario del ascenso nazi al poder. De la noche a la mañana se instaló una amnesia colectiva. Las esvásticas y los ejemplares de *Mein Kampf* desaparecieron discretamente. Los ciudadanos de Colditz olvidaron su historia reciente y luego la reescribieron. «No parecía haber nazis en el pueblo», observaba Green. «Todo el mundo los odiaba desde hacía años y había trabajado en secreto contra ellos.» En una imponente residencia situada al otro lado del pueblo estaba celebrándose una fiesta, que simbolizaba la drástica transformación de la política del lugar. El soldado Murphey acompañó a Čeněk Chaloupka a conocer en persona a Herr Schmidt, el eje de la red de espías de Colditz y «el caballero que se convertiría en el burgomaestre cuando los aliados tomaran las riendas del pueblo». A Murphey, Checko le recordaba a «Clark Gable con su pelo negro, su atractivo, etc.». Schmidt les ofreció una cálida bienvenida con champán. El piloto checo parecía como en casa en el elegante salón de Schmidt, pero Murphey de repente se sintió avergonzado: «Iba tan sucio que detestaba entrar en aquella bonita casa o sentarme en sus sofás a tomar una copa de vino».

Lee Carson estaba de muy mal humor. «Llegó una mujer alta con un uniforme caqui», recordaba un soldado estadounidense. «Estaba furiosa.» Todos los periodistas viven por una primicia y a ella se la habían negado. «Supuestamente debía estar allí para la conquista de Colditz y tener la exclusiva», pero Carson había llegado media hora tarde. La imagen del niño alemán muerto en el puente la había molestado aún más. «Disparar a niños es un asesinato», le dijo al escolta militar que desempeñaba la imposible labor de intentar controlarla. Carson pasó junto al guardia y entró en el patio.

La «llegada de una rubia muy atractiva que llevaba casco y una cámara» consiguió que los niveles de excitación entre los prisioneros recién liberados alcanzaran nuevas cotas. La mayoría no veían a una mujer desde hacía cinco años, y menos aún una mujer que parecía salida de una revista erótica. La llegada de «aquella deslumbrante corresponsal de guerra estadounidense enfundada en un mono» amenazaba con provocar una revuelta. Al instante, Carson se vio rodeada por un grupo de hombres, «la mayoría de los cuales», según comentaba Julius Green irónicamente, «parecían ser Douglas Bader». El célebre as de la aviación y doble amputado quedó «fascinado al ver a una chica en el patio, una chica de verdad con ropa de combate». Se abalanzó sobre ella al instante. Carson llevaba menos de un minuto en Colditz cuando Bader le ofreció una entrevista en exclusiva.

La crónica de la liberación de Bader era tan entusiasta que podría haberla escrito él mismo: «El caballeroso comandante de aviación Douglas Bader sobre todo quiere "darles otra paliza a los malditos hunos" ahora que ha sido liberado del encarcelamiento alemán. "Dadme otra oportunidad con esos imbéciles", rogaba el piloto de treinta y cinco años, que se convirtió en uno de los grandes ases británicos con dos piernas artificiales. El sonriente héroe de cabello oscuro fue uno de los aproximadamente mil reclusos liberados de la gran prisión de Colditz».

A Carson le enseñaron los secretos mejor guardados de la prisión: el escondite de la radio donde escucharon las noticias durante dos años y más tarde las buhardillas. Aquella mañana, los constructores del planeador habían montado por primera vez el «Gallo de Colditz». Los soldados estadounidenses hicieron cola para contemplar aquel avión fabricado en el más absoluto secretismo con tablones del suelo, postes de camas y fundas de colchón, un hito asombroso de la ingeniería aeronáutica. «Dios mío, era increíble», recordaba un soldado estadounidense. «Pensé: "¿Cómo lo han conseguido?".» Lee Carson hizo la primera, última y única fotografía del planeador: la máquina está ubicada como si mirara por las ventanas de los pisos superiores de Colditz, contemplando un vuelo que nunca emprendería.

Cuando Lee Carson se iba, Douglas Bader se montó con ella en la parte trasera del jeep con una bolsa de viaje que había preparado su ordenanza, Alex Ross. Tod había estipulado que ningún oficial abandonara el castillo sin permiso, pero las normas no iban con Bader. Al día siguiente estaba en París y veinticuatro horas después regresó a Gran Bretaña, donde lo recibieron como a un héroe. Era el primer recluso que salía de Colditz tras su liberación, varios días antes que cualquier otro.

La crónica de Lee Carson llegó a todos los rincones del mundo. «El contingente estadounidense llegó al campo a pesar de una resistencia bien organizada. Hubo que luchar en cada pueblo, pero, en menos de veinticuatro horas, los carros de combate, con soldados de infantería montados encima, se abrieron paso

335

hacia el castillo medieval. Fueron rescatados cinco oficiales estadounidenses, trescientos cincuenta británicos, mil franceses y varios polacos», escribió.

Pero el último capítulo de la historia de Colditz todavía estaba por escribir. El artículo de Carson llevaba por título «Rehenes aliados escondidos en reducto nazi» y afirmaba: «Veintiún prisioneros británicos y estadounidenses de renombre han sido trasladados como rehenes al cuartel general de Adolf Hitler en la que se conoce como fortaleza nacional. Los sacaron de sus celdas y los subieron a un camión para realizar el viaje al último refugio de Hitler. El cuerpo especial estadounidense llegó con cuarenta y ocho horas de retraso».

En el campo de Tittmoning, la desaparición de los *Prominente* —Giles Romilly y los otros cinco reclusos escondidos en la pared— desató el pánico entre sus captores y una búsqueda masiva. Tres mil soldados alemanes peinaron los campos colindantes. Se registró el castillo desde el sótano hasta las almenas. Después de tres días de búsqueda los encontraron a los cinco, probablemente gracias un chivatazo, en su diminuto escondite. «Qué estupidez intentar escapar ahora», dijo el Kommandant, consciente de que habría perdido la vida si lo hubieran conseguido. Romilly seguía sin aparecer. El resto de los prisioneros especiales fueron trasladados junto a los polacos al castillo de Laufen, cerca de Salzburgo, e instalados en un recinto rodeado de alambre de espino y doble vigilancia. Las SS no querían perder por segunda vez a aquellos valiosos cautivos.

Pero los *Prominente* también tenían una última línea de defensa, encarnada en un funcionario suizo excepcionalmente obstinado. Rudolf Denzler se personó en el campo por la mañana, tan competente y mal afeitado como siempre, y exigió ver a los prisioneros. Explicó que se alojaba en el pueblo y estaría vigilando atentamente. Si se los llevaban del castillo, informaría inmediatamente a su jefe, el ministro Peter Feldscher, jefe del Departamento de Intereses Exteriores en la embajada suiza de Berlín. Luego estudió benignamente a los prisioneros a través de sus quevedos. «Parece que todo está en orden», dijo. Había algo ingenuo pero sumamente tranquilizador en la creencia inquebrantable de Denzler en que las regulaciones oficiales frustrarían cualquier cosa que intentaran los nazis. Esa fe estaba a punto de ponerse a prueba, porque, cuando Denzler volvió a ver a los prisioneros al día siguiente, lo llevaron al despacho del Kommandant. Sobre la mesa había una orden firmada por el SS Obergruppenführer Gottlob Berger en la que se exponía que el Oberst Fritz Meurer iría a recoger a los *Prominente* en veinticuatro horas. Meurer era el oficial de las SS que había organizado el asesinato del general francés Gustave Mesny tres meses antes.

Denzler se puso manos a la obra. Desde el teléfono que había en el vestíbulo del hotel Österreichischer de Salzburgo «informó al ministro Feldscher de la nueva situación». Después recorrió cincuenta kilómetros por carretera hasta Schloss Fuschl, la residencia privada del ministro de Asuntos Exteriores alemán, Joachim von Ribbentrop, para advertir «a las más altas esferas de lo que quedaba de la política exterior alemana» que estaba a punto de producirse un grave quebrantamiento de la ley internacional. Después estableció contacto con todos los oficiales alemanes de alto rango que pudo encontrar en la zona, incluido el general al mando del sector de Salzburgo. En cada parada, la respuesta fue la misma: «Actuar contra las SS era peligroso». Finalmente llegó al cuartel general del mariscal de campo Kesselring, situado en un hotel a pocos kilómetros de Berchtesgaden. El general Wilhelm Seidel, jefe del Estado Mayor de Kesselring, fue «cordial y agradable», pero poco útil. Denzler escribió: «No paraba de encogerse de hombros, lo cual dejaba clara su actitud. Si se comete una injusticia, es responsabilidad de otros. Yo me lavo las manos. Obviamente, la Wehrmacht era impotente en un Reich que estaba a pocos días del hundimiento total».

A la mañana siguiente, delante de las puertas de Laufen había dos autocares. Cuando estaban llevando a los *Prominente* se acercó un Mercedes negro y se apeó «una figura alta con una gabardina de cuero negro que le llegaba casi a los tobillos. En la gorra llevaba la calavera de las SS». Meurer iba acompañado de su amante, «una rubia de semblante serio que llevaba pantalones y fumaba un cigarrillo con una boquilla larga».

337

«La escena tenía una atmósfera de gánsteres», escribió Elphinstone, el oficial superior del grupo. «Mientras subíamos a los autocares, el coronel iba tocando su revólver y nos observaba.»

Cuando se encendieron los motores, Michael Alexander sintió una punzada de miedo: «Nos encontrábamos en un mundo maligno de hostilidad puramente arbitraria». La mano protectora de la Wehrmacht había desaparecido; ahora estaban a merced de las SS. «Pero, cuando iniciamos la marcha, vimos detrás de un quiosco una figura con un enorme sombrero de fieltro que le tapaba los ojos. Era el fiel señor Denzler. Al pasar, nos dedicó un saludo de complicidad. Nuestra partida no había sido ignorada. Todavía nos quedaba una cuerda salvavidas.» Rudolf Denzler se situó a la cola del convoy: un burócrata suizo alto que viajaba en un coche pequeño y llevaba el cuello de la camisa manchado de sangre.

El Obergruppenführer Gottlob Berger fue llamado al *Führerbunker* de Berlín. El Ejército Rojo estaba cerca. El último acto se desarrollaría entre las ruinas de la capital de Hitler. Pero el Führer aún tenía una venganza en mente. Berger lo encontró «enfermo y demente, rojo de ira, culpando a todo el mundo de haber perdido la guerra, despotricando de tal traición y cual acto de deslealtad». Según Berger, el encolerizado Führer le ordenó que viajara en avión a Bavaria, donde se hallaban cautivos los *Prominente*. «Le temblaban las manos, la pierna y la cabeza y no dejaba de decir: "¡Matadlos a todos!", "¡Matadlos a todos"!» Berger requisó el avión privado de Himmler y puso rumbo al sur.

Múnich, la «capital del movimiento» en la geografía nazi, cayó ante las fuerzas de Estados Unidos sin presentar batalla. Giles Romilly se encontraba en una esquina de la parte noroeste de la ciudad cuando entró el primer tanque estadounidense: «Pasó lentamente, sin ver nada y curiosamente amable, como un ciego cruzando la calle. Estaba cubierto de flores».

La fuga de Romilly había sido larga, dura y aburrida. En tren y a pie, él y su compañero neerlandés se habían dirigido al oeste desde Tittmoning, durmiendo en edificios bombardeados y almacenes de heno y consiguiendo la comida justa para sobrevivir. En los pueblos, la gente estaba demasiado exhausta y aterrada como para prestar atención a otros dos refugiados que iban camino del oeste. Al cabo de una semana llegaron completamente agotados a las afueras de Múnich y llamaron a la puerta de una casa. «No la elegimos por ningún motivo en especial. Simplemente lo hicimos.» Abrió la puerta una mujer con una «cara agradable, ni guapa ni vulgar», que accedió a ofrecerles alojamiento. Les dio comida, colocó unas tumbonas debajo de un manzano del jardín y les preparó camas limpias en la habitación de invitados. Se llamaba Magda. «Nunca nos preguntó quiénes éramos ni qué hacíamos.» Su marido era miembro de las Waffen-SS y hacía tres años que no lo veía. Romilly se preguntaba si detrás de aquella amabilidad habría motivos ocultos, y llegó a la conclusión de que no, salvo el deseo de compañía. En medio de la destrucción y la crueldad, había enfilado accidentalmente un pequeño e inesperado camino de comprensión humana.

Romilly se presentó en el cuartel general del Sexto Ejército y sintió por primera vez la ansiedad de su reciente liberación. Los estadounidenses metieron al sobrino de Churchill en el primer avión a París, y aquella noche fue el invitado de honor en una «bulliciosa fiesta» celebrada en el elegante hotel Scribe. «Aturdido, me hallaba envuelto en una neblina de sonrisas, manos, bebidas, cigarrillos y luces resplandecientes.» De repente estaba en un «maravilloso cuento de hadas parisino». Pero aquello no parecía real. La «opresión sorda y punzante del pasado» estaba enraizada en su alma. «La historia no terminó.» Giles Romilly nunca escapó totalmente de Colditz. «Mis cinco años de ausencia eran como un hueco profundo conmigo al fondo, pudiendo ver a la gente libre más arriba, incapaz de hacerme ver u oír.»

El convoy de los *Prominente* circulaba lentamente por las curvas cerradas de los Alpes bávaros. Sin perderlo de vista, Rudolf

Denzler se situó detrás del Mercedes negro en el que viajaban el Oberst Meurer y la mujer rubia, que tenía «un aspecto bastante siniestro». Las carreteras estaban abarrotadas de vehículos militares de todo tipo. Se encontraban en las profundidades de la fortaleza alpina de Hitler. Los alemanes habían amontonado rocas en puntos estratégicos de las laderas. Cuando llegara la orden, harían estallar unos explosivos colocados debajo para provocar desprendimientos artificiales y bloquear así los pasos y las carreteras, lo cual dejaría aislado el reducto. Los autocares pasaron junto a un cartel de Berchtesgaden y siguieron adentrándose en las montañas rumbo al oeste. Era la última hora de la tarde cuando llegaron al campo de Markt Pongau, Stalag XVIII C, donde los prisioneros fueron encerrados en una «caseta deplorable».

Mientras tanto, los suizos estaban teniendo dificultades para encontrar al único hombre con autoridad para intervenir. «No fue fácil localizar» al SS Obergruppenführer Gottlob Berger, escribió Denzler. «Estaba prácticamente huido y cualquier conversación sobre su paradero podía interpretarse como una traición.» Pero, tras unas cuantas llamadas telefónicas discretas (los suizos tenían informantes dentro del alto mando alemán), dieron con el general, que se hallaba escondido en una granja remota con su comitiva de las SS. El ministro suizo llamó por teléfono y apeló, no a la naturaleza más noble de Berger, porque no la tenía, sino a su interés propio, del cual iba sobrado. Denzler sabía que la única manera de salvar a los *Prominente* era «convencer a Berger de que entregarlos lo beneficiaría personalmente».

La tarde siguiente, otro Mercedes negro aparcó delante de la caseta de los prisioneros. En la parte trasera viajaba «una figura corpulenta sentada sobre unas almohadas». Era el todopoderoso Berger, que entró en la caseta, según escribía Michael Alexander, «fumando un gran puro y balanceándose como si fuera un poco borracho». Hizo una reverencia, como si estuviera en presencia de la realeza (lo cual era así), indicó a los prisioneros que se sentaran, les entregó whisky y tabaco e inició un discurso preparado. Cualquier crimen cometido por el régimen nazi, campos de concentración y demás, había sido obra de la Gestapo y el SD, no de las Waffen-SS, de las cuales él era general. De hecho, «desaprobaba esas actividades». Alemania había entrado en guerra para contener el bolchevismo, «el virus rojo», y no tenía problemas con Gran Bretaña y Estados Unidos, y menos aún con su distinguido público. Describió su visita al *Führerbunker* y la demencial orden de Hitler de matarlos a todos. Su negativa, afirmó, le había supuesto una sentencia de muerte por «derrotista». Por tanto, ahora era perseguido, igual que ellos, por soldados de asalto a las órdenes de Ernst Kaltenbrunner, general de las SS y un fanático nazi.

Fue una representación extraordinariamente cínica. Berger, un criminal de guerra, asesino, esclavizador de niños y vil cobarde, estaba intentando salvar el pellejo, disfrazando aquella situación de acto de principios, e incluso de sacrificio personal. Ya no era el carcelero de los *Prominente*, insistió, sino su salvador. Las autoridades suizas los llevarían a las líneas alemanas y él les proporcionaría una escolta de las SS «con órdenes de defenderlos», además de un salvoconducto firmado por él mismo.

«Caballeros», declaró solemnemente el general Berger cuando se puso en pie, «probablemente estas serán las últimas órdenes que dicte como alto mando del Tercer Reich.»

También era la primera vez que el cobarde Berger desobedecía una orden nazi. No lo movían la clemencia o el coraje, sino un cálculo artero. Entregar los *Prominente* a los Aliados podía salvarlo de la soga cuando acabara la guerra.

Berger no era el único que estaba luchando por la supervivencia mientras el Estado nazi se venía abajo. Los conductores habían huido con los autocares. El Oberst Meurer y su amante rubia habían desaparecido con su Mercedes. Cuando los prisioneros despertaron a la mañana siguiente, encontraron un Buick con matrícula diplomática en el que viajaba el joven funcionario suizo Werner Buchmüller, «vestido elegantemente y con la misma informalidad que si hubiera pasado a tomar una copa». Lo había llamado Denzler para que acompañara al grupo como protección diplomática adicional, y también consiguió dos camiones del ejército. Del maletero del coche, Buchmüller sacó dos banderas suizas enormes que colocó encima de las capotas. Ya había oscurecido cuando partieron, los oficiales británicos y el estadounidense Winant en un camión y los polacos en el otro, acompañados del suizo en el Buick y un escuadrón de soldados de asalto equipados con armas antitanques. Varios jefes nazis, entre ellos Kaltenbrunner, acechaban «en algún lugar de las montañas, cada uno con su grupo de siervos», y podían intentar darles caza. «Berger tenía la escalera de color monárquica», en palabras de Michael Alexander, y no pensaba renunciar a una mano ganadora.

Media hora después, el convoy se detuvo. «Iluminado por los tenues haces de los faros vimos a un soldado de las SS empuñando un arma e indicándonos que viráramos a la derecha.» Tras subir un empinado camino sin asfaltar, entraron en el patio de una espaciosa granja. «Se abrió una puerta de la cual emanaba luz» y los prisioneros y sus protectores suizos presenciaron una escena surrealista. Ante ellos había una mesa larga, iluminada con lámparas y velas y llena de comida y bebida, «un banquete que los ojos de los cautivos no habían visto en mucho tiempo»: carne fría, pescado ahumado, fruta cristalizada y botellas de vino francés y whisky estadounidense. En la chimenea ardía una enorme hoguera. Alexander describió un espectáculo de desenfreno propio de otra era: «En el suelo yacían veinte hombres de las SS, casi niños, como siervos sobre una alfombra sajona. Iban medio desnudos y parecían demasiado cansados o demasiado borrachos como para interesarse por nuestra presencia».

Gottlob Berger había vuelto para un bis.

El rechoncho Obergruppenführer entró en la sala luciendo una americana corta de color blanco con la que, según Alexander, «parecía un empresario estadounidense de vacaciones en Palm Beach». El general iba borracho y se arrancó con otra homilía política obsequiosa, idéntica a la que había pronunciado la víspera. «Inglaterra y Alemania son hermanos de sangre con los mismos orígenes arios», dijo, arrastrando las palabras. Berger no prestó atención a los funcionarios suizos e ignoró al general Bór-Komorowski y su comitiva. Los polacos no estaban a punto de ganar la guerra y, por tanto, eran irrelevantes. Cuando hubo concluido su perorata, Berger dio una palmada y apareció un sirviente con uniforme blanco y una caja de piel color escarlata.

Dentro, sobre un cojín de terciopelo rojo, había una gran pistola automática con incrustaciones de marfil, cañón con hojas de roble doradas en bajorrelieve y culata con la firma de Berger y la insignia de las SS grabadas. Según declaró el general con orgullo, era un regalo personal del Führer que ahora les ofrecía a sus amigos británicos «como prueba de sus buenas intenciones». Asimismo, entregaron a todos los oficiales un puro. Por desgracia, la historia no ha documentado si los había producido H. Upmann Ltd.

Finalmente, a las cinco de la madrugada Berger se fue a la cama dando tumbos y los *Prominente*, atiborrados de comida y bebida nazis, volvieron a los camiones, llevando consigo un siniestro recuerdo de las SS perteneciente a uno de los personajes más despreciables de la historia.

Al amanecer, el convoy superó un último puesto de mando alemán, custodiado por «soldados sudorosos y exhaustos», y entró en el valle del Eno. «Al pasar, nos miraron con curiosidad e indiferencia, inmunes a nuestra bandera neutral, nosotros camino de nuestra salvación y ellos esperando su probable destrucción.» El convoy se adentró en una tierra de nadie en la cual reinaba una calma extraña. «Una pequeña iglesia blanca relucía bajo el sol matinal.» Al cabo de veinte minutos divisaron tres voluminosos carros de combate estadounidenses.

A la mañana siguiente, limpios y descansados, los *Prominente* estaban desayunando en el cuartel general de la 53.ª División estadounidense en Innsbruck cuando entró una llamada para Elphinstone. La reina estaba al teléfono.

«Dijo que hablaríamos con el rey», y la noche siguiente, los exprisioneros de Colditz pertenecientes a la realeza estaban disfrutando de una «cena familiar» en el palacio de Buckingham.

Para entonces, el castillo de Colditz estaba vacío.

Los estadounidenses les habían dicho a los prisioneros que se irían en dos días y que solo debían llevarse una maleta cada uno. Micky Burn envolvió cuidadosamente el manuscrito de su primera novela completa. Gris Davies-Scourfield fue al cementerio a visitar la tumba de Michael Sinclair. Willie Tod alertó de que podía haber escuadrones de las SS en el campo y aconsejó que los hombres permanecieran cerca del castillo. Era una sugerencia, no una orden, que fue ignorada por casi todos. Checko Chaloupka, David Stirling y Jack Pringle se instalaron en una gran casa abandonada y organizaron una fiesta desenfrenada que duró cuarenta y ocho horas.

En la vieja fábrica de cerámica, los soldados estadounidenses encontraron a unos pocos prisioneros judíos que habían sobrevivido a la masacre de las SS. Julius Green quedó consternado cuando los llevaron a la enfermería del castillo: «En las camas había esqueletos vivientes, apenas conscientes, con brazos y piernas delgados como cerillas y cuerpos cubiertos de llagas y moratones. Uno de ellos era un eminente médico de Budapest». Ahora estaban recibiendo tratamiento de los doctores estadounidenses, pero Green sabía que pocos sobrevivirían. «Se hallaban en un estado de demacración extrema, algunos con heridas de bala y todos desesperadamente enfermos. Los que vi habían sido dados por muertos o se habían escondido.» El dentista judío no era un hombre violento, pero ver a los húngaros moribundos desencadenó algo salvaje en él. A los civiles alemanes les habían ordenado que entregaran sus armas en la comisaría de policía. «Cogí una buena automática y unos cuantos cargadores y salí con un jeep estadounidense para ver si había miembros de las SS que requirieran nuestra atención.» Como de costumbre, el tono de Green era jocoso, pero sus intenciones eran homicidas. Si el afable dentista hubiera encontrado a algún soldado de asalto, lo habría matado.

El 18 de abril, los hombres montaron en camiones del ejército estadounidense conducidos por soldados negros, que pusieron en marcha los motores y salieron «a toda velocidad». Dick Howe, el antiguo oficial de fugas, iba a lomos de una motocicleta y encabezó la salida del castillo. Cada uno de los camiones estaba equipado con una ametralladora montada en la cabina. Julius Green fue elegido para sentarse detrás del arma y vigilar las cunetas por si les tendían una emboscada: «Nunca había disparado una ametralladora y no sabía muy bien cómo funcionaba aquella».

Después de un viaje de ciento cincuenta kilómetros, el convoy llegó a un aeródromo situado cerca de Chemnitz. Aquella noche durmieron en un establo sobre paja blanda y después embarcaron en aviones de transporte Dakota. La mayoría no habían montado nunca en avión y Green estuvo mareado hasta llegar a Inglaterra: «Habría agradecido que un caza alemán intentara derribarnos». En el aeródromo de Westcott, cerca de Aylesbury, una chica «realmente deliciosa» del Servicio de Mujeres Voluntarias pasó entre los prisioneros con un sujetapapeles preguntando: «¿El capitán Green está aquí?».

«Le dije que, en efecto, allí estaba», escribió Green más tarde, «y que debía rechazar a todos los impostores.» La sonriente voluntaria le dijo que a la mañana siguiente debía personarse en la Oficina de Guerra, donde informaría de sus actividades como espía en Colditz, así que tomó el siguiente tren con destino a Londres.

Como muchos prisioneros que regresaban, Green se sintió apabullado al caminar de repente por las calles de la capital sin restricciones ni vigilancia. Rememoró la cautividad, el aburrimiento, el miedo y la frustración, pero también las satisfacciones ocasionales, el humor, la amistad y el espionaje. Igual que todos los reclusos de Colditz, lo habían puesto a prueba y se preguntaba si la había superado. Nadie puede predecir cómo se comportará durante una cautividad forzosa, inesperada y prolongada. En Colditz había toda clase de personas y respondieron de todas las maneras imaginables, con valentía o cobardía, con ira o ingenio, con bondad o crueldad, con resistencia o rebeldía. «Si hubiera sido más inteligente y valeroso, tal vez habría resultado más útil», escribió Green. Era un comentario típicamente modesto y bastante desacertado. Como dentista cualificado había sido más que útil. Y como judío en manos nazis y como espía que enviaba mensajes codificados, nadie había sido más valiente.

Londres le pareció extraña, amigable pero desconocida después de tanto tiempo detrás del alambre de espino y los muros de piedra. Gran Bretaña aún estaba en guerra. Las bombas alemanas habían dejado grandes cráteres en la ciudad. Muchas tiendas y restaurantes seguían cerrados con tablones. Solo seis semanas antes, uno de los cohetes V2 de Hitler había impactado en un bloque de viviendas de tres plantas del East End y murieron ciento treinta y cuatro civiles. Fue la última bomba que cayó en Londres. Las farolas volvían a dar luz tras cinco años de apagón, pero la gente aún caminaba presurosa por las aceras y a veces miraba ansiosa hacia arriba. Nadie prestaba atención al soldado solitario que deambulaba por Piccadilly como si se hubiera perdido y estuviera buscando algo.

Green sabía que había cambiado. Pesaba quince kilos menos, era más serio que el despreocupado médico militar que había salido de Inglaterra en enero de 1940 y había envejecido más que la suma de los años perdidos. El uniforme raído le quedaba como un saco. Siempre que se le acercaba un transeúnte se encogía instintivamente y se metía en un portal. Todos parecían tener donde ir. Durante el cautiverio, Green nunca había estado a más de unos metros de otro prisionero. Los humanos necesitaban espacio y compañía a partes iguales, y ahora tenía que habituarse a la libertad, a la envergadura súbitamente ilimitada de una vida que hacía poco se hallaba confinada. En Colditz conocía el nombre de todos los reclusos, sus voces e historias, sus temores, sus dientes y el olor de su aliento. Aquellos londinenses presurosos en una ciudad que estaba despertando de una guerra ya no lo conocían y nunca lo harían. Estaba solo y era libre.

También tenía mucha hambre: «Lo primero que me vino a la cabeza fue disfrutar de la comida con la que llevaba soñando unos cuatro años».

Julius Green, dentista, sibarita, espía y héroe de guerra no reconocido, se sentó a una mesa esquinera de un restaurante de Regent Street y degustó el sabor de la libertad: salmón ahumado, minestrone, rosbif, piña y kirsch seguidos de café y un buen coñac.

346

Consecuencias

El Ejército Rojo llegó a Colditz en mayo de 1945. En aquel momento, el pueblo se encontraba en la zona rusa, que se convertiría en la RDA, o Alemania Oriental, en 1949. Colditz fue utilizado como campo de prisioneros para delincuentes de la zona y otras personas consideradas indeseables por el Estado comunista, como hospital psiquiátrico, como hogar de ancianos y como almacén para excedentes de la fábrica de cerámica. El escondite de la radio, tapiado cuando se marcharon los prisioneros de guerra, fue redescubierto en 1965 con el aparato intacto. El planeador de Colditz desapareció después de la guerra. Nadie sabe qué fue de él. En una época de escasez en Alemania del Este, es posible que lo trocearan para obtener leña. En 2012 se lanzó una réplica exacta por control remoto desde el tejado de Colditz y aterrizó sin contratiempos en el prado situado al otro lado del río.

La gran colección de objetos y fotografías acumulada por Reinhold Eggers se dispersó y muchas piezas fueron vendidas como recuerdos para los visitantes. En 2006, el castillo fue remodelado y se descubrieron muchos más objetos de la época de la guerra, además de material para fugas y escondites en las paredes y los tejados y debajo del suelo. La capilla fue restaurada recientemente y en ella se ve parte del túnel francés Le Métro a través de una puerta de cristal. Actualmente, Colditz alberga un pequeño museo. En el patio interior, donde los prisioneros solían jugar a *stoolball*, hay figuras troqueladas a tamaño natural de

Airey Neave y Douglas Bader. El cuartel alemán, o *Kommandantur*, es hoy un hostal para jóvenes.

La historia de Colditz durante la guerra es poco conocida en Alemania a pesar de su estatus mítico en los países cuyos prisioneros fueron retenidos allí. El número exacto de fugas exitosas sigue siendo objeto de debate, dependiendo de si el total incluye huidas que se produjeron cuando los prisioneros estaban siendo trasladados o a consecuencia de una repatriación por falsos pretextos. El cálculo más creíble es que un total de treinta y dos hombres consiguieron fugarse y solo quince empezaron dentro del castillo: once británicos, doce franceses, siete neerlandeses, un polaco y un belga. El último recluso superviviente, Alan Campbell, que escribía poesía en Colditz y ejercía de asesor legal de los prisioneros, falleció en 2013. Pero, aunque el recuerdo vivo de Colditz ya no está, la historia sigue aflorando y evolucionando en archivos desclasificados, memorias inéditas, diarios y cartas.

Después de la guerra, Pat Reid fue agente del MI6 con inmunidad diplomática en la embajada británica en Ankara y más tarde volvió a Gran Bretaña y retomó su carrera como ingeniero civil. Su primer libro, *La fuga de Colditz*, fue publicado en 1952 y se convirtió en un *bestseller* instantáneo. Después llegaron dos títulos más, narraciones de aventuras escritas con un estilo apasionante y cautivador y repletas de fugas valerosas, humor de colegiales y alegres hazañas: «Si estás de humor para sumergirte en las febriles actividades clandestinas de un campo lleno de rebeldes, sigue leyendo». Los textos de Reid fueron los cimientos de la industria de Colditz. Sus libros ofrecían una crónica de la vida en la prisión que era siempre alegre y plagada de entusiasmo juvenil, interludios cómicos y optimismo valeroso. Reid, una persona sencilla e irreprimible, personificaría aquel lugar como el prisionero arquetípico de Colditz y causó la falsa impresión de que todo el mundo era como él.

Reid siempre había tratado las fugas como un juego y la popular imagen que forjó de Colditz era potente y duradera. También era extremadamente subjetiva y, en parte, inexacta. El libro de Reid fue adaptado en una película en la que lo interpretaba John Mills. No todos los exprisioneros quedaron satisfechos con el resultado. Airey Neave estaba furioso por que su fuga, la primera llevada a cabo por un oficial británico, quedara eclipsada a favor de la del autor. Reid fue asesor técnico de *Colditz*, la serie televisiva de la BBC emitida entre 1972 y 1974 y protagonizada por David McCallum y Robert Wagner. Fue la serie más exitosa que había emitido nunca la BBC, con una media de siete millones de espectadores, o más de un tercio de la gente que veía la televisión. De nuevo, la serie no fue popular entre todos los exprisioneros, pero la versión de Reid había quedado firmemente consolidada y lista para las parodias.

Reid colaboró en una campaña publicitaria para las chocolatinas Galaxy Ripple que incluía un mapa de fugas de Colditz, escribió un libro infantil titulado *My Favourite Escape Stories* y realizó giras de conferencias en las que utilizaba una maqueta del castillo y varios *souvenirs* como elementos de atrezo. Incluso autorizó un disco de gramófono, *Colditz, Breakpoint*, un paisaje sonoro de canciones, música, discursos y ruido de fondo militar. «Podría ser algo nuevo», prometía Reid en el texto de la carátula. «Una experiencia muy personal que vivirás en tu imaginación y en la que te acompañaré como prisionero de Colditz.» En 1973, Gibsons Games lanzó un juego de mesa, *Escape From Colditz*, que incluía la leyenda «Creado por el comandante P. R. Reid, M.B.E. M.C.» y su firma. Por un tiempo fue más popular que el Monopoly. Reid amasó una pequeña fortuna y una gran reputación gracias a su encarcelamiento durante la guerra, se casó tres veces y murió en 1990 a los setenta y nueve años. Reid puso para siempre a Colditz en el mapa y lo incorporó a la cultura popular.

En los juicios de Núremberg, **Airey Neave**, abogado del Tribunal Militar Internacional y héroe de guerra reverenciado, leyó las imputaciones contra los líderes nazis. En 1953 fue elegido parlamentario conservador por Abingdon y se convirtió en uno de los asesores de máxima confianza de Margaret Thatcher. Neave defendía la derrota del republicanismo en Irlanda del Norte por medios militares, una postura extremista que le valió el odio del IRA y otros grupos paramilitares que aspiraban al final del dominio británico. La mayoría creía que, si Thatcher era elegida primera ministra, lo nombraría secretario de Estado para Irlanda del

Norte. El 30 de marzo de 1979, un mes antes de las elecciones generales que llevaron a Thatcher al poder, Neave murió cuando una bomba estalló debajo de su coche al salir del Parlamento. El Ejército Irlandés de Liberación Nacional reivindicó el asesinato. Thatcher quedó destrozada por la muerte de Neave. «Era un guerrero de la libertad», dijo. «Era firme, valiente, sincero y fuerte, pero también muy bondadoso, amable y leal. Es una combinación de cualidades poco frecuente.»

Dos semanas después de volver de Alemania, **Alex Ross** se encontraba en su casa familiar en Escocia cuando la oficina de correos de Tain se puso en contacto con él para que atendiera una llamada de larga distancia de Douglas Bader. Durante su cautividad compartida, Ross había cargado con Bader por las escaleras, le había preparado las comidas y le había lavado los calcetines para los muñones. Por insistencia de Bader, el ordenanza se había quedado en Colditz otros dos años. Al fin, pensó, Bader llamaba para expresarle su gratitud.

—¿Tienes mis piernas? —preguntó el comandante de vuelo.

Ross le explicó que los liberadores estadounidenses de Colditz solo permitieron que cada hombre se llevara una maleta y que las piernas de repuesto se habían quedado allí.

—Eres un gilipollas —dijo Bader antes de colgar.

Ross trabajó como correo militar y más tarde en una fábrica de ladrillos, y finalmente regentó una ferretería en High Brooms, Kent. No volvió a hablar nunca más con Bader.

La fama de **Douglas Bader** siguió creciendo después de la guerra. En junio de 1945, el as de la aviación discapacitado lideró un vuelo de la victoria sobre Londres en el que participaron cuatrocientos aviones. Una biografía de Paul Brickhill, *Reach for the Sky*, glorificaba su persona y se convirtió en el libro de tapa dura más vendido en la Gran Bretaña de posguerra. Más tarde fue adaptado al cine en una película protagonizada por Kenneth More que edulcoraba la arisca personalidad de Bader. Más tarde, Bader se negó a presentarse como parlamentario conservador, aduciendo que el único puesto que le interesaba en política era el de primer ministro. Siempre expresaba sus opiniones como si fueran verdades, cosa que lo convertía en una persona franca o terrible, dependiendo del punto de vista. Elogiaba el *apartheid* de Sudáfrica, apoyaba el régimen de minoría blanca de Rodesia, era favorable a reinstaurar la pena de muerte y se oponía a la inmigración. Trabó amistad con viejos enemigos, pero, en una reunión de veteranos de guerra anglo-alemanes celebrada en Múnich, observó la cervecería llena de antiguos pilotos de la Luftwaffe y dijo: «Dios mío, no tenía ni idea de que dejamos vivos a tantos cabrones». Pero tuvo momentos de humildad y muchos más de generosidad. Reconocía que su fama no obedecía «a que fuera mejor que los demás, sino a que era el tipo con las piernas de hojalata». Aprovechó bien esa celebridad. La testaruda y valerosa negativa de Douglas Bader a permitir que una discapacidad física coartara su libertad se convirtió en una inspiración para discapacitados y personas sin extremidades de todo el mundo. Recaudó millones para la beneficencia. «Estoy agradecido de que mi historia sea conocida, porque me ha permitido hacer algo realmente valioso en la vida, que es ayudar a otros que han tenido el mismo problema que tuve yo en 1931.» Murió en 1982. Fue un héroe total y, a veces, un auténtico cabrón.

En los últimos meses de la guerra, **Walter Purdy** trabajó para las SS como traductor y escribió folletos propagandísticos para la Gestapo. Su solicitud de ciudadanía alemana fue rechazada. Gretel dio a luz a su hijo en junio de 1945. En ese momento, incluso aquel hombre tan corto de miras se había dado cuenta de que podía estar en apuros. Cuando finalizaron las hostilidades, fue apresado por las fuerzas estadounidenses y devuelto a Gran Bretaña, donde se instaló en un estudio de Putney, viviendo de una pensión de incapacidad y matando el tiempo en pubs de mala muerte. Una noche que iba bebido, Purdy alardeó delante de Betty Blaney, una telefonista de treinta y un años, de las retransmisiones que realizó para los nazis durante la guerra. Betty intentó chantajearlo. Informó a la policía y ambos fueron detenidos, ella por extorsión y él por traición. Purdy no opuso resistencia. «Sé que he sido un poco cabrón en Alemania», les dijo a los agentes que lo arrestaron.

El 18 de diciembre se sentó en el banquillo del Tribunal Penal Central por tres delitos de alta traición. La defensa de Purdy fue en parte fantasía y en parte invención: en todo momento había estado trabajando en secreto para los Aliados y enviaba mensajes a Gran Bretaña utilizando una radio escondida, y había participado en varias misiones de sabotaje contra objetivos alemanes. Incluso afirmó haber conspirado para asesinar a William Joyce, «Lord Haw-Haw», con una granada de mano. Sir Hartley Shawcross, el fiscal general, tachó su testimonio de batiburrillo de «inconsistencias, improbabilidades y contradicciones». Julius Green asistió al juicio y comentó: «Sus lastimeras declaraciones de patriotismo y sus ridículos intentos por explicar sus traiciones no engañaron a nadie». El jurado tardó diecisiete minutos en hallarlo culpable y el juez describió al acusado como un «hombre débil y superficial que decidió venderse al enemigo». Walter Purdy fue condenado a muerte.

Joyce fue ahorcado el 3 de enero de 1946. La ejecución de Purdy estaba programada para el 8 de febrero. El verdugo, Albert Pierrepoint, fue citado en la cárcel de Wandsworth. Pero, treinta y seis horas antes de la cita de Purdy con el ejecutor, le conmutaron la sentencia a cadena perpetua. Los indicios de traición eran abrumadores, pero el ministro de Interior decretó que no había pruebas suficientes para condenarlo por haber traicionado a los prisioneros de Colditz. Por segunda vez, Green se sintió aliviado de que Purdy hubiera eludido la soga. «Para mí, durante el juicio quedó claro que no era un portento intelectual.» Para Green, matar a un hombre por ser muy tonto era injusto.

Purdy salió en libertad en noviembre de 1954 tras nueve años en la cárcel. Se cambió el nombre por el de Robert Poynter, se casó dos veces, tuvo otro hijo y se mudó a Essex, donde trabajó para una empresa de descalcificadoras de agua y más tarde como inspector de vehículos en la fábrica Ford en Dagenham. Le contó a su familia que durante la guerra había servido en submarinos. Falleció en 1982 y su secreto permaneció oculto otros veintiséis años. En 2008, el MI5 desclasificó los expedientes de su caso, incluyendo un informe del Ministerio de Interior que describía a Walter Purdy como «el mayor canalla al que no se ha ahorcado».

Reinhold Eggers fue interrogado por las autoridades estadounidenses y puesto en libertad al cabo de cuatro meses tras demostrar que nunca había sido miembro del Partido Nazi. Volvió a casa y retomó su trabajo de maestro. Halle, al igual que Colditz, se encontraba en la zona de ocupación soviética que pronto se convertiría en Alemania Oriental. El Oberstleutnant **Gerhard Prawitt**, el último Kommandant de Colditz, escapó a Alemania Occidental con su familia antes de que cayera el telón de acero y se instaló cerca de Hamburgo, donde falleció en 1969. Eggers se planteó algo parecido, pero llegó a la conclusión de que no corría peligro. «Yo no había sido un hombre de Hitler», escribió. «Los comunistas no tenían nada contra mí.» En 1946 fue detenido e interrogado por el NKVD, el despiadado servicio de seguridad de Stalin. Los rusos estaban convencidos de que, como oficial de seguridad en Colditz, había trabajado con la Gestapo e infiltrado espías entre los prisioneros. Cuando insistió en que solo tres reclusos, en especial Walter Purdy, habían accedido a espiar para Alemania, respondieron con desprecio: «Te mandaremos a Siberia y entonces te vendrán a la memoria los nombres de tus agentes». Un tribunal militar soviético condenó a Eggers a diez años de trabajos forzados por ayudar al régimen fascista. Fue enviado a Sachsenhausen, el antiguo campo de concentración donde habían sido asesinados los comandos de la Operación Musketoon. Allí, la brutalidad superaba cualquier cosa que hubieran soportado los prisioneros en Colditz. Al menos doce mil de los reclusos que se hacinaban en el «Campo Especial n.º 1 del NKVD» perecieron de enfermedades y desnutrición en cinco años. Encadenado con delincuentes comunes y nazis, hambriento y golpeado, el quisquilloso maestro no podía creerse lo que le habían deparado el destino y la mala suerte: «En aquel infierno, la moral y los modales degeneraban en violencia hostil». En 1951, Eggers era uno de los únicos mil quinientos supervivientes, «esqueletos que no pesaban más de cincuenta kilos». Finalmente salió en libertad en diciembre de 1955 con la orden de abandonar Alemania Oriental después de pasar el doble de tiempo en prisión que cualquier recluso de Colditz. Eggers se fue a vivir a orillas del lago de Constanza, donde falleció en 1974 a los ochenta y cuatro años.

Durante el largo encarcelamiento de su marido, Margaret Eggers conservó sus diarios, fotografías y notas. «Habría sido mucho más seguro para ella quemar todos mis documentos, pero los guardó», escribió Reinhold. Tras el éxito editorial de Pat Reid, Eggers escribió unas memorias, *Colditz: La historia alemana*, y más tarde una colección de recuerdos de prisioneros aliados y guardias alemanes. Mantuvo contacto con muchos reclusos a los que antaño había custodiado. «Encontré nuevos amigos entre mis antiguos enemigos». En sus escritos, Eggers ofrecía un contrapunto a la perspectiva británica dominante, tan sobrio y preciso como jovial e impresionista era el de Reid. Eggers se había ceñido a las normas y había convertido Colditz en un lugar tolerable donde estar encerrado, pero también había hecho más que nadie por impedir que los prisioneros se fugaran. Colditz era el campo de «los chicos malos», y el profesor Eggers consideraba que su papel era mantenerlos a raya, cosa que lo convertía en un adversario peligroso y bastante irritante. Entre los exprisioneros era una figura divisiva, despreciado por algunos por su ingenio y eficiencia, pero admirado por otros por conservar su humanidad en una guerra inhumana. «Aquel hombre era nuestro oponente, pero aun así se ganó nuestro respeto con su actitud correcta, su autocontrol y su ausencia absoluta de rencor a pesar de lo mucho que lo acosábamos», escribió un antiguo recluso. Cuando Pat Reid apareció en el programa *This is Your Life* de la televisión británica, el invitado sorpresa fue Reinhold Eggers.

El SS Obergruppenführer **Gottlob Berger** fue arrestado por las fuerzas francesas una semana después de celebrar su grotesca fiesta para los *Prominente* en las montañas de Bavaria. Cuando fue llevado a juicio en Núremberg, afirmó que había resistido las presiones para infligir un trato más duro a los prisioneros de guerra y que había desobedecido la orden directa de Hitler de «matarlos a todos». Su papel a la hora de llevar a los *Prominente* a un lugar seguro fue uno de los ejes centrales de su defensa, e insistió en que había arriesgado su vida al desafiar al Führer. En abril de 1949, el tribunal lo halló culpable de genocidio como «parte activa del programa de persecución, esclavización y asesinato» de los judíos europeos. El tribunal consideró que también tuvo «responsabilidad de mando» en el asesinato del general francés Gustave Mesny. Berger fue condenado a veinticinco años de cárcel. Pero, cuando apeló dos años después, la Junta Asesora de Clemencia dictaminó que no se había otorgado peso suficiente a las acciones de Berger en los últimos días del régimen nazi. «El acusado Berger fue el medio para salvar la vida de los oficiales y soldados estadounidenses, británicos y aliados, cuya seguridad peligraba enormemente por las órdenes de Hitler para que fueran liquidados o tomados como rehenes. Berger desobedeció e intercedió en su nombre y, al hacerlo, se puso en una situación de peligro.» La sentencia quedó reducida a diez años y salió en libertad en 1951 después de cumplir solo seis. Berger trabajó en una fábrica de cortinas, escribió varios artículos para una revista de derechas y murió a los setenta y ocho años. El SS Oberst **Fritz Meurer**, jefe del Estado Mayor de Berger, se dio a la fuga. En 1953, un tribunal francés lo halló culpable *in absentia* del asesinato del general Mesny y dictó una orden internacional de arresto. Pasó un tiempo encarcelado en Alemania, pero la investigación se prolongó varios años y, en 1975, Meurer fue declarado no apto para someterse a juicio.

Uno de los últimos artículos de **Lee Carson** desde Alemania narraba la suerte que había corrido **Paul Budin**, el director general de la HASAG, la fábrica de armas de Colditz en la que cientos de esclavos judíos habían trabajado hasta la muerte. «El miércoles por la noche sucedió algo extraño y casi increíble», escribía desde Leipzig cinco días después de la liberación de Colditz. Carson afirmaba que el fabricante de armas y oficial de las SS había organizado una fiesta en su gran mansión de Leipzig. «Aterrado por el avance estadounidense, como les ocurre a casi todos los buenos nazis, y consciente de que sus fábricas y su vida como el favorito de Hitler se habían acabado, invitó a sus amigos a un elaborado banquete que incluyó champán, caviar y todos sus atavíos. Lo pasaron todos muy bien.» Había más de cien invitados, entre ellos la mujer y los hijos de Budin. «Cuando los caballeros hubieron fumado sus puros y tomado un buen coñac francés, Budin pulsó un botón que los llevó a él y a sus amigos al Valhala. La sala donde se celebraba el banquete estaba llena de minas preparadas para su detonación.» La explosión también destruyó los archivos de la HASAG, incluyendo el registro de cuántos esclavos habían muerto en el Aussenkommando 24 de Colditz.

Cuando las fuerzas estadounidenses se unieron finalmente con los soviéticos en el río Elba, Carson estaba allí para informar. Nunca olvidó la imagen del niño que yacía muerto en el puente de Colditz. «En la alocada melé, los estadounidenses lucharon contra hombres de barba gris y niños mientras miles de soldados nazis entrenados se rendían», escribió. A su regreso a Estados Unidos en 1946 le fue concedida la Medalla de Honor del Servicio Internacional de Noticias. Lee Carson se retiró del periodismo en 1957, se casó con un agente de la CIA y murió de cáncer en 1973 a la edad de cincuenta y un años. A su funeral, celebrado en Filadelfia, asistieron otros reporteros de guerra, todavía embobados por su combinación de atractivo y talento. «La señorita Carson era como una estrella de cine», escribió uno de ellos. «Podríamos discutir si Lee fue la mejor reportera de la segunda guerra mundial, pero no cabe duda de que fue la periodista que más gustaba y la que aventajaba a un hombre a la hora de conseguir una noticia u ocupar el mejor asiento en el jeep.»

En octubre de 1945, **Micky Burn** recibió una carta de su examante Ella van Heemstra. Su familia había sufrido mucho durante la ocupación nazi y Audrey, la hija de Ella, que soñaba con ser bailarina, padecía ictericia, anemia y una infección provocada por la desnutrición. Ella le preguntó a Burn si podía ayudarla a obtener penicilina, un medicamento milagroso que podía salvarle la vida a Audrey. Burn le envió mil cigarrillos, que Van Heemstra vendió en el mercado negro para comprar el medicamento. La niña se recuperó y acabaría siendo actriz, más conocida como Audrey Hepburn. Burn siguió siendo un hombre de fugaces y erráticas pasiones, tanto políticas como sexuales. Volvió de Colditz convencido de que solo se sentía atraído por los hombres, pero al poco se enamoró de una mujer con la que estuvo casado tres décadas a pesar de sus varias aventuras homosexuales. Se convirtió al catolicismo, pero renunció a la fe por la postura de la Iglesia con respecto a la homosexualidad. Hizo campaña por el Partido Comunista, pero también acabó renegando del marxismo tras presenciar la realidad del gobierno comunista como corresponsal de *The Times* en Budapest y Belgrado. Sus convicciones comunistas sufrieron una fuerte sacudida con la deserción del KGB de su examante Guy Burgess. Su novela sobre Colditz, *Yes, Farewell*, fue publicada en 1946, la primera de numerosos libros, obras de teatro y poemas. Se mudó a Gales, donde en el puerto de Porthmadog fundó una cooperativa de producción de mejillones basada en principios socialistas. Fue un desastre económico. En la reseña de *Turned Towards the Sun*, su autobiografía de 2003, *The Times* observaba que la moraleja del libro es que «no hay respuestas fáciles a las paradojas que la existencia plantea constantemente a los inquilinos humanos de este planeta». Micky Burn, simpatizante nazi convertido en comunista, periodista convertido en novelista, criador de mejillones, comando, poeta, diletante y «escriba» de la radio secreta de Colditz, nunca se aburría y siguió probándolo todo al menos una vez hasta su muerte a los noventa y siete años.

Čeněk Chaloupka, seductor, jefe de espías y contrabandista, no se casó con Irma Wernicke después de la guerra, un desenlace que no sorprendió a nadie que lo conociera, excepto tal vez a la propia Irma. Checko se hizo con un Spitfire y viajó con él a Checoslovaquia. Allí volvió a incorporarse a las fuerzas aéreas y sirvió en la 1.ª División del Aire cerca de Praga. En febrero de 1946, diez meses después de abandonar Colditz, realizó un vuelo de instrucción con un C-2 y se estrelló. Murió en el acto. Años después trascendió que Chaloupka nunca había sido oficial. **Irma Wernicke** se fue de Colditz justo antes de que llegaran los soviéticos. Estaban saliendo a la luz sus actividades como espía para los prisioneros, en el pueblo abundaban los resentimientos y, cuando quedó claro que no viviría bajo la protección aliada, la auxiliar de dentista supo que ella también debía escapar. La noche que llegó el Ejército Rojo «huyó aprovechando la oscuridad». Vivía en Alemania Occidental y trabajaba como enfermera odontológica cuando conoció a Tony Koudelka, otro apuesto aventurero checo, desertor del ejército y exsoldado de la Legión Extranjera Francesa. Se casaron en 1953, emigraron a Estados Unidos y se instalaron en Castaic, al norte de Los Ángeles, donde Koudelka se incorporó al LAPD y tuvo un pluriempleo como guardia de seguridad del futuro presidente Ronald Reagan. Ella trabajó de dentista para un sindicato. En 1993, un año antes de la muerte de Irma, un grupo de exprisioneros le regaló un libro firmado de fotografías de Colditz «para recordar su valor único ayudándonos en los días inciertos del pasado lejano y darle las gracias con toda sinceridad en nombre de los oficiales aliados que estuvieron confinados en el castillo de Colditz y por los cuales arriesgó su vida».

Julius Green regresó a Escocia, donde se casó con Anne Miller. Tuvieron dos hijos y pasaron el resto de su vida en Glasgow. Se dedicó una breve temporada a los negocios, pero retomó la odontología en 1950. En 1971 publicó *From Colditz in Code*, unas memorias llenas de irónicas mofas hacia sí mismo y de serena fortaleza. Green murió en 1990 a los setenta y siete años. Su historia es prácticamente desconocida, eclipsada por los relatos de actores más ruidosos y obvios. Pero la historia es como la odontología: nunca sabes lo que te encontrarás hasta que perforas.

Con unos cuantiosos ingresos privados y la voluntad de disfrutar, **Michael Alexander** se convirtió en un pilar del grupo de escritores y artistas bohemios conocidos como «Chelsea Set». Mujeriego empedernido, recordaba con alegría las experiencias sexuales con hombres de las que había disfrutado en Colditz. Exploró en aerodeslizador la península de Yucatán, México, y la parte alta del Ganges, y la costa de Escocia en una pequeña barca hinchable. Alexander trabajó para varias editoriales, rescató a un viejo amigo de la Legión Extranjera Francesa en el norte de África, fundó la Asociación Británica de Propietarios de Barcas Hinchables, localizó la zona remota de Firozkoh, en el centro de Afganistán, y fue elegido miembro de la Asociación Zoológica de Londres, pero nunca hizo nada que pudiera confundirse con un trabajo. Su producción editorial fue vasta y ecléctica, incluyendo una antología literaria de la India, un libro sobre los grabados de Hogarth y una biografía de Duleep Singh, el protegido indio de la reina Victoria. Abrió un restaurante (por poco tiempo), se casó (por poco tiempo) y vivió en un castillo escocés en ruinas (por menos tiempo aún). Tras sufrir un tedioso y prolongado encarcelamiento, después de Colditz se pasó la vida explorando tantos colores y sabores como encontró.

De vuelta a Londres, **Florimond Duke** «se personó en la OSS y disfrutó de una lujosa cena en Claridge antes de embarcar en un avión rumbo a casa». Estaba en Washington redactando su informe sobre la Misión Gorrión cuando llegaron noticias inesperadas de Hungría, ahora bajo control soviético. Un oficial militar húngaro había abordado a un diplomático estadounidense en la calle. «Tengo seis mil dólares en oro que pertenecen a uno de sus oficiales», dijo con acento norteamericano. «Quiero devolvérselos antes de que caigan en manos rusas.» Al día siguiente, el comandante Kiraly dejó el dinero en la misión militar estadounidense, «rechazó un recibo» y desapareció. Duke se mudó a New Hampshire, donde trabajó en la legislatura, y más tarde se retiró a Scottsdale, Arizona. Cada 15 de abril, él y el coronel **Leo Shaughnessy** celebraban el aniversario de la liberación de Colditz. «Mi cuerpo especial no conquistó Colditz», insistía Shaughnessy. «Ya lo habían hecho los prisioneros.» Duke nunca había sido dado a la introspección filosófica, pero con el paso de los años empezó a preguntarse cómo había sobrevivido. En un libro publicado en 1969, poco después de su muerte, escribió: «En parte fue pura suerte. Pero parte de la respuesta radica en el verdadero poder protector de hombres de buena voluntad y elevados propósitos morales como Denzler».

Rudolf E. Denzler nunca obtuvo reconocimiento por sus logros durante la guerra, y tampoco lo buscó. En un conflicto que entrañó, en sus propias palabras, «todo el poder, la crueldad y la inhumanidad inherentes a la guerra moderna», estaba orgulloso de que dentro de Colditz hubiera conseguido respetar las normas que veneraba: «En ese espacio limitado, el espíritu de caballerosidad de la Convención de Ginebra de 1929 siguió vivo». Después de haber salvado tantas vidas con tan poca ostentación, volvió sin hacer ruido al anonimato de la burocracia suiza.

A **Michael Sinclair** le fue concedida la Orden del Servicio Distinguido por su «incansable devoción por escapar mientras era prisionero de guerra» y se convirtió en el único teniente que recibió una medalla al valor estando en cautividad. En 1947, sus restos fueron trasladados al cementerio de guerra de Berlín. **Charles Hopetoun** y **Dawyck Haig**, demasiado enfermos para ser trasladados desde Königstein con los demás *Prominente*, se recuperaron y más tarde fueron liberados por las fuerzas estadounidenses. Hopetoun se convirtió en director de una empresa de seguros y en tercer marqués de Linlithgow. Haig sufrió una crisis nerviosa después de la guerra, un excelente pintor moderno que nunca logró escapar de la sombra de su famoso padre. **Gris Davies-Scourfield** continuó en el ejército, sirvió en Alemania, Malasia, Ghana y Chipre y acabó su carrera como brigadier. **Jack Best** volvió a la agricultura, primero en Kenia y más tarde en Hertfordshire. El ordenanza **Solly Goldman** emigró a Estados Unidos, donde abandonó por completo su acento *cockney*. **Tony Rolt** volvió a los circuitos de carreras y participó en tres mundiales de Fórmula 1. **Peter Allan**, el diminuto escocés con falda que había protagonizado la primera fuga dentro de un colchón, trabajó como viajante del whisky Bell's. **Machiel van den Heuvel** fue ascendido a comandante del ejército neerlandés y murió en combate en 1946 durante la guerra de independencia indonesia. **Tony Luteyn** se instaló en Australia. **Hans Larive** consiguió trabajo en Royal Dutch Shell. El general **Tadeusz Bór-Komorowski** nunca regresó a la Polonia controlada por los comunistas. En Londres fue primer ministro del gobierno polaco en el exilio entre 1947 y 1949 y tapicero. El oficial de caballería francés **Pierre Mairesse-Lebrun** trabajó en el servicio de espionaje de De Gaulle y pasó gran parte de su vida a lomos de un caballo. Como comandante local de las Forces Françaises de l'Intérieur, **Alain Le Ray** liberó la ciudad de Grenoble y expulsó a las últimas fuerzas alemanas de los fuertes alpinos. El primer fugitivo de Colditz sirvió en Indochina y Argelia y se retiró en 1970 con el rango de general. **David Stirling** fundó varias empresas fallidas, participó en misiones militares secretas en Oriente Próximo y fue nombrado caballero en 1990, el año de su muerte. El SAS se convirtió en un modelo para fuerzas especiales de todo el mundo. El inventor **Christopher Clayton Hutton** intentó publicar unas memorias en las que describía las herramientas para fugas que había creado para el MI9, pero, según decía, se vio «atrapado en un laberinto de funcionarios menores» y amenazado con ir a juicio por la Ley de Secretos Oficiales. Su autobiografía, *Official Secret*, finalmente fue publicada en

1960. Clutty se retiró al este de Dartmoor, pasaba días enteros inventando cosas en su cobertizo y murió en 1965. Sus materiales de fugas se han convertido en codiciados objetos de coleccionista.

Frank Flinn nunca se recuperó por completo de la experiencia de Colditz y fue uno de los pocos que lo admitían con honestidad. Hombre amable y tímido, había escapado logrando que lo declararan loco y su salud mental siguió siendo frágil. «Sin duda, los efectos a largo plazo estaban ahí», decía. «Cuando estás en la cárcel, los horizontes se encogen y todo lo que te rodea tiene sentido, pero cuando sales al mundo, el tráfico es demasiado ruidoso. Tu mente está habituada a cuatro paredes y se amplía con excesiva rapidez.» Fue declarado no apto para volar y abandonó la RAF a finales de 1945, sufriendo una profunda culpabilidad del superviviente. «Tú estás vivo, pero muchos otros han muerto», afirmaba. «Creo que no llegué a aceptarlo.» «Errol» Flinn fundó una empresa de siropes para el sector heladero en St. Helens y más tarde abrió una tienda de material de cocina en Southport. Falleció en 2013 a la edad de noventa y siete años. **Giles Romilly**, el primer *Prominente* que fue encarcelado y el único que escapó en solitario, también sufrió un daño irreparable a causa del encarcelamiento. Padecía claustrofobia y «un miedo acusado a las aglomeraciones». Los médicos le recetaron ácido barbitúrico y se volvió adicto. Junto a **Michael Alexander** coescribió un libro sobre su experiencia en Colditz titulado *The Privileged Nightmare*, pero su carrera periodística y literaria no consiguió despegar. Su matrimonio tuvo un final amargo y en 1963 secuestró a sus dos hijos y huyó a Estados Unidos. Un año después los mandó de vuelta. Su exmujer se adueñó de sus propiedades y activos. El sobrino comunista de Churchill sobrevivió vendiendo biblias y la *Encyclopaedia Britannica* por las casas. La adicción empeoró. «Toda su vida giraba en torno al drinamil, el amital sódico y el Nembutal», afirmaba su hijo. Murió en 1967, a los cincuenta años, por una sobredosis de tranquilizantes en una solitaria habitación de hotel en Berkeley, California.

Aunque Colditz cambió a algunos para siempre, el padre **Jock Platt**, blindado por sus creencias cristianas, salió prácticamente indemne. El cautiverio había sido una prueba enviada por Dios y se había enfrentado a ella. Después de la guerra fue ministro metodista en St. Leonard's, Bromley y Somerset y se retiró en Dorchester, donde murió en 1973 siendo «un hombre de una fe profunda que nunca se apartó de sus convicciones».

La formidable **Jane Walker** seguía escondida en un pueblo de Polonia a orillas del Vístula cuando pasó el Ejército Rojo camino de Berlín. La señora M no tenía intención de vivir bajo el dominio soviético en la Polonia controlada por los comunistas, así que la espía de setenta y un años decidió que había llegado el momento de irse a casa. Fue a Lublin y se montó en un vagón con prisioneros de guerra que se dirigía a Ucrania. Durante el trayecto consiguió un nuevo disfraz y, tal como informaba *The Times*, se presentó en la Misión Militar Británica en Odesa «vestida de suboficial de la RAF». Desde allí viajó en un barco británico hasta Puerto Saíd, y el 22 de abril atracó en Gourock. Era la primera vez en cuatro décadas que veía su tierra natal. Walker fue nombrada miembro de la Orden del Imperio Británico por «ayudar a cientos de prisioneros aliados a escapar del territorio ocupado por Alemania», recibió una invitación personal para la coronación de la reina Isabel II, apareció en el programa *This is Your Life* de la BBC y se retiró a Bexhill-on-Sea, en la costa de Sussex, donde falleció a los ochenta y cinco años. «Fue una gran patriota», escribió Gris Davies-Scourfield, uno de los muchos que le debían su supervivencia a la señora M. «Sigue viviendo en el recuerdo de todos los que la conocieron y la amaron en días oscuros y peligrosos.»

Birendranath Mazumdar fue sometido a cuatro meses de arresto domiciliario en un hotel de Suiza a la espera de juicio por malversación. Finalmente fue a verlo el coronel suizo que supervisaba el cuidado de los soldados británicos en Suiza. «Quieren borrarme del registro médico y arruinarme la vida», le explicó Mazumdar. El oficial suizo organizó el traslado del médico indio a un asilo. «Ahora no pueden someterte a un consejo de guerra», le dijo. En noviembre de 1944 fue trasladado a Marsella y desde allí regresó a Inglaterra en barco. Entre tanto, el coronel Foote había escrito a la sección Z del MI5 indicando que «el comportamiento del capitán Mazumdar levantaba sospechas». Llevaba solo dos semanas en los cuarteles de Woolwich cuando el sospechoso ahora identificado como «Z/240» en un informe titulado «Subversión india» fue convocado en la Oficina de Guerra.

«Era muy difícil tratar con Z/240», escribió el agente del MI5 que llevó a cabo el interrogatorio. «No le gustaba ser entrevistado y manifestó la opinión de que estaba recibiendo un trato que ningún prisionero de guerra británico había tenido que soportar.» A regañadientes, Mazumdar volvió a describir los intentos fallidos por reclutarlo en Berlín. El interrogador concluyó que no suponía ninguna amenaza para la seguridad y que merecía «un reconocimiento a su lealtad», pero la sombra de la sospecha continuó persiguiéndolo. «Parece imposible que Z/240 haya olvidado tanto como finge.»

—Está acabando con sus opciones de recibir una medalla —le advirtió el agente del MI5.

Mazumdar explotó:

—¿Cree que escapé y pasé por todo esto para conseguir una puta medalla? —gritó antes de irse.

Biren Mazumdar fue dado de baja en 1946. Para entonces, **Subhas Chandra Bose** estaba muerto. Su Ejército Nacional Indio había luchado contra los británicos en Birmania y después se rindió ante los japoneses. En unas circunstancias que nunca se han esclarecido del todo, el avión en el que viajaba el líder nacionalista indio se estrelló en 1945 en la actual Taiwán. Bose murió a causa de las quemaduras de tercer grado.

En 1947, la India consiguió la independencia. Mazumdar podría haber regresado a su país natal, que ya no estaba dominado por los británicos, pero decidió quedarse en Inglaterra. Un día, en el banco, lo atendió una joven y atractiva cajera llamada Joan, que recordaba su primer encuentro: «Estaba en el mostrador. Siempre iba muy bien acicalado con traje de tres piezas y guantes. Nunca fumaba sin ellos puestos». Después de casarse se mudaron a Gales, donde Mazumdar ejerció de médico de familia, y más tarde a Essex. Tuvieron dos hijos. Cuando Biren se jubiló, los Mazumdar se instalaron en el pequeño municipio de Galmpton, en Devon. Casi nunca hablaba de Colditz, pero antes de su muerte, en 1996, Mazumdar grabó varias cintas en las que describía sus experiencias durante la guerra. En una de ellas rememoraba un incidente sumamente simbólico.

Poco antes de la independencia de la India y todavía con uniforme británico, Mazumdar visitó Gaya, su lugar de nacimiento. La familia de su hermano también estaba en casa, y el día que se iban, Biren compró billetes de primera clase en la estación, los instaló en un compartimento del tren con destino a Calcuta y fue a buscar comida para el viaje. Cuando volvió al andén, vio que un brigada británico estaba echando a sus parientes de sus asientos de primera para hacer sitio a un inglés y su pareja.

—¿Qué ha pasado? —preguntó Mazumdar.

—Me han dicho que saliera —respondió su hermano.

Mazumdar se acercó al soldado británico y aireó todas las frustraciones acumuladas en tantos años de cautividad y prejuicios:

—¡Firme! ¡Salude a un oficial superior! —La invectiva se prolongó varios minutos y el soldado se acobardó—. Puede retirarse.

Cuando Mazumdar se dio la vuelta, vio que el abarrotado andén se había quedado en silencio. Los mozos habían soltado sus bultos y la multitud india estaba mirando boquiabierta. Entonces empezaron los aplausos, que causaron un estruendo ensordecedor mientras daban pisotones y lanzaban vítores:

—¡*Shabash*! —gritaban—. ¡*Shabash*!

Apéndice*

Una carta codificada se indicaba mediante una fecha numérica, por ejemplo 15/5/41, y una firma subrayada.

El número de palabras del mensaje secreto y la cuadrícula de descodificación se indicaban multiplicando el número de letras de las dos primeras palabras de la primera línea completa de la carta. «*How are you?*» (¿Cómo estás?) indicaba un mensaje de nueve palabras en una cuadrícula de 3×3. «*So pleased to hear...*» (Me alegra mucho saber) indicaría un mensaje de catorce palabras en una cuadrícula de 2×7. El mensaje se incluía en la quinta y sexta palabra de la carta empezando en la segunda frase.

La primera palabra descodificada, la quinta de la segunda frase, se colocaba en la esquina superior izquierda de la cuadrícula y la sexta palabra a continuación, la quinta después de esa posterior... y se repetía la quinta, la sexta y así sucesivamente. Cuando se había completado la cuadrícula, el mensaje se leía en diagonal y en zigzag desde la esquina inferior derecha.

Ejemplo:

Esta carta fue enviada por Julius Green a su madre, residente en Fife, y entregada al MI9. Contenía información sobre defensas submarinas alemanas recabada entre oficiales navales capturados:

* Hemos considerado necesario mantener la versión original inglesa de las cartas reproducidas en este apéndice para que se comprendiera el código de descodificación utilizado. De todos modos, también hemos incluido la traducción de las cartas. *(N. de la e.)*

Dear Mum,

How are you all keeping?

I will not be home as soon as I thought.

Escorted by guards I got out of the train near here and was glad after almost two-days train travelling to arrive and meet some English fellows again. Submarine, destroyers, merchant ships, even merchant raiders are represented. Seeing sailors disguised as soldiers is very amusing but a bit grim when you think of how they lost their own togs. They are a charming crew. I am in a hut with the RN & RM officers...

Best love to all, Julie

[Querida mamá,

¿Cómo estáis todos?

No estaré en casa tan pronto como pensaba.

Escoltado por unos guardias bajé del tren cerca de aquí y, después de casi dos días de viaje, me alegré de llegar y volver a ver a ingleses. Están representados submarinos, destructores, buques mercantes e incluso barcos de asalto. Ver marineros disfrazados de soldados es muy divertido, pero un poco triste cuando piensas en cómo perdieron su ropa. Son una tripulación agradable. Estoy en una cabaña con oficiales de la Armada Real y los marines...

Con cariño para todos, Julie]

Solución:

	H	O	W
A	HOME ←	ESCORTED	OUT
R	AND	TWO DAYS	MEET
E	SUBMARINE	RAIDERS	DISGUISED

DISGUISED RAIDERS MEET SUBMARINE TWO-DAYS OUT AND ESCORTED HOME [buques de incursión disfrazados encuentran submarinos en dos días y escoltados a casa]

El código 5-6-O poseía una compleja sofisticación. La O del nombre era una letra, no un número. Si el descodificador encontraba el artículo «el/la/los/las» en la secuencia de palabras descifradas, ello indicaba que el código ya no eran palabras, sino letras, y el resto de la frase debía ser ignorado.

El descodificador tenía que dibujar una cuadrícula de 3×9, empezando por la letra O en la esquina superior izquierda, como sigue:

O 111	P 211	Q 311
R 112	S 212	T 312
U 113	V 213	W 313
X 121	Y 221	Z 321
. 122	A 222 B	322
C 123	D 223	E 323
F 131	G 231	H 331
I 132	J 232	K 332
L 133	M 233	N 333

Cada letra del alfabeto y, sobre todo, el punto, correspondía a un número de tres dígitos en el que estaban representadas todas las combinaciones de 1, 2 y 3.

Las primeras letras de las tres primeras palabras de la siguiente frase correspondían a las columnas 1, 2 o 3 de la cuadrícula para producir un número de tres dígitos que a su vez denotaba una letra concreta. Por ejemplo, «*Mother rang up*» (Ha llamado mamá) genera M = 2, R = 1, U = 1. El número 211 = P.

Un punto (122) era el indicador para ignorar el resto de la frase y volver al código de palabra, anotando cada quinta o sexta palabra como antes.

La palabra descodificada «pero» indicaba «fin del mensaje». Un guion contaba como una palabra.

Ejemplo:
Esta carta le fue enviada a Julius Green por su «padre» en verano de 1943 en referencia a un mapa de una fábrica de aceite sintético de Blechhammer North que él había enviado antes y una factura impagada a la señora Hobbs:

Dear Julius,
So pleased to get your letter
Informing us you'd received the scripts for the plays, also the iodine, which
Mrs Simpson sent you. Mother rang up saying you're grateful for the gift,
and also how really pleased you'd be, she told Mother that she had sent you
some music. Next week I will be sending you more cigarettes. You will
have plenty, if they remit them to you promptly, as the last lot I sent you
a fortnight ago should reach you soon. Hope the other oddments followed
on, because you should have got your parcel containing your cheese-cap
and slacks which I sent in January addressed to 'Marlag und Milag
Nord'. You remember poor old Mrs Smith – her painful illness is fo-
llowing its usual course. Like others who suffer she's heroic. I hope the
'Legal and General' received the cheque I sent them the other day, it was
to pay the interest and capital due to them and it will reduce it further,
I've also asked them to let me know when the premium is due on your
policy. They're quite businesslike usually so you need not worry. Judith's
birthday was on the 27th June, she was 4 and is getting quite a big girl.
We all simply love her, however we haven't really spoiled her. We fixed up
a little party, and mother baked her a beautiful birthday cake which had
four candles on it. Judith was very excited, of course, and so were all the
little guests. You'll be home again soon, Julie, at least I only pray you will...
Mother Kathleen and Judith send you their love.
Dad.

[Querido Julius,

Nos alegra mucho haber recibido tu carta informándonos
de que habías recibido los guiones para las obras y el yodo que
te envió la señora Simpson. Ha llamado mamá para decirle que
le estás agradecido por el regalo y también lo contento que te
pondrías. Le dijo a mamá que te había enviado música. La semana que viene te mandaré más tabaco. Tendrás mucho si te
lo hacen llegar pronto, ya que la última remesa que te mandé
hace quince días también debería llegarte en breve. Espero
que los otros artículos sueltos también llegaran, porque debe-
rías haber recibido un paquete que contenía nata y unos pantalones que mandé en enero dirigidos a «Marlag und Milag

368

Nord». Recordarás a la pobre señora Smith. Su dolorosa enfermedad está siguiendo el curso habitual. Como otros que la padecen, es una heroína. Espero que «Legal and General» recibiera el cheque que les envié el otro día. Era para pagar los intereses y el capital que les debía y lo reducirá más. También les he pedido que me informen de cuándo abonarán la prima de tu póliza. Normalmente son bastante profesionales, así que no tienes de qué preocuparte. El 27 de junio fue el cumpleaños de Judith. Cumplió cuatro años y se está haciendo muy mayor. Todos la queremos mucho, aunque no la malcriamos. Organizamos una pequeña fiesta y mamá le hizo una bonita tarta con cuatro velas. Judith estaba muy contenta, por supuesto, y también los pequeños invitados. Volverás pronto a casa, Julie. Al menos rezo para que así sea...

Tu madre Kathleen y Judith te mandan su amor.

Papá]

Solución:

Las dos primeras palabras, «*So pleased*» (Nos alegra mucho) indican un mensaje de catorce palabras en una cuadrícula de 2×7.

La quinta palabra de la frase posterior es «los», así que el resto de la frase debía ser ignorado y el código por letras empezaba en la siguiente frase.

Las letras iniciales de las tres primeras palabras («*Mother rang up*», «Ha llamado mamá») corresponden a las columnas 2, 1 y 1, lo cual da 211, = P; las tres palabras siguientes («*saying you're grateful*», «decirle que estás agradecido») dan 222, = A; «*for the gift*», «por el regalo» = I; «*and also how*», «y también lo» = D. Por tanto, la primera palabra es PAID (pagado) y debería colocarse en el espacio superior izquierdo de la columna. Sin embargo, las tres palabras siguientes («*really pleased you'd*», «contento de que») dan 122, el signo de interrogación que indicaba que el descodificador debía volver al código por palabras 5, 6 a partir de la siguiente frase. La quinta, sexta y quinta palabras son «*be*», «*will*» y «*remit*», que deben insertarse en la cuadrícula. La sexta palabra posterior es «*the*», de modo que hay que volver al código por letras como antes, y así sucesivamente.

La cuadrícula completa queda como se indica a continuación:

	S	O
P	PAID	be
L	will	remit
E	HOBBS	Mrs
A	following	others
S	hope	received
E	N	blhmr
D	of	MAP

MAP OF BLHMR N RECEIVED HOPE OTHERS FOLLOWING MRS HOBBS REMIT WILL BE PAID [mapa de blhmr n recibido espero que lleguen más envío sra. hobbs será pagado]

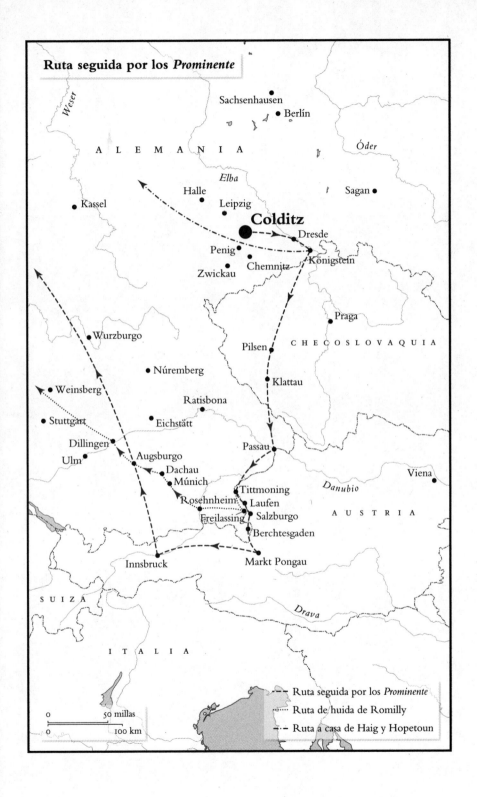

Ruta seguida por los *Prominente*

Weser

Sachsenhausen
Berlín

A L E M A N I A

Óder

Elba

Halle
Leipzig

Kassel

Colditz

Dresde

Penig
Chemnitz
Königstein

Zwickau

Sagan

Praga

Wurzburgo

Pilsen

C H E C O S L O V A Q U I A

Núremberg

Klattau

Weinsberg

Ratisbona

Stuttgart
Eichstätt

Dillingen

Passau

Ulm
Augsburgo
Dachau
Múnich

Viena

Rosehnheim
Laufen

Danubio

Tittmoning

Freilassing
Salzburgo
Berchtesgaden

A U S T R I A

Innsbruck

Markt Pongau

S U I Z A

Drava

I T A L I A

o   50 millas

o   100 km

- - - Ruta seguida por los *Prominente*
········· Ruta de huida de Romilly
- · - Ruta a casa de Haig y Hopetoun

Nota sobre las fuentes

El material de referencia para Colditz es vasto y ecléctico, pero de una calidad variable. Además de los numerosos libros escritos por exprisioneros, guardias e historiadores, la mayoría de los materiales clasificados, incluyendo los informes del MI9, ahora forman parte de los Archivos Nacionales. Con diferencia, la mejor crónica general sobre el campo sigue siendo *Colditz: The Definitive History* (2001) de Henry Chancellor, un libro que tuvo su origen en la serie *La fuga de Colditz*, de Channel 4. Ya no quedan prisioneros de Colditz vivos, pero se entrevistó a setenta y seis personas para esa serie y las cintas recopiladas a lo largo de doce años actualmente se conservan en el Imperial War Museum, un extraordinario depósito de la memoria humana que he utilizado extensamente en las páginas anteriores. Muy amablemente, John Duke me prestó un libro de recortes confeccionado por Reinhold Eggers que le regalaron a su abuelo, Florimond Duke, poco antes de su muerte. El libro contiene varios centenares de fotografías originales, esquemas y mapas, además de anotaciones a mano del propio Eggers. El libro de recortes de Duke ha sido una fuente muy valiosa para la redacción de este libro. Para mayor claridad, en ocasiones he combinado o comprimido citas y estandarizado la ortografía.

Archivos Nacionales, Kew

WO208/3288: informe del MI9 sobre el Oflag IVC, Colditz.

WO208/3297: «The Escapers' Story: A Compilation of Various Escape Reports».

WO208/3298-WO208/3327: «MI9 Prisoner of War Escape/Evasion Reports».

WO208/332-WO208/3340: «MI9 Prisoner of War Liberation Reports».

WO208/3341: «MI9 Miscellaneous Intelligence Reports».

WO208/3342: «MI9 Prisoner of War Interrogation Reports».

WO208/3343-WO208/3345: «Miscellaneous Intelligence Reports».

WO208/3346: informes sobre prisioneros de guerra sudafricanos.

WO208/3347: fuerzas repatriadas de Eire.

WO208/3348-WO208/3352: «Escape Reports».

WO361/1838: informes sobre Colditz de la Cruz Roja Internacional.

DEFE2/364: carpeta sobre la Operación Musketoon.

WO311/382: asesinato de prisioneros de guerra británicos en Alemania tras su captura en Noruega durante la Operación Musketoon, destrucción de la central eléctrica de Glomfjord.

WO208/4440: carpeta sobre Gottlob Berger.

PREM3/364/12: carpeta sobre prisioneros británicos tomados como rehenes políticos.

Archivos Nacionales, College Park, MD

Caso número 41-64, vol. I (OF), 40961789: documentos sobre el Oberst Prawitt.

Archivos de la Universidad de Halle

UAHW, informe 21, n.º 682: carpeta sobre Reinhold Eggers.

UAHW, informe 46, n.º 37 (1929-1931): carpeta sobre Reinhold Eggers.

Documentos.1805: documentos de Reinhold Eggers.

Documentos.1927: documentos del comandante Stephens.

Documentos.2715: certificados de Colditz.

Documentos.4275: documentos del teniente coronel M. Reid, miembro de la Orden del Imperio británico.

Documentos.6295: documentos del comandante Bruce.

Documentos.8814: archivos del tribunal de guerra.

Documentos.11592: documentos del teniente de vuelo Fowler.

Documentos.19686: documentos del general de brigada del Ejército Irlandés de Liberación Nacional L. de Laveaux.

Documentos.20390: documentos del barón de Crevoisier de Vomecourt.

Documentos.22101: documentos del reverendo JE Platt, miembro de la Orden del Imperio británico.

Documentos.23729: documentos de la Sra. Allan.

4432: Entrevista con Howard Gee.

4816: Entrevista con James Moran.

5378: Entrevista con Edgar Hargreaves.

9893: Entrevista con Montagu Champion Jones.

12658: Entrevista con Reinhold Eggers.

15336: Entrevista con John Wilson.

16800: Entrevista con Birendra Nath [sic] Mazumdar.

16910: Entrevista con John Hoggard.

16974: Entrevista con Jerzy Stein.

17312: Entrevista con Joseph Tucki.

17585: Entrevista con John Pringle.

17597: Entrevista con Francis Michael Edwards.

21742: Entrevista con Alex Ross.

21743: Entrevista con Francis Flinn.

21744: Entrevista con Michael Burn.

21747: Entrevista con Corran Purdon.

21748: Entrevista con John Chrisp.

21749: Entrevista con John «Pat» Fergusson.

21752: Entrevista con Kenneth Lockwood.

21768: Entrevista con Anthony Luteyn.

21775: Entrevista con Grismond Davies-Scourfield.

21777: Entrevista con Kenneth Lockwood.
21780: Entrevista con Ota Cerny.
22332: Entrevista con Dominic Bruce.
28416: Entrevista con Leslie Goldfinch.
29186, 21740, 16828: Entrevista con Franciscus Steinmetz.
29193: Entrevista con Peter Tunstall.
29195: Entrevista con George Drew.
29204: Entrevista con Jean-Claude Tine.
29209: Entrevista con Charles Michael Alexander.

Movimiento de Estudios de la Resistencia Polaca (1939-1945)
Centro de estudios

PRM/163.

Base de las FF. AA. de Estados Unidos en Maxwell, AL

Cinta n.º 44642.

Bibliografía selecta

Baybutt, Ron, *Camera in Colditz*, Londres, 1982.
Beaumont, Joan, «Review Article: Prisoners of War in the Second World War», *Journal of Contemporary History*, 42:3 (2007), pp. 535-544.
—, «Rank, Privilege and Prisoners of War in War and Society», *War & Society*, 1:1 (1983), pp. 67-94.
Bishop, Patrick, *The Man Who was Saturday*, Londres, 2019.
Booker, Michael, *Collecting Colditz and Its Secrets*, Londres, 2005.
Brickhill, Paul, *Reach for the Sky: Douglas Bader, His Life Story*, Londres, 1955.
Burn, Michael, *Yes, Farewell*, Londres, 1946.
—, *Turned Towards the Sun*, Norwich, 2007.
Campbell, Alan, *Colditz Cameo: Being a Collection of Verse Written by a Prisoner of War in Germany, 1940-45*, Sussex, 2004.

Catlow, T. N., *A Sailor's Survival: Memoirs of a Naval Officer*, Leicester, 1996.

Champ, Jack y Colin Burgess, *The Diggers of Colditz*, Londres, 1985.

Chancellor, Henry, *Colditz: The Definitive History*, Londres, 2001.

Chrisp, J., *Escape*, Londres, 1960.

Davies-Scourfield, Gris, *In Presence of My Foes: From Calais to Colditz via the Polish Underground*, Barnsley, 2005.

Duke, Florimond y Charles M. Swaart, *Name, Rank, and Serial Number*, Nueva York, 1969.

Eggers, Reinhold, *Colditz Recaptured*, Londres, 1973.

—, *Colditz: The German Viewpoint*, Los Ángeles, 1975.

Ferguson, Ion, *Doctor at War*, Londres, 1955.

Foot, M. R. D. y J. M. Langley, *MI9: Escape and Evasion 1939-1945*, Londres, 1979.

Froom, Phil, *Evasion & Escape Devices Produced by MI9, MIS-X & SOE in World War II*, Atglen, 2015.

Green, J. M., *From Colditz in Code*, Londres, 1971.

Haig, Dawyck, *My Father's Son: The Memory of the Earl Haig*, Barnsley, 1999.

Harewood, George Henry Hubert Lascelles, *The Tongs and the Bones: The Memoirs of Lord Harewood*, Londres, 1981.

Hutchinson, John F., *Champions of Charity: War and the Rise of the Red Cross*, Abingdon, 1997.

Kübler, Robert, *Chef KGW: Das Kriegsgefangenenwesen unter Gottlob Berger, Nachlass*, Lindhorst, 1984.

Larive, E. H., *The Man Who Came in from Colditz*, Londres, 1975.

Le Brigant, Général, *Les indomptables*, París, 1948.

Le Ray, Alain, *Première à Colditz*, Grenoble, 2004.

Mackenzie, S. P., *The Colditz Myth: British and Commonwealth Prisoners of War in Nazi Germany*, Oxford, 2004.

Makepeace, Clare, *Captives of War: British Prisoners of War in Europe in the Second World War*, Cambridge, 2017.

Morison, Walter, *Flak and Ferrets*, Londres, 1955.

Neave, Airey, *They Have Their Exits*, Londres, 1955.

Nichol, John y Tony Rennell, *The Last Escape: The Untold Story of Allied Prisoners of War in Germany 1944-1945*, Londres, 2003.

Pattinson, Juliette, Lucy Noakes y Wendy Ugolini, «Incarcerated Masculinities: Male POWs and the Second World War», *Journal of War and Culture Studies*, 7:3 (2014), pp. 179-190.

Perrin, André, *Évadé de Guerre via Colditz*, París, 1975.

Platt, J. Ellison y Margaret Duggan, *Padre in Colditz*, Londres, 1978.

Pringle, Jack, *Colditz Last Stop: Four Countries, Eleven Prisons, Six Escapes*, Londres, 1988.

Reid, Miles, *Last on the List*, Londres, 1974.

Reid, P. R., *Colditz: The Full Story*, Londres, 1985.

—, *The Colditz Story*, Londres, 2014.

—, *The Latter Days at Colditz*, Londres, 2014.

Rogers, Jim, *Tunnelling Into Colditz: A Mining Engineer in Captivity*, Londres, 1986.

Rolf, David, «The education of British prisoners of war in German captivity, 1939-1945», *History of Education*, 18:3 (1989), pp. 257-265.

—, *Prisoners of the Reich. Germany's Captives, 1939-1945*, Barnsley, 1988.

Romilly, Giles y Michael Alexander, *The Privileged Nightmare*, Londres, 1956.

Ruft, Reiner, *The Singen Route*, Múnich, 2019.

Schädlich, Thomas, *Tales from Colditz Castle*, 2016.

Shavit, David, «"The Greatest Morale Factor next to the Red Army": Books and Libraries in American and British Prisoners of War Camps in Germany During World War II», *Libraries and Culture*, 34:2 (1999), pp. 113-134.

Stanley, Peter, *Commando to Colditz*, Sídney, 2009.

Sternberg, Antony, *Vie de château et Oflags de discipline: Souvenirs de captivité*, París, 1948.

Turner, John Frayn, *Douglas Bader*, Barnsley, 2009.

Walker, David, *Lean, Wind, Lean*, Londres, 1984.

Walters, Guy, *The Colditz Legacy*, Londres, 2006.

Williamson, David G., *The Polish Underground, 1939-1947*, Barnsley, 2012.

Wilson, Patrick, *The War behind the Wire: Voices of the Veterans*, Barnsley, 2020.

Wood, J. E. R., *Detour: The Story of Oflag IVC*, Londres, 1946.

OTROS MEDIOS

Colditz: The Complete Collection, 2010.

Colditz, 2005.

Turned Towards the Sun, 2015.

Agradecimientos

Una vez más, estoy enormemente endeudado con mucha gente en Gran Bretaña, Estados Unidos, Alemania y Francia por su ayuda con este libro. Lucian Clinch obró milagros de documentación a pesar de las limitaciones del confinamiento; Regina Thiede, comisaria y archivista de Colditz, fue muy amable en mis extensas visitas al castillo y excepcionalmente útil; Robert Hands leyó el texto mecanografiado original, como ha hecho con ocho de mis libros anteriores, y me salvó de innumerables fallos garrafales; le estoy especialmente agradecido a Joan Mazumdar por compartir sus recuerdos de Birendranath Mazumdar y permitirme citarlos; de nuevo, Cecilia Mackay ha hecho maravillas recopilando y organizando los pliegos de fotos; John Green ha traducido amablemente algunos párrafos de alemán denso; los equipos editoriales de Viking en el Reino Unido, Crown en Estados Unidos y Signal en Canadá han realizado otro trabajo superlativo; Daniel Crewe, Kevin Doughten y Doug Pepper son la mejor combinación de edición en el sector; Jonny Geller ha sido un pilar de apoyo en todas las etapas del libro. También me gustaría dar las gracias a las siguientes personas por ofrecer ánimo, sustento e inspiración durante la documentación y redacción de este libro: Alexandra Anisimova, Jo Barrett, Paul Barrett, Venetia Butterfield, Henry Chancellor, Derry Clinch, John Duke, Natasha Fairweather, Antonia Fraser, Ian Katz, Kate Macintyre, Magnus Macintyre, Natascha McElhone, Roland Philipps, Joanna Prior, Anne Robinson, Juliet Rosenfeld y Michael Shipster. Una vez más, mis queridos hijos, Barney, Finn y Molly, me han aguantado durante esta historia con una alegría inacabable y buen humor a pesar de tener que pasar gran parte del confinamiento viéndose obligados a jugar al juego de mesa de Colditz (consejo: lo mejor es ser el Kommandant). En ningún momento preguntaron: «¿No hay manera de escapar de Colditz?».

Índice analítico

382

385

responde con evasivas sobre sus planes, 308
respuestas draconianas a la desobediencia, 216
revela el motivo para la no repatriación de Green, 250
saca a Purdy de Colditz, 241-242
se niega a que la guarnición participe en la defensa del pueblo de Colditz, 308
se niega a trasladar a Mazumdar, 192, 193
vida posterior, 353-354
Priem, Hauptmann Paul:
asiste a la obra *Ballet absurdo*, 105
bromea sobre el intento de fuga de Neave, 86
captura a fugitivos, 77
destituido, 191
es nombrado subcomandante, 140
historia y carácter, 60
Priestley, J. B., 220, 300
Pringle, Jack, 283, 304, 344
prisioneros franceses:
divisiones políticas entre, 71-72
fuentes informativas, 181
gran discusión por los judíos, 71-72
grupos musicales, 101
historia, 41, 51
llegadas y cifras, 76, 160, 296-297, 305-306
presuntos topos, 128
relación con otras nacionalidades, 40, 51, 71-72
salud mental, 90-91
traslado de, 203
túneles, 53, 58, 109, 121-126
y atracción sexual entre hombres, 107-108
y contrabando, 152-154
y cooperación internacional en fugas, 59
prisioneros indios véase Mazumdar, Birendranath
prisioneros neerlandeses, 72-73, 76, 102, 203
prisioneros yugoslavos, 51
problemas de clase:
clubes, 199-200, 204, 220, 272

divisiones sociales, 69-72, 199-200
ordenanzas, 46-48, 70-71, 169, 184, 201, 285, 350
Prominente:
definición y pertenencia al grupo, 99-100, 196-199, 271-272, 296-298, 306-307
evacuación por las SS y rescate, 308-317, 336-343
planes para proteger a, 303-305
riesgos para, 255-256
seguridad en torno a, 99-100, 217
Purdy, Walter («Robert Wallace»), 236-242, 351-352

racismo:
trato a los indios, 94-95, 129, 192-196, 268-270, 362-364
véase también judíos
radios:
emisiones de propaganda alemana, 238
en Colditz, 181, 203-204, 221, 241
reclusos australianos, 217
reclusos belgas, 40, 51, 203
reclusos británicos:
actividades de espionaje, 131-139, 231-235, 236, 281-283, 285, 303-305
dependencias en Colditz, 39
divisiones sociales, 46-48, 70-71
grupos musicales, 101-102
llegada a Colditz, 31-32, 38
oficiales superiores británicos, 47, 140, 275
relación con otras nacionalidades, 39, 51-52, 72
topos, 236-242, 351-352
túneles, 53-54, 58, 65-67
y atracción sexual entre hombres, 108
reclusos canadienses, 39, 41, 217
reclusos estadounidenses, 260, 299, 306-307
recuentos, 40
regulaciones sobre el bienestar de los prisioneros de guerra véase Convención de Ginebra
Reid, capitán Pat

protege a los prisioneros durante la batalla estadounidense por el castillo, 323, 331
toma el control de Colditz, 318-321
traza planes para proteger a los reclusos, 304
topos, 126-129, 145, 181, 236-242
traidores *véase* topos
tratamiento dental, 189-190, 230-233
túnel del retrete, 77
túneles, 53-54, 58, 65, 67, 144, 161-162, *véase también* Corona Profunda; Le Métro;
túnel del retrete

Unidad de Espionaje de Colditz, 282-283, 285, 303-305
Unión Soviética, 347, 353
Upham, Charles, 271
Upmann, Hermann y Albert, 138

Vandy *véase* Heuvel, capitán Machiel van den
Varsovia, 156-159, 176
alzamiento de (1944), 298
Verdugo, sargento Roy, 323
Verkest, teniente, 140
vida cotidiana, 39, 87-92, 101-109, 187-188
Volkssturm, 295, 308, 324

Waddington, 137
Wagner, profesor, 247
Wagner, Robert, 349

Walker, capitán David, 240, 242, 256, 330-331
Walker, Jane *véase* Markowska, Janina
Wallace, Robert *véase* Purdy, Walter
Wardle, Hank, 179
Watton, John, 22
Weitemeier, Margaret «Gretel», 238, 351
Welch, Lorne, 288
Wernicke, Irmgard:
ajena a la existencia de la fábrica HASAG, 327
espía para los presos, 234-235
historia y carácter, 189
más trabajo como espía, 282
romance con Checko, 189-190
se refugia durante la lucha por Colditz, 325
trabaja para ayudar a los prisioneros mientras Alemania cae, 303-304
ve a Checko a su regreso de Praga, 255
vida posterior, 357
Wernicke, Dr. Richard Karl, 189, 234, 283
Westoff, general, 259
Wilde, Oscar, 108
Wilkins, John, 71
Wills, 137
Winant, John G., Sr., 306
Winant, teniente John, Jr., 306-307, 313-314, 342

Yule, Jimmy, 103, 142, 221

Índice

1943

1944

1945